守夜

Stephen King

[美] 斯蒂芬·金 —— 著 邹亚 —— 译

Night Shift

湖南文艺出版社 HUNAN LITERATURE AND ART PUBLISHING HOUSE 博集天卷 CS-BOOKY

NIGHT SHIFT

Copyright ©1978 by Stephen King

This translation published by arrangement with Doubleday, an imprint of The Knopf Doubleday Group, a division of Penguin Random House, LLC.

All rights reserved.

本书中译文由上海译文出版社授权。

著作权合同登记号：图字18-2017-083

图书在版编目（CIP）数据

守夜 /（美）斯蒂芬·金（Stephen King）著；邹亚译. -- 长沙：湖南文艺出版社，2018.2（2021.6重印）

书名原文：Night Shift

ISBN 978-7-5404-5914-7

Ⅰ.①守… Ⅱ.①斯…②邹… Ⅲ.①短篇小说 – 小说集 – 美国 – 现代 Ⅳ.①I712.45

中国版本图书馆 CIP 数据核字（2017）第 229205 号

上架建议：畅销·外国文学

SHOUYE
守夜

作　　者：［美］斯蒂芬·金
译　　者：邹　亚
出 版 人：曾赛丰
责任编辑：薛　健　刘诗哲
监　　制：吴文娟
策划编辑：许韩茹　李甜甜
特约编辑：李甜甜
版权支持：辛　艳　姚珊珊
营销支持：闫　婕
封面设计：利　锐
版式设计：李　洁
出　　版：湖南文艺出版社
　　　　　（长沙市雨花区东二环一段 508 号　邮编：410014）
网　　址：www.hnwy.net
印　　刷：北京天宇万达印刷有限公司
经　　销：新华书店
开　　本：875mm × 1270mm　1/32
字　　数：336 千字
印　　张：13
版　　次：2018 年 2 月第 1 版
印　　次：2021 年 6 月第 6 次印刷
书　　号：ISBN 978-7-5404-5914-7
定　　价：59.00 元

若有质量问题，请致电质量监督电话：010-59096394
团购电话：010-59320018

目 录
Contents

导读　约翰·D. 麦克唐纳　　1

序言　　6

耶路撒冷镇　　1

夜班　　44

夜半涛声　　65

我是大门　　76

绞肉机　　91

恶灵　　115

灰色物质　　130

战场　　143

重型卡车　　155

有时，它们会回来　　175

草莓春天　　211

窗台　　222

割草工　　242

戒烟公司　　254

我知道你需要什么　　278

玉米地的孩子　　305

梯子最后一根横档　　340

爱花的男人　　354

喝一杯再走　　361

病房里的女人　　379

每逢聚会（我尽量找借口推辞），总有人居心叵测，咧着大嘴，笑着握紧我的手，对我说："您看，我一直都想写点什么。"

过去，我努力保持彬彬有礼的姿态。

这些日子，我依旧兴奋而激动地回答："您看，我一直都想当一名脑外科医生。"

他们一脸茫然。管他呢。最近，我的回答时常让周围的人感到诧异。

如果你想写，你就写呗！

学习写作的唯一方法就是写作。当然，这种方法不适用于脑外科的学习。

斯蒂芬·金一直想写，他就写了。

就这样，他创作了《魔女嘉莉》《撒冷镇》和《闪灵》，以及这本书里收录的优秀短篇故事。除此之外，他还写过其他许多短篇、长篇、片段、诗歌、散文和一些无法归类的作品，但很不幸，大都没有出版。

这就是作家的必经之路。

必经之路，别无选择。

执着和勤奋是必不可少的，但还远远不够。你必须爱好文字。你必须对文字痴迷。你必须如饥似渴。你必须阅读成千上万他人的作品。

你博览群书，心怀极度的妒忌，抑或是无比的蔑视。

有些人为了掩盖他们的无能而求助于华丽的辞藻、日耳曼风格的句型和牵强的比喻，他们的作品缺少合理的情节，节奏感不强，而且毫无个性可言。这样的作家是你最为鄙视的。

接下来，你得开始了解自己；在此基础上，你开始了解他人。在每一个走进我们生活的人身上，我们都可以捕捉到自己的影子。

嗯，很好。执着，勤奋，加上对文字的热爱和感情的投入，从中可以生长出一定的客观性，这种客观性来之不易。

不可能达到绝对的客观。

在这个脆弱的时刻，我敲打着我这台蓝色打字机的键盘，导读部分已经完成了一页零七行。我心里完全清楚，自己追求的风格和价值是什么，但是否已经接近这个目标还很难说。

我的写作生涯是斯蒂芬的两倍长，相比较来说，我对自己创作的认识更加客观。

达到这种客观境界的过程极其痛苦和漫长。

你把自己的作品交给读者，但你对它们始终念念不忘。它们就是些任性、执着的孩子，不管遭遇多少障碍，都不肯放弃，想尽办法获取成功。而我宁愿它们都回来，挨个再把它们好好修理一番。从第一页到最后一页，研究、打扫、清洗、抛光，让它们焕然一新。

斯蒂芬·金在三十岁的时候获得的成就比我在三十岁甚至四十岁时的都要大。

按理说，我应该妒忌他。

我知道，在他的前方，有十几个妖魔潜伏在路边的灌木丛中，即使我有办法提醒他，也无济于事。他征服它们，或者被它们征服。

就这么简单。

写作就这些条件吗？

勤奋、对文字的热爱，以及和日渐增长的客观性同等重要的情感共鸣。除此之外还有别的吗？

故事，故事，该死的，还有故事！

故事指的是发生在某一个你关心的人身上的事情。故事可以发生在任何空间——物质的、思维的、精神的——或者是这些空间的集合。

没有作者的介入。

作者介入表现为："我的天哪！妈妈，你瞧，我写得多么精彩！"

另一种介入表现为风格怪异。以下是我喜欢的一句话，摘自去年畅销榜上的一部作品："他的目光在她胸前从上到下滑过。"

作者介入是非常笨的做法，读者一旦意识到这一点，会退出他正在阅读的故事。他被吓得从故事里撤退了。

作者介入的另一种形式是故事中嵌入的简短说教。很不幸，这正是我的缺点之一。

画面可以干脆利落，可以出人意料，也可以具有魔力。这本书里有一个短篇，标题是《重型卡车》，斯蒂芬·金描写人们在一个卡车停车场等待时的紧张情绪。他写道："他是一个推销员，展品包就放在身边，像一只熟睡的宠物狗。"

我发现这句话够干脆，够利落。

在另一个故事里，他展示了他超凡的听觉、精准的描述，以及对对白的把握。一对夫妇外出旅游。车子行驶在一条乡村公路上。她说："我知道，伯特，我知道这里是内布拉斯加，但是，伯特，我想知道具体的位置。"他回答说："你不是有道路图吗，查一查。你不会不识字吧？"

太妙了，就这么简单，像脑外科手术。刀有刀锋，你握住刀，往下切！

可能有人会说我是一个抨击流行风的人，但此时我还是要说，对斯蒂芬感兴趣的主题，我不叫好。他目前热衷于描写幽灵、符咒，以及地窖里蠕动的蛇蝎，依我看，这一事实意义不大，读者很难将其与作家本人联系在一起。

这本书里有许多蠕动的蛇蝎，还有一台让你我噩梦不断的熨烫机。二月的每一个星期天，迪士尼乐园里满是搞恶作剧的小坏蛋，可最主要的还是故事。

读者因此而被感染。

请注意：最难进入的两块领地是幽默和神秘。在笨人的笔下，幽默变成了挽歌，神秘变成了滑稽。

然而，一旦掌握了要领，无论是何种主题，一样游刃有余。

斯蒂芬·金不会永远把自己局限在现如今被狂热追捧的领域。

这本书中最容易引起共鸣、最让人感动的莫过于《梯子最后一根横档》。一块宝石。没有来自地狱的低语，也没有魔鬼的喘息。

最后一点。

他写作的目的不是取悦读者。他写作的目的是自娱自乐。我也一样。如果作家自己开心，读者也一定会喜欢。本书中的故事，斯蒂芬·金都很喜欢，我也一样。

我写导读的那一天，很巧，斯蒂芬·金的小说《闪灵》和我的小说《私人公寓》双双登上了畅销榜。我们不是为了得到读者的关注而相互竞争，我们，我想，竞争的对象是那些家喻户晓的作家，他们无能、做作、哗众取宠，他们根本不愿意付出努力，以掌握相应的技巧。

就故事而言，就快乐而言，斯蒂芬·金的追求永无止境。

如果你从头到尾读了我写的导读，那么，你应该有足够的时间。你很可能一直都在读小说。

约翰·D. 麦克唐纳

Foreword
序 言

　　我们聊聊吧，你和我，我们一起聊聊恐惧这个话题。

　　此时，屋内空空荡荡；屋外，二月的冰雨淅淅沥沥。夜已深。有的时候，风声在耳畔响起，比如现在，我们会心生倦怠。但是，此刻，风声依旧，让我们诚实地谈一谈恐惧这个话题，理性地想象一下：如果我们走向疯狂的边缘……或者，已经越过了那条线，会是怎样一番景象呢？

　　我的名字叫斯蒂芬·金，我是个成年人，有妻子，还有三个孩子。我爱他们，而且我相信，他们也同样爱我。我的职业是作家，我喜欢写作。《魔女嘉莉》《撒冷镇》《闪灵》等故事的成功出版使我有条件成为一名职业作家，这是一件非常快乐的事情。在我人生的这个节点，我似乎相当健康。去年，我成功地摆脱了我自十八岁养成的抽烟的习惯：尼古丁和焦油含量低的香烟替代了不带过滤嘴的香烟。而且，我希望，有朝一日我能够彻彻底底地把烟戒掉。我和家人住在缅因州一栋舒适的房子里，不远处就是一片干净的湖水。去年秋天的一个早上，我醒来后发现，后院草坪上野餐用的桌子旁边站着一头小鹿。生活是多么惬意！

打住！我们还是接着聊恐惧吧！我们不用抬高嗓门，也不用尖叫。我们保持理性，你和我，我们聊一聊恐怖作家是怎样用令人惊诧的速度猛地掀开锦帕，将下面的乾坤展示在读者的眼前！

夜晚，躺在床上，我始终牢记熄灯之后要用毯子包裹住双腿。我虽然已经是大人了，但是……我不喜欢把腿裸露在外面。万一床底下伸出一只冰冷的手抓住我的脚踝，我会尖叫的。没错，就连死人也会被我的叫声吵醒。当然，这种事情不会发生，这一点，我们都知道。在后面的故事里，你会遇见各色昼伏夜出的生灵：吸血鬼、魔鬼情人、躲在衣橱里的家伙，还有其他各种各样的鬼怪。这些都不是真的。那个躲在我床下，伺机抓我脚踝的东西也不是真的。我心里清楚。我也知道，如果我小心地把脚藏在被子里，它永远也无法得逞。

有时，我应邀给一些爱好文学和创作的人做讲座。在互动环节结束之前，总有听众站起来，问我以下问题：你为什么要写如此可怕的内容？

每逢这种时刻，我总是用另一个问题来回答他们的提问：你们凭什么认为我还有其他选择？

写作没有一定之规。我们的大脑深处似乎都装有某种过滤器，这些设备的尺寸不同，网孔的大小也不同。在我的过滤器上被拦截下来的东西，或许可以轻而易举地通过你的网孔溜之大吉。反之亦然。我们每个人都有一种内在的义务，要去疏通堵在我们各自网孔里的淤泥，而我们在那里的发现往往会变成某种副业。比如，一个会计同时可以是一名摄影师，宇航员可能会热衷于收集钱币，学校里的老师可能会喜欢用木炭拓印碑文。滞留在过滤器网孔里的淤泥，也就是那些不愿意离开你我的物质，往往会让我们牵肠挂肚。在文明社会里，我们不约而同地称之为"嗜好"。

有时，这种嗜好可以变成职业。那个会计可能会发现，拍照片足以让他养家糊口；那个老师可能会成为碑刻拓本的行家，可以四处传道授业。有些职业以嗜好开始，但在这个人能够以此为生之后，嗜好依旧是嗜好。"嗜好"这个词发音有点硬，听上去极其普通，因此，我们又不约而同地称呼我们的职业嗜好为"手艺"。

绘画、雕塑、作曲、唱歌、演戏、弹奏乐器，以及写作。有关这七大类手艺的出版物多得可以淹没一支豪华舰队。对于这些，我们起码在一点上已经达成共识：那些潜心研究这些手艺的人，即使他们的付出没有任何回报，没有得到别人的认可，遭遇唾骂，甚至背负囚禁或者死亡的痛苦，也不会放弃。在我看来，这差不多就等同于走火入魔。无论是平庸的"嗜好"，还是时髦的"手艺"，在这点上没有差别。手枪藏家喜欢的不干胶贴纸上面写着：只有我死了，你才能掰开我冰凉的手指，夺走我的枪。而在波士顿郊区，富有政治意识的家庭主妇，为了抗议政府为平衡黑白学童比例而用校车接送外区儿童上学的措施，在她们旅行车的后保险杠上贴上类似的贴纸，上面写着：你可以送我去坐牢，但你甭想把我的孩子带离我的社区！同样，假如明天收集钱币被明文禁止，那个宇航员大概不会把自己手中的钢镚儿和水牛镍币上交，相反，他会仔细地把它们用塑料袋包裹起来，放进抽水马桶的水箱里，在夜深人静之时，偷偷拿出来独自把玩。

我们好像扯远了，但其实并不是很远。我网孔里滞留的淤泥常常就是恐惧之类的东西。可怕的东西让我痴迷。我写作不是为了钱，当然，有些故事，在收进这本集子之前，已经卖给几家杂志了，而且，他们每一次寄给我的支票，我都没有退回去，都兑现了。我或许痴迷，但绝非癫狂。我重申：我写作不是为了钱，我写作是因为我想写。我写的东西得到了市场的青睐。在世界各个角落，各路疯狂男女，在狭窄的地下室里奋笔疾书，但是，他们没有我这么走运。

我不是一个伟大的艺术家，我只是有创作的冲动。就这样，每一天，我清理我的网孔，仔细研究掉落下来的碎渣，那些是我观察的片段，记忆的片段，思考的片段。有些东西堵塞了网孔，没有落入下水道，并最终沉入我的潜意识，我努力在其中找寻着。

路易斯·拉莫，那个写西部故事的作家，假如他和我同时站在科罗拉多州的一个小池塘边上，假如他和我几乎在同一时间产生了灵感，毫无疑问，我们俩都会马上坐下来，用文字写出我们的感受。他可能会写，在干旱的季节，每一个人都有用水的权利。那么，我呢？很有可能，我会描述一个狰狞的庞然大物从宁静的水面一跃而起，抓走了羊羔、马匹……后来，还抓走了人。路易斯·拉莫痴迷的是美国西部的历史，而我热衷的却是星光下蜿蜒滑行的生灵。他描写西部，我描写恐怖。我们俩都是一根筋。

手艺让人无法割舍，这种情结很危险，仿佛脑子里插了一把刀。在某些情形下——我脑海里闪过迪伦·托马斯、罗斯·洛克里奇、哈特·克莱恩和西尔维亚·普拉斯——刀锋会转向磨刀之人。艺术是一种局部的病痛，通常是良性的——有创造力的人往往长寿——有时也会是致命的癌症。你小心翼翼地握着那把刀，因为你知道，刀本身并不关心它将落在何人身上。如果你够聪明，你会仔细筛选那些淤泥……因为有些淤泥有生命。

处理完毕"你为什么写那种故事"的问题，随之而来的问题是："为什么人们会去读这些故事？是什么吸引读者来买它们？"这个问题本身隐藏着一个假设：喜欢阅读恐怖、惊悚小说的读者的品味不健康。读者给我的信一般都是这样开头的："我猜想，您会以为我有些怪异，可我就是喜欢《撒冷镇》"，或者，"也许我不太正常，可我就是喜欢《闪灵》，从头到尾都喜欢……"

我想，答案可以从《新闻周刊》上的一篇影评里找到。那篇文章评论的是一部恐怖电影，算不上一流。文章里有句话是这样说的："……满足了那些喜欢停下脚步围观车祸的人。"简短的一句话，但是，如果细细品味，你会发现，这句话适用于所有的恐怖电影和小说。《活死人之夜》这部电影充斥着人类自相残杀的恐怖场景，对那些喜欢停下脚步围观车祸的人来说，的确是个不错的选择。还有《驱魔人》里那个把豌豆汤吐了牧师一身的小女孩。布拉姆·斯托克的《德拉库拉》可以媲美任何一部现代恐怖作品（这很正常，因为它是第一部公开带有弗洛伊德心理分析色彩的作品），讲的是一个名叫雷菲尔德的疯子，他吃苍蝇，吃蜘蛛。最后，他吞下一整只小鸟，然后又吐了出来。小说还描写了一个年轻漂亮的女吸血鬼被施以刺刑——也可以说，刺穿心脏的酷刑——以及一对母婴被谋杀的场景。

著名的超自然作品常常也体现了"放慢脚步围观车祸"综合征。比如：贝奥武夫谋杀格伦德尔的母亲；《泄密的心》里面的叙述者肢解了他患有白内障的恩人，然后把尸块藏匿于地板之下；托尔金的《魔戒》三部曲的终篇里霍比特人山姆和大蜘蛛夏洛伯的生死之战；等等。

肯定有人会执着地反对这种说法，他们认为，亨利·詹姆斯在《螺丝在拧紧》中并没有给读者展现任何车祸场景。他们说，纳撒尼尔·霍桑的恐怖故事，比如《好小伙布朗》和《牧师的黑面纱》，比《德拉库拉》更胜一筹。这些说法简直毫无道理。他们提到的这些作品也属于车祸类的，虽然尸体已经被搬离了现场，但我们看见了变形的车辆和残留在座椅上的斑斑血迹。精妙的笔触、简单的情节，以及理性的缺失，贯穿《牧师的黑面纱》。从某种角度说，它带来的恐怖效应超过了洛夫克拉夫特笔下的蛙类怪物，或者爱伦·坡《深坑与钟摆》中的火刑。

事实是，我们大都心里明白，夜晚，收费公路上发生了车祸，我们穿过警车的包围，看见灯光下的车辆残骸，那种令人心惊肉跳的场景，谁都无法忘记。清晨，老年人拿起报纸，首先翻到讣告栏。在那里，他们会发现，是谁先他们而去了。当我们听说，一个名叫丹·布劳克的人死了，一个名叫弗雷迪·普林兹的人，还有一个名叫贾尼斯·乔普林的人也死了，我们一时间心情沉重，仿佛被什么物件刺穿了身体。收音机里，播音员保罗·哈维说，在一个偏远的小机场，一名妇女在雨中走进了飞机的螺旋桨；一名工人正在一台巨型搅拌机里作业，工友不慎跌倒在操控按键上，瞬间，那人消失了。每每这个时候，很奇怪，我们在恐惧之余，又有一份窃喜。没必要一味强调显而易见的东西。生活中充满了大大小小的可怕事件，但那些小的更容易被理解，因此，也是它们用死亡的力量摧毁了我们的家。

无可否认，我们对这些小恐惧既喜欢又反感。这两种情绪艰难地融合在一起，产生的副产品似乎是内疚……这种内疚类似于过去常常伴随性觉醒的那份罪恶感。

我没有义务提醒你放弃内疚，同样，也没有义务为我的小说及后面的各个短篇做任何解释。然而，有趣的是，性和恐惧总是结伴而行。当我们有能力进行性行为的时候，我们在这个方面的兴趣得以觉醒。这种兴趣，假如是正常的，会自然地导向交配和种群的延续。我们意识到，我们的终结是无法避免的，因此，我们被恐惧所困扰。依我看，交合的目的是保存自我，一切恐惧都将带来对末日的领悟。

有一则古老的寓言，说的是七个盲人摸到了大象的不同部位。一个以为他手里抓着的是一条蛇，另一个以为是一片巨大的棕榈叶，第三个认为自己正抚摸着一根石柱。当他们把自己的发现汇集在一起的时候，他们知道，他们面前站着一头大象。

恐惧使人盲目。有多少事情让我们担惊受怕？手上有水的时候，我们不敢去关灯。我们先拔下插头，然后才敢用刀取出烤箱里的英国松饼。体检完毕，我们害怕从医生口中得知结果。飞机在半空中猛地抖动，我们害怕。我们担心能源枯竭，担心不再有新鲜的空气、清洁的水源，担心好日子一去不复返。女儿出门时答应十一点前回来，可现在已经十二点一刻了，冻雨如细沙，噼噼啪啪地敲打着窗户，我们坐在客厅里，电视机屏幕上是约翰尼·卡森。我们不时扭头去看电话机，没有声响。此时，我们内心深处就是那份让我们盲目的感觉,这种感觉悄悄地摧毁了我们正常的思维程序。

婴儿不知恐惧为何物,但是,当他因饥饿而哭泣的时候,母亲第一次没有及时把奶头塞进他的嘴里。打那以后,一切都改变了。这个蹒跚学步的小东西逐渐领悟到房门砰的一声关上所蕴含的残酷事实,慢慢明白滚烫的火炉潜在的危险,以及哮喘或者麻疹造成的高热。孩子对恐惧的领悟是相当快的。父亲或者母亲手拿装着药丸的小瓶或是安全剃刀走进卫生间,看着他们,孩子们从他或者她的脸上捕获到恐惧。

恐惧使人盲目。我们像那几个摸象的盲人,怀着一腔以自身利益为基础的狂热和好奇,试图从上百个碎片中构筑出整体的模样。

我们感知到了那个形状。小孩子掌握得快,忘得也快,长大之后,得重新领悟。形状没有改变,我们大部分人迟早会弄清楚:那就是床单覆盖下的躯体的形状。我们所有的恐惧加在一起,形成了一个巨大的恐惧。所有的恐惧都是大恐惧的一个组成部分——一条胳膊、一条大腿、一根手指、一只耳朵。我们惧怕床单下的躯体,那是我们自己的躯体。从古到今,恐怖作品最大的吸引力在于它预演了我们的死亡。

这个领域从来没有得到过高度的评价。在很长一段时间里,坡和洛夫克拉夫特的读者大都是法国人,他们能处理性和死亡的问题,真不知道是怎么做到的。相反,坡和洛夫克拉夫特的美国同胞们却对此缺乏足够的耐心。美国人都在忙,忙着修建铁路。结果,坡和洛夫克拉夫特一生潦倒。托尔金的中土幻梦游荡了二十年,最后才得以走红。还有,库尔特·冯内古特,他的作品涉及的往往就是死亡预演,因此遭遇了狂风暴雨般的抨击,甚至达到了歇斯底里的地步。

也许,恐怖小说作家带给大家的都是些噩耗:他说,你快死了;他让你不要听信奥拉尔·罗伯茨①的鼓动("你的好运气快来了!"),因

---

① 奥拉尔·罗伯茨(1918—2009),美国福音传道者。

为，真正到来的是厄运，比如，癌症、中风、车祸。不管是什么，反正一定会发生的。他抓着你的手，把你的手握在他的手里，带你走进那个房间，把你的手放在床单下面的东西上……并且指导你摸摸这里……还有这里……还有这里……

自然、死亡和恐惧不只是恐怖小说作家的专利。很多所谓的"主流"作家用不同的方式探讨了这些话题——从费奥多尔·陀思妥耶夫斯基的《罪与罚》到爱德华·阿尔比的《谁害怕弗吉尼亚·伍尔夫？》，再到罗斯·麦克唐纳的"卢·阿彻系列"。恐惧历来都是巨大的。死亡历来都是巨大的。这是人生中的两个常数。然而，唯有恐怖和超自然作家才能使读者有机会辨认完整的形态，领略精神的净化。那些在这个领域奋斗的作家，即使对自己的创作认识模糊，他们起码知道，恐怖和超自然这个领域是人们意识和潜意识之间的一道纱网，恐怖小说是人们精神轨道上的地铁中央车站，左边的蓝色轨道，肯定地说，代表的是我们可以消化吸收并且融入个人意识的部分，右边的红色轨道代表的是我们需要想方设法摆脱掉的东西。

当你读恐怖小说的时候，你不一定相信自己所读的内容。你不相信世上存在吸血鬼、狼人，以及突然启动并且开始自动行驶的卡车。我们能够相信的可怕现象是陀思妥耶夫斯基、阿尔比和麦克唐纳笔下的那些：仇视、异化、无奈地衰老，迈着青春的步子，摇摇晃晃地走进一个敌对的世界。在我们平凡而真实的世界里，我们往往戴着喜剧和悲剧两副面具，灿烂的笑容下面掩藏的是悲苦。在我们内心深处，有一个中央转换点，或许是一个转换器，分别连接着那两副面具。这正是恐怖小说击中的区域。

恐怖小说作家类似威尔士的食罪人。那些食罪人通过吃故去亲人的食物来分担逝者的罪孽。魔怪和恐怖故事就像一个筐，编这个筐所用的藤条就是各色的恐惧。作家从你身边走过，你从他手里的筐里取出某一种杜撰的恐惧，然后添上你自己真实的恐惧——至少曾经是这样。

在二十世纪五十年代，曾涌现出一大批关于巨型虫的影片——《它们！》《末日的开始》《致命的螳螂》等。随着此类电影的不断发展，几乎可以肯定，这些丑陋的巨型怪物其实就是在新墨西哥州以及偏远的太平洋环礁区域进行的原子弹试验的产物（最近的电影《恐怖派对沙滩》，可以添加一个副标题：《海滩上演的末日战争》，罪魁祸首是核反应堆的废料）。总体来看，这些电影无一例外地沿用同一套路，从格式塔心理学的角度来说，这表现了整个国家对曼哈顿计划所预示的新世纪的恐惧。随后，电影《我是一个小狼孩》的出现标志着新一代"少年"恐怖片的诞生，而史诗电影《外太空的小访客》和《陨星怪物》则将这一主题推向了巅峰。《我是一个小狼孩》讲述的是，一个没长胡子的史蒂夫·麦昆在一群小朋友的帮助下与一种被称为"果子冻"的变异物种展开了一场恶战。在那个年代，每一家周刊至少都会登载一篇有关青少年犯罪的文章，从这个意义上说，少年恐怖电影反映了全国人民对萌芽状态下的青少年反叛运动的担忧。当你在屏幕上看见迈克尔·兰顿变身为穿着印有字母的中学校服的狼孩，你会立刻联想起你的女儿，担心此时跟她约会的那个开着大马力跑车的家伙也是一个狼孩。对年轻人来说（我那时也是他们中的一分子，我有切身经历），美国国际电影公司在其租用的制片厂里生产出的怪物，使他们有机会接触某种比他们自己还要丑陋的生物。和《我是一个少年弗兰肯斯坦？》中那个曾经是中学生的走路踉跄的鬼怪相比，脸上那些青春痘又算得了什么呢？这个系列的电影同时也表达了青少年内心的感受：他们受到了父母、长辈的愚弄和贬低，这是不公正的；他们的父母"根本不理解"他们。那些电影非常公式化（无论是否改编成了电影，恐怖小说大都如此），很明显，那种固定的模式表现了一代人的偏执和妄想——毫无疑问，部分应归咎于他们的父母阅读的文章。在电影中，某种可怕的、浑身长满疣状赘生物的东西正威胁着埃尔姆韦尔。孩子们知道，因为飞碟已经在情人巷附近降落。在第一集中，那个长疣的怪物袭击了一辆小型运货车，杀死了上面的一个老人（不负众望，老头这一角色再次由小伊利沙·库克扮演）。在接下来的三集中，孩子们试图说服他们的家长，让他们相信，那个怪物的确已经潜入。"赶快离开这里，否则，我把你们全部关起来，因为你们违反了宵禁令！"埃尔姆韦尔警察局局长冲孩子们高声嚷道。紧接着，怪物爬上大街，所到之处，皆成废墟。最后，多亏了足智多谋的孩子们，怪物才被消灭。当演职员表出现在屏幕上的时候，孩子们正聚集在当地一家游乐场，尽情地喝着巧克力麦芽酒，跳着吉特巴舞。可惜，音乐不够经典。

在一个系列中，有三次独立的机会宣泄感情——对一批通常在十天内完成制作的低成本电影来说，算是不错了。可是，因为那些电影的编剧、制片和导演刻意追求那种效果，结果反而失败了。恐怖故事存在于意识和潜意识之间的节点上，那里，意象和寓意自然而然就产生了，而且，具有排山倒海的效应。在《我是一个小狼孩》和斯坦利·库布里克的《发条橙》之间，在《少年魔鬼》和布莱恩·德·帕尔马的《魔女嘉莉》之间，存在着直接进化、演变的关系。

伟大的惊悚小说大都蕴含某种寓意，有的时候，寓意是作者刻意所为，像《动物农场》和《一九八四》；有的时候，它是在不经意间发生的——J. R. R. 托尔金一遍遍地发誓说，魔都的黑暗之王绝不是乔装打扮的希特勒，可是，此类主题的评论和论文如雨后春笋……正如鲍勃·迪伦所说，一旦拥有了刀和叉，你总得找点什么切一下，割一下。

爱德华·阿尔比、斯坦贝克、加缪、福克纳等人的作品都涉及忧虑和死亡，有时也有恐惧，但是，通常，这些主流作家采用的是更为常见、更为贴近现实生活的创作手法。他们作品的背景局限在理性世界的范围之内，他们创作的是些"可能发生"的故事。他们乘坐的地铁穿行于外部世界。还有另一些作家——詹姆斯·乔伊斯，福克纳，以及诗人 T. S. 艾略特、西尔维亚·普拉斯和安妮·塞克斯顿——他们的故事发生在具有象征意义的无意识之地。他们乘坐的地铁驶进了心底的世界。然而，对恐怖作家而言，如果他已经做足了准备，差不多可以说，他始终处于连接以上两个世界的中间地带。当他发挥到极致的时候，我们会产生一种似梦似醒的诡异感觉，那个时候，时空在拉伸，在扭曲，我们捕捉到了某些声音，可又无法听清楚或者辨别其意图，我们的梦境仿佛现实，而现实却仿佛梦境一般。

这是一个既奇怪又奇妙的地带。杰克逊的山屋①就在那里，在那个地方，火车来来往往，车门很明智地全部紧闭；贴着黄色壁纸的房间里的那个女人也在那里，匍匐在地板上，脑袋紧紧贴在那块模糊的油斑上；威胁着弗罗多和山姆的那些古墓干尸也在那里；还有皮克曼的模特、温迪戈、诺曼·贝茨和他可怕的妈妈。在那个地方，没有清醒，没有沉睡，但是有作家的声音，低沉而理性地告诉读者，华丽的外表之下往往掩盖着极大的震撼。他还说，你想看车祸现场。没错，他说对了，你的确想看。电话那头传来阴间的声音……老宅子里的墙壁后面，从声音判断，那东西比老鼠要大……通往地窖的阶梯上有东西在移动。他想让你看见所有这一切，甚至更多；他想让你用手去触摸床单下的身形。你想把手放在那里，没错。

以上是我眼中恐怖作品要做的事，但是，我坚信，还有一件事是它必须要做的，而且，这件事比其他事都重要：必须有情节，能够使听众或者读者着迷，使他们迷失在一个过去不存在将来也不可能存在的世界里。它应该像那位婚礼上的宾客，三人中就有一人停住脚步，听他倾诉②。在我的写作生涯中，我始终坚信，小说中情节的重要性胜过作家的任何一项技巧。如果情节平淡，人物刻画、主题、氛围，这一切都毫无意义。反之，如果情节能吸引你，这一切都可以忽略不计。我最喜欢的一句话

---

① 指的是雪莉·杰克逊的经典惊悚小说《山屋惊魂记》，出版于 1959 年。
② 出自英国诗人柯勒律治的《古舟子咏》。

来自埃德加·赖斯·巴勒斯，他从未被视作世界一流作家，但他完全明白故事情节的价值。在《被时间遗忘的土地》的第一页，故事的叙述者在一个玻璃瓶里发现了一个手抄本，其后的内容就是向读者展示这个手抄本。他说："读完这一页，你们就会把我忘记。"这一境界，巴勒斯成功地达到了——可惜，许多天赋和才能都胜过他的作家却没有达到。

在出色、优雅的读本中，总能发现一个现象，即使最最坚强的作家也免不了恨得咬牙切齿：除了三类人，很少有读者会去留意序言部分。这三类人是：作者的近亲（通常是妻子和母亲）；作者的授权代表（以及编辑和各色芒奇金①们），他们想知道作者在序言里提到了哪些人；在作者创作过程中给予帮助的人。所有这些人都想确定，作者没有昏头，仍然记得他们，明白作品不是他一个人的功劳。

很自然，其他读者会认为作者的序言纯属多余，洋洋洒洒数页，有为自己做广告之嫌，甚至比平装本里植入的香烟广告更令人讨厌。读者大都是来看表演的，不是来欣赏舞台总监在脚灯前向大家鞠躬的。诚然，这种想法不无道理。

我要走了。表演即刻就要开始。我们要走进那个房间，触摸床单下的形体。在我离开之前，我还想占用大家几分钟，感谢上面提到的三类人——还有第四类。请允许我向他们说一声"谢谢"：

感谢我的妻子塔比瑟，她对我作品的评价最为中肯和犀利。她认为好，就表扬；她认为不好，就打屁股。当然，即便是批评，也是和风细雨的。感谢我的孩子们：内奥米、乔和欧文，他们对父亲在楼下书房里从事的特殊工作一向非常理解。还要感谢我的妈妈，她一九七三年离开了我们，

---

① 出自弗兰克·鲍姆的《绿野仙踪》，身材矮小，性格讨喜。

我把这本书献给她。她一直坚定不移地鼓励我，她似乎总是能够挤出四十或者五十美分，这样，我投稿的时候，就可以按要求内附一个贴好邮票、写明姓名及回复地址的信封了。当我崭露头角的时候，她比任何人，包括我自己，都要高兴。

在第二类人中，我要特别感谢的是我的编辑，道布尔戴出版公司的威廉·G.汤普森先生。跟我合作，他表现出极大的耐心，总是乐呵呵地接受我每天的电话骚扰。几年前，我还是一个默默无闻的年轻人，他非常关心我，一直到现在。

在第三类人中，我要感谢的是最先买我著作版权的人：罗伯特·A. W. 朗兹先生，他购买了我最初的两个故事；还有杜根特出版集团的道格拉斯·艾伦先生和奈·维尔登先生，他们购买了我为《卡瓦利》与《根特》两本杂志写的大部分作品。那个时候，我手头拮据，有的时候，他们的支票到得非常及时，使我免遭电力公司所谓的"服务中断"。还要感谢新美国图书馆的伊莱恩·盖革、赫伯特·史诺和卡罗琳·斯特龙伯格，以及《阁楼》的杰拉德·范·德伦和《大都会》的哈里斯·戴恩斯特弗雷。谢谢你们，谢谢！

最后要感谢的是我的读者，每一位读者，你们掏钱买我写的书。应该说，这也是你们的书，因为，没有你们，就没有今天这本书。非常感谢！

这里，天依旧黑着，雨依旧在下。这是一个美妙的夜晚，我给你们带来了一样东西，我想让你们摸一摸。这个东西就在离这里不远的一栋房子里——实际上，距离这里非常非常近，就在下一页。

准备好了吗？

缅因，布里奇顿

1977 年 2 月 27 日

Jerusalem's Lot

耶路撒冷镇

亲爱的博恩斯:

谢天谢地,终于到了查珀尔怀特!走下该死的马车,步入寒冷、透风的大厅,舟车劳顿,身上每一块骨头都感觉酸痛,胀满的膀胱也急需得到解放。我看见门边那个不起眼的樱桃木小桌上立着一个信封,一看就知道是你写的,你那潦草的字体谁也别想模仿。别着急,我稍事休整(在楼下那间冷色调的浴室里,我可以欣赏到自己呼出的气在眼前升腾),然后就来看你的信。

信上说,你的肺部长期受到污浊空气的折磨,现在终于好了,我真为你高兴。同时,对治疗给你带来的道德困扰,我深表同情。一个身患疾病的废奴主义者在奴隶制猖獗的佛罗里达州，沐浴着温暖的阳光，身体慢慢康复了！不管怎么说，博恩斯，作为你的朋友，作为一个曾经在鬼门关走过一遭的人，我想拜托你好好照顾自己，在身体条件许可之前，不要着急回麻省。如果你倒下了，你聪慧的大脑和犀利的笔锋就再也派不上用场了。南方的气候对你的身体有益，这也可以说是善有善报吧，对吗？

的确，这房子很大，跟我堂兄的遗嘱执行人描述的相差无几，还很阴森。它坐落在法尔茅斯以北约三英里、波特兰以北约九英里处的一片高坡上。屋后，约四英亩的土地上长满了野生草木，形态各异，气势磅礴，有杜松，有矮小的藤蔓，有灌木，还有各种匍匐类植物，把别具风姿的石壁遮盖得严严实实。那些石壁是庄园和小镇的分界线。周围的小土丘上，矗立着各色古希腊雕像，全都是劣质的仿制品。这些睁眼瞎们透过茂密的树林注视着山脚下的小路，仿佛随时准备向路人发起进攻。我堂兄斯蒂芬的爱好似乎非常广泛，有的令人无法接受，有的则令人万分恐惧。在曾经的花园中央，有一座奇特的小凉亭和一个奇形怪状的日晷，那座小亭子差不多已经被火红色的漆树团团围住了，给庄园增添了最后一抹诡异的色彩。

然而，客厅窗外的景致更能说明问题。查珀尔怀特海岬脚下的岩石和大西洋让我感觉眼晕。一扇大肚子的凸窗旁边摆放着一张宽大、敦实的写字台。我一直有写小说的打算，而且，也已经叨叨了很久了（说实话，连我自己都烦了）。如果能坐在这里将自己的计划付诸实践，那该是一件多么美好的事情啊！

今天天一直阴着，偶尔还飘点小雨。我望着窗外，那儿的景色仿佛是一幅石板画：岩石（像时间老人，古老而沧桑）和天空，当然，少不了大海。一排排海浪撞击着岸边犬牙般交错的岩石，哗哗，随着一声声巨响，大地开始震颤——此刻，就在我写这封信的时候，我的双脚就能体验到这种震动。总体来说，这种感觉还不算太糟。

亲爱的博恩斯，我知道，你一向不欣赏我独来独往的风格，但是，这一次，请你放心，我在这儿很好，很开心。卡尔文跟我在一起，他一如既往，实干、寡言、可靠。我相信，用不了一星期，我们俩就可以把事情理顺，并且找人把生活必需品从城里送过来。对了，我们还雇了几个清洁女工，她们会负责把这里的灰尘统统清理干净。

我得停笔了，还有很多事情要处理，很多房间要查看，当然，还有上千件可恶的家具等着我脸上这双温柔的眼睛去鉴赏。我再一次向你表示感谢，感谢你信中的那份友情，也感谢你长期以来对我的关心。

代我问候你的夫人，我爱你们。

查尔斯
1850 年 10 月 2 日

亲爱的博恩斯：

这到底是个什么地方啊！

对我来说，它仍然是个谜——同样，附近镇上的居民对我入住此地的反应也让我纳闷。那是个不同寻常的地方，有个很好听的名字：牧师之角。卡尔文负责去那里采买我们每周所需的食品，除此之外，他还得想法儿储存足量的越冬柴火。一天，卡尔文从那儿回来，阴着脸，我问他怎么回事，他愤愤地说：

"布恩先生，他们都说您是个疯子！"

我哈哈大笑，告诉他，镇上的人对我的事情可能略知一二。我夫人萨拉死后，我得了脑膜炎——的确，那个时候，我经常说胡话。这一点，你可以做证。

可是，卡尔文争辩说，除了从我堂兄斯蒂芬那儿听说的事情之外，他们对我根本一无所知。很巧，斯蒂芬和我找的是同一家家政公司。"先生，他们说，不管是谁，只要敢住进查珀尔怀特，那他肯定是个疯子，至少也是个准疯子。"

你能想象得出，他的话让我摸不着头脑。我问他这些离谱的话都是谁说的。他告诉我，经人介绍，他去找一个名叫汤普森的人。这人性格忧郁，是个酒鬼。他拥有近三千亩林地，种植松树、桦树和云杉。他有五个儿子，他们一起伐木，然后将木头卖给波特兰的造纸厂，以及附近的住户。

卡尔文事先并不知道那人对这座老宅持有如此古怪的偏见。他把送货地址告诉他，不料，那人眼睛瞪得老大，嘴巴也张得老大，说，他会派他的几个儿子走水路把木柴送过来，白天！

这事越来越有意思了，但很明显，卡尔文误解我了。他以为我很担心，赶忙补充说，那人身上一股劣质威士忌的味道，满嘴胡言乱语，曾提到一个被遗弃的镇子，以及堂兄斯蒂芬的亲属，对了，还说到什么虫子！后来，卡尔文和汤普森的一个儿子谈成了一笔买卖。那个儿子，我猜，可能也是个脾气乖戾的酒鬼，身上的味道也好不到哪里去。我想，在牧师之角这个地方，人们的反应也相差无几。卡尔文曾经跟一家杂货店的老板交谈过几句，听来的大都是道听途说或是过时的消息。

不管怎样，我丝毫没有受到影响。你知道，乡民就喜欢传播谣言、小道消息，以此丰富他们的生活。我猜想，可怜的斯蒂芬和他的家族刚好就是他们议论的对象。我告诉卡尔文，一个在自己家门口失足摔死的人，肯定会掀起一阵波澜。

对我来说，这幢房子是一个谜。博恩斯，这儿总共有二十三个房间！

楼上房间和肖像画廊的护墙板虽说已经发霉，但还是很结实。我站在已故堂兄的卧室里，能听见护墙板后面老鼠活动的声音。从声音判断，肯定都是些大老鼠，那动静，简直像是有人在走动。我可不想在夜里碰见它们，当然，白天也不想。可是，我至今没有发现老鼠洞，也没有发现老鼠屎。真是怪事！

楼上画廊的墙上挂着一排排带相框的人物肖像，画得很一般，但相框却很值钱。有几个人物跟我记忆中的斯蒂芬颇为相像，其中有我的叔叔亨利·布恩，还有婶婶朱迪思。我感觉自己的判断是正确的，但其他人，我不熟悉。我猜想，里面可能有我那臭名昭著的祖父罗伯特。斯蒂芬这一系的成员，我大都不认识，对此，我感到抱歉。虽说那些肖像画得不怎么样，但是，那些人物的脸上闪耀着幽默和睿智的光芒，而那份幽默和睿智同样也贯穿在斯蒂芬写给萨拉和我的信中。是怎样愚蠢的缘由造成了家族之间的宿怨？就因为一张被洗劫的写字台，兄弟反目成仇。虽然两兄已经死了六七十年了，可无辜的后人却因此而疏远。我忍不住回想起，当我病入膏肓，即将追随萨拉步入鬼门关的时候，你和茹安·佩蒂设法联络到了斯蒂芬，我真是幸运啊！然而，命运弄人，我们却错过了相见的机会，真是太不幸了！面对着墙上的画像和室内的陈设，我多希望能够亲耳听他讲述啊！

我不能过于偏激，凡事都有两面。诚然，斯蒂芬和我喜好不同，但是，掀开那些收藏品的罩子（有的在楼上的房间里，被遮尘罩盖着），眼前所见不乏真正的精品。其中，有柚木和红木做的床、桌子，以及笨重的深色卷轴。不论是卧房和会客室，还是楼上的书房和小门厅，均透着低调和奢华。地板是优质的松木，从里向外，透着一股神秘的光芒。在这里，在这栋房子里，尊贵无处不在。尊贵和岁月的印记并存。虽然我还没有开始喜欢这个地方，但我尊敬它。我们经历着北方天气的变化，与此同时，我渴望目睹查珀尔怀特的变化。

天哪，我说得太多了！博恩斯，尽快给我回信。告诉我你的进展，告诉我有关佩蒂和其他人的消息。你想让你在南方新结识的那些人接受你的观点？拜托，别再犯傻了。我想，不是每个人都愿意用嘴巴来回应你，就像我们的朋友，那个啰里啰唆的卡尔霍恩。

你的好朋友

查尔斯

1850 年 10 月 6 日

亲爱的理查德：

嘿，你好吗？我在查珀尔怀特住下之后，时常想起你，期待收到你的信——我收到了博恩斯的一封信，他告诉我说，我忘了把我的地址留在俱乐部了！你放心好了，不管怎样，我都会给你们写信的，因为，有时在这个世界上，似乎我真心而忠诚的朋友是我所拥有的东西里唯一确定和正常的。天哪，我们相隔那么遥远！你在波士顿，一心一意地为《解放者》（碰巧，我也给他们寄去了我的地址）撰稿；汉森在英国，讨厌的家伙，又去旅行了；可怜的老博恩斯留在了狮子的巢穴里，他的肺病快好了。

你这家伙，我一切都好。相信我，等把手边的事情理顺之后，我就把这边的一切给你做个详细的汇报。我想，你是个有法律头脑的人，发生在查珀尔怀特及周边地区的一些事情可能会让你感兴趣的。

现在，先帮我一个忙，可以吗？还记得你在克拉里先生举办的募捐晚宴上给我引见的那位历史学家吗？好像叫比奇洛。他曾提到，他喜爱收集有关我现在居住的这个地区的历史趣闻。我想拜托你联络他一下，问问他所收集的那些信息和民间传说，还有道听途说，具体是些什么内容。他是否了解一个被人遗弃的小镇子，叫作耶路撒冷镇，邻近牧师之角，在皇家河畔。那条河是安德罗斯科金河的支流，在查珀尔怀特附近，安德罗斯科金河流入大海，而皇家河则在入海口上游约十一英里的地方汇入安德罗斯科金河。如果你能帮我这个忙，那就太好了，这件事对我很重要。

看看上面写的这些，迪克，我感觉自己有些过分，对此，我深表歉意。但是，你放心，我会尽快做出解释。在这之前，先替我问候你的夫人、你那两个可爱的儿子，当然，也问候你。

你的好朋友

查尔斯

1850 年 10 月 16 日

亲爱的博恩斯：

我要给你讲一个故事，这个故事让卡尔①和我感到不解（甚至不安）——看看你会怎么想。至少，在你跟蚊子搏斗的时候，能让你开心一下。

给你的上一封信寄出才两天，从牧师之角来了四位年轻的女士，一起来的还有她们的头儿，一位年长的女士，克劳瑞斯夫人。看脸就知道，这女人极为能干。她们的任务是整理内务，打扫灰尘。这儿实在太脏，

_____

① 卡尔为卡尔文的昵称。

每走一步，都扬起灰尘无数，害得我直打喷嚏。她们干活的时候，全都显得有些紧张。真的，其中一位女士犹如惊弓之鸟。她负责楼上的客厅，我走进去，她竟然轻声尖叫起来。

我问克劳瑞斯夫人（她在打扫楼下的大厅，那副冷峻、坚定的模样肯定会让你感到惊诧，她的头发用一块褪了色的旧头巾包裹着）这是怎么回事，她转过头，果断地对我说："她们都不喜欢这栋房子，先生，我也不喜欢，因为这房子，很久以来，都是个不祥之地。"

我完全没想到她会这样说，一时间，我张口结舌。她继续说，但口气和蔼了许多："我不是说斯蒂芬·布恩不是好人，其实，他的确是个好人。他在这儿住的时候，我每隔一个星期的星期四来这儿打扫卫生。他的父亲伦道夫·布恩和他的母亲在一八一六年失踪，在那之前，这儿的清扫工作也是由我负责。斯蒂芬先生为人和蔼，先生，您看上去也是这样（原谅我的冒昧，我找不到更合适的词），但是，这幢房子很邪恶，历来如此。一七八九年，您的祖父罗伯特和他的兄弟菲利普因为物品失窃（说到这儿，她停顿了一下，表现得有点内疚）而翻脸。打那以后，布恩家的人，不管谁住在这儿，都没有好下场。"

博恩斯，这就是当地人对这栋房子的记忆！

克劳瑞斯夫人继续说："这幢房子建于不幸，住在里面的人遭遇不幸，就连地板也被鲜血污染（博恩斯，不知道你是否知道，我的叔叔伦道夫在通往地下室的楼梯上遭遇不幸，他女儿玛塞拉因此而丧生。因为自责，他随后也自杀了。斯蒂芬在他亡姐生日那天，心情沉重，写信跟我说了这事）。这里还发生过失踪和事故。

"布恩先生，我在这儿干活，我不聋也不瞎。先生，我听见墙壁里面有可怕的声响，捶打声、撞击声，非常可怕。有一次，我还听见一种奇怪的声音，有点像大笑，又有点像号叫，我吓了个半死。先生，这是个不祥的地方。"说到这儿，她停下来，也许她担心自己说得太多了。

听了她的话，我不知道自己当时的反应是生气，是惊讶，是好奇，还是冷静。恐怕，那个时候，占据上风的还是好奇。"克劳瑞斯夫人，您认为那是什么？鬼怪在晃动手铐和脚镣？"

然而，她表情古怪地看着我，说："世上可能有鬼，但墙里面的绝不是鬼。不是地狱里鬼怪的哀号和哭诉，不是它们在黑暗中跌跌撞撞发出的声音。那是……"

"快说，克劳瑞斯夫人，"我催促她，"您已经说了这么多了，干脆就全说出来吧，行吗？"

她的脸上闪过十分古怪的表情，有恐惧，有愠怒，还有——我敢发誓——宗教意义上的敬畏。"有些没有死，"她小声说道，"有些生活在黄昏的阴影中，效命于——他！"

她就说了这么多。我继续套她的话，但她非常固执，不肯再透露半句。最后，我放弃了，怕她收拾东西，不干了。

故事的第一部分到此结束，第二部分在第二天晚上拉开了序幕。卡尔文在楼下生了火，我坐在客厅里，一边看《间谍》，一边打瞌睡，同时听着雨点在狂风中拍打着凸窗。户外，潮湿阴冷；室内，温暖如春。在这样的夜晚，有如此舒适的感觉，不管是谁，都该满足了。可是，没过多久，卡尔文出现在门口，他看上去既兴奋又有些紧张。

"先生，您还没睡吧？"他问道。

"还没呢。"我说，"有事吗？"

"我在楼上发现了一样东西，我想，您应该看一下。"从他的声音判断，他在克制自己激动的情绪。

我站起身，随他一起离开客厅。当我们沿着宽大的楼梯往楼上走的时候，卡尔文说："我刚才在楼上书房里看书—— 一本很奇怪的书——忽然，听到墙里面有声音。"

"老鼠。"我说，"就这些？"

他在楼梯拐弯的平台处停下脚步，严肃地看着我。他手里的煤油灯把诡异、模糊的影子投在深色的帐幔上。此时，墙上那些时隐时现的肖像一改平日的微笑，看上去邪恶无比。外面，一阵风呼啸而至，随即又极不情愿地慢慢退去。

"不是老鼠。"卡尔说，"书架后面传出重重的砰砰声，后来还有可怕的咯咯声——先生，很可怕。还有抓挠声，好像有什么东西想从那里钻出来……想袭击我！"

博恩斯，你无法想象我是多么吃惊。卡尔文不是那种想象力十分丰富的人。现在看来，此处应该隐藏着某种秘密——而且可能是一个非常可怕的秘密。

"那后来呢？"我问他。我们步入大厅，我看见书房的灯光洒向画廊。我开始不安起来，这个夜晚必定不太平。

"抓挠声停止了。过了一会儿，那种重重的砰砰声又开始了，这一次，听上去好像距离我越来越远。其间停过一次，我发誓，我听见了一声奇怪的笑声，但很轻，几乎听不清。我走到书架前，这边推一推，那边拽一拽，心想，没准能找到一堵隔墙，或者，一扇暗门。"

"你找到了？"

卡尔在书房的门口停住脚步，回答说："没有——但我发现了这个！"

我们走进书房，我看见左边书架上有一个方形的黑洞，原本放在那里的书都只有空壳。卡尔发现的是一个小暗格。我举起手里的灯往里照，除了厚厚一层灰尘，什么也没有，那些灰尘在里面一定待了几十年了。

"只找到这个。"卡尔轻声说，然后递给我一张黄色的大开幅纸。那是一张地图，上面的路线以黑色墨水绘制，细如蛛丝—— 一座小镇或是一个村庄的地图。大约有七栋建筑，其中一栋以尖塔标示，非常清晰，下面有一行说明文字：腐朽之虫。

在左上角，按理应该是这个地方的西北面，有一个箭头，下面写着：

查珀尔怀特。

卡尔文说："在城里，先生，有个人曾经神秘兮兮地向我提到一个叫作耶路撒冷镇的地方。那个地方早已被遗弃，人人避之。"

"但这个是什么意思呢？"我手指着尖塔下面那行奇怪的文字，问道。

"我不知道。"

我的脑海里闪过克劳瑞斯夫人僵硬而恐惧的表情。"虫子。"我嘟囔着。

"您想到了什么，布恩先生？"

"也许……卡尔，我们应该明天去探探这个地方，肯定很刺激，你说呢？"

他点点头，眼睛闪闪发光。接着，我们花了近一个小时的时间，在卡尔发现的那个暗格后面的墙上寻找缺口，但一无所获。而且，也没有再听见卡尔描述的那些声响。

那天晚上，我们决定暂且罢手，上床睡觉。

次日清晨，卡尔和我进了树林。前一天晚上的雨已经停了，但天空依旧阴沉沉的。我看见卡尔忧虑地看着我，连忙安慰他说，别担心，万一我感觉体力不支，或者路程太过遥远，我肯定立刻终止我们的计划。我们准备了午饭和一个精准的巴克怀特牌指南针，自然也少不了那张奇怪、古旧的耶路撒冷镇地图。

天灰蒙蒙的，让人感觉有些不对劲。我们穿过一片片遮天蔽日的松树林，朝东南方向行进。一路上，听不见鸟鸣，也看不见走兽，只有双脚踩在地上发出的声响，以及大西洋的浪涛拍打海岸的声音，哗，哗，哗，经久不息。陪伴在我们左右的是海水的味道，浓厚得异乎寻常。

我们刚刚走了差不多两英里，来到一条杂草丛生的小路上，我猜它曾经叫过类似"灯芯绒"这种名字。这条路向我们要去的方向延伸，我们为了节省时间，决定走这条路。我们一路上没怎么说话，周围一片沉寂，四下危机四伏，我们的情绪在一定程度上受到了影响。

大约十一点，我们听见了水流的声音。小路突然左拐，出现在我们面前的是一条水流湍急的、青灰色的小溪，而河对岸就是幽灵一般的耶路撒冷镇。

小溪约两米宽，上面有一座长满苔藓的步行桥。在桥的那一端，博恩斯，你都想象不出来，就是那个最完美的小镇。当然，它饱经风霜，但是，让人没想到的是，它保存得非常完好。堤岸光秃秃的，十分陡峭，不远处有几栋房子，虽然外表简朴，却不失威严，体现了清教徒应有的风格。往前走，在一条杂草丛生的大道旁，有三四座酷似原始的商场的建筑；再往前走，就是地图上标示的那座教堂。教堂的尖塔拔地而起，直指灰色的苍穹。虽然塔身污渍斑斑，涂料早已剥落，而且，塔尖上的十字架已经歪斜，可是，它给人的那份庄严和肃穆的感觉是无法用语言来表达的。

"这个小镇的名字很好听。"卡尔在我身边轻声说。

我们过河，进入小镇，开始了我们的探寻之旅——博恩斯，从这儿开始，我的故事有些让人匪夷所思了。你做好准备了吗？

我们在房屋之间穿行，空气像铅一样沉重——用负重来描述，可能更为贴切。建筑物都处于腐朽的状态——百叶窗脱落了，屋顶在年复一年积雪的重压下塌了，窗户布满灰尘，斜眼看着路人。怪异的墙角和变形的屋角在地上投下片片阴影，仿佛一个个邪恶的水洼。

我们首先进入一家老旧的、散发着腐朽气味的客栈——不知何故，我感觉这样做欠妥：别人希望不被打扰才待在屋子里，我们竟然就这样闯了进去。破旧的大门上挂着一块牌匾，任由风吹雨打，看上去有年头了，上面写着：**公猪头客栈兼酒馆**。因为门上只剩下一个铰链，我们进去的时候，木门发出可怕的嘎吱声。客栈内很阴暗，空气中飘浮着一股腐烂霉变的气味，让人有些无法忍受。在这种气味下面，似乎还有一种更厚重的气味：爬虫和鼠类的气味，陈旧和腐烂的气味。这种气味堪比腐朽的棺木或者被盗墓贼挖开的墓穴所散发出的气味。我用手帕掩住口鼻，卡尔学着我的样子。我们一起察看这个地方。

"我的天哪，先生。"卡尔的声音很轻。

"从未有人来过。"我替他说完了下半句。

的确，没人来过。桌子和椅子像一个个影子卫士，灰头土脸，新英格兰地区极端的温度变化使它们弯曲变形，不然它们的状态可以说十分完美——仿佛数十年来，它们一直在静静的、空荡荡的房间里等待那些早已走远的人再次回到这里，要一杯啤酒或是一小杯白兰地，然后点上黏土烟斗，一边抽烟，一边玩牌。店规旁边挂着一个方形的小镜子，没有一丝破损。博恩斯，你看出其中的门道了吗？小男孩向来喜欢探险，喜欢搞破坏，不管住户多么可怕，任何一栋家中无人的房子，窗玻璃都不可能幸免，任何一个背阴的墓园里都会有至少一块墓碑被小捣蛋鬼们颠倒过来。自然，在距离耶路撒冷镇不足两英里的牧师之角，肯定有不下二十个小捣蛋鬼。然而，小客栈的窗玻璃（店主肯定花了不少银子）却毫发无损——我们发现其他易碎物品也是如此。在耶路撒冷镇，所有的破坏都是大自然无情的力量造成的。这其中的寓意很明显：耶路撒冷镇是一个无人之地。可是，原因呢？我有一个想法，但是，在我斗胆说出来之前，我得继续讲述我这次的冒险活动，结局令人匪夷所思。

我们上楼来到客房，发现床铺都铺得整整齐齐，每张床边上都放着锡铸的水罐。同样，厨房也很整洁，只是堆积了数年的灰尘，还有那股难闻的腐朽气味。单单这家客栈就足以成为古董商人的乐园了，单单厨房里那个造型奇特的火炉就可以在波士顿拍卖会上开出天价了。

我们离开客栈，再次回到变幻莫测的日光中。我说："卡尔，说说你的想法。"

"依我看，布恩先生，情况不妙，"他依旧阴沉着脸，"要想有结论，还得多看看。"

其他的店铺，我们没有一一细看。记得有一家旅馆，锈迹斑斑的铁钉上还挂着发了霉的皮货。此外，还有一家杂货店，一家货栈里面堆放着橡木和松柏，还有一家铁匠铺。

我们朝镇中央那座教堂走去，途中顺道走进两栋房子，都是清教徒风格，里面的物件绝对可以吸引收藏家的眼球。两栋房子里都空无一人，充斥着霉变腐烂的味道。

除了我俩，此地似乎没有其他生灵栖息、活动的迹象。我们没有看见昆虫、鸟类，甚至在窗框的拐角也没有发现蜘蛛网。有的只是灰尘。

最后，我们来到教堂。教堂巍然矗立，阴森、凄凉的氛围使人不寒而栗。因为里面阴暗的缘故，教堂的窗户看上去像一个个黑黢黢的大洞，圣洁的光彩早已不复存在。关于这一点，我极为肯定。我们走上门前的台阶，我伸手握住门上那个大大的铁铸拉手。我和卡尔文的脸上相继流露出凝重的神情。我推开门。这扇门多久没有被人碰过了？我可以肯定地说，起码有五十年了，甚至更久。门上的铰链已经生锈，发出嘎吱嘎吱的声响，腐烂、发霉的味道迎面而来，似乎伸手可及。卡尔喉咙里发出干呕的声音，脑袋不自觉地摇动，他在找寻新鲜的空气。

"先生，"他问道，"您肯定您……"

"我没事。"我镇定地回答。然而，博恩斯，那个时候，我其实一点也不镇定，感觉不比现在好多少。我和摩西、耶罗波安①、英克里斯·马瑟②以及我们的朋友汉森（当他处于哲学境界的时候）都相信，存在精神层面上臭气熏天的地方，凡间的牛奶在那些房子里发臭、发酸。这座教堂就是这样的地方，对此，我深信不疑。

① 所罗门王国分裂之后北以色列的第一任国王，见《圣经·列王纪上》。
② 英克里斯·马瑟（1639—1713），美国神职人员、作家。

我们走进长廊，墙边立着满是灰尘的衣帽架和摆放着圣书的书架。没有窗子，只有壁龛，里面放置着油灯。这个地方没什么特别的，我正想着，突然听见卡尔文急促的喘息声。他注意到的东西，我也看见了。

一幅低俗的画。

对于那幅镶嵌在精美相框里的画，我只能给出如下描述：首先，它使人联想起鲁本斯的作品——肥美的人体；其次，画中人物是对圣母和圣婴的古怪而拙劣的模仿；最后，半明半暗的背景中有一些奇形怪状的生灵，有的在嬉戏，有的则趴在地上。

"上帝啊。"我低语。

"这儿没有上帝。"卡尔文说。他的声音似乎滞留在空气中。我推开通往教堂内部的门，扑面而来的臭气令人窒息。

在午后浑浊的光线中，一排排坐凳如幽灵一般，延伸至祭坛。在这些之上有一个用橡木做的高大的布道坛，幽暗的前廊尽头闪烁着一道金光。

卡尔文是一名虔诚的新教徒，他情绪激动，不住地在胸前画着十字，我连忙效仿。那道金光来自一个制作精美的巨型十字架——可是，它上下颠倒着挂在那儿，象征着撒旦的弥撒。

"我们必须镇定，"我听见了自己的声音，"我们必须镇定，卡尔文，我们必须镇定。"

但是，黑暗笼罩了我的心，我从未如此害怕。我曾经走过死亡的阴影，我以为那是最最黑暗的，可是，我错了，我错了。

我们沿过道走过去，脚步声在头顶、身边回荡。满是灰尘的地面上留下了我们的足迹。祭坛上有一些奇特的艺术品，我不会，我也不能允许自己把注意力集中在那些物件上。

我准备到布道坛那儿去看一看。

"布恩先生，别上去！"卡尔突然大叫，"我担心……"

可是晚了，我已经登上了布道坛。橡木台面上有一本翻开的大书，里面有拉丁文，也有潦草难认的字符。我是门外汉，但我猜想，那可能是德鲁伊语，或者前凯尔特语。我在信里附了一张卡片，上面是我根据记忆写下来的一些字符。

我合上书，打量着篆刻在封面上的几个字：*De Vermis Mysteriis*。我的拉丁语很烂，但这几个字还能应付，它们的意思是："蠕虫之谜"。

当我触摸这行字的时候，被诅咒的教堂，以及卡尔文苍白、仰视的脸似乎在我眼前晃动起来。我好像听见了低低的吟唱声，其中满含可怕而又热切的恐惧。在那个声音之外，还有一个声音，填满了大地的深处。我毫不怀疑这是幻觉——可是，就在那个时候，教堂内真的发出一声巨响，那声音来自我脚下。布道坛在我的手下震颤，墙上那个颠倒的十字架也随之摇晃起来。

卡尔和我，我们一起跑了出来，离开了那个昏暗的地方，直到过了河上那座木桥，到达对岸，才敢回头张望。如果我说，我们一路狂奔，我可能亵渎了人类自迷信的野蛮人进化到如今所经历的一千九百年的漫长岁月，但如果我说，我们溜达着离开了那里，那我肯定说了谎话。

这就是我的故事。你不要以为我又发高热了，我可不想你因为担心我而延迟康复。以上内容，卡尔可以做证，包括我听见的那声巨响。

我得搁笔了。最后，我希望能见到你（如果那样，我的困惑大都会烟消云散），希望永远做你的朋友，你的崇拜者。

查尔斯

1850 年 10 月 16 日

尊敬的先生们：

在你们最近一期家庭用品目录上（一八五〇年夏季版），我看见一种叫"老鼠克星"的药。我想按你们标示的价格（三十美分）购买一罐五磅装的。随信附上回信邮资。来信请寄：缅因州坎伯兰县牧师之角查珀尔怀特，卡尔文·麦卡恩收。

感谢你们费心处理此事。

我谨记在心。

卡尔文·麦卡恩

1850 年 10 月 17 日

亲爱的博恩斯：

诡异的事情仍在继续。

屋子里的动静越来越大，我更加肯定，在墙壁里面活动的不仅仅是老鼠。卡尔文和我又进行了一次搜索，希望找到秘洞或是暗道，但至今一无所获。我们的经历跟拉德克利夫夫人[①]笔下的任何一个惊险故事都不匹配！然而，卡尔坚持认为，声响主要来自地下室，我们准备明天下去看看。想到堂兄斯蒂芬的姐姐就是在那里不幸遇难的，我心里很是不安。

顺便说一句，她的肖像就挂在楼上的走廊里。如果画家如实地描绘了

---

① 安·拉德克利夫（1764 — 1823），英国著名哥特小说作家、诗人，代表作为《奥多芙的神秘》。

她的相貌的话，玛塞拉·布恩是一个面带忧伤的漂亮女人。我知道，她一生未曾婚嫁。有的时候，我想，克劳瑞斯夫人说得没错，这真是一个不祥之地。对于以往在这儿居住过的人来说，它带给他们的只有忧愁和悲惨。

但是，对于这位厉害的克劳瑞斯夫人，我还有话要说，因为这一天我跟她交谈过两次。到目前为止，在从牧师之角来的这批人当中，她是头脑最为冷静的一个。在经历了一次不甚愉快的交谈之后，我找到了她。关于那次交谈，我以后再跟你说。

今天上午，定购的木柴本该送来了。可是，中午都过去了，还是不见木柴的影子。我决定到镇上去，我每天都要去那儿走一遭。这次，我的目的是拜见汤普森，卡尔就是跟他做的买卖。

这一天，天气不错，秋高气爽。到达汤普森家（卡尔跟我详细描述了路线，他自己则留在家里，准备对书房做进一步侦察）的时候，我感觉这些天来我的心情从未这么好过，因此，对于汤普森耽搁送货一事，我决定不予计较。

那个地方杂草丛生，破旧的屋子需要粉刷了。在仓库左边，一头大母猪正在满是烂泥的猪圈里哼哼唧唧，满地打滚，想必到十一月份就要被宰杀了。在主屋与外屋之间的空地上，随处可见被丢弃的杂物。一个身穿破旧麻布衣裳的女人正用兜在围裙里的稻谷喂小鸡。我跟她打招呼，她转过脸，脸色苍白，面无表情。

很有意思，我发现她脸上的表情突然发生了变化，从呆滞到极度恐慌。我只有一个想法：她把我当成斯蒂芬了。因为，她一边举起一只手做出"恶魔之眼"的手势，一边高声喊叫，兜在围裙里的鸡饲料撒了一地，小鸡扑腾着翅膀，四下散开。

没等我张口说话，从屋子里冲出来一个男人。他人高马大，行动笨拙，身上只穿着一条保暖裤，一只手握着一杆小口径步枪，另一只手拿着一个水壶。他眼睛通红，走起路来摇摇晃晃，我敢断定，他就是那个伐木工汤普森。

"布恩家的人！"他喊道，"当心你的狗眼！"他扔掉水壶，任由它在地上滚动，腾出一只手，做出同样的手势。

"我来了，"我说，面对那种局面，我尽可能地做到心平气和，"因为木柴没有按时送到。按照你和我的人达成的协议……"

"该死的家伙！"我第一次注意到，虽然他扯着嗓门乱喊乱叫，但他其实非常害怕。我开始担心，如果情绪过于激动，他会不会真的朝我开枪。

我小心地说："出于礼节，你是否可以……"

"去你妈的礼节！"

"好吧，那么，"我尽量保持自己的尊严，"再见，等你清醒的时候我们再谈。"说罢，我转过身，沿着小路朝镇上走去。

"别再回来！"他在我身后咆哮，"待在那个鬼地方吧！被诅咒的！该死的！"他捡起一块石头朝我扔过来，砸中了我的肩膀。我没有躲闪，我不想让他得意。

我找到了克劳瑞斯夫人，决心至少弄清楚汤普森为何对我抱有这么重的敌意。她是个寡妇（博恩斯，你别胡乱联想，我们根本不可能，她比我大起码十五岁，而且，我也早已过了四十），独自住在海边一栋漂亮的小房子里。我看见她在屋外晾晒衣服，看到我过来，她似乎打心底里高兴。我松了一口气。被人毫无道理地骂了一通，心里的恼怒无法用言语表达。

"布恩先生，"她向我行了一个半屈膝礼，"如果您来是为了洗衣物，我从九月开始就不收了，我的风湿病很严重，洗自己的衣服都很勉强。"

"我倒宁愿这是我拜访您的主题呢。其实，克劳瑞斯夫人，我是有事向您请教。关于查珀尔怀特和耶路撒冷镇，您把您知道的都告诉我，还有，为什么这里的人都对我怀有恐惧和猜忌？这一切，我必须知道。"

"耶路撒冷镇！照这样说，您知道那个地方了？"

"没错，"我回答说，"一星期前，我跟我的人到那里去了一趟。"

"天哪！"她的脸唰的一下白了，白得像牛奶，身体也跟着摇晃了一下。我赶忙伸出手扶住她。她的眼珠子止不住地往上翻，有一瞬间，我肯定她快昏过去了。

"克劳瑞斯夫人，很抱歉，如果我说了什么……"

"进屋来，"她说，"必须让您知道。仁慈的耶稣基督，邪恶的日子再次降临了。"

她在洒满阳光的厨房里煮了一壶浓茶。茶煮好之前，她一声没吭。她把茶放在桌上之后，若有所思地眺望着窗外的海景。很自然，我俩的视线同时落在查珀尔怀特海岬的高坡上，在那里，布恩家的房子面朝大海。大型的凸窗仿佛一枚钻石，在落日的余晖中闪闪发光。虽然风景如画，但我们却感到一种莫名的不安。突然，她转过身，情绪激动地对我说：

"布恩先生，您必须马上离开查珀尔怀特！"

我十分惊讶。

"自从您住进去以后，空气中弥漫着一股邪恶的气息。上星期——自从您踏进那个邪恶之地——出现了凶兆：月亮表面出现了一层膜；公墓里栖息着成群的北美夜鹰；一个畸形儿诞生了。因此，您必须得离开！"

等我回过神来，我尽量客气地对她说："克劳瑞斯夫人，您说的这些都是幻觉，这您应该知道。"

"芭芭拉·布朗生了一个没有眼睛的小孩，这难道也是幻觉？克利夫顿·布罗克特在查珀尔怀特那边的树林里发现了一条五英尺宽的小路，路上的草全部枯萎，变成了白色。还有您，您已经去过耶路撒冷镇了，实事求是地说，那边没有任何生灵，对吗？"

我无法回答，教堂里可怕的一幕浮现在我的脑海中。

她那双青筋暴露的手紧紧攥在一起，看得出来，她在努力让自己保持镇定。"这些事情我是从我母亲和外婆那儿听来的。您知道您的家族和查珀尔怀特之间的事情吗？"

"知道得不多。"我说，"那栋房屋自十八世纪七十年代起一直是菲利普·布恩家族的住所，菲利普的兄弟，也就是我的祖父罗伯特，在文件失窃事件之后去了麻省，并在那里安了家。菲利普家的事情，我知之甚少，只是听说不幸接踵而至，从父亲到儿子，然后到孙辈——玛塞拉死于非命，斯蒂芬摔死了。按照斯蒂芬的遗愿，查珀尔怀特成为我和我家人的住所，至此，家族间的恩怨一笔勾销。"

"永远也不可能一笔勾销，"她的声音很轻，"您不知道争吵是怎样发生的。"

"听说有人看见罗伯特·布恩动他哥哥书桌上的东西。"

"菲利普·布恩气疯了，"她说，"跟他有往来的人大都是些亵渎神灵的人。罗伯特·布恩想搬动的东西是一本邪教的《圣经》，用几种古老文字写成的——拉丁语、德鲁伊语，还有其他语言。一本地狱之书。"

"《蠕虫之谜》。"

她向后退了一步，仿佛被人打了一棍："您知道这本书？"

"我看见了……我还摸了一下。"她再一次快要昏厥了。她抬起一只手捂住嘴巴，想要阻止自己喊出声来。"没错，的确在耶路撒冷镇。就在教堂的布道坛上放着，一座堕落、渎神的教堂。"

"这么说，它还在那里，仍然在那里。"她摇晃着椅子，"我原本指望万能的上帝早就把它扔进地狱了。"

"菲利普·布恩和耶路撒冷镇有什么关系？"

"血亲。"她皱着眉头说，"他虽然身穿教徒的外衣，但他身上有野兽的印记。一七八九年十月三十一日，菲利普·布恩失踪了……那个该死的镇子一夜之间空了。"

之后，她说得很少。实际上，她也就知道这么多。她一个劲地请求我离开此地，给出的理由是"血债要用血来偿"。对了，她还嘀咕着什么"观望的和警戒的"。暮色降临，她越发激动。为了安慰她，我向她保证，我一定认真考虑她的请求。

我在落日的余晖中往回走，方才的好心情早已不知去向，那些恼人的问题折磨得我头昏脑涨。卡尔在门口迎接我，他告诉我说，墙壁里的声音越发严重——就在我写这封信的时候，那个声音还在。我试图安慰自己，那只是老鼠在活动，可是，我眼前浮现出克劳瑞斯夫人那张恐惧、焦急的脸。

海上升起一轮明月，膨胀的满月，血一样的颜色，在海面上投下一片可怕的阴影。我的思绪又一次飞回那座教堂和

（此处删除了一行字）

但是，博恩斯，你最好永远别看见那个。太可怕了。我想，我该睡觉了。我非常想念你。

谨致问候。

查尔斯

1850 年 10 月 19 日

以下内容出自卡尔文·麦卡恩的袖珍日记 ∕1850 年 10 月 20 日∕

今天早上我擅自做主，强行打开了那本书外面的锁。那时，布恩先生还没起床。没有什么用，因为里面的内容都是用密码写成的。我肯定那是一种很简单的密码，或许，我可以像开锁那样轻而易举地破译它。我

肯定那是本日记，很奇怪，感觉像布恩先生的亲笔。那本书放在书房最不起眼的角落里，还上了锁，是谁的呢？看上去有些年头了，但谁能说得准呢？翻开日记，书页中散发出霉变的气味。再过些年，这种气味会更强烈。布恩先生已经着手勘查地下室了。这些烦人的事情，真担心他身体吃不消。我必须说服他……

他来了。

博恩斯：

我不能写。我现在还不能写。我我我……

1850 年 10 月 20 日

出自卡尔文·麦卡恩的袖珍日记 ／1850 年 10 月 20 日／

正如我所担心的，他的身体垮了……

亲爱的上帝，天堂里的圣父！

我不愿去想，但是，它在我大脑里扎了根，像锡版照相，烙在我记忆里。地下室里那可怕的……

此时，我独自一人，八点半，屋内一片寂静，可是……

我发现他趴在写字台上，昏过去了。他还没醒，在刚才的几分钟里，他表现得那么高尚，而我却站在一边，浑身瘫软，筋疲力尽！

他的皮肤苍白、冰冷。感谢上帝，他没发烧。我不敢搬动他，也不敢把他一个人留在家里。如果我真的去城里找人帮忙，有人愿意跟我回来吗？有谁会踏进这栋被诅咒的房子呢？

地下室！地下室里的那些东西，在墙壁里出没！

亲爱的博恩斯：

我昏迷了三十六个小时，刚刚醒过来，还很虚弱。我又是我了……多么可怕、凄惨的笑话！我再也不是原来的那个我了，永远不可能了。我亲身体验了一种疯狂，一种恐惧，其程度超出了人类的表达极限。这一切还远远没有结束。

要不是卡尔，我相信，我的生命在这一刻已经离我而去了。在疯狂的海洋里，他如同一座理性的岛屿。

我将把这一切都告诉你。

为了探查地下室，我们准备了足够的蜡烛——亮得晃眼。卡尔试图劝说我放弃，他提到我最近的病，还跟我说，我们最多也就能找到几只活蹦乱跳的老鼠，那样，我们买的老鼠药就能派上用场了。

然而，我主意已定。卡尔叹了口气，说："布恩先生，您看着办吧！"

地下室的入口嵌在厨房的地板里（卡尔向我保证，他已经用木板盖得严严实实），我们铆足了劲，才把那块木板掀起来。

黑暗中，一股强烈的恶臭涌了上来，皇家河对岸那座荒废的小镇同样弥漫着这种味道。我手里的蜡烛照亮了通往下面的一段陡峭的楼梯。楼梯年久失修——有一处踏板不见了，留下一个黑乎乎的大洞——不难理解，可怜的玛塞拉是如何失足丧命的。

"小心，布恩先生！"卡尔说。我告诉他，我还不打算在此了结自己。我们开始往下走。

下面是泥土地面，墙壁是大块的花岗岩，不算潮湿。那个地方不像是老鼠的乐园，因为那里缺少老鼠做窝所需的材料，比如破纸盒、旧家具、废纸之类的。我们举起手里的蜡烛，投下一个小小的光圈，可以看见的范围十分有限。再往前，地面有些倾斜，似乎在往主客厅和餐厅下面延伸，也就是说，朝西面延伸。我们继续往前走。周围死一般寂静，空气中的臭味越来越强烈，黑暗像一张羊毛毯子，朝我们劈头盖脸压下来，仿佛嫉妒我们手中的烛光，因为那里已经多年没有人进入，蜡烛的光芒暂时驱走了黑暗。

走到另一头，花岗岩墙壁变成了刷过清漆的木板，看上去是黑色的，不反光。这是地下室的尽头，感觉像大房间旁边的凹室。它所处的位置角度特殊，必须绕过墙角，才能看全。

卡尔和我走了过去。

这栋房子可怕的过去如一具腐尸，突然出现在我们面前。凹室里只有一张椅子，椅子正上方粗大的房梁上挂着一个绳结——一个已经腐朽的绞索。

"他就是在这里上吊自尽的。"卡尔低声说，"天哪！"

"没错……当时，他女儿的尸体就躺在他身后的楼梯脚下。"

卡尔正要说什么，这时，我看见他猛地扭头看向我身后，然后开始尖叫。

博恩斯，我怎样才能描绘出我们眼前所见？我怎样才能向你讲述墙壁里那些可怕的东西？

那堵墙猛然向后退去，黑暗中出现了一张脸——斜着的眼睛阴森漆黑，仿佛冥河之水。嘴巴里没有牙齿，打着哈欠，痛苦而狰狞。一只黄色、腐烂的手朝我们伸过来。它摇摇晃晃地往前跨了一步，嘴里发出一声可怕的、类似小猫的叫声。我手中的烛光落在它身上……

我看见它脖子上有一道绳子勒出来的青紫色的瘀痕。

在它的身后，还有一个东西在动，那个东西，只要我还活着，就会像噩梦一般纠缠着我。一个姑娘，一张惨白、腐烂的脸上露出僵尸般的微笑，脑袋别扭地朝一边耷拉着。

它们想要我们的命，我知道。多亏我将手中的蜡烛朝它们迎面砸过去，随后又搬起绳套下面的椅子扔了过去。否则，它们早已把我们拽进黑暗之中，变成它们的财产了。

周围一片混沌。其后的事情我不记得了。就像我上面说的，我醒来的时候，在自己的房间里，卡尔在我身边。

假如可以离开，我恨不得就穿着这身睡衣飞离这个恐怖之地。然而不行。不知不觉，我已经成为一出更加晦涩、更加黑暗的戏剧中的一个角色。别问我为什么会这样想，我就是这样想的。克劳瑞斯夫人说得对，血债要用血来偿。她还提到"观望的和警戒的"，她说得太对了。我担心我已经唤醒了一种力量，它在耶路撒冷镇这个阴暗之地已经沉睡了半个世纪，它杀害了我的祖先，并把他们置于邪恶势力的束缚之中，使他们成为诺斯费拉图——不死的僵尸。博恩斯，我还有更大的担心，但至今，我了解的内容还不完整。但愿我知道……但愿一切我都知道！

查尔斯

又及：我写这封信只是给自己看的，我们离牧师之角还有一段路，我不敢带病去那里寄信，卡尔也不放心我一个人在家。也许，老天垂怜，会有办法让这封信到达你手中。

查

1850 年 10 月 22 日

出自卡尔文·麦卡恩的袖珍日记 ╱1850 年 10 月 23 日╱

今天他好些了，我们谈到地下室里的鬼魂，一致认为那不是幻觉，也不是灵质，那是真的。我猜它们离开了。布恩先生也这么想吗？或许吧！墙壁里的声音停止了，但是，屋子里仍然有一种不祥的气氛，仿佛被一块黑布所遮盖。我们似乎是在极具欺骗性的风暴眼里等待着……

我在楼上一间卧室里发现了一摞纸，就放在一张老式翻盖式写字台最下面的抽屉里。有些是信件，有些是收据，这让我得出一个结论，那是罗伯特·布恩的房间。但是，在那摞纸张里，最让我感兴趣的是一张男式海狸皮帽子的广告页，有人在它的背面记了些东西。最上面一行写着：

降福于温顺的人。

下面两行的内容显然毫无疑义：

bke　dshdermthes　eak
elmsoerare　shamded

我确信，这可以破解书房里那本带锁的密码书。我相信以上密码很久以前在独立战争中用过，被称为"栅栏密码"。去除偶数位上无意义的暗码，得到的结果如下：

besdrteek
lseaehme

如果换个方式，纵向看，那么，得到的结果就是最上面那句话：降福于温顺的人。它出自《圣经》中的"八福"①。

我先弄清楚那本书的内容，然后再把这个拿给布恩先生看……

亲爱的博恩斯：

说一件让人兴奋的事情——卡尔确定自己找到了我祖父罗伯特的日记，在这之前，他一直守口如瓶（这种品德，难能可贵）。日记用密码写成，但已被卡尔破译。他很谦虚地说，这次发现实属偶然，但我可不这样想，执着和努力起了决定性的作用。

不管怎样，他的发现给我们疑云笼罩的处境带来了一线曙光！

第一篇日记标注的日期是一七八九年六月一日，最后一篇是一七八九年十月二十七日——克劳瑞斯夫人提到的那宗灾难性的失踪案就发生在四天之后。日记记载的事情越发让人着迷——不对，应该是越发离奇——而且，清楚地讲述了我的叔公菲利普和耶路撒冷镇，以及那座万恶的教堂里的那本书之间的关系。

那个镇子，按照罗伯特·布恩所说，其存在先于查珀尔怀特（建于一七八二年）和牧师之角（建于一七四一年，那时叫"牧师安息地"），是由一些从新教分离出来的人在一七一〇年修建的。这个派别的领头人名叫詹姆斯·布恩，是一个极端固执的宗教狂热分子。那个名字着实吓了我一跳！我相信，这个布恩跟我们家族肯定有关系。克劳瑞斯夫人说过，在这件事情上，家族血亲至关重要。她的看法虽然有些迷信，但却极其正确。上次，我向她打听菲利普和耶路撒冷镇的关系，她回答说："血亲。"

---

① 见《圣经·马太福音》5：3 — 5：10。

恐怕，她说得有道理。想到这里，我不寒而栗。

镇子以布恩布道或者接见信众的教堂为中心修建，很快变成一个居住区。我祖父暗示说，布恩和镇上的所有女人都有染，他让她们相信，那是上帝的旨意。结果，那个地方就像是一个怪胎。在那个诡异的年月，人们相信巫术，相信童贞女生子，因此，那个孤立的地方才得以存在。近亲通婚，堕落的宗教领地，而且，掌门人是一个近乎疯狂的牧师，他有两本福音书，一本是《圣经》，另一本是德古奇的《魔鬼之宅》。在那里，定期举行驱除妖魔的仪式；在那里，乱伦和疯狂导致的后果通常是身体的畸形。我怀疑（并且相信，罗伯特·布恩也一定有此怀疑）布恩的一个私生子很可能离开了（或者说，被人拐带）耶路撒冷镇，到南方谋生——因此有了我们现在的家族。据家人推测，我们这个家族起源于马萨诸塞州的一个地方，那个地方最近独立了，变成了缅因州。我的曾祖父肯尼思·布恩因为当时红火的兽皮买卖发了家。他挣的家产经过多年精明的投资不断扩大。一七六三年，他过世了。很久以后，他的儿子菲利普和罗伯特修建了查珀尔怀特。血债还要血来偿，克劳瑞斯夫人说过。肯尼思是詹姆斯·布恩的后代，为了逃离父亲的魔爪，他离开了那个镇子。不曾想，他的儿子，在完全不知情的情况下，在距离家族起源之地不到两英里的地方，建起了布恩家的老宅。这种可能性存在吗？假如情况属实，似乎有一只看不见的手在引导我们。

按照罗伯特的日记，詹姆斯·布恩一七八九年的时候已经很老了——肯定是这样的。假设在镇子建立的那一年，他二十五岁，那么，到一七八九年，他应该已经一百零四岁了，相当高寿。以下摘自罗伯特·布恩的日记：

1789 年 8 月 4 日

今天，我第一次见到了让我兄弟鬼迷心窍的那个人。我不得不承认，这个布恩掌控着某种奇特的磁场，这让我十分不安。他是个名副其实的老人，白胡子，身穿一件黑色的长袍。不知怎的，我有一种不祥的感觉。更让我担心的是，他身边有很多女人，就像苏丹，妻妾成群。菲利普安慰我说，虽然他已经八十多岁了，但依旧精力旺盛……

那个镇子，我以前去过一次，但不准备再去了。那里的街道静悄悄的，被老头在布道坛上渲染的恐惧所笼罩。我还担心，由于近亲繁殖，很多人长相近似。不管我往哪儿看，老头的那张脸似乎无处不在……苍白的脸，没有光泽，仿佛所有的能量都已被榨干。我看见没有眼睛、没有鼻子的小孩，看见女人在哭泣，在胡言乱语，在莫名其妙地用手指着天空，或者把《圣经》的内容和魔鬼的言语混在一起……

菲利普希望我留下参加教堂的仪式，可是，一想到站在一群近亲繁殖的听众前方的布道坛上的那个恐怖老头，我就感觉反胃，我找借口……

之前和之后的日记内容表明，菲利普对詹姆斯·布恩的兴趣愈来愈强烈。一七八九年九月一日，菲利普接受洗礼，成为布恩教会的一员。他的兄弟说："我感到震惊、不解、惶恐——我目睹了他的变化——他甚至越来越像那个恐怖的老头。"

七月二十三日，罗伯特首次提及那本书。日记对此做了简要记载："今晚，菲利普从那个镇子回来，脸上的表情在我看来非常怪异。直到就寝，他才开口说话。他说，布恩向他打听一本名叫《蠕虫之谜》的书。为了讨好菲利普，我允诺写信给约翰斯和古德费洛公司询问此事，菲利普对我心存感激。"

八月十二日，他这样写道："今天收到了两封信……一封来自波士顿的约翰斯和古德费洛公司。他们有菲利普感兴趣的那本书，在这个国家，此书尚存五本。让人费解的是，那封信的语气十分冷淡。我认识亨利·古德费洛已经有很多年了。"

1789 年 8 月 13 日

古德费洛的信让菲利普顿时激动起来。他拒绝做任何解释，只是说，布恩渴望拥有那本书。我百思不得其解，因为，从书名看，这似乎是一本无关紧要的园艺方面的书……

我有些担心菲利普，随着时间的推移，他越发古怪。我宁愿我们没有回到查珀尔怀特。夏季炎热，令人感觉压抑，阴云笼罩……

在罗伯特的日记里（他似乎没有意识到此书的重要性，即使到了最后），后来还有两次提到这本臭名昭著的书。

1789 年 9 月 4 日

虽然理智反对我这样做，但我还是请求古德费洛全权代理菲利普的购书事宜。反对有用吗？难道他自己没有钱吗？我应该拒绝他吗？作为交换条件，我要求菲利普向我保证，放弃参加那令人恶心的受洗仪式……然而，他很狂热，差不多着魔了。我无法相信他，在这件事情上，我真的想不通，我不抱任何希望了……

1789 年 9 月 16 日

今天，书到了，里面夹着一张字条。古德费洛说，他希望这是最后一次跟我做买卖……菲利普异常激动，令人无法理解，他一把从我手里把书夺了过去。那本书是用该死的拉丁文和一种如尼文字①写成的，我完全看不懂，拿在手里感觉热乎乎的，似乎在颤动，仿佛蕴藏着一股巨大的力量……我提醒菲利普，让他不要忘记放弃洗礼的诺言。他哈哈大笑，表情丑陋、狰狞。他在我面前挥舞着那本书，不停地大喊："我们得到了！得到了！蠕虫！蠕虫之谜！"

我猜想，此刻，他已经去找那个疯狂的老头了，我那天再也没有看见他……

关于那本书，日记里就说了这么多，但我可以做出肯定的推断，至少是有根据的推断。首先，那本书，如克劳瑞斯夫人所说，是罗伯特和菲利普翻脸的导火索；其次，那本书里充满邪恶的咒语，可能来源于德鲁伊教士②（罗马人征服英国的时候，冒学术研究之名，保留下来许多德鲁伊的血祭传统，很多此类"地狱菜谱"被归入世界禁书之列）；第三，詹姆斯和菲利普想借这本书达到他们的目的。也许，他们的出发点不坏，只是方法怪异，但我无法相信这一点。我认为，他们从很久之前就将自己交给了存在于宇宙之外的不明力量，那些力量有可能不受时空的束缚。罗伯特·布恩的最后几篇日记给我的设想提供了些许依据。我想，还是看看日记里是怎么说的吧。

1789 年 10 月 26 日

今天，牧师之角发生了可怕的骚动。铁匠法威利抓住我的手臂，向我发问："你兄弟和那个反对基督的人究竟在那边干什么？"古

---

① 一类已经灭亡的字母，又称卢恩字母，在中世纪的欧洲用来书写某些北欧日耳曼语族的语言，在斯堪的纳维亚半岛与不列颠岛通用。

② 凯尔特文化中地位崇高的阶级。其权力可与王权匹敌，通常会以指导者或参谋身份参与政治事务。他们不仅掌管祭祀，也是医生、魔法师、占卜者、诗人，以及其所属部族的历史记录者。

迪·兰德尔说，星象表明，灾难即将降临。母牛生了一只双头小牛。

至于我本人，我不知道会发生什么，也许，我兄弟要发疯了。他的头发一夜之间花白了，眼睛充血，理智之光消失了。他咧嘴傻笑，时常低语，不知为什么，只要不去耶路撒冷镇，他就往地下室跑。

房前屋后，聚集着许多北美夜鹰，就连草地上也有，它们在雾霭中齐声高歌，叫声和着海浪声，听上去既神秘又可怕，让人无法入睡。

1789 年 10 月 27 日

菲利普今晚去了耶路撒冷镇，我尾随其后，跟他保持一个安全的距离，以免被他察觉。该死的北美夜鹰在树林里成群出没，发出地狱般的叫声，让人胆战心惊。我不敢过桥，对岸一片漆黑，只有教堂是个例外。那里，灯火通明，诡异的红色光芒似乎把高大的窗子变成了地狱之眼。魔鬼的祷文此起彼伏，人们时而大笑，时而抽泣。脚下的大地似乎在升腾，在呻吟，仿佛它正承载着可怕的负累。我不解，我害怕，我转过身，穿过黑黢黢的树林往回跑，北美夜鹰的叫声始终在我耳边回荡。

高潮即将到来。然而，一切都无法预知。噩梦缠身，我不敢合眼；恐惧降临，我不敢面对。夜晚，可怕的声音不绝于耳，我怕……

然而，我还想再去，去观察，去看。似乎菲利普在召唤我，还有那个老头。

那些鸟……

诅咒。诅咒。诅咒。

罗伯特·布恩的日记到此结束。

请你注意，博恩斯，在结束之前，他说，似乎菲利普在召唤他。我最终的结论依据的是这部分内容，以及克劳瑞斯夫人所说的一切。但是，最主要的还是地下室里的恐怖鬼影——活死人！我们的家族实在是不幸，博恩斯。我们受到了诅咒，那个咒语不肯离去。它鬼影一般游走在这栋房子里，游走在那个镇子上。循环的顶点再次临近。我是布恩血脉的最后一人。我担心，这不是秘密，我正处在一股超越理智的黑暗力量的中心。周年庆典将在万圣节的前夜拉开序幕，距离今天还有一个星期。

接下来该怎么办？要是你在就好了，你可以指导我，帮助我！真希望你在我身边！

我必须了解一切，我必须返回那里。愿上帝给我力量！

查尔斯
1850 年 10 月 24 日

出自卡尔文·麦卡恩的袖珍日记 ／1850 年 10 月 25 日／

布恩先生差不多昏睡了一整天，他脸色苍白，人也更瘦了，恐怕高烧在所难免。

给他往水杯里添水的时候，我看见两封没有寄出的信，收信人是佛罗里达州的格兰森先生。他在信上说，他计划再探耶路撒冷镇，我才不会让他去呢，他不要命了？我敢偷偷去一趟牧师之角，雇一辆马车吗？我必须去，但万一他醒了怎么办？要是我回来的时候他已经走了，又怎么办？

墙壁里又响起了那种声音。感谢上帝，他还在睡。那声音让我心里发毛。

稍后：

我用托盘给他送去晚餐，他说晚些时候再起来。尽管他设法找借口，但我明白他的企图。虽然如此，我还是离开了，前往牧师之角。上次生病开的安眠药粉还剩几袋，在我这里，他不知道我在他的茶水里放了一袋，把茶全喝下去了，然后又睡着了。

把他一个人留在家里，墙壁里的东西还在活动。一想到这些，我就害怕。让他一个人继续待在家里，在墙壁的包围下待一天，我有种心惊肉跳的感觉。更糟糕的是，我把他锁在房间里了。

上帝啊！但愿我带着马车回来的时候，他还在那里，还在睡觉，安然无恙！

后来：

用石头砸死我！把我当成一只流浪的狂犬！怪兽和恶魔！他们竟然称自己为人！我们被囚禁在这里……

那些北美夜鹰开始聚集。

亲爱的博恩斯：

将近黄昏，我醒了过来，我昏睡了差不多一整天。虽然卡尔什么也没有说，但我怀疑，他察觉到了我的意图，因此在我的茶水里放了安眠药。他是一个忠心耿耿的好朋友，他所做的一切都是为我好，我无话可说。

但是，我已做出决定，就在明天。我很镇定，很坚决，但同时也感觉高烧可能会再次袭来。如果是这样，明天一定得行动了。也许今晚更好，但是，夜黑风高，地狱之火也未必能够引导我进入那片无人之地。

万一这是最后一封信，愿上帝保佑你，庇护你，博恩斯！

查尔斯

又及：外面，群鸟开始狂叫；墙壁内，那可怕的东西又开始活动了。卡尔以为我没有听见，我听见了。

查

1850 年 10 月 26 日

出自卡尔文·麦卡恩的袖珍日记 ／1850 年 10 月 27 日／凌晨 5 点／

他就是不听劝，算了，我跟他一块儿去吧！

亲爱的博恩斯：

我身体虚弱，但头脑清楚。具体日期还不确定，但历书显示，根据潮汐和日落的变化，我的推算应该是对的。我坐在桌前——就在这个地方，我给你写了来查珀尔怀特之后的第一封信——眺望黑黢黢的大海，白天最后一抹光亮在迅速消退。我看不见了。这个夜晚是我的夜晚。无论多么黑暗，我决定离开。

海浪撞在礁石上，溅得老高，扑向黑暗的天空，我脚下的大地开始震颤。窗玻璃映出了我的影子，像吸血鬼，面色惨白。从十月二十七日开始，我没有摄入任何营养物质，要不是卡尔在床边放了茶水，恐怕我已经脱水了。

噢，卡尔！博恩斯，卡尔不在了。他代替我去了。透过那扇黑黢黢的窗子，我看见了他那烟管般细长的手臂和骷髅般的脸。然而，他可能比我幸运，纠缠我多日的梦魇——癫狂的梦境，鬼魅出没——不会踏入他的领地。即使现在，我的双手仍在颤抖，墨水弄脏了信纸。

那天早上，我正准备悄悄出门，被卡尔撞了个正着——我以为自己的计划天衣无缝。我之前告诉他，我已经决定和他一起离开这个地方，问他是否可以到十英里外的坦德里尔走一趟，雇一辆双轮轻便马车，那里的人大都不认识我们，好办事。他同意了，我看着他沿海边走远了。之后，我立刻开始准备，穿上外套，戴上手套（天气转冷，早上寒风呼啸，冬天到了）。我很希望有一杆枪，但随即又感觉自己很幼稚。在这种事情上，枪又有什么用呢？

我从厨房那个门出去，停下脚步，最后看了一眼大海和天空。海上，新鲜的空气夹杂着腐败的味道，我肯定，不久我就会有机会闻个够；天空中，觅食的海鸥在云层下盘旋。

我转过身，卡尔出现在我面前。

"您不能一个人去。"他说。他跟平日一样严肃。

"可是卡尔……"我开始解释。

"别，别解释！我们一起去，有什么事情，我们一起做。否则，您进屋去。您身体还没有恢复，您不能一个人去。"

当时，我的心情复杂得难以描述：不解、气愤、感动——但是，最强烈的还是爱。

我们默默无语，走过这座夏季别墅，走过日晷，沿着长满杂草的小路进入树林。死一般的寂静——没有鸟鸣，也没有蟋蟀的歌声，世界仿佛被笼罩在寂静之中。不变的是远处飘来的咸味和淡淡的柴火的烟味。树林五彩缤纷，但是，在我眼里只有鲜艳的红色。

没过多久，海水的咸味消失了，取而代之的是一种可怕的味道，就是我曾经提到过的那种腐败的味道。当我们来到横跨在皇家河上的那座小桥边时，我希望卡尔能再一次劝我放弃。可是，他没有这样做。对岸，灰暗的塔尖似乎在嘲笑头顶的蓝天。卡尔停下脚步，看看前方的教堂，然后又看看我。我们继续前行。

我们朝詹姆斯·布恩的教堂走去，步速很快，但内心充满恐惧。大门半开着，跟我们上次离开时一样，内部的黑暗似乎在窥视我们。我们走上台阶，地上的黄铜纪念牌仿佛填满了我的心。我伸出颤抖的手抓住门把手，向里一推。里面的气味比上次更加强烈，更加让人难以忍受。

我们进入阴暗的前厅，没有停留，径直走向主厅。

一片狼藉。

有某种可怕的东西一直藏在教堂里，发生了一场严重的破坏。长凳翻倒在地，像木板一样胡乱堆在一起。那个邪恶的十字架靠在东面的墙上，灰泥墙壁上方有一个边缘不规则的大洞。很明显，这是十字架被人用力扔过去的时候留下的。还有那些油灯，全部脱离了原本的位置，鲸鱼油难闻的气味和弥漫在村子里的臭气混合在一起。我像婚礼上的新娘，行走在中间的过道上，不同的是，脚下是一片黑色的脓水，混杂着一缕缕不祥的血。我们的目光跟随着它，走向布道坛——视线之内唯一幸存的物件。布道坛上有一只被宰杀的羔羊，一对闪闪发亮的眼睛越过那本亵渎神灵的大书看着我们。

"天哪！"卡尔小声说道。

我们跨过地面上的污浊走了过去，脚步声在教堂里回响，仿佛魔鬼的笑声。

我们一起走上教堂的前廊，羔羊没有被肢解，也没有被啃食。看上去，它更像是受到了挤压，全身的血管都爆裂开来。布道坛四周的地上，血水汇成一个个散发着臭味的小洼……但是，书上的血迹却是透明的，就像是彩色玻璃，下面的字符清晰可辨。

"我们非得把书拿走吗？"卡尔镇定地问道。

"没错，我必须把它拿走。"

"您准备如何处置它？"

"六十年前就应该做了，我要把它毁掉。"

我们把小羊的尸体从那本书上移开，它翻滚着掉落在地上，发出一声巨响。沾满血迹的书页此刻发出一片红光，仿佛那是它的鲜血。

我的耳畔响起一个声音，似乎是从墙壁内部传出来的低低的吟唱声。我看了一眼卡尔，他眉头紧皱。我明白，那个声音他也听到了。我们脚下的地板开始震颤，仿佛出没于教堂的那些鬼怪为了保卫它们的领地向我们发起了进攻。理智的世界开始扭曲、崩溃，教堂里鬼魅起舞，到处闪烁着地狱的鬼火。我仿佛看见了詹姆斯·布恩，可怕的容貌，怪异的身形，在一个脸朝上躺倒在地的女人身边手舞足蹈，身后跟着他的随从——我的叔公菲利普，身穿一件黑色的长袍，一只手握着一把尖刀，另一只手拿着一只碗。

"神与你同在，伟大的蠕虫……"①

书上这一行字开始在我眼前扭动，每个字都沾染了祭品的鲜血，这件祭品属于一个在群星之上蹒跚而行的造物……

一群瞎眼的、乱伦生育的信众在愚蠢的魔鬼的赞歌声中摇摆着躯体，丑陋、畸形的脸上充满了饥渴和莫名的期待……

拉丁语被一种更为古老的语言所替代，那种语言步入成熟的时候，埃及才刚刚诞生，金字塔还遥遥无期，而我们的地球则高悬在一个尚未成形的沸腾的宇宙之中：

"Gyyagin vardar 犹格·索格斯！蠕虫！ Gyyagin ！ Gyyagin ！ Gyyagin ！"②

突然，布道坛发出噼噼啪啪的爆裂声，并且开始向上移动……

---

① 原文为拉丁语。

② 可能是德鲁伊语。

卡尔大叫一声，抬起手臂掩住自己的脸。不知为何，前廊剧烈抖动，仿佛暴风雨中的一艘船。我一把抓过那本书，将手臂伸直，尽量让身体距离它远一些。那本书似乎蕴藏着太阳的炙热，我感觉它会把我烧成灰烬，毁掉我的双眼。

"快跑！"卡尔高声喊道，"快！"

但是，我站在原地一动不动。我仿佛是一个古老的器皿，等待了许多年——等待了几辈子，为的就是让那个怪异的东西填满我的躯体。

"Gyyagin vardar！"我大喊，"犹格·索格斯的奴仆，无名之神！从超越空间之地而来的蠕虫！吞噬星球的魔鬼！时间的蒙蔽者！蠕虫！来吧，到我身体里来吧！变形的时间到了！蠕虫！Alyah！Alyah！Gyyagin！"

卡尔推了我一把，我踉跄了几步，教堂在我眼前旋转，我一头栽倒在地，脑袋砸在一个翻倒的凳子上，红色的火焰填满了我的大脑——然而，它似乎又撤退了。

我摸索着，找寻我随身带来的火柴。

地狱的惊雷响彻整座教堂。灰泥墙壁坍塌了。尖塔上锈迹斑斑的铜铃撞响了魔鬼的编钟，发出阵阵共鸣。

我划亮火柴，凑近那本书。顷刻间，布道坛发生了爆炸，在气浪的作用下，碎木片四处乱飞，原来摆放布道坛的地方出现了一个巨大的黑洞。卡尔伸着手，摇摇晃晃地走了过去。他的脸膨胀起来，发出一声含混的尖叫，那声音我终生难忘。

在他的叫声中，一个巨型的灰色怪物蠕动着，从洞口涌了出来，随之而来的气味让人噩梦连连。那是一团巨大的、黏糊糊的胶状物，表面布满了脓疮，非常丑陋，如同火箭发射一般，从地底深处一跃而起。刹那间，一个常人难以想象的恐怖念头掠过我的脑海，我意识到，那其实是一只巨型蠕虫的外壳，是它整个身体的一部分。在那万恶的教堂底下，它暗无天日地度过了这么些年!

书在我的手中燃烧,那个东西似乎冲我发出无声的抗议。卡尔被捎带着攻击了一下,像一个断了脖子的玩偶,从教堂一头飞向另一头。

它退回去了——那个东西撤退了,巨大的洞口,边缘参差不齐,残留着一摊摊黑色的黏液,响雷般的哭喊声慢慢远去,最终消失不见。

我低下头,那本书已经变成了灰烬。

我仰天大笑,随即像一头被困的野兽,发出一声声号叫。

我彻底疯了。我一屁股坐在地上,鲜血顺着太阳穴一个劲地向下流。我冲着亵渎神明的黑影乱喊乱叫,与此同时,卡尔趴在远处的一个角落里,用写满了恐惧的眼睛看着我。

我不知道这种状况持续了多久。没法说清楚了。但是,等我恢复理智的时候,黑影已经将我团团围住,我坐在暮色中,瞥见前廊的地上有东西在动,就在那个黑洞的洞口。

一只手从被毁的地板下面伸了出来。

我的狂笑声瞬间卡在了喉咙里,病态的亢奋不知所踪,我僵在那里,身上的血仿佛停止了流动。

一个残缺的身形浮现在黑暗之中,拖着不祥的步子慢慢朝我这边挪动,头颅只剩半个,眼眸中带着复仇的火焰凝视着我,没有皮肉的额头上爬满了甲虫,早已腐烂的法袍附着在变形、空洞的锁骨上。唯一有生命迹象的是那双眼睛——两个可怕的红窟窿,疯狂地瞪着我——里面反映出的是宇宙之外荒凉寂寥的岁月。

它想把我带去黑暗的地下世界。

就在那个时候,我尖叫着逃跑了,把我终生的朋友丢弃在那个可怕的地方。我一路奔跑,直到空气在我肺里和脑子里如同岩浆一样迸发。我一路奔跑,直到再次跨进这栋被占领、被污染的房子,冲进自己的房间,倒在床上,如死人一般,直至今日方才睁开眼睛。我拼命地跑,即使处于那种疯狂的状态，即使面对的是那个体无完肤、僵尸一般的东西，我依然看得出，它跟我们家族的成员像极了。不是菲利普，不是罗伯特——他俩的画像就挂在楼上的走廊里，我见过的。那张腐烂的面孔属于詹姆斯·布恩，那个蠕虫的拥有者！

他仍然生活在耶路撒冷镇和查珀尔怀特的地下，游荡在暗无天日的阴暗角落——它还活着。书被烧了，它因此受到了重创，但那书可不是只有这一本。

然而，我是那扇门，我是布恩家族的最后一员。为了人类的利益，我必须去死……永远摆脱束缚。

我出海了，博恩斯。我的旅程，我的故事，都终结了。愿上帝保佑你，赐予你平安！

查尔斯

1850 年 11 月 4 日

以上令人费解的书信最终落到了埃弗里特·格兰森先生手中，是我寄给他的。查尔斯·布恩的妻子死于一八四八年，次年，他自己不幸得了脑膜炎。据推测，脑膜炎的反复发作使查尔斯丧失了理智，杀死了他的伙伴，也是他的老朋友，卡尔文·麦卡恩先生。

有趣的是，麦卡恩先生袖珍日记中的文字是伪造的；毫无疑问，伪造者是查尔斯·布恩，目的是渲染他那偏执的妄想。

然而，至少在两个细节的处理上，查尔斯·布恩犯了错误。第一，当耶路撒冷镇被"重新发现"（当然，我是从历史的角度使用这个词的）的时候，前廊的地板，虽说已经腐烂，但并没有爆炸或是严重毁坏的痕迹。教堂里一排排古旧的长凳被打翻在地，好些窗玻璃也破碎了，但这也可以是邻近村镇那些捣蛋鬼所为。在牧师之角和坦德里尔地区，一些无聊的老年人仍在议论耶路撒冷镇（也许那时，正是此类无伤大雅的民间传说让查尔斯最终走上了毁灭的道路），但是，这似乎不是问题的关键。

第二，查尔斯·布恩并不是他们家族的最后一人。他的祖父罗伯特·布恩至少有两个私生子。一个出生不久就夭折了，另一个继承了布恩的姓氏，居住在罗得岛的森特勒尔福尔斯市。我就是布恩家族这一支的最后一人，是查尔斯·布恩的第三代后人。

这些书信在我手上放了十年。我住进布恩家族的老宅查珀尔怀特之后，把这些书信拿出来出版，希望读者能够在心里饶恕查尔斯·布恩那可怜的、误入歧途的灵魂。对我而言，至少有一件事情他说对了：这个地方急需灭鼠药。

从声音判断，墙壁里面有不少大老鼠。

詹姆斯·罗伯特·布恩

1971 年 10 月 2 日

Graveyard Shift
夜 班

　　星期五，凌晨三点。

　　霍尔坐在三楼电梯旁的长凳上，这是楼里唯一允许抽烟的地方。这时，沃里克走了过来。看见他，霍尔有些不开心。通常，上大夜班的时候，工头不会在凌晨三点出现，他应该在负一楼的办公室里喝咖啡，咖啡壶就放在他办公桌的角上。此外，那儿很热。

　　这是盖茨福尔斯有记载以来最热的一个六月，挂在电梯旁的那个印着"橘色冲击"①图案的温度计曾经在凌晨三点钟冲到华氏九十四度。只有老天知道在凌晨三点到上午十一点的夜班时段，工厂简直就是一座人间

────────

　　① 美国一家碳酸饮料品牌。

地狱！

霍尔负责分拣机，那台机器经常罢工，是克利夫兰一家工厂一九三四年生产的，那家工厂现已停业。霍尔四月份才开始在这里上班，也就是说，他每小时才能挣一点七八美元，是报酬里最低的一档。尽管如此，他还是接受了。没有老婆，没有固定女友，也不需要支付赡养费，他是个四处漂泊的人。在过去三年里，他一路搭顺风车，从伯克利（大学生）到太浩湖（餐馆勤杂工），到加尔维斯顿（码头工人），到迈阿密（快餐厨师），到威灵（出租车司机、刷碗工），然后到缅因州的盖茨福尔斯（分拣机操作工）。下雪之前，他不打算离开这儿。他一向独来独往，晚上十一点到早晨七点这个时段是他最喜欢的，因为，大纺织厂的血液温度此时最低，更别说气温了！

他唯一不喜欢的是老鼠。

三楼的走廊很长，基本没有人，几盏荧光灯发出刺眼的亮光。这里跟厂子里其他地方不同，相对来说更安静，也更少被占用，至少人很少。老鼠就另当别论了。三楼只有一台机器——分拣机，其余的地方都用来做仓库，堆放着一包包重达九十磅的纤维，这些都要经过霍尔那台长齿轮的机器进行分拣。它们一排排码放在一起，像成串的香肠，其中有一些（尤其是废弃的麦尔登呢和部分没有订单的不规则手拔毛）已经存放了多年，满是灰尘，像工业废料。这里成了老鼠的窝，这些家伙个头肥大，眼神犀利，身上布满跳蚤和寄生虫。

霍尔养成了一个习惯，休息的时候在垃圾桶里收集软饮料罐。任务不多的时候，他用这些作为武器投射老鼠，空闲的时候再把它们捡回来。只有这一次，他被工头逮到了。那个家伙不坐电梯，走楼梯上来，鬼鬼祟祟的，大家都骂他狗杂种。

"霍尔，你在干吗？"

"老鼠。"霍尔回答说。他意识到自己的回答有多么苍白无力，因为此时，所有的老鼠都已经安全地返回到它们的窝里去了。"只要发现它们，我就用易拉罐砸它们。"

沃里克轻轻点了点头。他块头很大，留着小平头，衬衫袖子卷着，领带垂在胸前。他仔细打量着霍尔，说："我们付你工钱，可不是让你打老鼠的，先生。你把那些罐子捡回来后不许再扔了。"

"哈里已经二十分钟没有送单子下来了。"霍尔嘴上说着，心里暗想：你他妈的为什么不能待在办公室里喝咖啡呢？"没有订单，我也没法工作呀。"

沃里克点点头，仿佛对这个话题失去兴趣了。

"也许我该上楼去看看维斯康斯基，十有八九他在看杂志，吹牛。"

霍尔没有搭腔。

沃里克突然用手一指："那里有一只，快，打死它！"

霍尔吹了一声口哨，扔出了手里握着的尼哈饮料罐—— 一个漂亮的上手投球。那只老鼠原本躲在原料堆上，瞪着一双乌溜溜的眼睛看着他们。此时，它低低地叫了一声，一溜烟地跑了。霍尔随即去捡易拉罐，沃里克头一仰，哈哈大笑起来。

"我找你有别的事情。"沃里克说。

"什么事情？"

"下个星期是国庆长假。"霍尔点点头。工厂星期一到星期六关门——放假一星期，工作满一年的享受带薪假期，不满一年的，暂时失业。"你想做点工作吗？"

霍尔耸耸肩，问："什么活？"

"我们打算清理整个地下区域。十二年了，一直没动过。脏得吓人。我们准备用水冲。"

"县规划委员会对董事会施加压力了？"

沃里克一双眼睛盯着霍尔，说："你到底想不想干？一小时两美元，七月四号当天一小时算两小时。我们负责夜班，晚上凉快。"

霍尔心里盘算着。除去所得税，他大约可以净挣七十五美元，比在家闲着强多了。

"好吧。"

"下星期一到染色车间集合。"

霍尔目送他走向楼梯。沃里克走了一半，回过头，看着霍尔："你以前上过大学，对吗？"

霍尔点点头。

"嗯，大学生，我会记住你的。"

他走了。霍尔坐在板凳上，再次点燃了香烟，一只手握着饮料罐，等着老鼠再次出现。他能够想象出地下室的情形——准确地讲，是负二层，在染色车间的下面。潮湿、黑暗，到处是蜘蛛、发霉的布匹，以及渗进来的河水——还有老鼠。或许还有啮齿类家族的飞行员——蝙蝠。哈！

霍尔用力将易拉罐掷出。这时，头顶上的管道里隐约传来沃里克的声音，他在教训哈里·维斯康斯基。霍尔咧开嘴，无声地笑了。

嗯，大学生，我会记住你的。

突然，他收住脸上的笑容，掐灭手中的香烟。没过一会儿，维斯康斯基开始通过鼓风机往下面输送乱蓬蓬的尼龙丝，霍尔开动了机器。过了一会儿，老鼠们纷纷出笼，一个个蹲在走廊尽头成堆的麻包上，乌溜溜的眼睛一眨不眨地看着他。它们就像陪审团。

星期一，晚上十一点。

沃里克进来的时候，染色车间里已经坐了约莫三十六个人了。他穿着牛仔裤，裤脚塞在高筒靴子里。在这之前，霍尔一直在听哈里说话。哈里非常胖，非常懒，非常阴郁。

"肯定脏得要命。"维斯康斯基正说着，工头走了进来，"你们等着瞧吧，等我们回家的时候，个个都会像波斯的夜晚，漆黑一片。"

"好吧！"沃里克说，"我们在下面挂了六十盏灯，应该够亮了。你们几个，"他指着几个倚在烘干机上的人，"把那些消防水龙接到楼梯井那儿的阀门上，然后把水龙带散开，沿着楼梯放下去。一个人负责八十码左右的长度，应该足够了。千万要小心，别胡闹，如果把水枪对准你的工友，恐怕你就得送他去医院了。高压水枪的压力非常大。"

"今天肯定会有人受伤，"维斯康斯基阴阳怪气地做出了预言，"不信走着瞧！"

"你们几个，"沃里克指着霍尔和维斯康斯基他们几个，"今天晚上负责清运垃圾，两人一组，一台电瓶货运车。下面有不少旧的办公家具，还有成包的布匹和废旧机器。我们把垃圾堆到西边那个通风井边上。有没有人不会开电瓶车？"

没人举手。那种车靠电瓶提供动力，就像是迷你自卸车。长时间使用，电瓶会发出一种特别恶心的臭味，让霍尔想起烧焦的电线。

"好吧，"沃里克说，"我们把地下室分成几部分，星期四清扫完毕，星期五把垃圾运出来。有问题吗？"

没有问题。霍尔仔细研究着工头的脸。突然，他有一种预感，会有奇怪的事情发生。他有点幸灾乐祸。他不喜欢沃里克。

"很好，"沃里克说，"我们动手吧。"

星期二，凌晨两点。

霍尔有些疲惫，不想再继续听维斯康斯基喋喋不休的牢骚和抱怨。他想，即使把维斯康斯基痛打一顿，可能也没法让他闭嘴，反而会给他提供发泄不满的机会。

来这儿之前，霍尔已经做好了准备，但眼前的情景还是出乎他的意料：这儿根本不是人待的地儿！首先是气味。污染发臭的河水、霉变的布匹、长了绿毛的砖石瓦块，以及类似植物的东西，发出阵阵难闻的气味。在他们首先开始清理的那一头，霍尔发现了一片白色的毒蘑菇，在水泥地的裂缝里顽强地生长着。当他用手去搬动一个锈迹斑斑的大齿轮时，他不小心碰到了那些菌类。不知怎的，他感觉那些蘑菇温热、浮肿，仿佛水肿病人的皮肤。

电灯的光亮无法完全驱走积累了十二年的黑暗，只能暂时将它逼退，让自己昏暗的黄色光芒在地下室里摇曳。这个地方看上去就像是一座被人遗弃的教堂大殿，高高的天花板、永远不会被人搬动的巨型机械、长满了各种黄色苔藓的潮湿的墙壁，还有不成调的合唱——消防水龙喷出的水柱哗哗地流进半堵塞的污水管道，最终进入下面的河流。

还有，老鼠——巨型老鼠。在它们面前，三楼那些家伙简直就是侏儒。鬼才知道它们在这里吃什么。他们连续掀起木板和麻包，发现下面无一例外是用撕碎的报纸做的鼠窝。他们厌恶地看着幼鼠们仓皇逃向各个角落，那些小东西的眼睛很大，但没什么用，因为它们已经习惯了长期待在黑暗中的生活。

"我们歇会儿，抽根烟吧！"维斯康斯基说。他听上去有些气喘，霍尔不明白原因，他不是一晚上都在偷懒吗？然而，差不多这个时候，他们看不见其他人了。

"好吧！"霍尔靠在电瓶车的车头上，点燃了一根香烟。

"真不该听沃里克的，"维斯康斯基垂头丧气地说，"这根本不是人干的活！那天晚上，他撞见我在四楼的厕所里，发现我裤子穿得好好的，没在上厕所，天哪，他简直气疯了。"

霍尔没有搭腔。他在想沃里克，想老鼠。很奇怪，两者似乎紧密联系在一起。这些老鼠常年生活在厂房的地下，好像已经完全忘记了人类的存在。它们十分放肆，几乎什么都不怕。其中有一只像松鼠那样蹲坐在那儿。霍尔走近它，正准备抬腿，它扑向他的靴子，开始啃咬。几百只，也许是几千只。真不知道在这个黑黢黢的地下室里，这些老鼠身上携带着多少种病菌。还有沃里克，关于他……

"我需要钱，"维斯康斯基说，"可是，老天哪，伙计，这哪是人干的活啊？这么多老鼠。"他害怕地四下看了看，"我几乎可以肯定，它们有思想。假如我们弱，它们强，你想会怎样……"

"呸，你闭嘴吧！"霍尔说道。

维斯康斯基看着他，脸上露出受伤的模样。"嘿，对不起，伙计，只是……"他的声音越来越低，"上帝啊！这个地方太难闻了！"他叫道，"这简直就不是人待的地儿！"一只蜘蛛爬上了电瓶车，然后又爬到了他的手臂上。他用手将它弹开，该死的！香烟呛得他说不出话来。

"快干活吧！"霍尔说，"抓紧干，早收工。"

"但愿吧，"维斯康斯基情绪低落，"但愿吧！"

星期二，凌晨四点。

"午饭"时间。

霍尔和维斯康斯基以及另外三四个工友围坐在一起吃三明治，他们的手又黑又脏，估计用工业洗涤剂也洗不干净。霍尔一边吃一边注视着工头那间四面玻璃的小办公室。沃里克正在喝咖啡，吃冷汉堡，一副很享受的样子。

"雷·厄普森只能回家去了，"查利·布罗许说。

"他吐了？"有人问道，"我也差一点吐出来。"

"呕吐算什么，他被老鼠咬了！"

霍尔将视线从沃里克的办公室那边收回，若有所思地抬起头。"是真的吗？"他问。

"是真的，"布罗许摇晃着脑袋，"我跟他一个组。真他妈见鬼了，从一个装布匹的麻袋里钻出来，跟猫一般大，抓住他的手就开始啃。"

"我的天哪。"他们中的另一个人说，脸色变得铁青。

"不骗你，"布罗许接着说，"雷大喊大叫，像女人一样，我没有责怪他。他的手血流如注。你们猜，那个东西松口了吗？没有！我抄起一块木板，连拍了三四下，它才松口。雷快气疯了。他使劲用脚踩，最后，那东西被踩扁了，成了一堆皮毛。从来没见过那么大的。沃里克给他包扎了伤口，送他回家了，还叮嘱他明天去看医生。"

"真他妈的倒霉。"有人说。

沃里克好像听到了他们的谈话，站起身，伸了个懒腰，走到办公室门口："接着干活吧！"

大家慢吞吞地站起来，把本可以用来收拾餐盒、拿冷饮、买甜点的时间都用来吃饭。然后，他们开始往楼下走，脚跟无精打采地踩在钢架楼梯上，铿铿作响。

沃里克从霍尔身边走过，拍了拍他的肩膀，说："感觉如何，大学生？"他并不期待他的回答。

"快点！"霍尔耐心地招呼正在系鞋带的维斯康斯基。然后，他们一起下楼去了。

星期二，早上七点。

霍尔和维斯康斯基一同走出来。不知何故，霍尔感觉自己好像喜欢上了这个波兰胖子。维斯康斯基的模样实在太滑稽了，脸盆般的胖脸脏兮兮的，好像一个小孩，刚刚被城里的小流氓给推到臭水沟里了。

工友们之间时常搞些类似拽别人衬衫下摆的恶作剧，或是说些无聊粗俗的笑话，比如，凌晨一点到四点，谁搂着托尼的老婆在家里快活呢！今天则不同，大伙除了沉默还是沉默，偶尔有人用力咳嗽，把痰吐在肮脏的地上。

"带你一程？"维斯康斯基有些迟疑地说。

"多谢。"

他们默默无语，沿着米尔大街一路前行，通过大桥。维斯康斯基在霍尔家门口停住，他们简单道别，就此分手。

霍尔径直走进淋浴间，脑子里还想着沃里克，努力想弄清楚工头先生身上到底有什么东西让他觉着此人和老鼠之间有某种联系。

他头一挨枕头就睡着了，但睡得并不好，睡睡醒醒，辗转反侧：他梦见了老鼠。

星期三，凌晨一点。

用水龙冲刷的活更轻松些。

在负责运送垃圾的小组搞定一个区域之前，他们没法进去。他们常常在下一个区域的垃圾清空之前就已经完成了这边的冲刷工作，这意味着他们有时间抽根烟。霍尔负责消防水龙的管嘴，要是水管被杂物卡住，他得把水管拽过来拽过去，一边控制水枪的开关，一边清除障碍。维斯康斯基跟在他身后，一直唠叨个不停。

清理工作进展缓慢，沃里克有些冒火。按照目前的进度，星期四根本不可能完工。

此时，他们面对的是角落里乱糟糟的一大堆十九世纪的办公室设备：破损的掀盖式办公桌、发霉的账册、成垛的发货清单、有裂缝的椅子。这里可是老鼠的天堂。几十只老鼠吱吱地叫着，在废弃物之间阴森的通道里穿行。又有两个人被咬了，大伙不愿意再干，沃里克只好派人去楼上取来一些厚重的橡胶手套，这些手套是给染色车间的工人准备的，因为染料里面大都含有酸性物质。

霍尔和维斯康斯基等着进去冲刷，就在这时，一个浅褐色头发、粗脖子、名叫卡迈克尔的工友一边大叫一边咒骂着退了出来，用戴手套的手不断地拍打着胸脯。

一只皮毛上有灰色条纹、丑陋无比的大老鼠咬住了他的衬衣。那家伙挂在他身上，贼眉鼠眼，一边叫一边用后爪踢他的肚子。经过一番较量，卡迈克尔最终用拳头把它打跑了，可是，他的衬衫破了一个大洞，鲜血从乳头上方滴下来。他顾不上愤怒，转过头，开始干呕。

霍尔将水管对准那只老鼠。那家伙已经年迈，行动迟缓，卡迈克尔的衬衫碎片仍然被它咬在嘴里。巨大的水流把它逼到墙根下，它最终无力地倒下了。

沃里克赶过来，脸上强挤出一丝怪异的笑容。他拍拍霍尔的肩膀，说："大学生，这可比扔易拉罐来劲多了，对吗？"

"浑蛋！"维斯康斯基说，"一英尺长。"

"把水管对准那边。"沃里克指着那堆家具，"伙计们，让开。"

"好嘞！"有人低声嘟囔。

卡迈克尔冲到沃里克面前，他的脸色很难看，五官扭曲："我必须得到相应的赔偿！否则……"

"当然会赔了，"沃里克面带笑容，"毕竟你的乳头被咬了。快闪开，别被水冲倒了。"

霍尔将管嘴对准目标，然后打开阀门。一瞬间，白色的水流喷涌而出，仿佛爆炸产生的气浪，打翻了一张桌子，还把另外两把椅子拍成了碎片。老鼠们仓皇逃窜，霍尔从来没见过这么大的老鼠。它们个个长着大眼睛，皮毛锃亮，身体肥硕。霍尔听见工友们发出愤怒和恐惧的叫喊声。他看见其中一只个头抵得上一条健康的六周大的狗。他不停地喷水，直到所有的老鼠都消失在视线之外，他才关闭管嘴的阀门。

"很好，"沃里克说，"我们开始清理吧！"

"我可不是来当捕手的，"赛·伊佩斯顿抗议道。霍尔上星期跟他一起用易拉罐砸过几只老鼠，是个年轻的工友，头上戴着一顶落满灰尘的棒球帽，身上穿着一件 T 恤。

"伊佩斯顿，你确定？"沃里克亲切地问。

伊佩斯顿有些迟疑，但还是向前跨了一步，说："我确定。我不想跟这些老鼠打交道。我是来打扫卫生的，我可不想染上狂犬病和伤寒之类的。你把我除名吧。"

其他人窃窃私语，发出赞同的声音。维斯康斯基偷偷地看了霍尔一眼，但霍尔正在检查手里握着的水管，管嘴的内径大概有四十五英寸，可以击倒一个二十英尺高的人。

"赛，你的意思是退出？"

"有此打算。"伊佩斯顿说。

沃里克点点头，说："那好吧，你，还有其他想退出的人都可以退出。但是，这家工厂没有工会，从来就不曾有过。如果今天退出，永远别想再回来。我说了算。"

"你以为你是谁啊？"霍尔嘟囔了一句。

沃里克猛地转过身，说："大学生，你说什么？"

霍尔面无表情地对着他，说："工头先生，我只是清了清嗓子。"

沃里克微微一笑，说："嘴里发苦吗？"

霍尔没有答话。

"好吧，继续干活！"沃里克吼道。

他们继续干活。

星期四，凌晨两点。

霍尔和维斯康斯基之前一直在忙着清运垃圾。西边通风井旁边的垃圾已经堆成了一座小山，可是，他们完成的工作量还不足一半。

"国庆节快乐！"维斯康斯基说。此时，他俩在抽烟。他们已经向前推进了不少，快接近北墙根了，刚好跟楼梯井的方向相反。这里，灯光极其昏暗，由于某种声学效果，他俩感觉好像距离其他人有几英里远。

"谢谢。"霍尔使劲吸了一口烟，"今天晚上没看见多少老鼠。"

"大家都没看见，"维斯康斯基说，"也许那些家伙变聪明了。"

他俩身后是一条阴森、蜿蜒的通道，两边堆放着成垛的账簿和票据，以及发霉的布匹，还有两台早年生产的大型织布机。"嘿，"维斯康斯基说着，吐了一口痰，"那个沃里克……"

"你猜，那些老鼠都躲到哪里去了？"霍尔问道。他的声音很轻，仿佛自言自语。"不可能钻进墙壁里了吧……"他打量着巨石地基上面潮湿、崩落的砖石墙壁。"它们会淹死的。河水已经渗进来了。"

突然，一个黑乎乎的东西扑扇着翅膀朝他们俯冲下来。维斯康斯基尖叫一声，赶忙用双手护住自己的脑袋。

"一只蝙蝠。"霍尔说。他一直盯着那个东西，与此同时，维斯康斯基直起腰。

"蝙蝠！蝙蝠！"维斯康斯基高喊，"蝙蝠怎么会到地下室来？它们不是应该在树上，在屋檐下，在……"

"个头不小，"霍尔轻声说，"万一不是蝙蝠，而是长着翅膀的老鼠呢？"

"我的天哪！"维斯康斯基说，"怎么……"

"怎么进来的？跟老鼠出去的方法相同。"

"你们那边出什么事了？"沃里克的声音从他们身后的某个地方传来，"你们在哪里？"

"别担心，没什么事。"霍尔轻声说，眼睛在黑暗中闪闪发光。

"是你吗，大学生？"沃里克喊道。从声音判断，他正往这边走过来。

"我没事！"霍尔喊道，"就是小腿擦破了点皮。"

沃里克狗吠般大笑了几声，说："你想要紫心片①吗？"

---

① 一种用于兴奋中枢神经的药物，易成瘾。

维斯康斯基看着霍尔，问道："你干吗那样说？"

"你瞧，"霍尔单腿跪下，划亮了一根火柴，在潮湿、崩裂的水泥地中央有一个方块，"敲一下。"

维斯康斯基敲了一下，说："是木头。"

霍尔点点头。"这是某个支撑部位的顶端。我在附近见过好几处。有可能在这个地下室下面还有一层。"

"天哪！"维斯康斯基开始反胃了。

星期四，凌晨三点半。

他们此时在东北角，伊佩斯顿和布罗许手持高压水龙，在他们身后。霍尔停下脚步，手指着地面："那里应该会有发现。"

那儿有一扇活板门，靠近中央的位置有一个生了锈的带环螺栓。

他转过身，走到伊佩斯顿身边，对他说："把水管先关一下。"扑哧一声，高压水龙流出来的水变成了细细的水流。霍尔扯着嗓门高喊："嘿，沃里克，快过来一下！"

沃里克踩着地上的水一路小跑来到霍尔面前，眼睛里依旧带着那种冷冷的笑意："大学生，你的鞋带松了。"

"快看，"霍尔说着，用脚踢了踢那个活板门，"下面还有一层。"

"那又怎么样？"沃里克问道，"还没到休息时间呢，大学……"

"老鼠就在下面，"霍尔说，"它们在那里繁殖，维斯康斯基和我刚刚还看见一只蝙蝠。"

又围过来几个工友，大伙都盯着那个小门。

"关我什么事？"沃里克说，"我们的任务是地下室，不是……"

"你大概需要二十个捕手，训练有素的，"霍尔说，"厂方得破点财了，真抱歉！"

有人哈哈大笑："不可能。"

沃里克盯着霍尔，仿佛他是显微镜下的一只臭虫。"你真可笑，"他说，好像对霍尔很感兴趣，"你他妈的知道那下边有多少只老鼠吗？"

"昨天和今天下午，我一直待在图书馆，"霍尔说，"多亏你提醒我，我曾经上过大学。我研究了县里的规划法规，沃里克——是一九一一年制定的，那个时候，这个工厂规模还不大，没有资格加入规划委员会的理事会。你猜我找到了什么？"

沃里克的眼神冷冷的，说："去散步吧，大学生，你被解雇了。"

"我发现，"霍尔继续往下说，仿佛根本没有听见沃里克的话，"我发现，盖茨福尔斯有一项关于害虫的专门的法规。v-e-r-m-i-n，顺便拼读一下，方便你了解。"害虫"指的是携带病菌的动物，比如，蝙蝠、黄鼠狼、流浪狗——还有老鼠。尤其是老鼠。工头先生，在两个段落里，"老鼠"一共被提到十四次。因此，拜托你记住，如果我被解雇，我会立刻去找规划委员，把这里的情况向他说明。"

他停了停，他就喜欢看沃里克生气的样子："我想，在我、他以及县委员会的努力下，我们应该可以拿到禁止令，封闭这个地方。到时候，工厂只能关门，肯定不止到这个星期六，工头先生。我真的想看看，你老板来了会怎么说？希望你已经缴纳了失业保险，沃里克。"

沃里克的双手蜷得像动物的爪子一样。他恶狠狠地说："该死的家伙，我早就应该……"他低头看看活板门，脸上突然再次露出微笑，"大学生，你重新被雇用了。"

"我就知道你会明白的。"

沃里克点点头，脸上还是那种令人捉摸不透的笑容："你真是太聪明了，我想，或许你应该下去看看，霍尔，真幸运，有你这位大学生给我们提供这么有根有据的信息。你和维斯康斯基。"

"我不去！"维斯康斯基大声说，"我不去，我……"

沃里克看看他，说："你什么？"

维斯康斯基不作声了。

"可以，"霍尔轻松地说，"我们需要三个手电筒，我记得在大办公室里见过那种装六节电池的大家伙，对吗？"

"你还想带谁一块儿去？"沃里克兴高采烈地问，"没问题，你说了算。"

"你，"霍尔和蔼地说，那种奇怪的表情再次浮现在他的脸上，"不管怎样，厂方应该派个代表吧，你说呢？这样，我和维斯康斯基就不会发现太多老鼠，嗯？"

有人（听声音像是伊佩斯顿）哈哈大笑。

沃里克仔细打量着周围的人。大家都低着头，看着自己的鞋尖。最后，他指着布罗许说："布罗许，你去楼上的办公室，拿三个手电筒来。跟警卫说，是我派你去的。"

"你为什么要把我拉进来？"维斯康斯基对霍尔抱怨道，"你知道，我最恨那些……"

"不是我要拉你进来。"霍尔说着，转脸看着沃里克。

沃里克也转头看着他，许久，两人就这么盯着对方。

星期四，凌晨四点。

布罗许拿来了电筒，分别递给霍尔、维斯康斯基和沃里克。

"伊佩斯顿！把你的高压水管给维斯康斯基。" 伊佩斯顿照做了。管嘴在波兰人的手里微微抖动。

"好了！"沃里克对维斯康斯基说，"你走在我们俩中间，如果发现老鼠，你就放水冲。"

当然，霍尔心想。如果有老鼠，沃里克不会看见的。维斯康斯基也不会看见，当他发现自己的工资袋里多了十美元之后。

沃里克吩咐两个工友："把盖子提起来。"

一个工友弯腰抓住那个带环的螺栓，使劲往上拽。霍尔有种预感，那个门不会轻易被打开的。过了一会儿，随着一声怪异的嘎吱声，螺栓松动了。另一位工友赶忙伸手，想帮着一起拽。突然，他大叫一声，把手缩了回来。他的手上爬满了大个的盲眼甲虫。

先前那位工友铆足了劲，大喊一声，把门提了起来，随后将其反面朝上扔在地上。门的背面黑乎乎的，覆盖着一种奇特的菌类，霍尔以前没有见过。有的甲虫落入下面的黑洞，有的则四处乱爬，被大家踩死。

"看。"霍尔说。

活板门背面有一个锈迹斑斑的门闩，已经断裂。"门闩不应该在反面，"沃里克说，"应该在正面。"

"原因很复杂。"霍尔说，"门闩在背面，正面就无法打开——至少在门闩完好的情况下。或者，有了门闩，里面的东西就无法出来。"

"照你这么说，这门闩是何人所为呢？"维斯康斯基问道。

"嗯，"霍尔盯着沃里克，带着几分讥讽说，"这是秘密。"

"你们听。"布罗许轻声说。

"天哪，"维斯康斯基带着哭腔说，"我可不愿意下去。"

不出大家的预料，下面传来一种低低的声音——成千上万只脚爪在快速移动，还有老鼠的尖叫声。

"可能是青蛙。"沃里克说。

霍尔哈哈大笑。

沃里克用手电筒朝下面照。一段木楼梯斜着通向下面黑色的石板地面。没有老鼠的踪迹。

"楼梯恐怕负担不起我们的重量。"沃里克肯定地说。

布罗许走上前，在最上面一级楼梯上来回跳了几下。楼梯发出嘎吱嘎吱的声响，但并没有立刻垮塌的迹象。

"我可没让你这么干。"沃里克说。

"雷被老鼠咬伤的时候，你也不在。"布罗许低声说。

"我们下去吧。"霍尔说。

沃里克面带讥讽，最后看了一眼周围的人，和霍尔一起朝洞口走去。维斯康斯基极不情愿地走在他们中间。他们一个接一个地走下去。霍尔在前，然后是维斯康斯基，最后是沃里克。他们手中的电筒对着下面，地面起起伏伏，仿佛有无数个丘陵和山谷。高压水管像一条毒蛇，重重地拖在维斯康斯基的身后。

当他们下到地面的时候，沃里克借助电筒四下观望：有一些腐烂的纸箱，水桶，还有其他一些杂物。河水渗入的地方形成了一个个小水坑，水深至他们脚上高筒靴的脚踝处。

"怎么听不见声音了。"维斯康斯基轻声说。

他们继续朝其他地方走去，在烂泥里拖着脚缓慢前行。霍尔停下脚步，手电筒的光落在一个巨大的木箱子上，上面有几个白色的大字。"伊莱亚斯·瓦尼，"他念道，"一八四一年。工厂那个时候就有了吗？"

"不是。"沃里克说，"厂子是一八九七年才建成的。有什么问题吗？"

霍尔没有回答。他们继续往前走。地下二层似乎不应该这么长。恶臭味越来越浓，那是掩埋在地下的什么腐烂变质的东西发出的气味。不管怎样，只有一种微弱的声音，像是洞穴中的滴水声。

"那是什么？"霍尔将手电筒对准一大块水泥，它从墙壁里伸出来，大约有两英尺长。下面依旧是黑黢黢的一片，霍尔现在隐约可以听到那里传出某种声音，很奇怪、很神秘的声音。

沃里克斜着眼睛看过去，说："这是……不对，这不可能。"

"是工厂的外墙，对吗？这上面……"

"我得上去了。"沃里克说着，突然转过身去。

霍尔猛地抓住他的脖颈，说："工头先生，你哪儿也不能去。"

沃里克抬起头，黑暗中依稀可见他嘴角的笑容："你疯了，大学生。

你疯了是不是？"

"你别逼我，朋友，继续往前走！"

维斯康斯基抱怨道："霍尔……"

"把水管给我。"霍尔一把夺过高压水管。他松开沃里克，用水管对着他的脑袋。维斯康斯基迅速转身，跌跌爬爬地朝出口跑去。霍尔没有理他："工头先生，你走前面。"

沃里克迈开步子，继续往前，他们已经走出了工厂的外墙。霍尔用电筒四下照射，心里产生一种冷冷的满足——预感是正确的。老鼠们围拢过来，死一般的寂静。它们层层包围，成千上万只眼睛贪婪地盯着他。靠近墙边那一块，有的老鼠站起来可以到人的膝盖。

过了一会儿，沃里克也看见了。他停住脚，说："大学生，我们被包围了。"他的声音还算镇定，但已经有些发颤了。

"没错，继续走。"

他们继续向前，水管拖在身后。霍尔回过头看了一眼，老鼠们拥堵在他们身后狭长的通道里，并且开始啃咬那根橡胶水管。有一只老鼠抬起头，对着他龇牙咧嘴，然后又低下头去。此时，蝙蝠也来了。它们栖息在石壁上，个头有乌鸦或是秃鼻乌鸦那么大。

"快看。"沃里克说，他手中的电筒正照在距他头顶五英尺的横梁上。

一个骷髅，长满了绿毛，正对着他们笑。再往前，霍尔发现一块尺骨，一块盆骨翼，以及一部分胸腔。"继续走！"霍尔说。他感觉自己身体内部有什么东西在燃烧，一种疯狂的、黑色的东西。工头先生，你将死在我前面，上帝助我！

他们从骨头旁边走过。老鼠们没有立即围拢过来，他们之间的距离看上去没变。霍尔看见一只老鼠从他们头顶上越过，虽然被黑暗遮掩，但仍能看出那只老鼠的粉红色尾巴跟电话线一样粗。

再往前走，地面陡然升高，随后又一路下陷。霍尔听见一阵诡异的沙沙声，声音很响。可能任何一个活人都不曾见过这东西。霍尔突然感觉，这些天，他痴迷恍惚，也许为的就是寻找这东西。

老鼠们匍匐着围拢过来，他们只得继续向前移动。"你看。"沃里克冷冷地说。

霍尔明白了。这里的老鼠变模样了。阳光下，这种变异根本不可能发生，然而，在此地，一切都成了现实。原本严厉的大自然在此地换上了另一副可怕的嘴脸。

这些老鼠体形巨大，有的甚至达到三英尺高。但是，它们的后腿没有了，而且，和它们会飞的亲戚一样，都是睁眼瞎。它们拖着自己的身体，急切地向前行进。

沃里克转过脸，看着霍尔，凭借顽强的意志，他脸上的笑容依旧灿烂。霍尔打心眼里佩服他。"霍尔，我们不能再这样往前走了，你得明白。"

"我看，这些老鼠和你有关系。"霍尔说。

沃里克失去了自控力。"拜托，"他说，"求你了。"

霍尔微笑着说："继续走。"

沃里克扭头看着身后，说："它们在啃水管，如果它们把管子咬穿，我们就永远回不去了。"

"我知道，继续走。"

"你疯了……"一只老鼠从沃里克的鞋子上跑过去，他大叫一声。霍尔笑了，挥动着手里的电筒。老鼠们层层围了上来，最前面的距离他们不到一英尺。

沃里克继续往前走。老鼠们退了回去。

他们站在高一点的地方，往下看。沃里克率先到达，霍尔发现他的脸煞白，鼻涕、口水流到了下巴上。"天哪！仁慈的耶稣基督！"

他转过身，开始奔跑。

霍尔打开管嘴，高压水龙击中了沃里克的胸膛，把他冲到了霍尔看不见的地方，只听见持续的喊叫声和挣扎声。

"霍尔！"继而是咒骂声。一阵阴森的尖叫填满了地下的空间。

"霍尔，看在上帝的分上！"

一阵撕裂的声音。接着，又是一声尖叫，但弱了许多。一个庞然大物原地打转。可以肯定，霍尔听见的是骨头断裂发出的声音。

一只没有后腿的老鼠在某种该死的声呐的引导下不紧不慢地朝他扑过来，开始咬他。这个家伙的身体松弛、温热。霍尔虽然有些恍惚，但还是及时地打开了管嘴，将那东西赶走了。这时，管嘴的压力明显减弱了。

霍尔走上湿漉漉的丘陵，往下看。

坟墓似的地方，尽头有一条水沟，那个家伙就盘踞在那儿，庞大的灰色身体随着呼吸一起一伏，没有眼睛，甚至完全没有腿。当霍尔的手电筒照在它身上的时候，它发出一阵低沉的哭泣般的声音。这应该是它们的女王：伟大的母亲①。一个没有名字的巨型生物，它的后代或许有一天能长出翅膀。在它面前，沃里克的残肢断臂小得像侏儒一般。可是，这一切也许只是幻觉，因为他看见了一只跟荷斯坦小牛一样大的老鼠，他惊呆了。

"再见，沃里克。"霍尔说。那只老鼠贪婪地爬上沃里克的身体，撕扯着他的手臂。

霍尔转过身，迅速往回走。他只能用高压水龙驱赶老鼠们，可水压越来越小。有的老鼠冲过水柱，扑到他身边，开始向高筒靴以上的部位发起进攻。有一个家伙顽强地挂在他的大腿上，不停地撕扯他的灯芯绒裤子。霍尔攥起拳头，一下子把它打倒在地。

回去的路，他差不多走了四分之三了，突然，一阵黑暗迎面扑来。他抬起头，一个巨大的飞行物撞到他的脸上。

---

① 原文为拉丁语。

变异的蝙蝠的尾巴还在。它缠住霍尔的脖子，牙齿趁机找寻脖子下方容易下口的地方。它扑扇着那对膜状的翅膀，把霍尔的衣服撕成碎条。

霍尔举起水管，胡乱扫射。水柱一次又一次击中它的身体。它倒在地上，他一脚将它踩在脚下。他意识到自己好像在叫喊。老鼠们蜂拥而上，爬上他的脚面，爬上他的大腿。

他撒腿就跑，边跑边使劲摇晃身体，成功地甩掉了一批。剩余的开始咬他的肚子，啃他的胸脯。有一只甚至爬上了他的肩膀，把尖尖的嘴巴伸进了他的耳郭。

他遭遇了第二只蝙蝠，它停在他的头顶，尖叫一声，撕去他一块头皮。

他感觉自己的身体渐渐失去了知觉，耳朵里充斥着老鼠的磨牙声和尖叫声。最后，他长长地叹了一口气，腿一软，跌倒在毛茸茸的鼠群里。他开始大笑，尖厉的笑声回荡在黑暗之中。

星期四，凌晨五点。

"应该派人下去看看。"布罗许试探性地说。

"我不去，"维斯康斯基小声嘟囔着，"我可不去。"

"不指望你，肥猪。"伊佩斯顿轻蔑地说。

"别吵了，我们快点吧！"布罗许说着，操起另一根高压水管，"我算一个，还有伊佩斯顿、丹杰菲尔德和内多。史蒂文森，快去楼上办公室，再拿几个手电筒来。"

伊佩斯顿若有所思地望着下面无尽的黑暗。"也许，他们只是休息一下，抽根烟。"他说，"几只老鼠而已，真他妈见鬼了！"

史蒂文森拿来了手电筒，没过多久，他们开始往下走。

Night Surf
夜半涛声

　　那人死了，尸体的焦味也随之在空气中散去。我们又回到海边。科里带着他的晶体管收录机，是那种方头方脑、形状类似小箱子的玩意儿，需要四十节电池，可以录放磁带。坦率地说，这台机子的音质很一般，但音量够劲。科里在 A6 流感爆发之前一直蛮有钱的，可如今，金钱之类的东西已不再重要了。他这台大砖头一样的收录机中看不中用，只能收到两个台，一个是朴次茅斯的 WKDM 台。这个台的音乐主持人是个粗野的家伙，对宗教十分狂热。通常，他先播放一段佩里·科莫的专辑，然后祷告一声，咆哮一声，接着播放强尼·雷的专辑，然后选读《旧约·诗篇》（每段都以"细拉"①结束，像电影《伊甸园之东》②里的詹姆斯·迪恩），接着又是咆哮。每天都是类似的欢乐节目。有一天，他唱起了《收成归天家》，粗哑、刺耳的嗓音让尼德尔斯和我起了一身鸡皮疙瘩。

马萨诸塞的电台要好一些，但白天接收不到。主持人是一帮孩子。我猜想，他们肯定等到所有人离开或是去世才接管了 WRKO 或是 WBZ 的发射器材。他们经常插科打诨，使用电台人员专用的字母代号，比如 WDOPE，或是 KUNT，或是 WA6，诸如此类。非常滑稽，你知道。我们都快笑死了。我们在返回海边的路上一直在听这个台。我和苏茜十指紧扣，凯利和琼走在前面，尼德尔斯已经转过岬角，不见了。科里拎着他的收录机走在最后，机器里传出滚石乐队的《安琪》。

"你爱我吗？"苏茜问我，"我就是要你亲口说出来，你爱我吗？"苏茜需要经常性的安慰，而我就是她的泰迪熊。

"不爱。"我说。她开始发胖了，假如她能活到很大年纪——当然这不可能——她的肌肉肯定会非常松弛。她现在已经变得唠唠叨叨了。

"你坏透了！"她抬手捂住脸，一小时前刚刚升起的弯月高挂在天上，她那涂抹了指甲油的手指在月光下闪闪发亮。

"你准备再哭一场？"

"闭嘴！"从她的声音判断，没错，她快哭了。

翻过山梁，我停下了脚步。我每次都要在这儿停一停。A6 病毒爆发以前，这片区域是公共海滩，游客、野餐客，甚至拖着鼻涕的小孩和胳膊肘晒得黝黑的胖祖母们都喜欢来这儿。沙子里经常能看见糖纸和棒冰棍，海滩上，漂亮的男女裹着沙滩毯，搂着脖子亲嘴，停车场飘来的汽

---

① Selah，《旧约·诗篇》中一个意义不明的希伯来词，大概是吟唱中用来指明停顿的。

② 根据美国作家约翰·斯坦贝克同名小说改编的电影，影片中卡尔的扮演者是五十年代的著名影星詹姆斯·迪恩。

车尾气混合着海草和防晒油的味道，弥漫在空气中。

现在，所有垃圾都不见了。大海不紧不慢，像吃玉米花生糖似的，吞噬了一切，所有的一切。没有人再来这里折腾了，只有我们，但我们人太少，达不到那种效果。我猜想，我们也爱海滩——我们不是刚刚为它献上了一份祭品吗？甚至包括苏茜，小泼妇苏茜，肥胖的屁股，橘色的喇叭裤。

白色的沙丘一望无际，涨潮线隐约可见——缠绕在一起的水草、海带，以及片片浮木。月光将片片月牙形的黑影和皱褶投向大地，孤独的救生塔矗立在距离更衣室五十码的地方，骷髅般的白色塔身仿佛一根指骨直指苍穹。

晚间的海浪掀起层层泡沫，一次又一次拍打着远方的岬角。也许这海浪昨晚已经在去往英国的途中了。

"《安琪》是滚石的作品，"收录机里传来那个粗哑的嗓音，"我打赌你们喜欢，历史的冲击波，昨天的香饽饽，出土文物，有名气的曲子。我是鲍比。今晚应该弗雷德当班，可是他得了流感，全身浮肿。"苏茜咯咯直笑，眼睫毛上还挂着泪珠。我加快脚步，朝海滩走去，想让她快些安静下来。

"等等！"科里喊道，"伯尼？嘿，伯尼，等等！"

电台的那个家伙正在读一首下流的打油诗，演播间，一个姑娘问他啤酒放哪儿了，他回头跟她嘀咕了几句。那时，我们已经到了海滩上。我回头张望，看见科里依旧殿后。他的样子有些可笑，我有点同情他。

"跟我比赛跑步。"我对苏茜说。

"你想干吗？"

我拍拍她的屁股，她尖叫一声。"没什么，就是想跑步！"

我们开始跑。她追不上我，像马一样喘着粗气，高喊着让我等她，但我早把她忘到脑后了。海风吹拂着我的耳朵，额头上的头发直往后飘。我闻到空气中的咸味，浓烈，还带点酸气。海浪哗哗作响，一排又一排，仿佛涂满泡沫的黑色玻璃。我甩掉脚上的塑料凉鞋，赤脚在沙滩上奔跑，全然不顾时不时出现的锋利的贝壳。我热血沸腾。

前面就是那个单坡屋顶的小屋，尼德尔斯已经在屋里了。凯利和琼在屋外站着，他们手拉着手，一起在看海。我纵身一跃，滚倒在沙滩上，沙子从我的领口钻进后背。我随之扑向凯利的大腿，他倒在我的身上，把我的脸压在沙子里，琼在一边乐得哈哈大笑。

我们站起身，看看对方，咧开嘴巴笑了。远处，苏茜干脆不跑了，一步步朝我们这边走来。科里已经快赶上她了。

"那场火……"凯利说。

"他说他一路从纽约过来，你相信他说的吗？"琼问道。

"我不知道。"在我看来，这已经不重要了。我们发现他的时候，他坐在一辆大型林肯轿车的驾驶座上，神志不清，胡言乱语。他的脑袋肿得有足球那么大，脖子像一截香肠。他感染了一种被称为"船长之旅"的超级病毒，也就是 A6，活不了多久了。所以，我们把他搬到俯瞰海滩的岬角上，一把火烧了。他说他叫阿尔文·沙克海姆。他嘴里一直喊着他祖母的名字。他以为苏茜就是他的祖母。不知怎的，苏茜感到很好笑。在她眼里，奇怪等同于滑稽。

放火是科里的主意，但一开始，他是当玩笑说的。上大学的时候，他看过不少有关巫术和黑魔法的书。夜色中，他站在阿尔文·沙克海姆的林肯车旁，不停地蛊惑我们。他说，如果我们给黑暗之神送上祭品，没准神灵会保佑我们不得 A6。

当然，谁也没有真正相信他的这番鬼话，但他越说越邪乎。我们以前从来没有尝试过那样的事情，最后，我们决定干一把。我们把他绑在那边的观景望远镜上——你放进去一枚一角的硬币，天气晴朗的话，你可以一路看到波特兰那座古老的灯塔。我们用自己的皮带把他绑好，然后四下寻找干树枝和浮木。我们就像一群孩子，正在尝试一种新的捉迷藏的游戏。我们自始至终都像是在玩游戏。阿尔文·沙克海姆就待在那里，不停地喊着奶奶。苏茜眼睛放光，呼吸加速。看得出来，她异常兴奋。我和她走到望远镜另一侧的低洼处，她扑到我身上，使劲地亲吻我。她嘴上的唇膏太厚了，我感觉像是在啃一只油腻的盘子。

我推开她，她生气了。

我们所有人又回到原先的地方，把捡来的枯树枝堆在阿尔文身边，一直堆到他的腰间。尼德尔斯用他的芝宝打火机点燃了柴堆，火苗腾的一下就蹿起来了。最后，当大火快要烧到那人头发的时候，他开始尖叫。空气中有一股类似中餐馆里烤乳猪的香味。

"有香烟吗，伯尼？"尼德尔斯问道。

"你背后有五十箱呢。"

他咧嘴一笑，伸出手，啪的一下，打死了一只袭击他手臂的蚊子："想找借口溜号吧！"

我给他一支烟，然后坐在地上。苏茜和我是在波特兰遇见尼德尔斯的。当时，他正坐在国家大剧院前的马路边上，抱着一把不知从什么地方抢来的大个头吉普森吉他，弹着"铅肚皮"①的曲子。音乐声在国会大街回荡，仿佛他在音乐厅演奏一般。

苏茜在我们面前停下，上气不接下气地说："伯尼，你坏透了！"

"快点，苏，把磁带翻个面，这一面听得我都要吐了。"

"杂种。愚蠢。冷血动物。讨厌！"

"滚开，"我说，"苏茜，小心挨揍！你以为我不敢揍你？"

她又开始哭了。这是她的绝活。科里走过来，伸手想搂住她，没想到，她用胳膊肘撞向他的裆部，他气得朝她脸上咬了一口。

"我要杀了你！"她一边哭喊着，一边张牙舞爪地朝他扑过去。科里

---

① Lead Belly, 即 Huddie William Ledbetter (1888—1949)，美国著名民谣和蓝调音乐家。

退后几步，差点跌倒，然后转过身，跑了。苏茜变得歇斯底里起来，一边骂着，一边追了上去。尼德尔斯扭头看着他俩，忍不住哈哈大笑起来。海浪声中，收录机里传来的音乐轻轻地飘过我们耳畔。

凯利和琼在远处。我看见他俩各自用手臂搂着对方的腰，在海边漫步。那个画面堪比旅行社橱窗里的广告——**飞往美丽的圣罗卡**。真不错，他俩很恩爱。

"伯尼？"

"什么事？"我坐在地上，抽着烟，脑海里浮现出一幅画面：尼德尔斯打开芝宝打火机的盖子，转动齿轮，像原始人一样用打火石和铁摩擦生火。

"我被传染了。"尼德尔斯说。

"真的？"我看了看他，"你确定？"

"确定。我头很疼，胃也疼，疼得要命。"

"没准就是香港流感，苏茜得过的。她需要一本《圣经》。"我哈哈大笑。那个时候，我们还在上大学。一星期后，学校的大门就永远地关上了。一个月后，开始用自卸卡车搬运尸体，然后用挖掘机将他们集体掩埋。

"你看。"他划了一根火柴，照着自己的下颌角。我看见了一个三角形的印子，看见了一个隆起的包。没错，是 A6 病毒。

"这没什么。"我说。

"我其实并不怎么难过，"他说，"我说的是我自己。但你想得很多，我看得出来。"

"没有，我没想。"我在撒谎。

"你肯定想了。就像今晚那个家伙，你脑子里想的也是病毒的事。当你开始认真考虑这事的时候，我们也许帮了他一个大忙。我想，他甚至不知道病毒爆发的事。"

"他知道。"

他耸耸肩，侧过身去："无所谓。"

我们一边抽烟，一边看着海浪一次次涌上沙滩，又一次次退回海里。尼德尔斯染上了"船长之旅"。现实是残酷的。现在已经是八月末了，再过两三个星期，就可以听见冬天的脚步了。是时候了，该找个地方过冬了。严冬。也许，到圣诞节的时候，我们大家都已经死了。死在某人的前屋里，书橱里装满了《读者文摘》节选本，橱柜顶上放着科里那台昂贵的收录机，冬日的残阳照进屋内，把窗框平庸的影子投映在地毯上。

想到这里，我禁不住浑身颤抖。不应该在八月份的时候就开始担心寒冷的冬季。咳，一下子起了一身鸡皮疙瘩。

尼德尔斯哈哈大笑。他说："怎么样？你担心了吧！"

我还能说什么？我站起身，说："我去找苏茜。"

"伯尼，没准我们是地球上最后的人类。你想过这个吗？"在淡淡的月光下，他看上去像是个垂死的人，眼睛下面出现了几个圆圈，僵硬的手指没有血色，仿佛铅笔一般。

我走到海边，眺望着对面。除了海浪，什么也看不见。大海汹涌澎湃，躁动不安，白色的浪花拍打着海岸，发出雷鸣般的响声。我闭上眼睛，赤脚站在那里，身体摇晃，仿佛置身于暴雨中。沙滩冰凉、潮湿、紧实。即使我们是地球上最后一批人类，又有什么关系呢？只要月亮还在，潮汐就有动力，海水的运动也会经久不息。

苏茜和科里在海滩上，苏茜骑在科里身上，把他的头摁进海水中，仿佛他是一匹难以驾驭的公马。科里在水中扑腾着，溅起水花无数。他俩浑身上下湿漉漉的。我走过去，飞起一脚，把他俩分开。科里倒在地上，手脚并用，仿佛真的是一匹马。

"我恨你！"苏茜冲我大叫。她的嘴巴咧开，像一轮黑色的弯月，或者通往游乐园的大门。当我还是个孩子的时候，妈妈经常带我们兄妹几个去哈里森国家公园，那里有一个游乐场，门口是一张小丑的脸，很大，游客就从小丑的嘴巴里进入游乐园。

"过来，苏茜。快起来，加油！"我伸出手，她将信将疑地抓住我的手，站了起来。她的衬衫和皮肤上沾满了湿沙子。

"用不着你这样哄着我，伯尼。你不……"

"行了！"她不像电唱机，你无须往里面塞一角的硬币，她的电源永远是接通的。

我们沿着海边朝公共沙滩走去。经营那块地方的人拥有一套面积不大的顶层公寓。公寓里有一张床。她并不是真的需要一张床，但是，尼德尔斯说的对。没关系。游戏中没有真正的赢家。

楼梯在这幢楼的一侧。我中途停了足有一分钟，透过破损的窗玻璃朝室内张望。里面的货物上落满了灰尘，连劫匪都不屑一顾——几堆运动衫（胸前印着"安森海滩"几个字，后面的背景是蓝天和大海），闪闪发光的手镯（戴在手上，不出两天，手腕就变成绿色的了），亮闪闪的耳坠（样子货），沙滩球，脏兮兮的贺卡，陶瓷的圣母像，塑料呕吐物（非常逼真！在你老婆身上试试！），国庆焰火（任何时候都可以用），沙滩巾（上面有无数著名避暑胜地的名称，中间还站着一位妖娆的比基尼女郎），三角旗（安森海滩公园的纪念物），气球，泳衣。楼上，面对海滩的是快餐厅，大大的招牌上写着：**欢迎品尝特色菜肴——蛤肉饼！**

我上中学的时候经常来安森海滩。那个时候，距离 A6 爆发还有七年时间，我每次都是和一个叫莫琳的女孩子一起过来。她个头很高，喜欢穿一件粉色格子泳衣。我经常跟她说，那件泳衣看上去像桌布。我们喜欢赤脚在前面的木板小道上走，脚下的路滚烫，还有沙子。我们从来没有吃过特价的蛤肉饼。

"你在看什么？"

"没看什么，走吧。"

　　我浑身冒汗，做了一场噩梦，梦见了阿尔文·沙克海姆。他直挺挺地坐在那辆闪闪发光的黄色林肯车的方向盘后面，嘴里喃喃地呼唤着自己的祖母。我看到的只是一个肿大、漆黑的脑袋和一具烧焦的骨骼。他浑身散发着焦煳的味道，不停地唠叨。我听了一会儿，可一个字也没听懂。我醒了，呼吸急促。

　　苏茜趴在我的腿上，面色苍白，身体浮肿。我的表停了，上面的时间是三点五十分。外面依旧漆黑一片。海浪哗哗地撞击着岸边。涨潮了，现在大概是四点十五分。天快亮了。我从床上起来，走到门口。海风拂过我热烘烘的身体，舒服极了。不管怎样，我不想死。

　　我走到角落里，抓过一罐啤酒。墙边堆放着三四箱百威啤酒。啤酒不够凉，因为这里没有电。但我跟其他人不同，我不挑剔啤酒的温度。泡沫很丰富。啤酒就是啤酒。我回到平台上，坐下，拉开拉环，一口气喝了个精光。

　　就这样，我们待在这里，整个人类已经灭绝，原因不是核武器，不是生化战争，不是污染，也不是人们担心的其他各类危险。罪魁祸首是流感。我很想找个地方竖一块巨型的纪念碑，也许，邦纳维尔盐碱滩就是一个不错的选择。青铜材质的正方形牌子，边长三英里，上面是几个浮雕的大字，**远离流感**，以提醒到访的外星人。

　　我把空啤酒罐扔到一边。罐子落在水泥路上，发出一阵空洞的咣啷声。白色的沙滩上，披屋①就像一个深色的三角形。我不知道尼德尔斯是否已经醒了。我不知道自己是否会清醒。

　　"伯尼？"

　　她站在门口，身上穿着我的衬衫。我不喜欢她穿我的衣服，她像猪一样，喜欢出汗。

---

① 同正房两侧或后面相连的小屋。

"你不再喜欢我了，伯尼，对吗？"

我没吭声。我有时还是会因为某些事情而感到内疚。我们俩不般配。

"我能跟你坐一会儿吗？"

"你觉着这儿能坐得下两个人吗？"

她喉咙里发出一声类似打嗝的声音，转身朝屋里走去。

"尼德尔斯得了 A6。"我说。

她停住脚，回头看着我，脸上表情僵硬："别开玩笑，伯尼！"

我点燃了一根香烟。

"不可能的！他得过……"

"没错，他得过 A2，香港流感，你、我、科里，还有凯利和琼，我们都得过。"

"但是，这就是说，他没有……"

"免疫力。"

"照这样说，我们都有可能染上。"

"他说他得过 A2，也许他撒了谎。那个时候，他之所以这样说，为的是能够和我们在一起。"我说。

她脸上的表情轻松下来。"应该是这样。换成我，我也会撒谎的。谁都害怕孤独，对吧！"她迟疑了片刻，"回去再睡一会儿？"

"现在不想睡了。"

她进屋去了。我没有必要跟她说，得过 A2，并不能保证就不得 A6。其实，她知道这些，只是有意回避这个事实罢了。我坐在那里看海浪。真的涨潮了。几年前，安森是州内唯一一个勉强算得上体面的冲浪区。夜色中，远远望去，岬角就是苍穹下一个黑色的圆丘。我以为能看见那块高地上的观察站，但也许这只是想象。有的时候，凯利会带着琼去那里玩，但今晚他们肯定不在那里。

我用手在脸上抓了抓，感受着皮肤的颗粒和质地。一切瞬间变得渺小，微不足道——其中没有任何尊严。

　　海浪不停地涌上岸边，哗，哗，哗，经久不息。洁净的海水，深深的海洋。夏天，我们来到这里，莫琳和我，高中毕业那年夏天，上大学前那年夏天。源自东南亚的 A6 仿佛裹尸布，笼罩着整个世界。七月，我们吃比萨，我们听她的收音机。我把防晒油涂抹在她的背上，她把防晒油涂抹在我的背上。热风吹来，太阳像一块燃烧的玻璃，沙滩明晃晃的。

我是大门

　　理查德和我一起坐在我家门口，视线越过近处的沙丘，眺望着海湾。他嘴里的雪茄冒着烟，淡淡的味道在空气中飘荡，蚊子都被熏跑了。海水，阴凉的绿色；天空，深邃、浓郁的蓝色。水天相接，真美！

　　"你是大门。"理查德若有所思地重复着，"你肯定你杀了那个孩子——不是做梦？"

　　"我没有做梦，我也没有杀他——我跟你说过的。是它们干的，我只是大门。"

　　理查德叹了一口气，问："你把他埋了？"

　　"没错。"

　　"你记得埋在哪里吗？"

"记得。"我把手伸进胸前的口袋，掏出一支烟。我双手缠满了绷带，动作笨拙吃力。我的手奇痒无比。"如果你想去那个地方，你得坐沙滩车。在沙滩上摇着这个——我指的是我的轮椅——肯定不行。"理查德的沙滩车是一辆一九五九年的大众，轮胎跟枕头差不多大。他用它来收集浮木。自从他结束了马里兰州的地产生意之后，就一直住在基加罗林，用浮木做雕塑，然后再高价卖给冬天来此度假的游客。

他吸了口雪茄，眼睛仍旧望着海湾："我再想想吧！你还能跟我再多说一些吗？"

我叹了口气，试着点燃手中的香烟。他从我手中拿过火柴，划着了火。我连吸了两口，把烟深深地吞进喉咙。手痒得难受。

"好吧。"我说，"昨晚七点，我就在这里，看海，抽烟，跟现在一样，而且……"

"说以前的事情。"他恳求道。

"以前？"

"就是那次飞行的事。"

我摇摇头，说："理查德，我们已经说得够多了，没有任何……"

他脸上一道又一道深深的皱纹，神秘莫测，如同他用浮木打造的雕塑作品。"你或许还能想起点什么，"他说，"没准现在你就能想起来。"

"你这样想？"

"有这种可能性。等你说完，我们一起去找那个墓穴。"

"墓穴。"我嘟囔着。那个凹陷、可怕的洞穴比任何东西都黑暗，甚至胜过科里和我五年前航海经过的那片可怕的海域。黑暗，黑暗，黑暗。

绷带下面，我的那些新眼睛在黑暗中漫无目的地窥视着四周。开始痒了。

被评论家们称为"帝国大厦"的"土星16号"助推器把科里和我推

进轨道。这是一个庞大的怪物，跟它相比，土星 1–B 就像是一块红岩石。它从地下六十米深的地堡里起飞——必须这样，否则半个肯尼迪角都会随它一起升空。

我们围绕地球旋转，核对所有系统，然后进入轨道，直奔金星。我们已经进入太空，而在地面上，参议院仍在为进一步的外太空探索项目的资金预案争吵不休，宇航局的一批人则在暗暗祈祷，希望我们此行能够有所发现，什么发现都好。

"无所谓发现的是什么，"宙斯计划的神秘成员神童唐·勒温格喝醉酒后喜欢这样说。"你们带了所有的设备，外加五台高效电视摄像机和一架有无数镜头和滤镜的漂亮的小型望远镜。找到某种黄金或是白金，最好还能找到几个可爱、愚笨、穿制服的外星人警察，我们可以研究他们，可以开发他们的智力，跟他们相比，我们会体会到一种优越感。不管发现什么都好。哪怕是豪迪·杜迪 ① 的鬼魂，也是个不错的开端。"

科里和我非常希望能有所发现。至今，外太空探索计划没有任何进展。一九六八年，博尔曼、安德斯和洛威尔等人绕月飞行，发现了一片空荡荡的禁地，看上去像肮脏的海滩。十一年后，马克汉和杰克斯在火星着陆，眼前所见是贫瘠的荒原、冻土和几片苦苦挣扎的地衣。在任何人看来，外太空探索都是一项投入与产出不成正比的计划。而且，还发生过伤亡事故：在倒数第二次阿波罗飞行任务中，佩德森和莱德勒乘坐宇宙飞船围绕太阳飞行，突然，所有的设备都停止了工作。约翰·戴维斯的小型轨道观测卫星在一次极其偶然的事故中被一个流星体撞出一个大洞。没错，太空计划停滞不前，照目前的情形看，此次金星之行过后，恐怕我们再也没有机会说我们有先见之明了。

在外太空，我们停留了十六天，其间，我们吃浓缩食物、打牌，此外，

---

① Howdy Doody，美国五六十年代著名儿童电视节目中一个人形玩偶的名字。

我们还关闭总电源，更换了一个元器件。从技术层面说，这是一次极其简单的常规飞行。在外太空的第三天，一个空气湿度转换器坏了，我们换了备件。除了一些小问题，一切都很顺利。我们准备重返大气层。我们一边看着金星逐渐缩小到四分之一大，最后变成一个乳白色的水晶球，一边和亨茨维尔控制中心的同事互开玩笑，一边听着瓦格纳和披头士乐队的磁带，一边照看着各项试验。这些试验都是自动进行的，涉及的内容很多，从太阳系风力的测量到外太空的导航。我们进行了两次弹道中段修正，均为微小改变。第九天的时候，科里走出舱门，使劲敲打那台可伸缩的 DESA，后来，它又弹了出来。一切正常，直到……

"DESA，"理查德说，"那是什么？"

"一项结果令人不甚满意的试验。在宇航局的辞典里，它指的是深度空间天线——我们用高频波发射各种声音，看是否会被接收。"我的手指在裤子上使劲蹭，但一点用也没有，相反，痒得更厉害了，"和西弗吉尼亚的射电望远镜作用相似——你知道，那个东西是用来观测星体的。区别在于，我们不是接收，而是发射，主要是针对深度空间的星体——木星、土星、天王星。假如那里有生命存在的话，那个时候，它在午睡。"

"科里一个人出去的？"

"是的，如果说他带进来某种星际瘟疫，遥感勘测并没有任何显示。"

"可仍然……"

"不管他了，"我有些恼火，"要紧的是这里，是现在。理查德，他们昨晚杀了那个孩子。目睹或者说感知这样的事情，心里真不是滋味。他的脑袋……脑袋爆了。仿佛有人从他的脑壳里取出了他的脑子，然后放进去一颗手雷。"

"把故事讲完。"他说。

我哈哈大笑，但笑声听上去很沉闷："还有什么可说的？"

　　我们进入金星外围的一条偏心轨道。这条轨道已经开始衰减。我们转第一圈的时候，运行轨道参数为：远地点三百二十英里，近地点七十六英里。转第二圈的时候，我们的远地点增高了，近地点降低了。我们最多可以转四圈，而这四次机会我们全都用上了。我们把金星仔仔细细看了个遍，拍了六百多幅静态图片，鬼晓得用了多少胶片。

　　云层中既有甲烷、氨，也有尘粒和飞行垃圾。从整体看，金星仿佛置身风洞里的大峡谷。科里估计，接近金星表面的风速大约每小时六百英里。我们的探测器嘟嘟直叫，后来，嘎的一声，坏了。我们没有看见植物，也没有发现任何生命迹象。分光镜显示有贵重矿石。这就是金星。除了什么也没有，还是什么也没有——但我被吓住了。我感觉我们像在太空的中央，围着一座闹鬼的房子打转。我明白，这听上去毫无科学依据，但在离开之前，我就是害怕。我想，假如火箭没有载我们离开，那我一定会在降落途中割断自己的喉咙。金星跟月球完全不同。月球虽然荒凉，但却没有细菌。我们面对的那个世界和任何人到过的任何地方都不一样。也许，有云层还算幸运。仿佛一个大脑被掏空的脑壳——这是我能想到的最贴切的比喻。

　　在返回途中，我们听说，根据投票的结果，参议院已经做出了决定：太空探索计划的经费减少一半。科里好像对我说过："阿迪①，这样一来，我们大概要重新回到气象卫星业务的时代了。"可是，我很高兴，也许，我们并不属于外太空。

　　十二天之后，科里死了，我终身残疾。我们下降的时候遇到了麻烦。降落伞出了故障。意外的结局。怎么会这样呢？我们在太空逗留了一个多月，飞行距离比任何人都远。我们的飞行以这种方式结束，原因竟然是因为某人急着去喝咖啡、休息，导致几根绳索发生了缠绕。

---

① 阿迪是阿瑟的昵称。

我们坠落的速度很快。直升机上的一个家伙说，看上去像一个巨大的婴儿从空中坠落，身后拖着胎盘。落地时，我失去了知觉。

当他们抬着我跑过波特兰号的甲板时，我苏醒了。他们甚至没有来得及卷起我们应该踏上的红地毯。我在流血，流了很多血，他们赶忙把我送去疗养院，我看起来比他们脚下的红地毯还要红……

"……我在贝塞斯达待了两年。他们给了我一枚荣誉勋章，一大笔钱，还有这台轮椅。第二年，我来到这里。我喜欢看火箭升空。"

"我明白。"理查德说。他停了停，又说："把你的手给我看看。"

"不！"我回答得很干脆，语气很坚决，"我不能让它们看见。我告诉过你。"

"已经五年了，"理查德说，"阿瑟，为什么现在才发作？你能告诉我吗？"

"我不知道，我不知道！也许，那个东西，不管它是什么，它的孕育期很长。也许有人会说，我是在太空染上的。不管它是什么，可能在罗德岱堡的时候，就已经进入我的体内了。或者，就在这里，在我家门口。我真的说不清楚。"

理查德叹了口气，抬眼望着大海。此时，夕阳西下，海水一片深红。"阿瑟，我在努力说服自己，我不想让自己相信你疯了。"

"如果万不得已，我会把手给你看的。"我说，这句话我是下了很大决心才说出来的，"除非万不得已。"

理查德站起身，拿起拐杖。他看上去很苍老，很虚弱。"我去看看沙滩车，我们一起去找那个男孩。"

"谢谢你，理查德。"

他沿着那条肮脏的小路，深一脚、浅一脚地朝他家走去。我可以看见他家的房顶，房子就在大沙丘那边，沙丘几乎延伸至整个基加罗林。靠近海角的海面上，天空已然呈现绛紫色，很难看，隐隐传来沉闷的雷声。

我不知道那个男孩叫什么名字，但是，我经常看见他在傍晚时分从海滩上走过来，腋下夹着一个滤网。他的皮肤被太阳晒得近乎黑色，他总是穿着一条磨旧的牛仔短裤。在基加罗林的另一头，有一个公共海滩。任何一个有生意头脑的年轻人，如果运气好、有耐心的话，仅凭一把筛子，就可以在沙子里淘出不少硬币，一天可以进账五美元。我经常朝他挥挥手，他也会向我致意。我们俩没说过话，是陌生人，但又像兄弟，是终年居住在这儿的人。那些来这儿花钱、开着凯迪拉克、说话很大声的游客跟我们形成了鲜明的对比。我猜想，他可能住在半英里外那家邮政局附近的小村子里。

那天晚上，他经过的时候，我已经在门口坐了一个小时，一动不动，看着大海。之前，我把手上的绷带拆了。我痒得受不了，拿下绷带，它们可以通过它们的眼睛向外看，我也好受多了。

那种感觉在这个世界上独一无二——仿佛我是一扇大门，只要推开一半，它们就可以窥视这个它们既仇恨又害怕的世界。然而，最糟糕的是，在某种意义上，我也能看见。假设你的大脑被传输到一只家蝇身上，它正用几千只眼盯着你的脸，你就会明白，为什么哪怕周围没有人看着，我也总是用绷带缠住我的双手。

事情开始于迈阿密。我和一个名叫克雷斯韦尔的人有往来，他是海军部的一名调查员。他每年都要审查我一次——我曾经像其他人那样，有权接触太空项目的分类材料。我不知道他要找的是什么，我眼睛里一块变幻莫测的宝石？或者，脑门上的一个红字？天晓得！我的养老金很丰厚，几乎可以让旁人心生妒忌。

克雷斯韦尔和我一起坐在他入住的那家旅馆前面的草坪上，一边喝饮料，一边谈论美国太空计划的未来。时间大概是下午三点一刻，我的手指开始发痒。不是逐渐产生的，而是像电流，一下子就接通了。我将此事告诉了克雷斯韦尔。

"你在那个堕落的小岛上接触了某种有毒的藤蔓植物。"他笑呵呵地说。

"基加罗林岛上唯一的植物是一种矮小的蒲葵，"我说，"也许是七年之痒吧。"我低头看看自己的手，非常普通的一双手，可就是痒。

傍晚的时候，我在同样的文件上签了字（"我庄严承诺，我既没接受过也没泄露过什么信息……"），然后驱车回小岛。我的车是一辆老款的福特，带有手控刹车和油门装置。我喜欢——它让我感到满足。

沿一号公路往回开，路很远。到达基加罗林出口匝道的时候，我差不多快疯了。我的手痒得难受。如果你经历过砍伤或是外科手术，当伤口愈合的时候，那种感觉可以让你对我的描述有几分体会——好像手上有成群的虫子在爬，好像它们要钻进我的肉里。

太阳快要落山了，我借着落日的余晖仔细打量自己的双手。此刻，指尖已经发红，一个个红色的小圆圈相继出现在手指肚上，刚好就是练习吉他的时候容易生茧的部位。不仅如此，每一根手指的指关节之间也有这种红圈。我把右手手指按在嘴唇上，但随即又厌恶地拿开了。喉管里涌出一种莫名的恐惧，毛茸茸的，感觉要窒息了。有红圈的地方开始发烫，灼热，皮肉松软，反应迟钝，仿佛烂苹果一般。

我继续前行，努力说服自己，没什么可担心的，就是常见的植物过敏。然而，在我思维的深处，存在着另一个可怕的想法。我有一个姑妈，在我小的时候，她在楼上的一个房间里与世隔绝地度过了人生的最后十年。我母亲负责给她送饭上去，家里人谁也不许提及她的名字。我后来得知，她患有汉森病，也就是麻风病。

我到家以后，立刻打电话给大陆那边的弗兰德斯医生。医生不在，电话转到了代接电话服务站，他们说他外出钓鱼去了，但是，如果是急诊，巴兰格医生……

"弗兰德斯医生什么时候回来？"

"最早明天下午。你看……"

"可以。"

我慢慢把电话挂上，然后又拨通了理查德的电话。没有人接，响了十几声后，我才挂断。一时间，我呆坐在那里，没了主意。手痒得更厉害了，钻心地痒。

我摇着轮椅来到书柜前，伸手拿过那本跟随我多年、已经破旧不堪的医学大百科。可恨的是，那本书看上去异常模糊，可以是任何东西，也可以什么都不是。

我靠在椅背上，合上眼睛，听见房间另一头的架子上那座老式的船用时钟发出嘀嗒嘀嗒的声音。外面，一架喷气式飞机呼啸着飞往迈阿密。我还听见了自己轻柔的呼吸声。

我还在看那本书。

忽然，我发现了一件事，身上一阵发冷。虽然我的眼睛是闭着的，但我仍然在看那本书。我看见的是四维空间的东西，肮脏、丑陋、扭曲，但毫无疑问，是那本书。

不是只有我一个人在看。

我猛然睁开眼睛，感觉一阵胸闷。症状慢慢消退，但还没有彻底过去。我看着那本书，用自己的眼睛去看，文字、图表，一切都很正常，非常正常。可是，与此同时，我也在用其他的眼睛，从另一个较低的角度看那本书。那不是一本书，那是一个陌生的东西，外表丑陋，意图不轨。

我慢慢抬起手，诡异的事情发生了：我的房间在我眼前变成了一座凶宅。

我发出一声尖叫。

数只眼睛透过我手指肌肉的裂缝窥视着我。就在我看着它们的时候，我的皮肉开始膨胀，后退，那些眼睛不断地挤向皮肤表面。

然而，这并不是我尖叫的原因。真正的原因是：我看见了自己的脸，一个怪物的脸。

理查德驾驶着沙滩车小心翼翼地驶过沙丘，停在大门边，发动机仍在突突作响。我摇着轮椅下了小斜坡。理查德等在台阶的右边，帮助我坐上车。

"好了，阿瑟，"他说，"今天是你唱主角，往哪儿走？"

我手指着海边，在那里，大沙丘终于平缓下来。理查德点点头。后轮在沙子里快速转动，车子向前驶去。平日里，我喜欢嘲笑他的车技，但今晚，我什么也没有说。有太多的事情要考虑——要感觉：它们不喜欢黑暗，我可以感觉到，它们正在设法钻出绷带，它们想让我把绷带拆掉。

沙滩车颠簸着，轰鸣着，朝水边奔去。翻过小沙丘的时候，仿佛要从沙丘顶上飞出去。在我们左边，残阳如血。在我们前面，雷暴云压了下来，一道道闪电划过水面。

"往右拐，"我说，"就在那个披屋边上。"

理查德的沙滩车在倒塌的披屋边停下，沙子不断从车轮处甩出。他伸手从车后拿出一把铁锹。我看见工具，不禁皱起了眉头。"在哪儿？"他面无表情地问我。

"就在那儿。"我的手指着那个地方。

他从车上下来，慢慢走过去，停了一秒钟，然后把铁锹径直插进沙子。我感觉他忙活了很长时间，一铲一铲抛到身后的沙子看上去是湿的。雷暴云砭变得更黑更高了，在乌云和落日余晖的笼罩下，海面波涛汹涌。

早在他停手之前，我就已经知道，他是不会找到那个男孩的。它们已经把他转移了。昨晚，我的双手没有缠绷带，因此，它们可以看见——可以行动。假如它们可以借我之手杀掉那个男孩，那么，它们同样可以利用我转移尸体，哪怕我在睡觉。

"没找到那个孩子，阿瑟。"他把铁锹扔回到车上，然后一屁股坐在座位上，很疲倦的样子。即将到来的暴风雨在沙滩上投下一片不断移动的月牙状的阴影。越刮越猛的海风掀起无数沙砾，扑向锈迹斑斑的沙滩车。我的手指痒了。

"它们利用我把他转移了，"我闷声说，"理查德，它们占了上风。它们强行打开了大门，一次打开一点。一天之内，有上百次，我发现自己站在某个非常熟悉的东西面前——一个压舌板，一幅画，甚至一罐黄豆——但不知道我是怎么到那个地方的。我伸出手，把那个东西给它们看，在它们眼里是什么样，我看到的就是什么样，仿佛下流淫秽的东西，扭曲、怪异……"

"阿瑟，"他说，"阿瑟，别这样，别这样。"黑暗中，他脸色苍白，神情中透着对我的同情。"你刚才说，站在某个东西面前。你刚才说，转移男孩的尸体。可是，阿瑟，你不能走路。你腰部以下完全瘫痪了。"

我触摸着沙滩车的仪表盘，说："这个车也是死的，但是，当你坐进来的时候，你可以让它跑起来。你可以让它杀人。即使它想停下，你也不会听它的。"我听见自己的声音变得有些歇斯底里，"我就是大门，你难道还不明白吗？它们杀了那个孩子，理查德！它们转移了尸体！"

"我想你最好去看医生，"他轻轻地说，"我们回去吧，我们……"

"那么，去打听一下，打听一下那个孩子！找到……"

"你不是说你连他的名字都不知道吗？"

"他肯定是从那个村里来的，一个小村子。去问问……"

"我去取沙滩车的时候，给莫德·哈林顿打了个电话。在这个州，没有人比她消息更灵通。我问她昨晚是否有谁家的孩子没有回去。她说，她没有听说。"

"可是，他就是本地人！他肯定是本地人！"

他伸出手，准备启动车子，但是被我拦住了。他扭头看着我，我开始拆手上的绷带。

海湾那边传来低沉的雷声。

我没有去看医生，也没有回理查德的电话。接下来的三个星期，每逢外出，我就用绷带把双手缠好。三个星期了，我天真地以为，这一切都会过去。我承认，这样做并不理智。如果我是一个四肢健全的人，一个不需要轮椅的人，或者说，一个有着正常职业、过着正常生活的人，那么，我肯定会去看医生，肯定会去找理查德。我想起我的姑妈，她被隔离，甚至可以说，被囚禁，直到全身皮肉溃烂，失去生命。如果没有这份回忆，也许我会求助医生和朋友。正因为这些"如果"，我保持沉默，暗自祈祷，希望有一天，早上醒来，发现这一切只不过是一场可怕的梦。

慢慢地，我开始感知到它们。它们！一种没有名字的存在。我从未认真想过它们长什么样，从哪里来。太多悬念。我是它们的大门，是它们的窗户，它们通过我来看世界。它们的反应足以让我感知到它们的厌恶和恐惧，足以让我明白，我们的世界和它们的不同，它们对我们怀有一种难以理解的仇恨。不管怎样，它们还在观察。它们的肉身嵌在我的身体里。我开始意识到，它们在利用我，更准确地说，它们在操纵我。

那个男孩从我家门口经过，像以往那样，朝我挥手致意。那个时候，我正准备打电话到海军部找克雷斯韦尔。有一件事情理查德是对的——不管控制我的是些什么东西，我肯定，这一切开始于外太空，或者金星周围那条诡异的轨道。海军可以研究我，但不能捉弄我。我再也不想因为感觉到它们在观察而半夜醒来，吓得差点叫出声来。

我的双手伸向那个男孩，我突然意识到，我的手没有缠绷带。夕阳下，我看见那些眼睛在无声地观察。眼睛大，瞳孔也大，还有金色的睫毛。一次，我用铅笔尖捅了捅其中一个，感到剧烈的疼痛从我的手臂上传来。

那些眼睛愤怒地盯着我，传递出的那份仇恨比肉体的疼痛还让人难以忍受。我赶忙停手。

此刻，它们正注视着那个男孩。我感觉大脑开始不听使唤，没多久，我彻底失去了自控力。大门打开了。我踩着沙子和枯树枝，步履蹒跚地朝他走去，两条腿像一开一合的剪刀。我自己的眼睛好像闭上了，我用的是那些另类的眼睛，看见的是：可怕的、如石膏一般的海面，上方的天空一片紫色；一间摇摇欲坠、破旧不堪的棚屋，有可能是某个不为人知的食肉生物的残骸；一个令人厌恶的生物移动着，呼吸着，腋下夹着一个木头和铁丝做成的东西，这个东西，从几何学的角度说，构成部分没有直角。

我不知道他会怎么想，那个可怜的、不知名的男孩，腋下夹着一个筛子，口袋鼓鼓囊囊，里面装满了游客落下的各种沾满沙子的硬币。当他看见我摇摇晃晃地朝他走去，像一个盲人指挥家，伸出双手，指挥着一支疯狂的乐队，他会怎么想？当最后一抹晚霞落在我的手上，因为那些眼睛，我的手通红，开裂，发亮，他会怎么想？就在他大脑崩裂前那一刹那，那双手猛然在空中挥舞，他会怎么想？

我知道我想的是什么。

我想，我的目光已经超越了宇宙的界限，我看见了地狱之火。

我开始拆绷带，风吹拂着，一条条纱布飘飘荡荡。云掩住了天边落日的余晖，把阴影投向沙丘。云在天空中狂奔。

"你必须答应我一件事，理查德。"我抬高嗓门，压倒越刮越猛的海风，"假如你发现我有可能……伤害你，你必须赶紧跑。明白吗？"

"明白！"他衬衫领口的扣子没有扣上，衣服被风吹得呼啦作响。暮色中，他的脸仿佛凝固了一般，眼睛就像两个黑洞。

最后一条纱布掉落下来。

我看看理查德，那些眼睛也看看理查德。我看见一张我已经认识五年并且开始喜欢的脸，而它们看见的则是一个变形的庞然大物。

"你看见它们了，"我的声音有些沙哑，"现在，你看见它们了。"

他不自觉地退后一步，脸上显出难以置信的恐惧。天空划过一道闪电，雷声在云层之间回荡，海水瞬间变得像冥河之水，如墨汁一般。

"阿瑟……"

他是那么丑陋！我怎么可能跟他相处，跟他近距离地说话呢？他不是一个生物，而是沉默的瘟疫。他是……

"快跑！跑啊，理查德！"

他真的跑了。他迈开大步，跳跃向前。天空压了下来，他变成了一副绞架。在一阵尖叫声中，我的双手举过头顶，疯狂地挥舞，手指伸向这个噩梦般的世界里唯一熟悉的东西——乌云。

乌云做出了回应。

空中出现一道蓝白色的巨型闪电，仿佛世界末日已经来临。它击中了理查德，吞没了理查德。我最后的记忆是臭氧的味道和皮肉的焦煳味。

当我醒来的时候，我正镇定地坐在门口，眺望着大沙丘。风暴刚刚过去，空气清新宜人。天边挂着一轮银色的晓月。沙滩异常圣洁——没有理查德的影子，也不见那辆沙滩车。

我低下头，打量自己的双手。眼睛睁着，但却无精打采。它们很疲倦，它们在打盹。

我非常清楚应该做些什么。在大门继续打开之前，必须将它锁住。永远锁住。我注意到，我手的结构已经开始变化。手指开始变短……开始改变。

客厅里有一个小壁炉，到了冬天，我习惯把火生起来，抵御佛罗里达州的潮湿和阴冷。我迅速行动，把火点着。我不知道它们何时醒来，何时会发现我的企图。

火旺了，我走出去，来到煤油桶边，把双手浸泡在里面。它们立刻醒了，痛苦地大喊大叫。我差一点回不到客厅，回不到火边。

可是，我做到了。

这是七年前的事情。

我还住在这里，看火箭发射升空。最近，火箭发射的频率提高了。当今的政府对太空很有兴趣，甚至谈到向金星发送系列载人飞船的计划。

我知道了那个男孩的名字，但这不重要。他来自乡下，跟我的猜测吻合。他的母亲原以为他那天晚上跟朋友在一起，坏消息直到下星期一才传到他家人耳中。理查德——总之，大伙以前都认为理查德是一个古怪的人。他们猜测，他可能回马里兰州了，或者，爱上了某个女人。

至于我，虽然别人都认为我举止古怪，但还能接受。不管怎么说，有多少前宇航员能够经常写信给华盛顿特区的现任领导，说太空探索的资金应该在其他领域得到更好的利用？

我这双手还凑合。第一年的时候，疼得很厉害，但是，人体能够自我调节，习惯几乎所有的状况。我可以拿剃刀剃须，甚至可以自己系鞋带。你看，我打字的水平也不错吧！我不希望在结束生命的时候，自己的手握不住枪，塞不进嘴里，扣不动扳机。你看，三个星期前，又开始了。

在我的胸前，出现了一个漂亮的圆圈，一个由十二只金色的眼睛组成的圆圈。

The Mangler

绞肉机

亨顿警官到达洗衣房的时候，救护车正准备离开——慢慢地，没有拉响警笛，也没有打开警灯。不祥的征兆。办公室挤满了人，他们来回踱着步子，一言不发，有的还在抽泣。工厂空无一人，远处，大型自动洗衣机还没有断电。亨顿立即警觉起来，这些人应该聚集在事发现场，而不是待在办公室里。这是常理——人都有一种与生俱来的冲动，想去亲眼看一下尸体。当然，这不是什么好的冲动。亨顿感觉胃里一阵痉挛，每逢现场太惨烈，他就会这样。十四年了，他一直忙于清理高速公路和高楼大厦下面大街小巷的人类垃圾，却始终没能消除自己胃里抽搐的感觉，仿佛某个邪恶的东西已经在那里生根发芽了。

一个身穿白衬衣的男人看见了亨顿，有些不情愿地朝他走过来。他像头野牛，脑袋从肩膀中间伸出来，因为高血压或是长期酗酒，鼻子和脸颊通红。他两次张开嘴，有话要说，可话到嘴边却没说出来。亨顿等不及了。

"你是这儿的老板吗？是加特利先生吗？"

"哎呀，我不是……我叫史坦纳，是工头。上帝啊，这……"

亨顿掏出笔记本："史坦纳先生，带我去事故现场看看，跟我说说，究竟发生了什么事情。"

史坦纳的脸似乎白了几分，鼻子和脸颊上的红斑异常明显，就像是胎记："我一定得去吗？"

亨顿扬了扬眉毛，说："恐怕你没有其他选择。我接到电话说，事情很严重。"

"严重……"史坦纳似乎在拼命忍着，不让自己吐出来。一时间，他的喉结上上下下，仿佛一只抱着棍子爬的小猴子。"弗劳利太太死了。天哪，我真希望比尔·加特利在场。"

"发生什么事了？"

史坦纳说："你最好去那边看看。"

他领着亨顿往前走，经过一排手动压力泵，一台衬衣折叠机，然后在一台机器旁边停了下来。他用一只颤抖的手摸着自己的额头，说："警官先生，你还是自己过去看看吧。我可不敢再看了。我……我不行。抱歉。"

亨顿迈开步子，走到那台机器的后面。他从心里瞧不起这个人，他们经营不规范，投机取巧，盗取民用管道的蒸汽。他们不采取任何保护措施，任意使用有毒的清洗剂。你看，终于出事了，有人受伤了，也许死了。出事了，他们连看都不看。他们不敢……

亨顿看见了。

机器依旧在运转。没有人管它。那台机器，他后来得知叫海德里·沃森 6 型快速熨烫折叠机。名字又长又拗口。在这儿负责熨烫、清洗的人给它起了个更恰当的名字：绞肉机。

许久，亨顿呆呆地盯着那里，在十四年的执法生涯中，他第一次背过身去，颤抖的手捂住嘴巴，他吐了。

"你吃得不多。"杰克逊说。

女人们在屋里，一边准备饭菜，一边聊天。约翰·亨顿和马克·杰克逊坐在草坪上的椅子上，旁边就是香喷喷的烤肉。杰克逊话里的意思，亨顿明白。他微微一笑，的确，他什么也没吃。

"今天这事真糟糕，"他说，"最糟糕的一桩。"

"车祸？"

"不是，是工厂的事。"

"很难应付吗？"

亨顿没有立刻回答，但他脸上不自觉地露出一丝苦笑。他从放在他们中间的便携式冷藏箱里拿出一瓶啤酒，打开瓶盖，一口气喝了半瓶。"我想，你们这些大学教授对工业洗衣房一无所知吧！"

杰克逊抿着嘴乐了，他说："我这个教授跟他们不一样。我上大学的时候，曾经在这样的工厂干过一个暑假。"

"照这样说，你了解那种叫作快速熨烫机的东西了？"

杰克逊点点头，回答说："当然知道了。把洗好的东西放进去，主要是床单和亚麻制品。那种机器很大、很长。"

"你说得没错，"亨顿说，"一个名叫阿德尔·弗劳利的女人在城里那家蓝带洗衣厂工作，她被卷进机器里了，那台机器把她吸进去了。"

杰克逊脸色大变："可是……不可能发生这样的事情啊，约翰尼[1]。

---

[1] 约翰尼是约翰的昵称。

有保险杠的。万一哪个女工在往机器里放衣物的时候不小心连手也放进去了，那个保险杠会立刻做出反应，机器会随之停下。至少，在我的记忆里是这样的。"

亨顿点点头，说："没错，这是州法律要求的。但是，事情的确发生了。"

亨顿闭上眼睛。黑暗中，他又一次看见那台海德里·沃森快速熨烫机，仍然是那天下午那种状况。从形状上说，它像一个长方形的大盒子，长三十英尺，宽六英尺。在衣物入口处有一个保险杠，下面是一块移动的帆布皮带，先是上坡，然后下坡，但坡度不大。皮带周而复始，不断将半干且皱巴巴的床单输送至十六个滚动的圆筒中间，这些巨型圆筒是机器的核心部分。圆筒上下各八个，床单从中间经过，两排超高温的铁块将它们压得像一片片火腿。圆筒里蒸汽烘干的温度最高可调至华氏三百度。皮带上床单承受的压力为每平方米八百磅，这样，床单上的褶皱全都能被抹平。

不知怎的，弗劳利夫人被皮带缠住，拖进了机器。石棉包裹的钢制滚筒被鲜血染得通红，仿佛刷了一层油漆，机器中冒出来的蒸汽也带着令人反胃的血腥味。白衬衫和蓝裤子的碎片，还有撕碎的文胸和内裤，在三十尺之外——机器的另一端——被甩了出来，大片的衣物被自动折叠，整齐、怪异，血迹斑斑。然而，这还不是最可怕的。

"只要进入机器的东西，都会被折叠起来。"他对杰克逊说。说话的时候，他喉咙里还残存着胆汁的味道。"但是，马克，人体不是床单。我看见……她只剩下……"此时，他跟那位不幸的工头史坦纳先生一样，说不下去了。"他们把她装在一个筐里，抬出去了。"他的声音很轻。

杰克逊吹了一声口哨，说："谁该对此事负责呢？洗衣厂，还是州检查员？"

"还不知道呢。"亨顿说。那个恐怖的场景还滞留在他的脑海：那台机器呼哧呼哧地冒着蒸汽，哐当哐当地转动，鲜血像水流一般沿着绿色的机身向下淌，皮肉被烧灼的臭味在空气中弥漫……"这要看是谁负责审核那该死的保险杠，它是在什么情况下通过鉴定的。"

"如果是管理方，他们能推卸责任吗？"

亨顿微微一笑，但笑容中丝毫没有幽默的成分："马克，那个女人死了。如果加特利和史坦纳在快速熨烫机的维护上有作假的问题，那么，他们是要坐牢的。无论他们跟市政府有什么关系。"

"你认为他们有作假的嫌疑吗？"

亨顿想到那家蓝带洗衣厂，灯光昏暗，地面湿滑，有些机器老得令人难以置信，发出阵阵嘎吱嘎吱的声响。"我认为很有可能。"他平静地说。

他们站起身，一起进屋去了。"约翰尼，跟我说说当时的情况，我很感兴趣。"

亨顿关于那台绞肉机的推测完全错误：机器没有问题。

六名州检查员对机器进行了检查，随后是询问，一项接着一项。结果一无所获。陪审团关于死亡的裁决是：意外死亡。

对此，亨顿目瞪口呆。听证会后，他拦住检查员罗杰·马丁。马丁是个瘦高个，戴着一副眼镜，镜片厚得像玻璃杯的底座。面对亨顿的问题，他手里握着一支圆珠笔，神色有些不安。

"没有异常？跟那台机器绝对没有关系？"

"没有。"马丁说，"当然，那个保险杠是问题的关键。可是，它运行正常。你听见吉莲夫人的证词了，肯定是弗劳利夫人的手伸得太长了。没有目击证人，其他人都在忙自己的工作。她开始喊叫的时候，手已经进去了，机器把她的手卷进去了。工友们没有想到把她的手臂砍断，只是一味地想把她拽出来。在那种情况下，他们也是慌了手脚。另一位女工基恩夫人说，她记得自己跑过去把机器关了。但是，事后大家推测，在慌乱中，她很可能按错了按钮。在那个时候，无论采取什么措施，都于事无补了。"

"照你这么说，那个保险杠失效了，"亨顿直截了当地说，"除非她的手超过了保险杠的限定位置。"

"不能这么说。保险杠上面有一个不锈钢保护罩，保险杠没有出问题，它是电动的，跟机器是一体的。如果保险杠坏了，机器就停了。"

"那么，天哪，这究竟是怎么回事呢？"

"我们也不知道。我和我的同事们一致认为，唯一的可能就是弗劳利夫人从上方跌入机器。事情发生的时候，她的双腿还在地上，有十几个人可以做证。"

"你们这是在描述一起离奇的事故。"亨顿说。

"不是。只有一点我们无法理解。"他迟疑了片刻，接着说，"亨顿，既然你对这起事故这么上心，我告诉你一件事。假如别人问起，千万不能说是我告诉你的。我不喜欢那台机器，它似乎……可以说，它在嘲笑我们。在过去的五年里，我对十几台快速熨烫机做过常规检查。有几台已经很破旧了，但我没有小题大做——我们州的相关法律，很不幸，非常宽松。毕竟，它们只是机器。但是，这台机器……它是一个魔鬼。我不知道为何要这样说，但我就是有这种感觉。我想，如果我发现了某个问题，只要是技术方面的，我一定会命令他们停止使用这台机器。真是不可思议，嗯？"

"我有同感。"亨顿说。

"我告诉你一件两年前发生在米尔顿的事情。"检查员说，他摘下眼镜，慢慢地在马甲上擦拭着，"有人在后院放了一台旧冰箱。给我们打电话的那个女人说，她家的狗被关在里面，窒息死了。我们请当地的警察通知那人，让他把冰箱搬到垃圾场去。那家伙态度很好，对小狗的遇难感到遗憾。第二天一早，他把冰箱装在皮卡上，运到垃圾场去了。那天下午，附近的一个女人报告说，她儿子失踪了。"

"我的天哪！"亨顿说。

"冰箱在垃圾场，那个孩子在里面，已经死了。他妈妈说，他是一个聪明的孩子。她还说，她儿子不会搭乘陌生人的车，也不会在一台废弃的冰箱里玩。他让他妈妈失望了。后来，我们出具了报告，事情就此画上了句号。就这么简单吗？"

"我想是的。"亨顿说。

"不是。第二天，垃圾场的工作人员准备把冰箱的门卸下来，这样做符合市政府关于公共垃圾场维护的五十八号法令。"马丁面无表情地看着亨顿，"他发现里面有六只死鸟。有海鸥、麻雀，还有一只知更鸟。他说，他往外清理那些死鸟的时候，他的手臂被冰箱门给夹住了，他疼得跳了起来。亨顿，蓝带洗衣厂的那台机器给我的感觉很像那台冰箱。我不喜欢。"

他们俩待在空荡荡的问讯室里，相顾无言。在距离此地大约六个街区的出事地点，海德里·沃森6型快速熨烫折叠机在车间里忙碌着，随着阵阵白色的蒸汽，一条条床单被熨烫得平整如新。

警察局公务繁忙，一个星期之后，亨顿已经将此事丢在脑后了。可是，当他和夫人应邀去杰克逊家打牌喝酒的时候，这事又冒出来了。

一见面，杰克逊就说："约翰尼，你有没有想过，你告诉我的那台机器有可能被魔鬼附身了？"

亨顿眨巴了一下眼睛，一时间有些不知所措："你说什么？"

"我说的是蓝带洗衣厂的那台快速熨烫机。我想，这一次，你还没有听说吧？"

"听说什么？"亨顿很感兴趣地问道。

杰克逊把晚报递给他，用手指着第二版下方的一篇报道。报道说，蓝带洗衣厂的一台大型快速熨烫机喷出一股蒸汽，当时有六名操作工负责往传送带上运送床单，三名被烫伤。事故发生在下午三点四十五分，原因是锅炉蒸汽压力过大。其中一位女工安妮特·吉莲夫人目前住在市立医院，二级烧伤。

"奇怪，太巧了。"他说。检查员马丁在问讯室里对他说的一句话突然在他脑海中闪现：它是一个魔鬼……他想起死在那台废弃冰箱里的狗、男孩和小鸟。

那天晚上，打牌的时候，他一直输。

亨顿走进那间四人病房的时候，吉莲夫人正靠着床头看《银屏导航》。她一只手臂和脖颈的一侧裹着纱布，病房里还有一个病人，是个面色苍白的年轻女子，正在睡觉。

吉莲夫人面对警察眨了眨眼，然后试探性地笑了笑。"如果你想找契连科夫夫人，那你得晚些时候再来了，医生刚给她服了药。"

"不，我是来找您的，吉莲夫人。"她脸上的笑容消散了一些，"我来不是因为公务——我想说，我对工厂的事故很好奇，我叫约翰·亨顿。"说罢，他伸出一只手。

他的做法很对，吉莲夫人的笑容变得灿烂了，用那只没有受伤的手不太麻利地握住了他伸过来的手："亨顿先生，你想知道的，我都告诉你。我那时正在担心我儿子安迪在学校再次遇上麻烦。"

"发生什么事了？"

"我们正在往里面输送床单，熨烫机爆炸了——看上去像是那样。我正想着回家去接孩子，突然，一声巨响，好像炸弹爆炸了，到处是蒸汽，咻咻地冒着……吓死我了。"她的声音有些哆嗦，脸上的笑容颤抖着消失了，"熨烫机好像在呼吸，像一条龙，就是一条龙。艾伯塔——

对，是艾伯塔·基恩——大声喊叫，说有东西爆炸了。大家伙边跑边喊，金妮·杰森哭喊着说她被烫着了。我开始奔跑，我摔倒了。直到那时，我才知道情况很糟。上帝，糟得不能再糟了。呼呼直冒的蒸汽，三百度的高温啊。"

"报纸上说，一根蒸汽管道泄漏了。那是怎么回事？"

"头顶上的那根管道连接着一根与机器相接的软管。乔治——就是史坦纳先生——说，肯定是锅炉突然增压，导致管道爆裂。"

亨顿不知道还有什么要问的，他刚准备离开，吉莲夫人想起了什么。她说："以前，机器上没有那些东西，最近才开始用的。蒸汽管裂了，还有那起可怕的事故，弗劳利夫人死了，愿上帝保佑她安息。最近总有些小事情发生。比如，有一天，艾茜的裙子被驱动轮上的链条钩住了。多亏她及时把裙子扯破，否则很危险。此外，螺帽脱落的事情也时有发生。嗯，差点忘了，赫布·戴门特——工厂的维修工——也差一点遇险。床单被卡住了。乔治说，那是因为洗衣机里的漂白粉放得太多了，但以前没有发生过这样的事情。现在，女工都不愿意干了。艾茜甚至说，机器里还有弗劳利的残渣。让机器继续运转，实属大不敬。好像它受到了诅咒。自从上次谢里被钳子夹了手之后，一直怪事不断。"

"谢里？"亨顿问。

"谢里·乌莱特。可怜的小东西，刚刚高中毕业。她干活卖力，但有的时候有些笨手笨脚的。你知道，小女生都这样。"

"她的手被什么东西夹了？"

"那不奇怪。你知道，钳子是用来加固传送带的。因为我们想多放些床单上去，谢里就去把皮带调紧一些。也许她心不在焉，在想着跟哪个男孩子约会呢。她夹了手，鲜血直流。"吉莲夫人看上去有些不解，"一个星期后，螺帽开始脱落。阿德尔是……你知道……一个星期之后了。好像那台机器尝到了鲜血的味道，发现自己喜欢上血腥味了。我们女人有时候会想入非非，欣顿警官，你说呢？"

"是亨顿。"他漫不经心地说，眼睛越过她的头顶，不知道在看什么。

极具讽刺意味的是，他在一家自助洗衣店里遇见了马克·杰克逊，那家店位于他们两家之间的街区。就在那里，警察和英语教授进行了一段有趣的对话。

此时，他俩坐在简易的塑料椅子上，他们的衣物在投币式洗衣机的玻璃门后面不停地旋转。杰克逊把带来的那本弥尔顿文选搁在一边，静静地听亨顿讲述他跟吉莲夫人的谈话。

听完之后，杰克逊说："我曾经问过你，你是否觉着那台机器被魔鬼附身了。当时，我也许是在开玩笑。现在，同样的问题，我再问你一遍。"

"不，"亨顿有些不安，"你别傻了。"

杰克逊满怀心事地看着旋转的衣物，说："附身这个说法可能太可怕了。我换个说法，那台机器可能被魔鬼掌控了。世上有多少召魔的符咒，差不多就有多少破除魔法的符咒。弗雷泽的《金枝》里面就有很多此类咒语，德鲁伊和阿兹特克民间传奇里也有不少，甚至还有年代更加久远的，比如古埃及时期的魔法。令人吃惊的是，它们几乎都可以分解出一些相同的特性。当然，最常见的要数处子之血了。"他看看亨顿，接着说，"吉莲夫人说，自从谢里·乌莱特不小心夹破了手之后，事故就接踵而来。"

"得了。"亨顿说。

"你必须承认，听上去，她是最佳人选。"杰克逊说。

"要不我立刻开车到她家去？"亨顿咧了咧嘴，"我现在就能预见，如果我们见面，会出现什么情况。'乌莱特小姐，我是约翰·亨顿警官。我正在调查一起涉及被魔鬼附身的熨烫机的案件，我很想知道你是否是处女。'你想，我还有机会跟桑德拉和孩子们说再见吗？他们一准早就把我押上车，送到精神病院去了。"

"我敢打赌，你最后肯定会这样说的。"杰克逊一脸严肃地说，"约翰尼，我不是在开玩笑。虽然我从来没有见过那台机器，可它把我吓坏了。"

"说说看，"亨顿说，"还有什么共性？"

杰克逊耸耸肩膀："没有研究过很难说清楚。大部分盎格鲁－撒克逊的魔法尤其偏爱墓地的泥土或是癞蛤蟆的眼睛。在欧洲的魔法中，有荣誉之手的说法，这其实可以解释为死人的一只手，或是与巫师的安息日有关联的致幻剂——颠茄，或是某种裸头草碱提取物。可能还有其他的。"

"照你看，那些不洁之物钻进了蓝带洗衣厂的那台机器？上帝啊！马克，我敢说，方圆五百英里之内，没有颠茄之类的东西。或者，是不是有人砍断了弗雷德叔叔①的手，将它扔进了折叠机？"

"假如七百只猴子打字打七百年……"

"其中一个肯定会成为莎士比亚，"亨顿阴阳怪气地接上了下半句，"见鬼去吧！你去对面的百货店，换几个一毛的硬币，衣服还要脱水呢！"

真可笑，乔治·史坦纳的一只手臂被机器给咬掉了。

星期一早上七点，厂里只有史坦纳和赫布·戴门特——那个维修工。他们要赶在七点半开工前给机器的轴承添加润滑油，一年两次。戴门特在另一头，负责四个次级轴承。他一边忙，一边想，近来自己真倒霉，都怪这台机器。就在这时，机器发狂了。

他当时刚刚把四条帆布传送带抬起来，正准备弯腰给下面的发动机做保养。突然，手里的传送带启动了，撕掉了他手掌上的皮肉，并拖着他向前运行。

---

① 英国幽默作家 P. G. 沃德豪斯小说中的人物。

他猛地一拽，挣脱了帆布带，否则，再过几秒钟，他的双手就被送进折叠机了。

"乔治，他妈的怎么回事啊？"他大叫，"关上那个该死的开关！"

乔治·史坦纳号叫起来。

凄厉、疯狂的哀号填满了整个工厂，在洗衣机的金属外壳、蒸汽熨烫机咧开的嘴巴以及工业烘干机呆滞的眼睛之间穿梭、回荡。史坦纳拼命吸了一口气，喊道："哎呀，上帝！我被钩住了，我被钩住了……"

滚筒开始冒出蒸汽，折叠机哐当哐当地动起来了。轴承和发动机似乎有了生命，开始大喊大叫。

戴门特跑到机器的另一头。

第一个滚筒已经变成了红色。戴门特喉咙里发出一声可怕的呻吟。机器叫着，滚着，蒸汽咝咝地向外冒。

如果当时站在一边的是一个聋子，看第一眼，他可能会以为，史坦纳正弯着腰，上身趴在传送带上，没什么不对头的，只是姿势难看而已。然而，瞬间之后，连聋子也会看到他那惨白的脸，突出的眼睛，变了形的大嘴巴。史坦纳不断地喊叫，他的手臂正消失在保险杠下，消失在第一个滚筒下。衬衫从肩部撕了下来，上臂突出，形状可怕，鲜血不断往后涌。

"关上！"史坦纳大叫。他的胳膊肘咔吧一声，断了。

戴门特用拇指按住了按钮。

机器继续轰鸣，继续转动。

让人难以置信的是，他一次次拍打按钮，但一直没反应。史坦纳的手臂越来越细，越来越紧绷。在滚筒的压力之下，它很快就将碎裂。此时，他还有意识，还在不停地喊叫。戴门特感觉像是在做噩梦，一个卡通般的人物，被蒸汽滚筒压扁了，只留下一个影子。

"保险丝……"史坦纳尖叫。他的身体被拽着不断向前，头开始向下移动。

戴门特一阵风似的跑进锅炉房，背后，史坦纳的喊叫声仿佛幽灵，一路追随着他，空气中弥漫着鲜血和蒸汽混合在一起的臭味。

左边墙上，有三个厚重的灰色盒子，里面是控制工厂所有电路的保险丝。戴门特把盒子打开，发疯似的拔掉那些圆柱形的保险丝，将它们统统扔至身后。头顶上的灯灭了，空气压缩机停了，接着，随着一声由高到低的呜咽，锅炉也停了。

然而，那台机器还在转动。史坦纳的叫声已经变成时断时续的呻吟。

戴门特的目光碰巧落在玻璃盒子内的那把消防斧头上。他干呕了一声，一把抓过那把斧头，转身就跑。史坦纳的手臂已经不见了，再过几秒钟，他弯曲、紧绷的脖颈就会撞上保险杠。

"我做不到，"戴门特手握着斧头，抽泣着，"耶稣基督，乔治，我不行，我下不去手！我……"

此时，这台机器就是屠宰场。折叠机吐出一堆碎片：衬衫袖子、皮肉、手指。史坦纳厉声尖叫，戴门特举起斧头，周围一片昏暗，他用力向下砍去，一下，两下。

史坦纳倒下了，失去了知觉，鲜血从肩头喷涌出来。机器吞噬了他整条手臂……终于停下了。

哭泣。戴门特把皮带从腰上抽下来，用作止血带。

亨顿正在和检查员罗杰·马丁通电话。杰克逊一边看着他，一边耐心地把一只球扔过来扔过去，让三岁的小帕蒂·亨顿学着捡球。

"他把所有的保险丝都拔掉了？"亨顿问，"关闭按钮都失灵了吗？……熨烫机关了吗？……好。好的。嗯？……不，不是公务。"亨顿皱起眉头，然后转过头看着杰克逊："罗杰，你还记得那台冰箱的事吗？……是的，我也记得。回头见。"

他挂上电话，看着杰克逊："马克，我们一起去找那个女孩。"

她自己有一套房子（亨顿按响门铃之后，她开门让他进来了，但看到她磨磨蹭蹭，故意摆出主人的样儿，他怀疑，她在这儿住的时间不长），小小的客厅装饰得很精美，她很不自在地坐在他们对面。

"我是亨顿警官，他是我的朋友，杰克逊先生。我们是为了工厂那起事故来的。"面对着这个皮肤黝黑、羞涩、可爱的姑娘，他有些不知所措。

"太可怕了！"谢里·乌莱特喃喃自语，"那是我唯一工作过的地方。加特利先生是我的叔叔。我喜欢那儿，因为那份工作，我有了这个住处，有了朋友。可是现在……太诡异了。"

"州安全委员会已经关停了那台熨烫机，等待全面调查。"亨顿说，"这你知道吗？"

"当然，"她不安地叹了口气，"我不知道该做些什么……"

"乌莱特小姐，"杰克逊插嘴道，"你曾经在那台机器上遭遇过事故，不是吗？被钳子夹了手，对吗？"

"是的，手伤了。"她脸上阴云密布，"那是最主要的原因。"她悲伤地看着他们，"有的时候，我感觉周围的女孩不再喜欢我了……好像我做错了什么事。"

"我必须问你一个可能让你感觉尴尬的问题，"杰克逊慢慢地说，"一个你不喜欢的问题。这个问题听上去有些荒唐，涉及隐私，跟我们的调查无关。但你放心，你的回答不会记录在案，也不会留底。"

她看上去很害怕："我做错了什么？"

杰克逊笑着摇摇头，她放心了。上帝保佑马克！亨顿心想。

"但我还得补充一点：你的回答可以帮助你保住这套小房子，可以让你重新拥有你的工作，还可以让工厂的情形回到从前。"

"既然你这样说，那我就有什么说什么。"她说。

"谢里，你是处女吗？"

听了这话，她目瞪口呆，仿佛牧师刚施予她圣餐，接着又给了她一巴掌。过了一会儿，她抬起头，手指着整洁的房子，仿佛在问他们，难道他们认为这是个约会的好地方吗？

"我要把我的身子留给我的丈夫。"她的回答很干脆。

亨顿和杰克逊镇定地对视了一眼，在那个瞬间，亨顿知道，一切都是真的：一个魔鬼掌控了那台由钢铁、螺钉和齿轮构成的机器，把它变成了一个拥有机器外壳的魔鬼。

"谢谢你。"杰克逊轻声说。

"现在怎么办？"他俩坐车返回的时候，亨顿冷冷地说，"找个牧师去驱魔？"

杰克逊哼了一声，说："那你可得费心去找了，牧师大都会一边给你发宣传册，一边打电话给精神病院。约翰尼，该我们出场了。"

"我们能行吗？"

"或许吧。问题是：我们知道机器里面有东西，但究竟是什么，我们不知道。"亨顿感觉身体发冷，仿佛被一只无形的手指点了一下。"世上有无数妖魔。我们要对付的这个跟猫头神或是潘神有关系吗？太阳神呢？抑或是基督教中我们称之为撒旦的那个魔头？我们不知道。假如有人故意施咒，我们反而有机会破解。可是，那台机器似乎是被随意选中的。"

杰克逊用手捋着头发，说："处子之血，没错。可是，范围并没有因此而缩小。我们必须十分肯定，万分肯定之后，才能下手。"

"为什么？"亨顿直截了当地问，"为什么不去弄一批驱魔的方法，然后一个个试呢？"

杰克逊的脸一沉，说："约翰尼，不是警察抓强盗这么简单。看在上帝的分上，千万别这样想。驱魔仪式非常可怕，非常危险。某种程度上，像被控制的核裂变。如果出了错，我们就毁了。魔鬼被困在那台机器中，一旦有了机会，它就……"

"它就可能出来？"

"它很想出来，"杰克逊忧郁地说，"它喜欢杀戮。"

第二天晚上，杰克逊来的时候，亨顿已经安排他夫人和孩子去看电影了。客厅里就他们俩，亨顿感觉很轻松。对于自己面对的事情，他至今还不敢相信。

"我把课取消了。"杰克逊说，"忙了一整天，把能找到的最最可怕的书都看了个遍。今天下午，我把三十几个召魔的法子输进了计算机，找到了一些共性。令人吃惊的是，少得可怜。"

他把列出的单子拿给亨顿看：处子之血、墓园之土、荣誉之手、蝙蝠之血、夜之苔藓、马之蹄、蟾蜍之眼。

除去这些，其他各项均归类为"次要"。

"马之蹄，"亨顿若有所思地说，"可笑……"

"很普通，实际上……"

"这些东西——任何一种——可以宽泛地理解为相似物品的代表吗？"亨顿打断了他。

"比如，夜间采摘的地衣可以替代夜之苔藓吗？"

"这就是我想问的。"

"有这可能，"杰克逊说，"虽说魔法通常都很晦涩，但也有弹性。黑色艺术有很大的创造空间。"

"果冻是马蹄的替代品，"亨顿说，"这东西在工作午餐中挺常见的。弗劳利夫人死的那天，我看到熨烫机的平台上有一个装果冻的盒子。明胶是从马蹄里提取的。"

杰克逊点点头，问："还有其他的吗？"

"蝙蝠之血······工厂地方不小，有许多昏暗的角落，蝙蝠存在的可能性很大，可我担心厂方不会承认的。很有可能，之前有蝙蝠被困在那台机器里了。"

杰克逊把头向后仰了仰，用手揉搓着充血的眼睛："你说得有道理······完全吻合。"

"是吗？"

"是的。我很肯定，我们可以首先排除荣誉之手。毫无疑问，在弗劳利事件发生之前，那台熨烫机没有咬掉过任何人的手，而且，颠茄绝对不是这个地区土生土长的植物。"

"墓园之土呢？"

"你怎么看？"

"应该是一种巧合。"亨顿说，"距离最近的公墓是普莱森特希尔，但那个地方离蓝带洗衣厂有五英里。"

"嗯，"杰克逊说，"我请电脑操作员——他以为我在为万圣节做准备——把统计表上的一二级元素做了一个分类，要考虑每一种可能的组合。我排除了大约二十几种，因为它们毫无意义。其余的我进行了明确的分类，我们已经分离出的元素符合其中一种。"

"哪一种？"

杰克逊咧嘴笑了。他说："很容易的一种。这类神话大都集中在南美，向外扩散到加勒比海地区。跟巫毒教有关。我收集到的资料显示，严格来说，这种神是某种丛林之神，相比那些受到普遍信奉、不可直呼其名的神，机器里的那个东西就像社区里的小流氓，正打算偷偷溜走。"

"那我们怎么对付它呢？"

"圣水,再加点圣餐,应该能管用。此外,我们还可以面对机器朗读《旧约·利未记》。这绝对是基督教的白魔法。"

"你肯定不会把事情搞砸?"

"你难道还没有看出来事情会怎样演变吗?"杰克逊若有所思地说,"我干脆跟你坦白吧,我非常担心那个荣誉之手。那可是很厉害的黑魔法。魔力相当大。"

"圣水不能克制它吗?"

"用荣誉之手召唤来的魔鬼,一顿早饭可以吃下一大摞《圣经》。如果碰上它,我们可就倒霉了。最好把那台机器给拆了。"

"照你这么说,你完全肯定……"

"不,只是比较肯定。各个方面都很吻合。"

"什么时候动手?"

"越早越好。"杰克逊说,"我们怎么进去呢?砸窗户?"

亨顿笑着,把手伸进口袋,拿出一串钥匙,在杰克逊鼻子前晃了晃。

"你从哪儿弄来的?加特利?"

"不是。"亨顿说,"问马丁检查员要的。"

"他知道我们的计划吗?"

"我想,他可能会猜到。两星期前,他给我讲了一件很奇怪的事。"

"关于绞肉机?"

"不是,"亨顿说,"是一台冰箱。快走吧。"

阿德尔·弗劳利死了。经过一个极其敬业的殡仪员的努力,她的尸体被缝合在一起,静静地躺在棺材里。可是,她灵魂的某个部分也许留在那台机器里了。如果真的在那里,它发出了呐喊,她一定会知道,她可以提醒他们。她生前一直消化不良,为了对付这种常见病,她服用一种普通的胃药,E-Z 胶囊,任何一家药店都可以买到,价格为七十九美分。注意事项印在药盒的侧面：患有青光眼的患者不能使用这种药，因为药片的某一种成分会使眼部问题进一步恶化。不幸的是，阿德尔·弗劳利没有青光眼。她可能记得，在谢里·乌莱特的手受伤前不久，她不小心把一整盒 E-Z 胶囊掉进了那台机器。可是，她死了，她完全不知道，那种可以抑制她胃部烧灼感的药，里面的有效成分是从颠茄里提取的化学物质，在某些欧洲国家——很奇怪——颠茄被视为荣誉之手。

蓝带洗衣厂里死一般地寂静，突然，响起一阵可怕的类似打嗝的声音—— 一只蝙蝠疯狂地拍打着翅膀，飞向它的巢穴。它把家安在烘干机上面的隔热材料上，它用翅膀遮住自己没有视力的脸，准备就寝了。

那个声音听上去好像什么人在咯咯地笑。

突然，随着一阵剧烈的响动，绞肉机开始运转——黑暗中，皮带疾速运动，齿轮咬合、转动，巨大的滚筒不停地旋转。

它准备好了，等待他们的到来。

当亨顿把车慢慢开进停车场的时候，午夜刚过，月亮被云层遮住了。他一脚踩住刹车，关掉了车灯。杰克逊的额头差一点撞上遮阳板。

他关闭发动机，持续不断的哐当声、咝咝声变得更加响亮。"是那台机器。"他慢慢地说，"是那台机器。自动运转，在深更半夜。"

他们默默地坐在车里，恐惧从双腿向全身蔓延。

亨顿说："好吧，行动吧！"

他们下了车，朝大楼走去，机器的声音听得更清楚了。亨顿把钥匙插进车间大门的锁孔，心想，那台机器的声音听上去好像它有生命似的——大口大口地喘着气，滚烫的蒸汽向外喷涌，咝，咝，咝，它在喃喃自语，它在嘲笑他们。

"忽然，我感觉自己很幸运，因为我身边有一个警察。"杰克逊说。

他把那个褐色的包换到另一只手里，那里面装着一个盛满圣水的小塑料罐，外面包着蜡纸，还有一本基甸国际赠送的《圣经》。

他们走进去，电灯开关就在门边上，亨顿把灯打开。荧光灯闪烁着，灯光昏暗阴冷。在同一时刻，那台机器停止了转动。

蒸汽仿佛一层薄膜，包裹着滚筒。在这刚刚到来的寂静中，邪恶的机器等待着他们。

"上帝，真是一个丑陋不堪的东西。"杰克逊轻声说。

"快点，"亨顿说，"趁我们还镇定的时候。"

他们走上前去。传送带上方的保险杠此时处于向下的位置。

亨顿伸出一只手，说："距离足够近了，马克。把那东西给我，告诉我该怎么做。"

"可是……"

"没什么可是。"

杰克逊把包递给他，亨顿将它置于机器前面摆放床单的桌子上。他把《圣经》交给杰克逊。

"我来念。"杰克逊说，"当我手指着你的时候，你用手指把圣水洒在机器上，口中说：以圣父、圣子、圣灵的名义，把你带离这个地方，你这个不洁之物。明白了？"

"明白了。"

"我第二次手指着你的时候，把蜡纸打开，嘴里重复刚才说的咒语。"

"我们怎么知道这是否管用呢？"

"你会知道的。那个东西会打破这儿的每一扇窗户，逃出去。如果第一次不奏效，我们就不断重复，直到它有用为止。"

"我头皮发麻。"亨顿说。

"说实话，我也是。"

"如果我们对荣誉之手的理解是错误的……"

"我们是对的。"杰克逊说，"开始吧！"

他的声音在空荡荡的车间里飘荡，带来可怕的回声。"你们不可偏向虚无的神，也不可为自己铸造神像，我是耶和华你们的神……"这些话如同石头，掉落在充斥着令人毛骨悚然的死一般的冷意的寂静中。机器没有反应，在荧光灯下静悄悄地矗立在原地。在亨顿的眼里，它似乎在咧着嘴笑。

"……连地也玷污了，所以我追讨那地的罪孽，那地也吐出它的居民。"①杰克逊抬起头，脸绷得紧紧的，伸出了手指。

亨顿赶忙把圣水洒在传送带上。

刹那间，受难的铁家伙发出一阵咣当咣当的呐喊。圣水所到之处，烟雾腾空而起，形成一个个挣扎扭曲的红色形状。机器活了。

"我们成功了！"杰克逊扯着嗓门喊道，"它正在逃跑！"

他又开始念了，声音高过机器的响声。他再次指着亨顿，亨顿开始洒圣水。突然，一阵恐惧向他袭来，他意识到麻烦来了：那台机器以为他们在虚张声势，觉着它才是强者。

杰克逊的声音依旧高亢，快接近尾声了。

主次发动机之间的拱梁上火花直蹿，臭氧的气味在空气中弥散，仿佛鲜血在铜锅里沸腾。此时，主发动机开始冒烟，机器疯狂地启动了，滚筒飞速旋转，让人看了眼晕。假如手指碰到皮带中央，整个身体会立即被卷进去，在五秒钟内变成肉饼。他们脚下的水泥地颤抖着，跳动着。

随着一道紫色的光芒冲天而起，一根主轴承爆了，冷飕飕的空气中顿时充满了暴风雨的味道，机器仍然在转动，速度越来越快，皮带、滚筒、齿轮飞速运行，仿佛它们即将聚集、融合、突变、重生……

---

① 以上两处《圣经》引文分别出自《旧约·利未记》19:4 和 18:25。

112

亨顿之前似乎处于催眠状态，此时，他突然向后退了一大步。"快跑！"他的声音压过了机器的喧闹。

"我们快要成功了！"杰克逊大声说，"为什么……"

随着一阵无法形容的撕裂声，脚下的水泥地裂开了，裂缝不断扩大，距离他们所站的地方越来越近，水泥碎片四处乱飞。

杰克逊看了一眼那台机器，然后尖叫起来。

那台机器仿佛落入焦油坑里的恐龙，拼命挣扎，想要摆脱水泥地对它的束缚。它不再是一台熨烫机，它一直在变，在融化。五百五十伏的电缆落进滚筒，蓝色的火花四处飞溅。顷刻间，电缆不见了踪影。眨眼工夫，两团火球仿佛两只闪闪发光的眼睛，瞪着他们，透着冰冷的渴望。

又出现一道大裂缝。机器朝他们倾斜过来，它与地面之间的角度表明，它已经挣脱了水泥对它的约束。它斜眼瞅着他们，保险杠已经闭合，出现在亨顿眼前的是一张大嘴，一张满是蒸汽的饥饿的大嘴。

他们转身就跑，脚下又裂开一道大缝。在他们身后，随着一声巨响，那个东西自由了。亨顿跳过了那道裂缝，杰克逊却被绊倒了。

亨顿转身去帮他，一个巨大的影子落在他身上，挡住了荧光灯的光线。

它站在杰克逊身边，杰克逊脸朝上，看着它，吓得说不出话来，脸都变形了——完美的祭品。亨顿隐约看见，那个黑乎乎的东西会动，比他们高出许多，带电的眼睛闪闪发光，有足球那么大，嘴巴张开，帆布舌头动来动去。

他撒腿就跑，身后传来杰克逊临死前的惨叫。

罗杰·马丁从床上爬起来去开门的时候还迷迷糊糊的。看到亨顿趔趄着从外面进来，他十分震惊，仿佛被人打了一巴掌，一下子清醒过来。

亨顿的双手像爪子，死死抓住马丁睡衣的前襟，眼睛从眼窝里鼓出来，状若疯狂。他脸颊上有一道小伤口，鲜血正往外渗，脸上溅了好些肮脏的水泥点。

他的头发全白了。

"帮帮我……看在上帝的分上，帮帮我。马克死了，杰克逊死了。"

"别急。"马丁说，"进来，到客厅里来。"

亨顿跟在他后面，喉咙里发出一阵呜咽声，像狗一样。

马丁给他倒了一小杯占边威士忌，亨顿双手捧着酒杯，一仰脖，咕嘟一声，把酒全喝了。一不小心，玻璃酒杯滚落到地毯上，他的手仿佛游走的鬼魂，再次扑向马丁的前襟。

"那台机器杀死了马克·杰克逊。它……它……上帝，它可能会出来！我们不能让它出来！不能……我们……哎呀……"他开始尖叫，一种疯狂的呼喊声在一个个齿轮间起起落落。

马丁想让他再喝一杯，但他把酒杯推开了。"我们得把它烧了，"他说，"在它出来之前把它烧死。啊，万一它出来怎么办呢？啊，耶稣基督，万一……"突然，他的眼睛眨了一下，变得有些呆滞，眼珠子上翻，露出大片眼白，身体随即栽倒在地毯上，一动不动。

马丁太太刚好在门口，手抓着睡衣的领口，问道："罗杰，那是谁？他疯了吗？我想……"她浑身打战。

"他没疯。"看见丈夫脸上浮现恐惧的阴影，她突然感觉很害怕，"上帝，希望他快些醒过来。"

他转身走到电话机旁，拿起听筒。他惊呆了。

从房子的东面——刚刚亨顿来的方向——传来一阵由弱变强的声音，咣当，咣当，连续而清脆的撞击声，越来越响。客厅的窗户半开着，此时，马丁闻到空气中有股邪恶的味道，臭氧……抑或是鲜血。

他呆立在那儿，手握着那只毫无用处的听筒。声音越来越大，磨牙的声音，发狂的声音，街上有东西，滚热，咝咝地冒着白烟，血腥味在房间里弥漫开来。

电话从手中掉落。

它已经出来了。

恶 灵

　　"我来你这儿，因为我想把我的事情说给你听。"此时，说话的人正躺在哈珀医生办公室的长沙发上。他的名字叫莱斯特·比林斯，来自康涅狄格州的沃特伯里。根据维克斯护士登记的信息，此人今年二十八岁，受雇于纽约的一家工业公司，离异，有三个孩子，可都死了。

　　"我不能去找牧师，因为我不是天主教徒。我也不能去找律师，因为我没有什么事情需要找律师咨询。我杀了我的孩子，一次一个，我把他们都杀死了。"

　　哈珀医生打开了磁带录音机。

　　比林斯仿佛一把码尺，直挺挺地躺在沙发上。沙发不够长，他的双脚僵硬地伸在外面。他的模样构成了一幅画：一个注定饱受羞辱的人。他双臂抱起，置于胸前。他脸上的表情凝固、呆板，眼睛看着空无一物的白色天花板，仿佛那里有各种景色和图片。

"你的意思是，你真的把你自己的孩子杀死了，还是……"

"不是，"他敲了一下手指，有些不耐烦，"可我是有责任的。丹尼死于一九六七年，雪儿一九七一年，安迪，今年。我想跟你说说这些。"

哈珀医生没有吭声。在他看来，比林斯憔悴、苍老、头发稀疏、面色灰黄。他的眼睛里埋藏着所有可怕的秘密，和威士忌有关的秘密。

"他们是被谋杀的，你明白吗？只是没人相信。假如有人信的话，事情就好办了。"

"为什么会这样？"

"因为……"

比林斯突然打住，用胳膊肘撑起上身，抬起头，环视着房间。"那是什么？"他高声问道。他的眼睛眯着，像两道黑杠。

"什么是什么？"

"那扇门。"

"那是壁橱，"哈珀医生回答说，"那是我挂衣服的地方，套鞋也放在那里。"

"把门打开，我想看看。"

哈珀医生二话没说，起身走过去，打开了壁橱门。里面有四五个挂钩，其中一个上面挂了一件褐色的雨衣，下方有一双擦得锃亮的高筒橡皮套鞋，其中一只里面还塞着一份《纽约时报》。看得出来，主人很仔细。就这些。

"看到了吗？"哈珀医生问道。

"看到了。"比林斯将身体放平，回到先前的状态。

"你刚才说，"哈珀医生说着回到了自己的座位上，"假如能够证明你的三个孩子是被谋杀的，你所有的麻烦就了结了。为什么这么说呢？"

"这样我就会去坐牢，"比林斯的回答干脆、利落，"终身监禁。在监狱里，所有的房间，你都可以看得到里面。所有的房间。"他冲着空气，微微一笑。

"你的孩子是怎么被谋杀的？"

"别想套我的话！"

比林斯转过身子，目光阴冷。

"别担心，我会告诉你的。我可不像你那些病人，神气活现地到处乱窜，假装自己是拿破仑，或者，给自己吸食海洛因找借口，说那是因为没有得到妈妈的爱。我知道，我的话你不会相信。没关系，无所谓，只要说出来就够了。"

"那你说吧。"哈珀医生拿出烟斗。

"一九六五年，我娶了丽塔。那一年，我二十一岁，她十八岁。她怀孕了，那孩子就是丹尼。"他的嘴唇像橡胶，扭动了一下，形成一个可怕的笑容，但随即就消失了，"没办法，我离开学校，找了份工作，但我不在乎。我爱他们两个。我们一家很幸福。

"丹尼出生后不久，丽塔又怀孕了。一九六六年十二月，雪儿降生了。安迪生于一九六九年的夏天，那时候，丹尼已经死了。安迪的到来纯属意外，丽塔就是这样说的。她有的时候说，避孕措施失败了。在我看来，那比意外事故还要糟糕。你知道，孩子把一个男人拖垮了。女人喜欢这样，尤其是当她们发现这个男人比她们能干的时候。你不认为这是事实吗？"

哈珀含糊地嘟囔了几句。

"不管怎样，这没什么了不起的，我爱他。"他的语气中有复仇的味道，仿佛他是因为喜欢儿子才怨恨自己的老婆。

"谁杀了那几个孩子？"哈珀问道。

"是恶灵。"莱斯特·比林斯脱口而出，"是恶灵把他们都杀死了。恶灵从壁橱里走出来，杀了他们。"他扭动了一下身体，咧开嘴，"你以为我疯了，对吧？你脸上写着呢！但我不在乎。我只想把一切都说出来，然后我就解脱了。"

"我听着呢。"哈珀说。

"事情开始的时候，丹尼已经快两岁了，雪儿还是个婴儿。丽塔哄丹尼睡觉，一上床，他就开始哭。跟你说，我们那时住的房子有两间卧室。雪儿的摇篮放在我们房间里。起初，他哭的时候，我以为是我们不让他把奶瓶带上床的缘故。丽塔说，别瞎猜了，让他哭去。如果把奶瓶给他，会把衣服弄湿的。你什么事情都依着他，惯着他，孩子就是这样变坏的，他们以后会让你伤心的。比如，强暴别人家姑娘，或是染上毒瘾，或是成了同性恋。有一天早上，你睁开眼，发现你的孩子——你的儿子——成了同性恋。你能愿意吗？

"可是，过了一段时间之后，我看他还是哭闹，我就亲自哄他睡觉。如果他哭个不停，我就给他一巴掌。后来，丽塔说，她听见儿子一遍遍地说'灯'。我弄不清楚。那么小的孩子，怎么能分辨出他们在说些什么呢？也许，只有做妈妈的才明白。

"丽塔想给他买一盏小夜灯。就是那种插在墙上的小东西，造型通常有米老鼠、哈克贝利猎狗，或是类似的。我不同意。如果孩子小时候不能克服惧怕黑暗的心理，那他这辈子都克服不了。

"不管怎么说，在雪儿出生后的那个夏天，他死了。那天晚上，我把他抱上床，他立刻开始啼哭。那一次，他嘴巴里说的话，我听清楚了。他一边说，一边用手指着壁橱。'恶灵，'孩子说，'恶灵，爸爸！'

"我关上灯，回到我们的房间，问丽塔，她为什么教孩子那个词？我很想给她一个耳光，但忍住了。她回答说，她从来没有教孩子说过类似的话。我说她在撒谎。

"你看，对于我，那个夏天真是糟透了。我能找到的工作就是在一家仓库里装货，往卡车里装百事可乐，而且，我一天到晚都很疲倦。雪儿每晚都会醒，会哭闹，丽塔就把她抱起来，哄她。我跟你说，有的时候，我恨不得把她们娘俩都从窗户里扔出去。天哪，小孩子能把你逼疯。你恨不得宰了他们。

"孩子凌晨三点把我吵醒，很准时。我起身去厕所，晕晕乎乎的，你知道。接着，丽塔问我是否可以去看看丹尼。我跟她说，你自己去看吧，然后，我回到床上接着睡。我刚睡着，她就开始尖叫。

"我爬起来，来到孩子的房间。孩子脸朝上躺着，已经死了。他的脸跟面粉一样白，除了有血的地方……大腿背面、头，还有……屁股。他的眼睛睁着。你知道，这是最吓人的。睁得大大的，光亮、透明，像壁炉架上的小鹿雕塑的眼睛，像我在图片里看见的越南孩子的眼睛。他脸朝上躺着，死了。他穿着橡胶裤子，屁股下面还垫着尿布，因为在过去的两三个星期里，他一直尿裤子。太可怕了。我爱那个孩子。"

比林斯慢慢地摇着头，随后又是那种一闪而过的可怕微笑："丽塔扯着嗓门哭喊，想把丹尼抱起来摇晃，但被我阻止了。警察可不允许现场有任何破坏。这一点，我很清楚……"

"那个时候你就知道是恶灵干的吗？"哈珀医生轻声问道。

"不，那时还不知道，但是我注意到了一件事情。当时我并没有反应过来，但我的大脑将这条线索储存起来了。"

"你发现了什么？"

"壁橱的门是开着的，不是敞开着，而是开了一条缝。你看，我明明记得离开的时候把它关紧了。壁橱里有一些干洗袋。要是被小孩子拿去玩，那就完蛋了。窒息。你知道我的意思吗？"

"知道。后来呢？"

比林斯耸耸肩膀，说："我们把他埋了。"他表情僵硬，打量着自己的双手。就是这双手曾经捧起泥土，撒在三个孩子小小的棺椁上。

"做过尸检吗？"

"当然做过。"比林斯的眼睛里闪过一抹嘲讽,"一个傻瓜,乡巴佬,带着一个听诊器,一个黑色的包——里面装满了各种零食,还有一张某所名不见经传的农村大学的毕业证书。婴儿猝死综合征,这就是他的结论!你听过这种狗屁话吗?我的孩子三岁了啊!"

"婴儿猝死综合征常见于一岁的孩子,"哈珀谨慎地说,"但是,在死亡证上,那种诊断甚至适用于五岁的孩子,因为没有更好的……"

"胡说八道!"比林斯破口大骂。

哈珀重新点燃自己的烟斗。

"葬礼过后一个月,我们把雪儿搬到丹尼的房间。丽塔极力反对,但家里我说了算。当然,这让我很难过,真的,老天做证!我愿意让孩子们跟我们在一起。但是,你不能过分溺爱他们,这样会害了他们。我小的时候,我妈妈经常带我去海边。她总是大喊大叫,嗓子都哑了。别跑那么远!别到那边去!那下面有旋涡!你一小时前才吃过!不要碰着头!天哪,她甚至还要我当心鲨鱼!你看,结果怎么样呢?我现在连水边都不敢去。这是真的。我一到海边,腿就抽筋。丹尼活着的时候,有一次,丽塔让我带她和孩子们去塞文岩。我大病一场。你看,我有亲身体验。你不能过分保护他们。你也不能娇惯自己。生活就是这样。雪儿睡在丹尼的摇床里。当然,我们把用过的床垫扔了,我可不想我的女儿染上细菌。

"就这样,一年过去了。一天晚上,我把雪儿放在婴儿床上,她开始吵闹、尖叫、哭喊:'恶灵,爸爸,恶灵,恶灵!'

"我吓了一跳,跟丹尼的情形一样。我想起,我们发现丹尼的时候,壁橱的门开了一条缝。我准备带雪儿回我们的房间。"

"带了吗?"

"没有。"比林斯打量着自己的手,脸上的肌肉抽搐了一下,"我怎么面对丽塔?我怎么能向她承认说我错了?我必须得坚强。她向来意志不坚定……我们还没结婚的时候,她就轻率地上了我的床。"

哈珀说："换个角度说，你看，你轻率地和她上了床。"

比林斯的手不动了，他慢慢转过头，看着哈珀："你以为你很聪明吗？"

"不。当然不。"哈珀说。

"那么，你就让我按自己的方式讲吧。"比林斯厉声说，"我来这儿的目的是卸下压在胸口的大石头。把我的故事讲出来。我不想谈论我的性生活，如果这是你想听的。丽塔和我的性生活非常正常，没有那些肮脏的事情。我知道，有些人就是喜欢议论那些东西，但我和他们不一样。"

"抱歉。"哈珀说。

"抱歉。"比林斯重复道。他显得很傲慢，但又有些不安，好像一时间没有了头绪，目光紧张地转向壁橱门。那扇门关得紧紧的。

"你想让我把门打开吗？"哈珀问道。

"不要！"比林斯很快回答，他拘谨地笑了笑，"我干吗要看你的套鞋呢？"

"恶灵把她也杀了。"比林斯说，他用手拂着额头，仿佛在勾画记忆的影像，"一个月后。但是，在那之前，还发生了一件事。我有天晚上听到房间里面有动静。接着，她开始尖叫。我迅速打开门——走廊的灯还亮着——我看见……她坐在床上大哭，而且……有东西在动。在壁橱旁边的阴影里。有东西在滑动。"

"壁橱门打开了吗？"

"没有全打开，就开了一条缝。"比林斯舔了舔嘴唇，"雪儿尖叫着'恶灵'。还有其他的话，听起来像 claw[①] 或者是 craw，小孩子一般发不准音。丽塔跑上楼，问我出什么事了。我回答说，窗外树枝的影子在天花板上晃动，她被吓着了。"

"crawset？"哈珀说。

---

① 意为"爪子"。

122

"嗯？"

"crawset······壁橱①。也许，她真正想说的是壁橱。"

"也许吧。"比林斯说，"可能你说得对。但我却不这么想。我认为她说的是'爪子'。"他的眼睛又开始搜寻壁橱的门，"爪子，长长的爪子。"他的声音突然降低了，变成了喃喃自语。

"你查看壁橱了吗？"

"是······是的。"比林斯双手手指交叉，紧紧地握在一起，抵在胸前，指关节处有些发白。

"里面有什么呢？你看见了······"

"我什么都没有看见！"比林斯突然发出一声尖叫。那句话从他喉咙里冲出来，仿佛他灵魂的大门被突然打开了。"你看，她死的时候，是我发现的，她全身发黑，从头到脚。她吞下了自己的舌头，像滑稽说唱团里那些扮演黑人的演员，黑得一塌糊涂。她瞪着双眼。她的眼睛像玩具熊的眼睛，闪亮、可怕，像活的大理石，仿佛在说：爸爸，它抓住我了，你让它抓我的，你杀了我，你帮它杀了我······"他的声音越来越小，一滴大而孤单的眼泪沿着脸颊滚落下来。

"是脑惊厥，你明白吗？小孩子有时会得这个病，是来自大脑的一个可怕信号。他们在哈特福德接收医院做了尸体解剖。他们说，因为惊厥，她的舌头堵住了喉咙，她因此窒息而死。我独自一人返回家中，因为他们给丽塔注射了镇静剂。她疯了。我一个人孤零零地回到家中，我明白，大脑混乱不是脑惊厥的唯一原因，孩子也会因为恐惧而发病的。我必须返回那个有它存在的家中。"

他喃喃自语："我睡在沙发上，整夜开着灯。"

"发生什么事了吗？"

---

① 正确拼写为 closet，与 crawset 发音相似。

"我做了个梦。"比林斯说，"我在一间黑屋子里，壁橱里有什么东西我无法……无法看清楚。那东西发出一种……嘎吱嘎吱的声音。我想起小的时候看过的一本连环画，叫《摄魄惊魂》，你有印象吗？天哪！里面有个人叫格雷厄姆·英格尔斯。世界上各种丑陋可怕的东西，他都能画——就连世上没有的，有些他也能画。在那个故事里，他妻子把他淹死了，记得吗？把水泥块绑在他脚上，然后将他从码头丢进海里。他不知怎的又回来了，浑身腐烂，黑绿色，一只眼睛被鱼啃掉了，头发上还有水草。他回来，把他老婆杀了。半夜醒来的时候，我想到那东西有可能正俯身打量着我，它有爪子……长长的爪子……"

哈珀医生看了一眼桌上的闹钟，莱斯特·比林斯已经说了差不多半个小时了。他说："你老婆回家的时候，她对你的态度怎么样？"

"她依然很爱我，"比林斯颇有几分得意，"我让她干什么，她还是很乐意去干的。老婆就应该这样，对吗？妇女解放运动造就的都是些怪物。对一个人来说，生活中最重要的是知道自己所处的地方。他的……他的……嗯……"

"在生活中的位置？"

"对！"比林斯打了个响指，"就是这个词。妻子必须服从丈夫。打那以后的四五个月，她一直面无血色，在家里走来走去，不哼歌，不看电视，也不笑，但我知道她会好的。孩子们小的时候，你讨厌他们。等他们长大以后，你经常去翻写字台的抽屉，看他们的照片，想清晰地记住他们的样子。"

"她想再要一个孩子，"他幽幽地补充道，"我告诉她，这不是一个理智的决定。不是永远不要，起码暂时不要。我说，我们俩应该利用这段时间平复心底的创伤，过我们自己的生活。我们以前都没有机会享受二人世界，想去看个电影还得找人看孩子。除非她家人愿意把孩子接去，否则我们无法进城去看大都市棒球队的比赛，因为我母亲不愿意和我们往来。我们刚结婚，丹尼就出生了，明白吗？她说，丽塔居无定所，无异于街上的那些站街女。站街女，是我母亲对这些人的称呼。够形象吧？有一次，她让我坐下，告诉我说，如果你到街上去……去找妓女，那么，你会染上病的。你下面那个……今天，那个东西上长出一个小包，到了明天，就会开始溃烂。我们结婚的时候，她没有来参加婚礼。"

比林斯用手指敲着自己的胸脯。

"丽塔的妇科医生卖给她一种叫作宫内节育器的东西。医生说，那东西万无一失。他简单地把它放进女人的……那个地方。很简单，如果那个地方放了东西，精子就不能着床。你甚至都感觉不到它的存在。"他看着天花板，脸上浮现出既阴郁又甜蜜的微笑，"谁都不知道那个东西是否还在那个地方。第二年，她再次怀孕了。万无一失，哼。"

"没有万全的避孕措施，"哈珀说，"避孕药的成功率也只有百分之九十八。痉挛、月经出血量大这些情况都有可能让宫内节育器脱落，在极其特殊的情形下，甚至排便也会造成它的脱落。"

"是的，再或者，你可以把它取出来。"

"这是可能的。"

"接下来呢？她开始织小毛衣，洗澡的时候唱歌，拼命吃泡菜。她坐在我的腿上，一个劲地说，这一定是上帝的旨意。狗屎！"

"雪儿死后，第二年年底，老三出生了？"

"没错。一个男孩。她给他取名安德鲁·莱斯特·比林斯①。我不想碰那个孩子，至少刚开始的时候是这样。我的原则是，既然事情是她弄出来的，就由她一个人管吧。我明白，这听起来实在不像样，但是，你必须要知道，我经历得够多了。

"可是，我渐渐开始喜欢他了，懂吗？三个孩子中，他是唯一一个长

---

① 即前文提到的安迪，安迪是安德鲁的昵称。

得像我的。丹尼像他母亲，雪儿谁也不像，最多有点像我奶奶。可是，安迪简直就是我的翻版。

"我下班回到家，开始在婴儿围栏里逗他玩。他经常抓着我的一根手指咯咯地笑。两个多月大的孩子，对着老爸笑。你相信吗？

"一天晚上，我从百货店出来，买了一辆小汽车，准备挂在孩子的小床上。我！在我看来，孩子在长大到会说'谢谢'之前，对父母买的礼物是不会心怀感激的。但是，我买了。我给他买了小玩具，我突然意识到，我太喜欢这孩子了。那时，我又重新找了份工作，一份挺不错的工作，替克卢特父子公司推销钻头。我干得很好。安迪一岁的时候，我们把家搬到沃特伯里。以前那个地方给我们留下了太多痛苦的回忆。"

"还有太多壁橱。"

"第二年是我们生活中最开心的一年。如果能追回那段时光，我什么都愿意放弃。越南战争还在继续，嬉皮士们在大街上裸奔，黑人们在叫嚷，可是，这一切都跟我们无关。我们住在一条安静的小街上，周围的邻居都很友好，我们很幸福。"他简单地做了总结，"我曾经问过丽塔，问她是否还在担心。你知道，祸不单行。她说不担心，安迪不同于前面的两个孩子。她说，上帝在他身边画了一个圆圈，他受到上帝的保护。"

比林斯神情忧郁地望着天花板。

"去年，情况不太好，房子里有什么东西发生了变化。我把靴子放在走廊里，因为我不想碰壁橱的门。我不断地想：万一它在里面怎么办呢？潜伏在里面，等我打开门的瞬间，朝我扑过来？我开始觉得，我能够听见嘎吱声，好像有个墨绿色的、湿乎乎的东西在里面移动。

"丽塔问我是否工作太累了，我冲她大吼，我以前常常这样对她。出门的时候，想到自己必须把他们留在家里，我心里一阵惊慌，可走出家门以后，我又很开心。上帝！我很开心。我开始想，我们搬家以后，它一时间找不到我们了。它四处寻找，晚上在大街小巷出没，可能就藏身在下水道里。它在追踪我们的气味。一年过去了，它找到了我们。它回来了。它想要安迪，想要我。我开始想，也许，想一件事情想得时间长了，你就会相信它是真的。也许，我们小时候害怕的那些怪物，比如，弗兰肯斯坦、狼人、木乃伊，它们都是真的，真实存在的。它们吞噬不幸落入沙石坑的孩子，或者在河里溺水的孩子，甚至那些离奇失踪的孩子。也许……"

"比林斯先生，有什么东西让你感觉害怕吗？"

比林斯沉默了许久——钟表显示，两分钟。然后，他突然说："安迪二月份死了。当时，丽塔不在。她接到她爸爸的电话，她妈妈新年的第二天出了车祸，危在旦夕。她连夜坐车赶回去了。"

"她妈妈没有死，但过了很久才脱离危险——两个月。我找了个很好的女人照顾安迪。我们晚上一起待在家里，壁橱的门一直开着。"

比林斯舔了舔嘴唇："孩子跟我们睡在一起。很可笑。安迪两岁的时候，丽塔曾经问我是否想让他跟我们分开睡。你知道，斯波克之流的狗屁专家说孩子跟父母睡在一起不好，据说会影响他们的性取向。但是，我们在孩子入睡之前从不干那事。而且，我也不想让他离开我。丹尼和雪儿都死了，我怕失去他。"

"可是，你还是把他安排在其他房间了，不是吗？"

"是的。"比林斯说，他脸上的微笑显得既病态又怯懦，"没错。"

又是一阵沉默。比林斯在和沉默搏斗。

"我没有选择！"他终于爆发了，"我没有选择！丽塔在家的时候，一切正常。可是，她不在的时候，它胆子就大了。它开始……"他看着哈珀，眼珠子在眼眶里打转，咧开嘴，样子很可怕，"哦，你不会相信的。我知道你在想什么，你把我当成你的病人，精神不正常的病人。我知道。可是，你当时不在场，你这个窥视别人心底秘密的家伙！

"一天晚上，家里所有的门突然间都被吹开了。一天早上，我起床，发现壁橱到前门的走廊上有一行泥点和污物。它出去了？它进来了？我不知道。我对天发誓，我不知道！唱片上有抓痕，有黏液，镜子破了……还有声音……声音……"

他用手梳理着自己的头发："我经常凌晨三点醒来，看着黑暗。起初，我会说，那是钟表的声音。但是，除了那个声音，我还听到有什么东西在偷偷移动。并不是那么隐秘，毕竟还想让我察觉。一种滑动的声响，好像什么东西从下水道里爬了出来。还有一种嘀嗒声，好像爪子在楼梯扶手上轻轻滑动。这时，你就会闭上眼睛，你心里明白，听见这种声音不是一件好事，可是，如果你看见了……

"那你就会害怕，担心那些声响会暂时停止，然后，突然传来一阵大笑，一股气息扑面而来，像发霉的白菜，接着，手卡住了你的喉咙……"

比林斯脸色煞白，浑身发抖。

"所以，我把他安排到其他房间。我知道，它会去找他。因为，相较之下，他更弱小。它真的去找他了。第一个晚上，他半夜开始尖叫，最后，我鼓起勇气，走进他的房间，发现他站在床上，大叫：'恶灵！爸爸，恶灵！……我要跟爸爸走，我要跟爸爸走！'"比林斯像个孩子，用童声一般的尖嗓门哭喊着，眼睛瞪得很大，相比之下，脸上的其他器官仿佛不存在了。他躺在沙发上，身体几乎缩成一团。

"可是，我不能带他走。"童声般的尖嗓门继续说着，"我不能。一小时后，传来一声尖叫，非常可怕，还夹杂着汩汩的声音。我明白，我非常爱他。我跑进房间，甚至没顾得上开灯，我跑，我跑，耶稣，上帝，圣母马利亚！它抓住他了。它在摇晃他，就像一条猎犬在晃一块布。我看见那个东西了，肩膀下垂，稻草人似的头，我闻到一股泡在药水里的老鼠发出的气味，听见……"他的声音越来越低，突然又变回成人的嗓音，"安迪的脖子断裂的时候，我听见了。"比林斯的声音冰冷，毫无生气，"冬天，乡下的水塘结了冰，你在冰上玩耍，脚下的冰层突然开裂，就是这种声音。"

"后来呢？"

"我跑了。"比林斯的声音依旧冰冷，"我跑去一家二十四小时营业的餐厅。作为一个胆小鬼，还能怎样呢？我跑去餐厅，连喝了六杯咖啡，然后回家了。天已经亮了。我没上楼，先打电话报警。他躺在地板上，眼睛瞪着，看着我，控诉着我。他的一只耳朵流了少量的血，准确地讲，就一滴。壁橱的门开着——就开了一条缝。"

他停下了。哈珀看了一下闹钟。过去了五十分钟。

"跟那个护士预约一下，"他说，"那边有好几个护士。星期二还是星期四？"

"我来的目的就是讲我的故事，"比林斯说，"把压在胸口的重物卸掉。我跟警察撒了谎，告诉他们说，孩子肯定是夜里想从摇篮里出来……他们信了。他们当然信了。看上去死因就是这样。意外事故，跟以前一样。但是，丽塔知道真相。丽塔……终于……知道了。"

他用右臂遮住眼睛，开始哭泣。

"比林斯先生，你还有很多要讲的。"哈珀医生顿了顿，接着说，"我相信，我们能够消除你背负的罪恶感，但首先，你必须有这种意愿。"

"你不相信我有这种意愿吗？"比林斯哭喊着，拿开遮着眼睛的手臂。他的眼睛通红、阴冷，像受了伤一样。

"目前是这样。"哈珀轻声说，"星期二还是星期四？"

过了好一会儿，比林斯嘟囔着："该死，就依你吧，依你吧。"

"跟护士预约时间，比林斯先生。祝你好运！"

比林斯大笑着，头也不回地快步走出房间。

护士值班室没有人，桌上的记事簿上写着：马上回来。

比林斯转过身，回到医生的办公室："医生，你的护士……"

房间里空无一人。

但是，壁橱的门开着，开了一道缝。

"太好了！"壁橱里的声音说，"太好了！"那声音听上去仿佛说话的人满嘴都是腐烂的水草。

比林斯站在那里，动弹不得。就在那时，壁橱的门猛然打开了，他隐约感觉自己下身一阵发热，他尿裤子了。

"太好了！"恶灵一边说，一边拖着步子从壁橱里走出来。

一只手握着哈珀医生的面具，那只手是一个像铲子一样的爪子。

Gray Matter
灰色物质

　　大家议论了整整一星期的强北风在星期四那天终于到了。名副其实的大风——到下午四点，地面积雪已经有八英寸了——而且丝毫没有减弱的迹象。在亨利的夜猫子酒吧里，每天都是我们这五六个人围坐在瑞立保火炉边。在班戈地区，夜猫子是唯一一家二十四小时营业的酒吧。

　　亨利的生意不大，主要是卖啤酒和葡萄酒给大学生，但是，他赚的钱够用，而且，他的酒吧是我们这些领社保的老家伙们聚会的地方。我们见面谈论的话题经常是最近谁谁谁死了，或者，世界末日就要到了。

　　今天下午，亨利站柜台，比尔·佩勒姆、伯蒂·康纳斯、卡尔·利特菲尔德和我围坐在火炉边。外面，俄亥俄大街上，看不见一辆车，只有铲雪车在费力地向前移动。狂风呼啸而过，覆盖着积雪的马路看上去像恐龙的脊梁。

一下午，店里只有三位顾客——如果把瞎子埃迪也算在内的话。埃迪约七十岁，不是百分之百看不见，只是经常撞上东西。他一星期来一两次，抓起一大块面包往外套里面一塞，随即走出店门，脸上的表情似乎在说：嘿，你们这些蠢驴，又上当了吧！

伯蒂曾经问亨利，为什么不阻止他。

"我跟你说，"亨利说，"几年前，空军计划用两千万美元造一架他们自行设计的飞机。结果，他们花费了七千五百万，那个该死的东西就是飞不起来。这事发生在十年前，那时，瞎子埃迪和我比现在年轻多了。我投票支持那个赞助这项计划的女人，埃迪投了反对票。打那以后，他的面包一直由我埋单。"

伯蒂看起来好像没听明白，但他把身子靠在椅子背上，陷入了沉思。

此时，店门被推开了，一阵冷风跟着吹了进来。一个年轻人走了进来，跺着脚，靴子上的雪掉落在地上。过了片刻，我认出了他。他是里奇·格雷纳丁的儿子。他看上去像是刚刚亲过婴儿的屁股。他的喉结一上一下，脸色蜡黄，像一块旧油布。

"帕马利先生。"他面对亨利，说话的时候，眼珠子频频滚动，就像轴承里的滚珠，"您快到我家去，去给他送啤酒。我不敢回去，吓死我了。"

"先坐下。"亨利解下身上的白围裙，走到柜台后面，"出什么事了？你爸爸喝醉了？"

我想起来了，亨利说过，那个里奇有段时间没来了。以前，他每天都来，只要有打折的便宜啤酒，他都会买上一箱。他是个大胖子，脖子上一圈横肉，手臂粗得像猪大腿。里奇虽说嗜酒如命，但工作干得还不错，他在克利夫顿的一家锯木厂工作。后来，出了一件事——搅碎机里的填料装错了，也许是里奇故意搞的鬼——里奇失业了，拿着锯木厂给他的赔偿款，过起了自由又轻松的生活。他的背好像受了伤。不管怎么样，反正他越来越胖。他最近一直没有来，他儿子时不时来帮他买酒，打发晚间的时光。一个很不错的孩子。亨利把酒卖给他，因为他相信，孩子是遵从父亲的指令行事的。①

"他喝醉了，"男孩说，"但那没什么，是……是……哎呀，上帝，太可怕了！"

亨利发现，那孩子快要崩溃了，他马上说："卡尔，能帮我照看一下吗？"

"没问题！"

"好，蒂米，你跟我到库房去，把详细情况告诉我。"

他带着孩子去了库房，卡尔走到柜台后，坐在亨利的凳子上。一时间，谁也没有说话。我们听见他们走进库房，接着是亨利的声音，低沉而缓慢，然后是蒂米·格雷纳丁的声音，尖厉而快速。后来，男孩开始哭喊，比尔·佩勒姆清了清喉咙，开始往自己的烟斗里装烟丝。

"我大概有一两个月没看见里奇了。"我说。

比尔嘟囔了一句："没什么可惜的。"

"他最后一次来这儿……嗯……是快十月底的时候。"卡尔说，"那时候快过万圣节了。他买了一箱喜力滋啤酒。他身上的肉更多了。"

除此之外，似乎没有什么可说的了。男孩还在哭，一边哭，一边说。窗外，北风怒号，电台说，到明天早上，积雪还会增加六英寸。现在是一月中旬，我不知道从去年十月到现在，除了他儿子，是否还有其他人见过里奇。

他俩的对话还在进行，最后，亨利和男孩出来了。男孩脱掉了外套，亨利则穿上了外套。男孩的情绪平稳了许多，应该说，最糟糕的时刻过去了。但他的眼睛依然通红，而且，一瞥见人，他就会垂下眼皮看着地板。

---

① 美国法律规定，二十一岁以上的人才能买酒，并且需要出示身份证明。

亨利看上去忧心忡忡。"我想让蒂米这孩子上楼去，让我老婆给他拿些吐司奶酪之类的。你们几个能跟我一起去里奇家走一趟吗？蒂米说，里奇想要啤酒。他把钱带来了。"他想挤出一个微笑，可想到这件事，怎么也笑不出来。

"可以。"伯蒂说，"他要什么牌子的啤酒，我去拿。"

"拿哈路士至尊吧。"亨利说，"我们搞特价的，就在那边。"

我也站起身。肯定是我和伯蒂去。卡尔的关节炎天一冷就会发作，比利·佩勒姆[1]的右胳膊基本处于报废状态。

半打装的啤酒，伯蒂拿来四提，我把它们装进一个纸箱，与此同时，亨利把男孩带到楼上去了。

他把孩子托付给他老婆，就下楼来了，其间还扭过头去看了几眼，确保房门关好了。比利突然冒出一句："出什么事了？难不成里奇一直在虐待他儿子？"

"不是。"亨利说，"现在最好什么都别说。听上去简直不可思议。我要给你们看样东西，就是蒂米拿来买酒的钱。"他口袋里有四张一美元的钞票，他用手指捏着纸币的一角，拿给我们看。他这样做不奇怪，那钱上满是灰色的、黏糊糊的东西，看上去就像是变质的腌制食品上长出的东西。他把钱放在柜台上，脸上浮现出奇怪的笑容。他对卡尔说："谁也不许动这钱，即便那孩子说的不全是真话，也不要碰这些钱。"

然后，他走到肉制品冰柜旁边的水池前，洗了洗手。

我站起身，穿上我的水手短外套，围上围巾，然后把扣子扣好。开车去没什么意义，因为里奇就住在柯文大街上的一栋公寓楼里，几步路的事。那是铲雪车最后要去的地方。

我们出门的时候，比尔在我们身后喊道："小心点！"

---

[1] 比利是比尔的昵称。

亨利点点头，把啤酒放到门口的小推车上，我们推着车，出发了。

风像锯条一样抽打在我们身上。我立刻把围巾往上拽了拽，遮住耳朵。我们在路口停了一下，等伯蒂戴上手套。他脸上露出痛苦的表情，我明白他的感受。这种天气，年轻人很喜欢。他们白天溜冰，然后又去开那种大黄蜂一样的雪地车，一直玩到半夜。可是，等你一直用着这副身子到七十多岁，你就会感觉那东北风简直就抽打在你的心上。

"我不想吓唬你们，"亨利嘴角仍旧挂着那令人反感的诡异笑容，"但我还是给你们看了。等会儿在路上，我把那个孩子说的事情都告诉你们……我不想瞒着你们，明白吗？"

他从口袋里掏出一把点四五口径的"猪腿"——从一九五八年开始全天二十四小时营业以来，这把手枪始终保持子弹上膛的状态。我不知道这枪他是从哪里弄来的，但我确实知道，有一次，他瞄准了一个劫匪，那个家伙吓得转身就跑出去了。哈哈，亨利够酷的！还有一次，一个大学生来店里，兑支票的时候折腾了大半天。我亲眼看见亨利把那孩子扔了出去。他离开的时候那副狼狈相，仿佛他已经憋不住屎尿，得赶紧找厕所去了。

我想告诉你的是，亨利想让伯蒂和我明白，他这次是动真格的了，我们也是。

就这样，我们出发了，像清洁女工一样，弓着身子走在狂风中。亨利推着小车，边走边向我们讲述那个男孩跟他说的事情。阵阵风声中，很难听清他说的话，但不管怎样，我们掌握了大部分的信息——比我们想知道的要多。让我感到欣慰的是，亨利的口袋里揣着那把枪。

那个男孩说，肯定是啤酒的缘故——我们会时不时遇到易拉罐出问题的情况。瘪了，或者发臭了，或者像爱尔兰人内裤上的尿渍，变绿了。曾经有人跟我说，只需要扎一个小眼，细菌就可以进入，什么奇怪的事都可能发生。那个眼那么小，啤酒不会漏出来，但细菌却可以乘虚而入。

而且，对于那些小虫子而言，啤酒可以说是一种美味了。

不管是真是假，反正那个孩子说，跟往常一样，十月的一个晚上，里奇买回家一箱金光啤酒，然后，蒂米写作业，他就喝上了。

当蒂米准备上床睡觉的时候，他听见里奇说："上帝啊，味道不对！"

蒂米说："爸爸，怎么了？"

"啤酒。"里奇说，"天哪，我从来没有喝过这么难喝的啤酒。"

也许有人会纳闷，既然啤酒那么难喝，看在上帝的分上，他为什么还要喝呢？那是因为他们从来没见过里奇是怎么喝酒的。有一天下午，我去了沃利的冷饮店，亲眼看着他赢了一场赌局。他跟一个家伙说，他可以在一分钟之内喝下二十杯二十五美分一杯的啤酒。我们本地人是不会理他这茬的，可那个来自蒙彼利埃的推销员却拿出一张二十美元的票子，里奇也下了同等数额的赌注。结果，等他喝完那二十杯啤酒的时候，时间还剩七秒钟——离开的时候，他已经站不稳了。因此，我猜想，里奇在反应过来之前，大半罐变质的啤酒已经被他喝下去了。

"我要吐了。"里奇说，"当心！"

但是，等他走进厕所的时候，恶心劲已经过去了。那件事就此结束了。男孩说，他闻过那个啤酒罐，感觉像是什么东西爬进去然后死在了里面。罐口处有少许灰色的液体。

两天后，孩子放学回家，发现里奇坐在电视机前，看下午播放的情感节目，屋里的窗帘拉得严严实实。

"怎么了？"蒂米问，因为里奇很难得会在晚上九点前上床。

"我在看电视。"里奇回答说，"我今天不太想出门。"

蒂米把水池上方的电灯打开，里奇立马冲他大喊："把那该死的灯关上！"

蒂米没有反驳，照他说的做了。不开灯怎么写作业呢？但里奇发火的时候，最好别惹他。

"出去给我买一箱啤酒来，"里奇说，"钱在桌子上。"

孩子买完酒回来，看见爸爸仍然坐在黑暗之中。此时，外面天也黑了。电视机已经关了。孩子开始感觉害怕，起了一身鸡皮疙瘩——换成别人，也会如此，不是吗？黑黢黢的屋子，只有老爸一个人，像个木墩子一样杵在墙角。

他把啤酒放在桌子上，知道里奇不喜欢冰凉的东西，喝下去脑门疼。当他走近他老爸的时候，他注意到一种腐臭的味道，像搁了几天的奶酪。但是，他没有抱怨什么，他爸爸就没有讲究过个人卫生。他走进自己的房间，关上门，开始做作业。此时，电视机又响了起来，里奇开启了当晚的第一罐啤酒。

这样的日子大概过了两个星期：早上，孩子起床去上学。放学的时候，老爸坐在电视机前，买啤酒的钱放在桌子上。

屋子里的腐臭味越来越重。里奇干脆放弃了梳洗，到了十一月中旬，他已经不允许孩子在家里写作业，说门底下透出的灯光让他受不了。因此，蒂米买过啤酒之后，就去附近同学家写作业。

后来有一天，蒂米放学回家的时候——下午四点左右，天快黑了——里奇说："把灯打开。"

孩子打开水池上方的灯，看到里奇把自己裹在毯子里。

"你看。"里奇从毯子下面伸出一只手。但那根本不是手，是一个灰色的东西。这是孩子唯一能做出的描述。看上去根本不像一只手，就是灰色的块状物。

蒂米·格雷纳丁毛骨悚然。他说："爸爸，你怎么了？"

里奇说："我不知道，我没有什么地方疼，只是感觉……很舒服。"

蒂米说："我去找韦斯特菲尔医生。"

毯子开始颤抖，从上到下，仿佛有什么可怕的东西在毯子下面摇晃。里奇说："你敢！如果你去，我就抓住你，你也会变成这样。"他把毯子往下拽，露出自己的脑袋，但就一会儿。

　　说到这里的时候，我们已经到达哈罗大街和柯文大街的交叉口。此时，我感觉温度比我们出门的时候店里那个橘色温度计上显示的还要低。其实，谁也不愿意相信此类事情，然而，这世上还真有这等奇怪的事情发生。

　　我以前认识一个名叫乔治·凯尔索的家伙，在班戈市政工程部工作。他干了十五年，负责维修水管和电缆之类的。有一天，他早上刚起来就死了。那时距离他退休还有不到两年。一个熟悉他的朋友——弗兰基·霍尔德曼——说，乔治像往常一样，有说有笑地下到埃塞克斯一处污水管道做检修。十五分钟后，当他上来的时候，头发像雪一样白，眼睛瞪得大大的，仿佛刚刚透过一扇窗户看见了地狱。他径直去了 BPW 修理厂，砸碎了自己的闹钟，然后去沃利的冷饮店喝酒。两年后，他死了。弗兰基说，他曾经试着跟乔治聊起那天的事情，只有一次，在烂醉如泥的时候，乔治透露了一些内容。当时，乔治坐在凳子上，转过身，问弗兰基见没见过跟正常体形的狗一样大的蜘蛛，那东西挂在一张网上，网上有几只猫咪，浑身缠满了银色的丝线。对这种问题，你能怎么回答呢？依我看，这里面肯定有不真实的成分，可我同时又相信，在世界的某个角落，肯定存在着什么东西，如果你看到它们的脸，肯定会被吓破胆的。

　　狂风席卷而过，尽管如此，我们还是在街角逗留了一会儿。

　　"他看见的会是什么呢？"伯蒂问道。

　　"他说，他看见的还是他爸爸。"亨利回答道，"可是，他又说，他爸爸好像被埋在灰色的果冻里了……而且，那些灰色的物质都是糊状的。他说，他爸爸的衣服全部嵌进了皮肤，就好像跟身体融合在了一起。"

　　"我的上帝！"伯蒂说。

　　"然后，他立刻用毯子把身体遮住，冲孩子大喊，让他把灯关上。"

　　"好像他变成了一种细菌。"我说。

"没错。"亨利说,"有点这么个意思。"

"你把子弹推上膛。"伯蒂说。

"好,我也这样想。"说罢,我们沿着柯文大街继续往前走。

里奇住的那栋公寓楼,可以说,坐落在山顶上,维多利亚建筑风格的大房子,由几个纸浆制造商出资,始建于二十世纪初。现在,这房子已经改造成公寓楼了。伯蒂喘了口气,然后告诉我们,里奇住在三楼,顶上就是三角墙,向外突出,仿佛人的眉毛。我利用这个机会向亨利打听后来发生的事情。

大概到了十一月的第三个星期,一天下午,孩子放学回家,发现里奇不仅仅是拉上窗帘这么简单了。他甚至用铁钉把毯子固定在每一扇窗户上。此外,家里更臭了,闻着就像腐烂的水果。

又过了一两个星期,里奇开始让孩子把啤酒放在炉子上加热。你能想象得出吗?那孩子跟他老爸待在一起,一个即将变成……变成某种……还要为他加热啤酒,然后听他或者说它喝酒时发出的可怕的咕噜咕噜声,像老人喝汤的声音。你能想象得出吗?

就这样,直到今天,因为暴风雪,孩子放学早。

"那孩子说,他直接从学校回到家。"亨利告诉我们,"楼上的走廊里没有亮灯——他说,肯定是他爸爸把灯弄坏了,所以,他只能摸黑到家门口。"

"他听见有东西在里面走动,他忽然想到,他不知道整整一个星期里奇在家都干了些什么。差不多有一个月了,他都没有看到老爸离开过那把椅子。人总要睡觉,要上厕所吧。"

"大门中间有一个窥视孔,门后应该有类似插销的东西,可以把它关上。可是,自打他们搬进来以后,这个装置就一直是坏的,因此,孩子摸到门口,用拇指推开那个小孔,眯着眼睛往里看。"

说到这里,我们已经来到了楼梯脚下。房子在我们头顶时隐时现,像一张在高处的丑陋的脸，而三楼的窗户刚好就是脸上的眼睛。我抬头看去，那两扇窗户像沥青一样黑，仿佛有人用毯子将它们遮盖起来，或是用黑色的油漆刷了一遍。

"过了一分钟，他的眼睛才适应室内的幽暗。接着，他看见一个巨大的灰色墩子，不像是人，在地板上滑动，所到之处，留下一道黏糊糊的灰色痕迹。后来，从那个东西上面伸出一只手臂，或者说某种类似手臂的东西，从墙上撬起一块木板，取出一只小猫。"亨利顿了一下。伯蒂搓着双手，街上太冷了，但我们谁也不想上去。"一只死猫，"亨利继续往下说，"已经腐烂了。男孩说，看起来肿胀、僵直……爬满了白色的蛆虫……"

"看在上帝的分上，"伯蒂说，"别说了。"

"他爸爸把它吃下去了。"

我差点吐出来，感觉喉咙里油腻腻的。

"蒂米关上窥视孔，"亨利轻声说，"跑了。"

"我想，我还是不上去了。"伯蒂说。

亨利没再说什么，目光从伯蒂转向我，然后又转回伯蒂。

"我想我们最好……"我说，"我们有里奇要的啤酒。"

伯蒂没再说什么。我们走上台阶，进入门厅。我立刻闻到了一股异味。

你知道苹果酒坊夏天的气味吗？根本没有苹果的味道。但是到了秋天就好了，独特、浓厚的香味足以让你垂涎三尺。可是，在夏天，那味道就不敢恭维了。现在，门厅里就是这种味道，甚至还更难闻。

一楼的走廊比较低矮，亮着一盏灯，瓦数很低的毛玻璃灯泡，昏黄、暗淡的光线像酪乳一样。沿着楼梯向上，一片黑暗。

亨利把车停下，趁他从车上往下拿啤酒的时候，我按下控制二楼平台电灯的按钮。可是，灯是坏的，那孩子说得没错。

伯蒂打了个哆嗦，说："我来拿啤酒，你把枪准备好。"

亨利没有争辩，把啤酒递给他。我们开始往上走，亨利打头，然后是我，伯蒂抱着纸箱跟在后面。我们上到二楼平台的时候，气味更加令人作呕。腐烂的苹果，发酵的味道，可是，除去那种气味，还有一种更令人恶心的味道。

以前我住在黎凡特的时候，曾经养过一只狗，叫雷克斯，一只很不错的狗，但却对车辆反应迟钝。一天下午，我在干活，它被车撞了，爬进地下室，死在那儿了。我的天哪！那个味道！我最后只能亲自下去，用木棍把它拖出来。另外一股味道与这很相似：腐臭、坏死，和烂泥一样恶心。

在那之前，我还一直在想，也许那一切只不过是一场玩笑，但我发现，是真的。"上帝，邻居们为什么没有赶他走？"

"哪有邻居啊？"亨利问。此时，他脸上又浮现出那种怪异的笑容。

我四下看了看，走廊里布满灰尘，像是很少有人走动，而且，二楼的三套公寓都上了锁。

"真奇怪，房东是谁？"伯蒂把纸箱搁在楼梯的端柱上，气喘吁吁地问，"是加托？奇怪了，他怎么没把他轰出去？"

"谁会上去轰他？"亨利问，"你吗？"

伯蒂没有吭声。

我们继续往上走，楼梯更窄更陡了，也更热了，好像所有的暖气片都在嗞嗞地冒热气。那气味很可怕，我感觉仿佛有人在用棒子搅动我的肠子。

顶层的走廊很短，只有一个单元，房门中央有一个小小的窥视孔。

伯蒂低低地叫了一声，说："瞧瞧，我们踩着什么了？"

我低下头，黏液在走廊上形成了一个个小水洼。这里以前应该有地毯，但是，那种灰色的物质已经把地毯吞食掉了。

亨利朝门口走去，我们跟在后面。我不知道伯蒂的反应，反正我是浑身哆嗦。可是，亨利丝毫没有犹豫。他举起手中的枪，用枪托敲打大门。

"里奇？"他喊道，他的声音听上去很镇定，但脸色白得吓人，"我是夜猫子酒吧的亨利，我给你送啤酒来了。"

整整一分钟，里面没有反应。后来，传出一个声音："蒂米在哪儿？我儿子在哪儿？"

我差点呆住了，那完全不是人的声音。怪异，低沉，泛着泡泡，好像说话的人嘴里塞满了板油。

"他在我店里，"亨利说，"很久没有好好吃饭了，瘦得皮包骨头，里奇。"

里面没有搭腔。过了一会儿，我们听见里面传出一阵咯吱咯吱的声响，让人毛骨悚然，仿佛有人穿着橡胶靴子走在泥泞之中。接着，门里传来那个腐烂的声音。

"打开门，把啤酒送进来。"那个声音说，"但首先得把所有的拉环拽下来，我拽不动。"

"等一会儿。"亨利说，"里奇，你现在怎么样？"

"别管了。"那个声音透着饥渴，"把啤酒放下就走吧！"

"不是因为死猫吧？"亨利的声音听上去很悲伤。他手里的枪此时已经不是枪托朝上，而是枪口冲着大门。

突然，我联想起一件事情。或许，在蒂米叙述的时候，亨利早已想到了。腐烂的味道一个劲地往鼻孔里钻。我想起，在过去的三四个星期里，有两个姑娘，还有一个前救世军成员，现在是个酒鬼，在城里失踪了——都发生在天黑之后。

"送进来，否则我出来拿。"那个声音说。

亨利示意我们退后，我们照办了。

"我看，里奇，你最好出来拿吧。"他举起手枪。

里面很久没有动静。说真的，我开始以为，一切都结束了。突然，大门猛地被推开了，用的力量很大，撞到墙壁之前，大门已经变了形。里奇出来了。

一秒钟，就一秒钟的时间，伯蒂和我，像小学生一样，一步四五个台阶，连滚带爬，冲下楼，冲出大门，冲进暴风雪中。

下楼的过程中，我们听见亨利开了三枪。在那座空荡荡的、受到诅咒的房子里，封闭的走廊使得枪声震耳欲聋，好像手雷爆炸。

那一瞬间，我们眼前所见，终生难忘，或者说，产生的影响一辈子都难以消除。门开了，涌出来一团巨型的灰色胶状物，看上去像人，身后留下一行黏液。

然而，这不是最可怕的。它的眼睛扁平，是黄色的，野蛮又疯狂，丝毫没有人类的灵性。它不是只有两只眼睛，而是四只。在这两对眼睛中央，一条白色细线穿过一团跳动着的粉红色皮肉，仿佛猪肚子上划开的一道口子。

你瞧，它正在分裂，一分为二。

回到店里，伯蒂和我什么也没有说。我不知道他脑子里在想些什么，但我知道我脑子里在想些什么：乘法口诀。二二得四，二四得八，二八十六，十六乘二……

我们回来了。卡尔和比尔从凳子上跳起来，问题一个接着一个。我们不会回答的，我们俩都不会回答。我们只是转过身，等待着，看亨利是否会从雪里走来。我用三万两千七百六十八乘上二，得出的结果是人类的毁灭。就这样，我们坐在那儿，温暖，舒适，一边喝啤酒，一边等着结果：最后回来的究竟是谁？我们一直等在那儿。

我希望回来的是亨利。真的，这是我的愿望。

Battleground

战 场

　　"是伦肖先生吗？"

　　还有一半路就到电梯口了。就在这时，伦肖听到前台工作人员的声音，不耐烦地转过身，把轻便手提包换到另一只手里。外套口袋里的信封里装满了二十和五十美元的纸币，窸窣作响。工作顺利，报酬也让人满意——组织扣除百分之十五的中间人佣金。此时，他只想冲一个热水澡，喝一杯金汤力，然后睡上一觉。

　　"什么事？"

　　"包裹，先生。在这儿签个字，好吗？"

　　伦肖签好字，若有所思地打量着那个长方形的包裹。包裹外面贴着一张标签，上面写着他的名字和地址，细长的、向左倾斜的字体，看上去很熟悉。他晃了晃那个放在人造大理石桌面上的包裹，里面传出很轻的哐当声。

"伦肖先生，要找人给您送上去吗？"

"谢谢，我自己拿就行了。"包裹大约有半米长，应该可以夹在腋下。电梯里铺着长毛绒地毯，他把包裹放在地上，然后把钥匙插进常规按钮上方一个标着"屋顶公寓"的小孔里。电梯平稳、无声地向上运行。他闭上眼睛，工作像过电影一般在脑海里一幕幕闪过。

首先，跟以往一样，接到卡尔·贝茨的电话："约翰尼，有空吗？"

他一年干两次，最少可以拿到一万美元。他很优秀，很可靠，但是，他的客户真正花钱买的却是捕猎者万无一失的能力。约翰·伦肖是一个猎鹰般的人物，基因和环境造就了他，他可以高质量地做到两件事：杀人，存活。

接到贝茨的电话之后，伦肖的信箱里出现了一个牛皮纸信封。名字、地址、照片。一切必须牢记在心。然后，一把火烧掉信封和里面的东西，把灰烬倒进垃圾箱。

这一次，照片上的人是迈阿密的一个商人，黄皮肤，名字叫汉斯·莫里斯，莫里斯玩具公司的创始人、老板。有人联系了组织，想要他的命。组织的代表卡尔·贝茨已经跟约翰·伦肖谈过了。砰！送葬的人不用买花了。

门开了，他拿起包裹，走出电梯。他打开房门，走了进去。在这个时候，下午三点多一点，宽敞的客厅沐浴着四月的阳光。他停下脚步，享受着这份温暖，然后，把包裹放在门边的茶几上，松开领带。他把信封放在包裹上，朝阳台走去。

他推开玻璃拉门，走到阳台上。外面有些冷，风像刀子，吹透了他身上轻薄的外套。但是，他没有立刻进屋，而是像将军检阅刚刚攻下的城池一样，俯瞰着下面的城市。大街上，车辆像一个个甲壳虫，慢慢地爬行。

远处，透过午间金色的雾霭，海湾大桥闪闪发光，美轮美奂，仿佛海市蜃楼。东边，城区的高层建筑如同一道屏障，遮住了那些拥挤、肮脏的公寓楼，连楼顶的不锈钢天线也看不见了。住在这里真好，比贫民区好多了。

他回到屋内，关上拉门，走进浴室，在热水下面冲了很久，很久。

四十分钟后，他端着酒杯，坐在沙发上，开始检查他的包裹。此时，夕阳西下，酒红色的地毯上阴影斑驳，午后最美的时光已经过去了。

里面装的是炸弹！

当然不是啦！但是，拆包裹的时候，他依旧小心翼翼，仿佛里面装的是一颗炸弹。这么多人已经加入了天上的失业大军，而他却能够坐在这里，享受美味。原因就在这里。

假如真是一颗炸弹，肯定是那种不带时钟控制的。它静悄悄的，朴素又神秘。如今，比较流行塑料炸弹。同韦斯特克洛克斯和大本生产的钟表弹簧式炸弹相比，性能更稳定。

伦肖看着包裹上的邮戳：迈阿密，4月15日。五天前寄出的。这么说，不是定时炸弹，否则已经在旅馆爆炸了。

迈阿密，没错。细长的、向左倾斜的字体。那个黄脸的商人，办公桌上有一个相框，照片上是一个老妇人，脸比他还黄，头上裹着一条三角形头巾。照片下方有一行斜体字：来自最聪明的女人——妈妈——的问候。

妈妈，是什么样的聪明点子呢？自制的杀人武器？

他直挺挺地坐在那儿，双手抱在胸前，集中精力，盯着那个包裹。莫里斯那个绝顶聪明的妈妈是如何弄到他的地址的？诸如此类的问题现在不在他考虑的范围之内。这些额外的问题还是留给卡尔·贝茨吧。当务之急不是这个。

突然，他不假思索地从钱包里拿出一张塑料日历卡，然后熟练地将卡伸进褐色包装纸外面交叉绑着的两根绳子下面。接着，他把卡片插进封口处的透明胶带里面。盖子松了，露出一道缝。

他停下手，观察着，然后探过身子，嗅着包裹的气味。纸板，纸张，绳子。没别的。他绕着盒子转圈，还时不时地蹲下身去仔细打量。黄昏已近，灰黄色的光钻进室内。

包装盒的一端完全打开了，里面是一只深绿色的盒子。金属的，有铰链。他拿来一把折叠小刀，割断了绳子。绳索脱落之后，他用刀尖把剩余的透明胶带——解决，盒子展现在他的眼前。

绿色的盒子，黑色的标识，正面印着几行白字：**越战特种部队军用小型提箱**。下一行：步兵二十名，直升机十架，勃朗宁自动步枪手两名，反坦克火箭手两名，医生两名，吉普车四辆。下一行：红旗贴纸一张。再往下，角落里：莫里斯玩具公司，佛罗里达州迈阿密。

他伸出手，正准备去碰那个盒子，随即又把手缩了回来。箱子里有东西在动。

伦肖站起身，慢慢地向后退，穿过客厅，朝厨房和走廊方向移动。他把灯打开了。

那个军用提箱摇晃起来，垫在下面的牛皮纸发出嘎吱嘎吱的声响。突然，箱子失去了重心，随着一声沉闷的响声，掉落在地毯上，一头着地，用铰链连接的盖子啪的一声裂开了一道约两英寸的缝隙。

微型的步兵，身高约一英寸半，一个接着一个爬了出来。伦肖眼睛一眨不眨地看着它们。眼前的景象亦真亦幻，他不想理会，他关心的是怎么才能安全活下来。

士兵们身着短小的军装，头戴钢盔，背着背包，小卡宾枪斜挎在肩上。其中两个扫视了一下房间，看着伦肖。它们的眼睛比铅笔尖大不了多少，闪闪发光。

五个，十个，十二个，总共二十个。其中一个挥舞着双手，正在下达命令。它们在裂缝处排队站好，开始往外挤。裂缝越来越大。

伦肖从沙发上拿起一个枕头，朝盒子走过去。指挥官转过身，打着手势。其余的小人儿原地转了个圈，摘下卡宾枪。突突突，声音不大，但伦肖突然感觉自己像是被蜜蜂蜇了。

他扔出手中的枕头，击中了目标，那些小人儿被打翻在地。枕头随即又击中了盒子，盒盖整个被掀开了。霎时间，响起了蝗虫一般时高时低的嗡嗡声，盒子里飞出一批直升机，清一色的绿色机身。

砰！砰！砰！低低的声音传入伦肖的耳朵，他看见直升机的舱门打开了，针头大小的枪口正对准他开火。他的肚子、右臂，以及脖子的一侧，感觉到针刺般的疼痛。他伸出手，一把抓过一架飞机——手指剧痛，鲜血直流。飞速旋转的螺旋桨在他手上留下长长的红色伤口，已经伤及了骨头。其余的飞机立刻爬高，像苍蝇一样在他头顶盘旋。被他摧毁的飞机掉落在地毯上，一动不动。

突然，他的一只脚钻心地疼，他忍不住叫出声来。一个步兵正站在他的鞋子上，用刺刀捅他的脚踝，仰着小脸看着他，气喘吁吁，幸灾乐祸。

伦肖把它踢了出去，小小的身体飞过房间，撞在墙上。它没有流血，而是留下了一摊黏糊糊的紫色污迹。

哪里传来了类似咳嗽的爆炸声，之后疼痛就开始撕扯他的大腿。一个反坦克火箭手刚从盒子里出来，手中的武器发出一团烟雾。伦肖低头看了看，裤子上被火烧出了一个黑色的洞，有二十五美分硬币那么大。大腿上有一块肉已经被烧焦了。

该死的小杂种击中了我！

他转过身，跑到走廊，然后进入卧室。一架直升机擦着他的脸颊飞过，螺旋桨呼呼直转，勃朗宁机枪朝他扫射着。然后，它飞走了。

枕头下面藏着一把点四四口径的马格南左轮手枪，能够轻松地在对方身上留下两个拳头大的窟窿。伦肖转过身，双手紧握手枪。他清醒地意识到，他将要对付一个尺寸不超过电灯泡的移动靶子。

两架直升机飞了进来。伦肖坐在床上开火。一架飞机爆炸了，变成碎片，不见了。还有一架，他心中暗想。他瞄准第二架，扣动了扳机……

没打中，该死，没打中！

飞机突然划过一道该死的弧线，朝他直扑过来，速度非常快，螺旋桨在他头顶上转动。他瞥见舱门口蹲着一个勃朗宁机枪手，突突突，子弹一梭子一梭子朝他飞来。他飞身扑倒在地板上，快速朝一边滚动。

我的眼睛，狗杂种想要我的眼睛！

在房间的另一头，他背靠着墙坐起来，手握着枪，与胸口持平。可是，飞机开始撤退了。它停顿了一下，随即俯冲下来，目的是测试伦肖手中那把枪的威力。然后，它退出了卧室，回到客厅。

伦肖站起身，受伤的大腿必须负担身体的重量，他疼得皱起了眉头。伤口流血不止，有什么奇怪的呢？他痛苦地想着。面对面地遭到反坦克火箭筒的攻击，有几个人还能活着向世人讲述自己的经历？

照这样说，老妈妈是世上绝顶聪明的人，不是吗？聪明绝顶，还远远不止这些呢！

他把一只枕头套从枕头上拽下来，撕成条状，包扎好自己的大腿。然后，他从衣柜上拿过一面镜子，走向通往走廊的那扇门。他跪在地上，把镜子放在地毯上，调整好角度，然后往镜子里看。

它们在盒子周围安营扎寨，该死的，不这样才怪呢！迷你士兵跑东跑西，忙着支帐篷。两英寸高的吉普车在周围巡视。一个医生正在抢救刚刚被伦肖踢伤的那个士兵。剩余的八架直升机在营地上空盘旋，高度跟咖啡桌持平。

突然，它们感觉到了那面镜子，三个步兵单腿跪地，开始射击。数秒钟后，镜子被击中，四分五裂。好吧，让你们打，打吧！

伦肖回到衣柜旁，搬过一个放杂物的红木箱子，箱子很沉，是琳达圣诞节送给他的。他试着将它举起来，感觉很满意，随即走到门口，猫着腰穿过走廊。他弓着身体，像职业投球手，迅速将手中的箱子投掷出去。

速度加上力量，箱子仿佛保龄球，把那些迷你士兵砸得人仰马翻，有一辆吉普车连滚两圈。伦肖朝客厅进发，看见一个在地上爬行的小人，狠狠地踢了它一脚。

有一批小兵已经恢复了战斗力，它们有的跪在地上射击，有的负责掩护。还有一些撤回到盒子里。

蜜蜂蜇咬的感觉开始在他的双腿和身上蔓延，但高度没有超过他的肋骨。也许，那里超出了它们的射程。

他开枪了，但没打中——该死，目标太小了——但接下来的一发子弹却把一个家伙打翻在地。

直升机疯狂地向他扑来。此时，迷你子弹对准了他的脸，落在眼睛周围。他击中了领头的那一架，随后又是一架。面部的刺痛让他眼睛发花。

剩余的六架飞机分成两组，从两侧向后撤退。他脸上满是血污，他用手臂抹了一下，准备继续开火，但眼前所见让他暂时停止了行动：那些撤回盒子里的迷你士兵正艰难地往外搬着什么，那东西看上去像……

唰唰！一股耀眼的黄色火焰腾空而起，木片、石灰从墙上飞起，落在他的左侧。

……火箭炮！

他瞄准那东西，开了一枪，但没打中。他脚底抹油，冲向走廊尽头的浴室。他砰的一声关上门，并且上了锁。浴室墙上的镜子里，有个人正盯着他看，一个嗜杀成性的印第安人，惶惑、惊恐的眼神，身上针眼大的小孔不断往外淌着红色的血液，一侧的脸颊上即将脱落的皮肤摇晃着，脖子上有一道深深的伤口。

我输了！

他用一只颤抖的手捋了捋自己的头发。通往前门的路已经被切断，电话和厨房里的分机也遥不可及。天杀的，它们竟然有火箭炮，如果打得准，他的脑袋早就搬家了。

该死的，这一项没有在盒盖上列出！

他深深地吸了一口气，然后愤怒地一口吐出。就在这时，烧焦的木头渣子伴着一块拳头大小的门板崩了进来。门上的那个小洞，边缘参差不齐，零星的火苗还在燃烧。它们又发射了一枚火箭弹，随着耀眼的火焰在眼前升腾，更多木片飞了进来，浴室地毯上四处可见燃烧的小木片。他用脚奋力把火苗踩灭，两架飞机穿过破洞，呼啸而至，迷你勃朗宁冲他胸口一阵狂射。

他愤怒地发出一声哀号，赤手空拳捣毁了一架直升机，手掌上因此留下一道道深深的伤痕。此时，他有些狗急跳墙，将手边一条厚实的浴巾朝另一架飞机甩过去。飞机坠毁了，在地上不停地扭动。他抬起脚，将地板上有生命的东西统统踩死。他喘着粗气，一声接着一声，鲜血流进了眼睛，滚热，刺痛，他用手将血擦去。

瞧吧，该死的，让你们长点记性！

的确，它们退缩了。接下来的十五分钟，它们没有发动任何进攻。伦肖坐在浴缸边上，异常焦虑。必须得想办法摆脱这个绝境。必须！要是有办法从侧翼包抄它们……

他猛然转过身，看着浴缸上方墙壁上的那扇窗户。有办法了。当然有办法了！

他的目光落在药箱上的一罐打火机油上。他刚要伸手去拿，却听见背后传来一阵沙沙声。

他迅速转过身，举起那把马格南……只见一张小纸片从门底下塞了进来。那条缝，伦肖认真打量了一下，非常窄，那些家伙谁也不可能从那儿进来。

纸片上只有两个字：

投降

伦肖不怀好意地微微一笑，将打火机油放进胸前的口袋。那里面还有一截小铅笔头。他拿起笔，在纸上也涂了两个字，把纸从门下塞了回去。他写的是：

做梦

一排火箭弹齐齐射出，屋内顿时天昏地暗。伦肖向后退去。炮弹穿过门上的小洞，击中了毛巾架上方的淡蓝色墙砖，漂亮的墙壁顷刻间变成了缩小版的月球表面。弹片犹如滚烫的水珠，迎面扑来，伦肖赶忙用手遮住眼睛。他的衬衫被烧出好些个小洞，背上火辣辣的。

连续的爆炸告一段落，伦肖抓紧时机，开始行动。他站上浴缸，打开窗户，冷冷的月光洒在他的身上。这是一扇狭长的窗子，窗台也十分狭窄。尽管如此，他来不及多考虑了。

他纵身一跃，将半个身体探出窗外。寒风仿佛一只手掌，拍打着他那被撕裂的脸与脖颈。他的身体尽量保持平衡，眼睛望着下面：四十层啊！从他所处的高度往下看，下面的街道仿佛玩具火车的轨道。明亮的街灯一闪一闪，像一颗颗被抛撒出去的宝石，放射出迷乱的光芒。

伦肖故作轻松，像一位受过专业训练的体操运动员，将膝盖提起，搁在窗户的下沿。假如此时那些黄蜂般的直升机从门上的小洞里偷袭进来，只需一发炮弹，他就会一路哀号，跌入无底的深渊。

它们没有进来。

他扭转身体，一条腿先伸了出去，一只手抓牢头顶上方的飞檐。片刻工夫，他已经稳稳地站在外面的窗台上了。

他不去想坠楼的可能，不去想直升机的追杀，他决定不去想这些，他慢慢地朝前面的墙角移动。

十五英尺……十英尺……到了。他停住脚步，胸部贴着墙壁，张开双臂，扒住粗糙的墙面。他能够感觉到前胸口袋里的液体在晃动，也能感受到插在皮带里的那把马格南的重量。

现在，他要越过那个该死的墙角。

慢慢地，他抬起一只脚，将身体的重心移过去。这时，墙角像一把匕首，他的胸部和腹部刚好压在刀刃上。他前面的墙壁上有一摊鸟屎。上帝啊！他暗自感慨，我以前真不知道，小鸟竟然可以飞得这么高！

他的左脚一滑。

诡异的时刻，时间仿佛凝固了，他的身体摇摇欲坠。他右手向后，拼命保持平衡。他像拥抱恋人一般，紧紧扒住大楼的两面墙壁，脸贴在坚硬的直角上，胸脯随着喘息起起伏伏。

他一点一点地挪动，终于，另一只脚也过去了。

三十英尺之外，客厅的阳台突出在墙外。

他慢慢靠近它，微弱的气息在肺部流动。他有两次被迫停下脚步，阵阵寒风袭来，随时有可能让他失足跌落。

最后，他还是成功了，他的手抓住了阳台上的铁质装饰栏杆。

他悄无声息地翻入阳台。刚才，他从阳台返回客厅的时候，玻璃拉门内侧的窗帘只拉了一半。他小心翼翼地向里面看。此时，它们的状态正是他希望的—— 一群猪！

四名士兵和一架直升机留守在盒子旁。其余的应该还在浴室门外，火箭炮也在那边。

行动吧！像抓捕犯罪集团似的，穿过拉门，进入客厅。消灭守护在盒子旁边的那几个家伙，然后离开客厅。再紧急搭乘出租车，赶往机场。飞到迈阿密，找到那个聪明绝顶的姑娘。他暗下决心，要用喷火器把她的脸烧掉。恶有恶报！

他脱下衬衣，从一只衣袖上撕下一长条布料。他随后把衣服胡乱往地上一扔，用牙齿把燃料罐的盖子咬掉。他把布条的一头塞进罐子里，然后抽出来，再把另一头塞进去，先前浸湿的那一截大约六英寸长，挂在罐子外面。

他拿出打火机，深深地吸了一口气，用大拇指转动打火开关。他将火苗凑近布条，火苗噌的一下蹿起，他撞开拉门，进入客厅。

直升机立刻做出了反应，自杀似的朝他俯冲下来。伦肖迅速跑过地毯，火星四溅，落在地上。他伸直手臂，挡住飞机，螺旋桨撕裂了他的皮肉，疼痛迅速向肩头蔓延，可他无暇顾及。

迷你士兵撤回到盒子里。

不管怎样，一切都在瞬间发生了。

伦肖扔出手中的罐子，顷刻间，它变成了一个大火球。伦肖趁机后撤，朝大门奔去。

他永远都不会知道，他究竟被什么东西给击中了。

砰的一声，好像有一只保险柜从空中掉落下来。这声巨响传遍了整栋公寓楼，像个音叉，敲击着大楼的钢梁。

顶层公寓房门的铰链在气浪的作用下脱落了，木门撞在墙上，四分五裂。

楼下，一对携手散步的夫妻恰巧抬头，看见一片白光，仿佛上百杆枪同时开火。

"谁家的保险丝爆了？"男的说，"我猜……"

"那是什么？"年轻女人问道。

什么东西飘飘荡荡坠落下来。他伸手接住了它。"天哪，是件衬衫。上面都是小孔，还有血。"

"怎么回事？"她紧张地说，"快叫出租，拉尔夫，行吗？我们去警察局，万一上面出事了呢！我们快走，到了那里，你进去报警。"

"行，好的。"

他环顾四周，看见一辆出租车，吹响了口哨。出租车的刹车灯亮了，他们跑过马路，上了车。

在他们身后，没有人注意到，一张小纸片随风起舞，落在约翰·伦肖的衬衫旁边。上面仍然是那种细细长长的斜体字：

嘿，孩子们！这是越战特种部队军用小型提箱里的乾坤！

（限时使用）
- 一门火箭炮
- 二十枚地对空"旋风"火箭弹
- 一个热核武器的等比例模型

Trucks
重型卡车

那人名叫斯诺德格拉斯，我看见他正要做出什么疯狂的事情。他的眼睛瞪得大大的，露出大片眼白。看他那副样子，真像一条准备恶斗的疯狗。刚才骑着一辆旧"愤怒女神"摩托车在停车场发生侧滑的两个孩子想跟他打招呼，可他歪着脑袋，仿佛正在倾听其他什么声音。他的啤酒肚不算太大，还挺紧实的，包裹在一件蛮不错的西装里面，下面的裤子，屁股部分因磨损而发亮。他是一个推销员，展品包就放在身边，像一只熟睡的宠物狗。

"再试试收音机。"柜台边的卡车司机说。

快餐厨子耸耸肩，接通了收音机的电源。调台的指针啪的一下甩到一边，收音机里什么声音也没有。

"你调台得慢着点，"卡车司机不高兴了，"否则会错过。"

"见鬼。"厨子说。他是个年长的黑人，脸上挂着温柔的笑容。他的心思不在卡车司机身上，他正透过餐车大小的落地窗往停车场看。

那儿有七八辆重型卡车，发动机突突地响着，低沉、无聊的声音，听上去像大猫在呜呜地叫。那几辆卡车中，有两三辆麦克，一辆海明威，还有四五辆雷欧。此外，还有铰链式卡车，州际运输车，车屁股上有好几块车牌，车后还有民用波段的拉杆天线。

偌大的停车场里，地面有环形的虚线标示。在停车场尽头，"愤怒女神"翻倒在一片碎石上，已经严重损毁，成了一堆废铁。在卡车停车区的调头处，有一辆被撞坏的凯迪拉克轿车，挡风玻璃碎了一地，车主还在车上，瞪着眼睛，仿佛一条被宰杀了的鱼，角质眼镜挂在一边耳朵上。

从那里再向前，差不多在停车场的中间位置，躺着一个身穿粉色衣裙的女孩。当她发现已经无处避让的时候，她从那辆凯迪拉克里跳了出来，可惜还是被撞身亡了。虽然她脸朝下趴着，可她的样子是最惨的，成群的苍蝇围着她打转。

路对面，一辆老式的福特旅行车被撞进了护栏。这起事故发生在一小时前。这么长时间了，没有人过问。站在快餐部的窗前，看不见高速公路，电话也打不通。

"你调得太快了，"卡车司机抗议道，"你应该……"

就在这时，斯诺德格拉斯跳了起来。他撞翻了桌子，桌上的咖啡杯无一幸免，摔碎在地上，连白糖也腾空飞起。他的眼睛看上去更加疯狂，嘴巴耷拉着，不停地喊叫："我们要离开这里离开这里我们要离开这里离开这里……"

男孩在大喊，他的女朋友在尖叫。

我正坐在距离门口最近的一张凳子上，我一把抓住他的衬衫，但被他挣脱了。他加快了速度，已经出了类似银行金库门的圆形大门。

他砰的一声带上门，随即纵身跃过一堆砾石，奔向左边的排水沟。两辆卡车朝他背后袭来，烟囱大口大口地向空中喷吐深褐色的柴油废气，巨型后轮连续不断地扬起阵阵砾石。

他再跑五六步就可以到达平坦的停车场了，可就在这时，他停住脚，转身向后看，恐惧爬满了他的面孔。他的步子乱了，身体摇晃了几下，差一点摔倒。他再次站稳，但已经太晚了。一辆卡车闪在一边，另一辆开足马力冲了过来，车头的金属鬼脸在阳光下耀眼夺目。斯诺德格拉斯大叫一声，声音又高又尖，可还是淹没在雷欧柴油发动机的吼叫声中。

卡车没有将他扑倒，如果扑倒了，反而更好。结果是，卡车将他顶起来，扔出去，仿佛足球运动员踢了一个悬空球。一时间，在夏日午间的天空下，他就像一个残破的稻草人，消失在排水沟里。

大卡车的刹车咝咝作响，仿佛龙在喘息，它的前轮紧紧抓住地面，在停车场的砾石地面上留下一道道深深的凹槽。它及时罢手了。狗杂种！

坐在窗前的女孩发出一声尖叫，双手紧紧地捂着脸，太用力了，脸有些变形，像巫婆的面具。

玻璃碎了。我转过头，发现那个卡车司机用力握着玻璃杯，杯子碎了。我看，他根本没有意识到。牛奶混着几滴鲜血洒落在柜台上。

柜台的黑人服务员站在收音机旁，一动不动。他一只手握着一块抹布，瞠目结舌。他的牙齿闪闪发光。一时间，周围悄无声息，除了韦斯特克洛克斯钟表的嘀嗒声，以及雷欧返回大部队时发动机的轰鸣声。紧接着，女孩开始哭喊，很正常——至少，发泄出来对身体有益。

我自己的车就在边上，已经被撞得面目全非。那是一辆一九七一年的雪佛兰科迈罗，贷款还没有还完，可此时，这些已经不重要了。

那些卡车里都没有人。

太阳当空，照耀着空无一人的驾驶室。车轮自行转动。你不能多想，否则，你会发疯的。斯诺德格拉斯就是一个例子。

两小时过去了，太阳开始落山。外面，卡车群开始绕八字，缓慢蛇行。它们的停车灯和行驶灯全部亮了。

我绕着柜台走了两圈，腿部的痉挛总算缓解了。我随后在前面的长方形窗户前找了一个卡座，一屁股坐了下来。这是一个按标准修建的卡车停车站，距离高速公路很近，房子后面有全套的服务设施，汽油柴油一应俱全。卡车司机经常过来喝咖啡，吃馅饼。

"先生？"听得出来，说话的人有些迟疑。

我转过头，原来是骑摩托车的那两个孩子。男孩看上去大约十九岁，长发飘飘，下巴颏上的胡须长得快要打结了。女孩看上去年轻些。

"有事吗？"

"您怎么来的？"

我耸耸肩。"我走的是州际公路，准备去佩尔森。"我说，"一辆卡车从后面上来——老远我就在后视镜里看见它了——速度非常快。一英里之外，就能听见它的轰鸣声。它猛地蹿到一辆大众甲壳虫旁边，拖车的钢索碰到了那辆小车，后者一下子从路上翻了下去。太轻松了，仿佛我们把一个纸球从桌上弹到地上。我本来以为，那辆卡车肯定也会冲下路基，因为在那种情况下，司机根本不可能控制住后面的拖斗。可我错了，它没有跟着冲下去。那辆大众甲壳虫翻了六七个跟头，然后爆炸了。接着，卡车故伎重演，又撞翻了一辆车。下面轮到我了。我赶忙驶进出口的匝道。"我哈哈大笑，可我的心却在颤抖，"这么多休息站，我偏偏进了这个。我刚离了虎穴，又进了狼窝。"

女孩倒抽了一口冷气，说："我们看见一辆灰狗向北反向行驶。它……在车阵中……横冲直撞。它爆炸了，着火了，可在这之前……它……在屠杀。"

一辆灰狗巴士。这倒新鲜。可怕。

屋外，所有的车头灯一下子全亮了，深不可测的诡异光芒笼罩着整个停车场。那些卡车咆哮着，来回穿梭。车头灯仿佛一双双眼睛，天色越来越暗，那些拖车的车厢看上去仿佛史前巨兽隆起的宽大肩膀。

服务员说："打开灯会不会有麻烦呢？"

"开吧。"我说，"开一下试试。"

他按下开关，头顶上一盏盏小灯相继亮起来。与此同时，房前的那块霓虹灯招牌也恢复了活力：**科南特卡车停车点 & 快餐部——美食不可错过**。没什么反应。那些卡车继续巡航。

"我真弄不明白。"司机说。他已经起身朝这边走过来，一只手上裹着红色的技师用的大手帕。"我的车一向很正常，它跟我很久了，表现很好。我一点多进来的，打算吃碗面再赶路，没想到，发生了这事。"他挥挥手臂，大手帕滑落下来，"我的车现在就在外面，就是左侧尾灯比较暗的那辆。我开这辆车已经六年了，可是，当我打开车门下车的时候……"

"这才刚开始。"服务员说，他的黑色眼珠半掩在眼皮下，"如果那台收音机没有信号，那事情就麻烦了。才刚开始！"

女孩脸色煞白。"先别担心，"我对服务员，"还不到时候。"

"这会是咋回事呢？"卡车司机很担心地说，"大气层中的雷暴？核试验？是什么呢？"

"也许，它们疯了。"我说。

大约七点钟，我走到柜台服务员面前，说："我们怎么办呢，在这儿？我是说，万一我们必须在这儿待一阵子？"

他的额头上爬满了皱纹。"情况还算乐观。昨天刚好是进货的日子，我们进了两三百块汉堡肉饼，还有水果罐头、蔬菜罐头、即食粥、鸡蛋……不过，牛奶只剩下冰柜里那些了，水得从井里打。如果走不了，有了这些，我们五个人，一两个月之内应该饿不死。"

卡车司机走来，冲我们眨着眼："我太想抽烟了，那台香烟自动售货机……"

"那不归我管。"服务员说，"对不起，先生。"

卡车司机从后面的供应间里找到一根撬棍，朝那台机器走去。

自动电唱机一闪一闪，男孩走过去，往里塞了一个二十五美分的硬币。约翰·福格蒂的歌声响了起来：出生在河畔……

我坐下，看着窗外。突然，我看见了我不想看见的一幕。一辆雪佛兰轻型货车加入卡车的阵营中，它就像一匹来自设得兰群岛的矮种马，周围都是高大的佩尔什马。我盯着它，看见它狂躁地从那个凯迪拉克女乘客的身上碾过，我把头转向一边。

"是我们的错！"女孩突然悲戚地大声喊叫，"它们怎么可能！"

她男朋友示意她安静。司机打开了售货机，一连拿了六到八包总督牌香烟。他把烟放进各个口袋，然后撕开一包。看他脸上饥渴的神情，他好像不是要抽烟，而是要把烟一口吞下肚去。

电唱机里传来另一首歌曲。八点了。

八点三十分，断电了。

电灯全部熄灭的时候，女孩哭喊起来。声音突然停止，好像被她男朋友捂住了嘴巴。这个人肉电唱机发出最后一声低沉的余音，随即哑巴了。

"我的上帝！"司机说。

"服务员！"我高声喊，"有蜡烛吗？"

"大概有吧。等一下……嗯。只有几根了。"

我起身，拿过蜡烛。我们把蜡烛点上，然后分别放在各处。"小心，"我说，"如果这地方着了火，后果不堪设想。"

他苦笑着说："你什么都知道。"

当我们忙着放置蜡烛的时候，男孩和女孩紧紧抱在一起，那位卡车司机则站在后门口，那边有六七辆卡车在几个水泥加油区之间穿梭。"形势有了变化，不是吗？"我说。

"该死的，没错，如果永远不来电的话。"

"有多糟？"

"汉堡过不了三天就坏了，还有剩余的肉和蛋，很快也会变质。罐头没问题，即食食品问题也不大。可是，还有更糟的。没有水泵，我们根本打不到水。"

"能坚持多久？"

"你是说没有水吗？一个星期。"

"把所有的容器都装上水，一个不剩，装的越多越好。厕所在哪里？水箱里也有干净的水。"

"员工厕所在后面。可是，男厕所和女厕所都在外面。"

"在那边的服务大楼里吗？"我并没有打算去那里，至少现在不行。

"不是，是在侧门外面，路那边。"

"给我两三个水桶。"

他找来两个镀锌桶，男孩朝这边走来。

"你们在干吗？"

"我们得存水。尽量多存。"

"那好，给我一个桶。"

我递给他一个。

"杰里！"女孩大叫，"你……"

他看了看她，她没再说什么，只是拿起一张餐巾纸，躲到墙角里哭了起来。卡车司机又抽了一支烟，咧嘴看着地板，没有吭声。

我们朝侧门走去，那天下午，我就是从那里进来的。我们站在门边，卡车来来回回，影子一会儿大一会儿小。

"现在出去？"男孩问。他的手臂碰到了我的手臂，手臂上的肌肉一跳一跳的，像铁丝，发出一阵嗡嗡声。假如哪辆卡车撞上他，他肯定会直接弹上天。

"别紧张。"我说。

他微微一笑，苦笑，但总比板着脸要好。

"我知道。"

我们悄悄地溜出侧门。

户外，空气凉爽。蟋蟀在草丛里鸣叫，青蛙在排水沟里蹦来跳去，呱呱地叫着。在这里，车轱辘的声音更加响亮，更加恐怖，仿佛野兽的吼声。从里面向外看，还有点像看电影。出来了，一切都是真实的，随时有丧命的可能。

我们沿着贴了墙砖的外墙向前走，屋檐投下的阴影为我们提供了掩护。我的科迈罗就在路对面，被挤得贴在隔离栏上，动弹不得。在路边指示牌的微光下，我看见撞断的金属栏杆，还有地上一汪汪的汽油。

"你去女厕所。"我轻声说，"把水箱里的水装进水桶，然后在原地等着。"

柴油发动机持续不断地轰鸣，非常具有欺骗性。你以为它们正冲着你开过来，其实，只是噪声传到建筑物的各个角落发出的回声。厕所距离侧门只有二十英尺，但感觉要更远一些。

他打开女厕所的门，走了进去。我继续往前，进了男厕所。进去之后，我感觉身上的肌肉放松了不少，深深地呼出一口气。我在镜子里瞥见了自己，绷着脸，面无血色，眼神暗淡。

我把陶瓷水箱的盖子拿下来，然后把水桶装满。完事之后，我又往回倒了一点，以免洒出来。随后，我往门口走去："嘿？"

"嗯。"他气喘吁吁地说。

"好了吗？"

"好了。"

我们从厕所出来，往回走了大概六步，突然，一道强光照在我们脸上。一辆卡车悄悄地凑上来，巨大的车轮几乎脱离了砾石地面。刚才，它一直在等待机会。现在，它朝我们扑来，圆形的车头灯发出可怕的光芒，巨型镀铬鬼脸似乎正往外喷气。

男孩愣住了，脸上浮现出惊恐的神情，眼神呆滞，瞳孔先是放大而后又缩小至针眼大小。我使劲推了他一下，他手里的水洒了半桶。

"快跑！"

柴油发动机的突突声越来越响，瞬间变成了尖叫。我伸出手，越过男孩的肩膀，准备把门拽开。可是，我的手还没碰到门，门从里面推开了。男孩一个箭步冲了进去，我紧跟在后面。我回过头，发现卡车——一辆大型平头彼得比尔特牌卡车——已经到了墙根下，啃掉了一大块墙砖。卡车的噪声尖厉、刺耳，仿佛有人在用长指甲刮擦着玻璃黑板。接着，汽车的右挡泥板和鬼脸的边框一下子撞进了还没关上的大门，门上的玻璃雪花般飞溅，钢质铰链仿佛纸巾，不堪一击。大门飞了出来，好像什么东西从达利的画里跑了出来。卡车全速冲向前面的停车区，排气管突突，仿佛机关枪，一个劲地向外喷着废气——一种失望、愤怒的声音。

男孩把桶放在地上，瘫倒在女孩的怀里，浑身发抖。

我的心在胸腔里怦怦直跳，腿肚子一个劲地抽搐。至于水，我们俩加起来，带回来的水只有一桶多一点。这一趟真有些不值。

"我想把入口处堵起来。"我对服务员说，"用什么堵呢？"

"嗯……"

司机插嘴说："着什么急？那些卡车连轮子也进不来。"

"我担心的不是大卡车。"

司机又开始找烟了。

"供应间里有些木板。"服务员说，"老板本来打算盖一个简易棚，存放丁烷气瓶。"

"我们把木板横着堆起来，然后再用几个连凳餐桌顶上。"

"这应该行。"司机说。

我们忙了大概一个小时，接近尾声的时候，大伙都参与进来了，包括那个女孩。当然，结果不尽如人意，假如有辆卡车全速撞过来，这根本不顶用。我想，对此，大家心知肚明。

宽大的落地窗前还有三个连凳餐桌，我在其中一个上坐了下来。柜台后面的钟表停在了八点三十二分。我们感觉现在应该已经十点了。外面，卡车持续疯转疯叫。它们走的走，来的来。走的那些，我们不知道它们将去往何处，肩负何种使命。眼下，有三辆轻便卡车在它们那些大个子兄弟的包围下，得意地在原地转圈。

我开始打瞌睡，今晚不需要数羊了，我数的是卡车。州内有多少辆？整个美国有多少辆？拖挂式卡车、轻运货车、平板卡车、日间运输车、半挂卡车、部队押运卡车，成千上万，还有巴士。提到巴士，让人不禁噩梦连连。它两个轮子在沟里，两个轮子在人行道上，咆哮着向前。在它的眼里，逃命的路人仿佛保龄球一般，被它一一击倒。

我把它赶出脑海，进入不安的浅睡。

斯诺德格拉斯开始喊叫的时候肯定是凌晨。一轮细细的新月挂在天空，在云层中散发出冰冷的光芒。噪声中添加了一种新的声音，像是某种大型机器低沉的空转声。循声望过去，一台干草打捆机从路牌那边打着转出现了。月光掠过打捆机锋利的辐条。

叫声再次响起，确定无疑是来自排水沟那边："救……我……"

"那是什么？"那个女孩问。黑暗中，她的眼睛瞪得很大，神情非常恐惧。

"什么也没有。"我说。

"救……我……"

"他活着。"她轻声说，"哇，上帝，他还活着。"

我闭着眼睛都能勾画出他的样子。斯诺德格拉斯半个身子在沟里，半个身子在外面，后背和双腿都断了，笔挺的西装上满是泥巴，苍白、痉挛的脸对着冷漠的月亮……

"我什么也没有听见。"我说，"你呢？"

她看着我，说："你怎么能这样说呢？你怎么……"

"你看，如果你把他吵醒，"我指着男孩，"他会听见的。他可能会冲出去。你希望这样吗？"

她的脸在抽搐、扭曲，仿佛被无形的细针戳了一下。"没有。"她低声说，"那边什么也没有。"

她回到男朋友身边，把头埋在他胸前。睡梦中，他伸出手，将她搂住。

其他人还在沉睡。斯诺德格拉斯哭着、喊着，久久没有停止。终于，他安静了下来。

黎明。

又来了一辆卡车，是一辆平板拖车，上面还带着一个运轿车用的巨型搁架。随后来了一台推土机。这让我吓得要命。

卡车司机走过来，拽住我的手臂。"到后面来。"他声音很低，但很激动。其他人还在睡觉。"过来看看这个。"

我跟着他回到供应间。从那儿往外看，大约有十辆卡车在转悠。起初，我没有发现异常。

"看见了？"他伸出手指，"就在那儿！"

我看见了。有一辆轻便货车完全停了下来。它像一个大木桩，呆呆地蹲在那里，危险系数已经降低到零了。

"没有油了？"

"伙计，你说对了。它们不能自己加油。它瘫痪了。我们能做的只有等待。"他笑了，摸索着找烟。

大概九点，我在吃隔夜的馅饼，当作早饭。就在这时，气喇叭响了——

此起彼伏，经久不息，我的脑袋都要炸开了。我们走到窗前，向外看去。卡车们待在原地，百无聊赖。一辆拖挂式卡车——巨型的雷欧，有着红色的驾驶室——停在餐馆和停车场之间的草地旁。从我们这边看过去，方形的鬼脸巨大而可怕，轮胎差不多有人的胸口那么高。

又是一阵喇叭声：坚定、愤怒，先直线传入我们耳中，然后回声又向我们袭来。短声，紧接着长声，以一种固定的节奏不断响着。

"是莫尔斯电码！"那个叫杰里的男孩突然大叫道。

司机看着他，问："你是怎么知道的？"

男孩的脸有些红，说："我参加童子军的时候学的。"

"你？"司机说，"你？哇！"他摇晃着脑袋。

"别管他，"我说，"你还能记得……"

"当然，我来试试。有笔吗？"

服务员递给他一支笔，男孩开始在餐巾纸上记录字母。过了一会儿，他停住笔。"它们一直在说'注意'，一遍又一遍。再等等。"

我们继续等着。气喇叭长长短短的叫声在寂静的早晨格外响亮。后来，规律变了，男孩又开始记录。我们站在他身后，越过他的肩膀，看他写下的信息。"必须有人加油。不会伤害他。所有的油箱必须加满。现在就得做。快，必须有人加油。"

气喇叭还在叫，但男孩不写了。"又在重复'注意'。"他说。

卡车一遍遍重复发送它的信息。写在餐巾纸上的字母，清一色的大写，我不太喜欢。那些字母看上去像机器打印的，没有感情。没有缓和的余地。要么做，要么不做。

"那么，"男孩说，"我们怎么办？"

"不理它们。"司机说，他很激动，脸部微微抽搐，"我们就等下去。它们肯定都快没油了。后面有辆小型的已经不动了。我们只有……"

气喇叭停止了呐喊。那辆卡车退回到大部队中。它们排成半圆，车头灯对准我们。

"那边有辆推土机。"我说。

杰里看看我："你的意思是，它们想把这个地方铲平？"

"没错。"

他看看服务员，说："它们办不到，对吗？"

服务员耸耸肩膀。

"我们应该举手表决。"司机说，"不能被它们敲诈，该死的。我们就等下去。"后面那句话，他已经重复了三遍，仿佛那是个咒语似的。

"那好，"我说，"表决吧。"

"我赞同等。"司机立刻说。

"我认为应该给它们加油。"我说，"我们可以等待一个更好的机会逃脱。服务员，你呢？"

"等在这里，"他说，"你想成为它们的奴隶吗？如果你帮它们，那就是奴隶。你想后半辈子都忙着为它们加油吗？只要它们……响起喇叭？我决不。"他阴沉着脸，看着窗外，"饿死它们。"

我看着男孩和女孩。

"我想他是对的，"他说，"只有这样才能让他们停下来。假如有人要营救我们，它们肯定会阻挠。谁也不知道现在其他地方是什么样子。"那个女孩还在想着斯诺德格拉斯，此时，她点点头，紧紧靠在男孩身边。

"那好，决定了。"我说。

我走到香烟售货机前，没有看品牌，随便拿了一包。我一年前已经戒烟，可这是个复吸的绝佳机会。烟进入肺里，感觉有些呛。

漫长的二十分钟过去了。门前的卡车在等待。屋后，卡车沿着加油泵一字排开。

"我猜你们都疯了，"司机说，"只是……"

忽然，外面传来一阵更高亢、更刺耳、更急迫的声响，发动机先加速，

168

然后减速，接着又开始加速。推土机来了。

阳光下，它就像一只大黄蜂，闪闪发光，一台履带式推土机，钢铁的履带咣当咣当直响。它转过头，朝我们这边前进，短短的排气管向外吐着黑色的浓烟。

"它要冲锋了。"司机说。他脸上显出惊讶的表情。"它要进攻了！"

"到后面去。"我说，"到柜台后面去！"

推土机还在加速。变速杆自己在动，排气管热得发亮。突然，推土板抬起来了，那个厚钢板制成的挖斗沾满了干土。接着，随着发动机的巨响，它怒吼着冲了过来。

"柜台！"我推了司机一把，大伙立刻后退。

停车场和草坪之间有一道很窄的水泥路沿。推土机一跃而上，推土板升起，然后一头撞上餐馆的墙壁。一声巨响，窗玻璃炸裂开来，木质窗框变成了碎片。头上有一盏灯掉了下来，摔得粉碎。接着，架子上的餐具也纷纷落下。女孩尖叫起来，她的声音随即淹没在履带式推土机的发动机持续不断的轰鸣声中。

它倒车，横穿过被毁的草坪，然后再次扑过来，幸存的连凳餐桌原地打转，撞在一起。装馅饼的盒子飞出柜台，馅饼滚落一地。

服务员紧闭双眼，蹲在柜台后面，男孩紧紧搂着女孩。司机吓得瞪大了眼睛。

"我们得想办法让它停下来。"他急促地说，"告诉它们，我们给它们加油，什么条件我们都答应。"

"有点晚了，不是吗？"

履带式推土机倒车，准备再次发动进攻。推土板上新产生的缺口在阳光下发出耀眼的光芒。它大吼一声，猛地冲上前来。这一次，窗户左边的墙壁被它撞毁了。相连的屋顶哐的一声塌了。石灰的粉末漫天飞舞。

推土机后撤了一点。它身后，一排卡车严阵以待。

我一把抓住服务员。"油桶在哪儿？"做饭用的炉子烧的是丁烷气，但我看见过热风炉的通风孔。

"在后面的储藏室里。"他说。

我一把抓住男孩，对他说："跟我来。"

我们站起身，跑进储藏室。推土机再次进攻，整栋房子开始颤抖。如果再撞两三次，它就可以到柜台前喝咖啡了。

有两个装着热风炉燃料的五十加仑的大油桶，上面自带龙头。后门口还有一纸箱空番茄酱瓶。"杰里，拿上它们。"

在这当口，我脱下衬衫，撕成碎片。推土机一次次进攻，每一次进攻都伴随着倒塌声。

我拧开龙头，装满了四瓶汽油，他帮着把布片塞进瓶子。"你踢过足球吗？"我问他。

"高中时踢过。"

"很好。就当你是五人球队中的一员吧。"

我们回到餐厅。前面整堵墙都没了。碎玻璃像颗颗钻石一样闪闪发亮。一根粗大的房梁落下，拦在前面。推土机向后退去，想把那根横梁移开。我想，接下来它会不断进攻，摧毁高脚凳，然后摧毁整个柜台。

我们跪在地上，拿出那几个瓶子。"点火。"我对司机说。

他掏出火柴，手抖得厉害，火柴掉在地上。服务员捡起火柴，划亮一根，浸了油的布片一下就被点着了。

"快！"我说。

我们开始奔跑，男孩跑在前头。经过之处，地上的碎玻璃发出嘎吱嘎吱的响声。空气中充斥着热烘烘的燃油味道。到处是响声，到处是亮光。

推土机又来了。

男孩跨过横梁，剪影般的身躯伫立在厚实的钢刃前。我奔向右前方，男孩的第一次投掷没有成功。第二次击中了钢刃，但火焰对它没有构成任何威胁。

他想转身，但来不及了。滚动而来的可怕的力量，重达四吨的铁疙瘩。男孩的双手起先还在空中挥舞，但眨眼就消失了，被钢刃嚼碎了。

我迂回过去，突然把一个瓶子丢进打开的驾驶室，另一个则塞进了鬼脸。两个瓶子同时爆炸，火焰四处乱窜。

一时间，发动机腾空飞起，连续发出愤怒和痛苦的呐喊。车子疯狂地原地打转，把餐馆的左侧墙角撕开，摇摇摆摆地奔向排水沟。

钢铁的履带血迹斑斑，在碾过男孩的部位黏着一样东西，看上去像一块起皱的毛巾。

推土机差不多已经到了排水沟边，火苗从外壳和前盖下蹿出来，仿佛喷泉，一下子爆炸了。

我跌跌撞撞地朝后退去，差一点摔倒在一堆瓦砾上。有一股热辣辣的气味迎面扑来，不是燃油的味道，是烧焦的头发。我着火了。

我抓起一块桌布，扑打着自己的头发，然后跑到柜台后面，一头扎进水池。我用力太猛，头砰的一声撞到池底。女孩一遍遍哭喊着她男朋友的名字，凄厉的声音在空中久久回荡。

我转过身，看见那辆运送轿车的平板拖车缓慢地驶向毫无防护的餐馆。司机大叫一声，往侧门跑去。

"别去那里！"服务员大喊，"别……"

可是，来不及了，他已经出去了，飞速奔向排水沟。过了排水沟，是一片平坦的开阔地。

几乎可以肯定，有一辆卡车一直埋伏在侧门外——一扇小门，边上写着"翁氏洗衣房：现金取货"。司机还没来得及做出反应，就被撞了。撞人的卡车随即离开，只留下司机蜷缩着身体，倒在砾石路上。他被撞死了。

平板拖车慢慢驶过水泥路，来到草地上。它碾过男孩残余的骨肉，然后停住，冲着餐厅一个劲地喷气。

它的气喇叭突然发出爆裂般的声响，一声接着一声……

"停下！"女孩哀叫着，"停下，求求你……"

喇叭声持续了很久。如果你坚持听一分钟，你就可以把握它的节奏。跟先前的节奏相同。它想有人给它，给它们加油。

"我去吧。"我说，"加油泵没锁吧？"

服务员点点头，他看上去一下子老了许多，像有五十岁。

"不要！"女孩叫喊着。她伸出手臂，朝我扑来。"你得让它们罢手！打它们，烧它们，把它们砸碎……"她的声音在颤抖，她伤心，失落，语无伦次，不停地嘟囔。

服务员抱住了她。我从柜台后面走出来，小心翼翼地踩着满地的瓦砾，穿过储藏室，走到户外。当我走进阳光的时候，我的心怦怦直跳。我想再抽一支烟，可是，在加油站附近，严禁烟火。

卡车们还在排队。那辆洗衣店的卡车像一条猎狗，匍匐在砾石路的对面，烦躁地怒吼着。如果我胆敢乱动，它立马就可以结果我的小命。太阳照耀着它呆板的挡风玻璃，我不禁打了个哆嗦。我面对的仿佛是一张白痴的脸。

我把加油泵调至"开"的位置，然后拉出油枪。我旋开第一个油箱盖，开始加油。

半小时后，第一箱油加完了。我走向第二个加油岛。我在汽油和柴油之间转换，卡车的车流连绵不断。我开始明白了。全国上下，人们都在做同样的事情，否则，他们就会像那个卡车司机一样，惨遭横死，五脏六腑被碾得稀巴烂。

第二箱油也加完了，我走向第三个。此时，太阳像一把斧头，我的脑袋被废气熏得发疼，虎口也起了泡，但是，它们怎么会知道这些呢！它们熟悉的是五花八门的泄漏情况、劣质的垫圈，以及冻住的万向接头，

172

可它们不知道起泡和晒伤，也不知道人们释放情绪时的尖叫。对于它们故去的主人，它们只需要了解一点，而且，它们已经了解了。我们流血了。

最后一箱油也被吸得一滴不剩，我把油枪扔在地上。可是，还有那么多卡车在排队，还有越来越多赶来加油的卡车。我一边活动头部，释放肩颈处的疲劳，一边眺望。队伍从前面的停车场开始排队，每排两三辆，往公路上延伸，一眼望不到头。这场景使人联想起洛杉矶高速公路高峰期的噩梦。汽车尾气在地平线上升腾、跳跃，空气中充斥着碳氢化合物的味道。

"没有了。"我说，"油全部加完了，没有油了，伙计们。"

一阵低沉的隆隆声，低音乐符，让人不禁牙齿打战。一辆巨型的银色油罐车正缓缓靠边停下。车身上写着：请加菲利普斯66——喷气机燃油！

车的后部放下一根粗大的油管。

我走过去，把第一个油箱的注入口打开，把油管接上。油罐车开始工作。汽油的味道迎面扑来——很有可能，恐龙就是掉进了焦油坑，吸入了这种臭气而灭绝的。我接着把另外两个油箱也加满了，然后又开始忙活起来。

意识悄然溜走，我忘记了时间，忘记了排成长龙的卡车。我拧开油箱的旋盖，把油枪插进油箱，开始加油，直到热烘烘的、浓厚的燃油溢出来，然后再把盖子盖好。我手上的水泡破了，血流到手腕上。我的头开始一下一下地疼，仿佛龋齿发作一般。碳氢化合物的臭气让我的胃一个劲地痉挛。

我快要昏过去了，我即将倒下，如果这样，一切都结束了。我继续加油，直到倒下。

就在这时，有人把手搭在了我的肩膀上，是服务员那双黝黑的手。"进去吧。"他说，"先休息休息。天黑前由我来。你歇着吧！"

我把油枪递给他。

可是，我睡不着。

女孩正在沉睡。她蜷缩在一个角落里，头底下枕着一块桌布。即使在睡眠中，她依然眉头紧锁。一张未受时光和年龄摧残的脸。我必须尽快叫醒她。黄昏了，那个服务员已经在外面干了五个小时了。

卡车依旧一辆接一辆地驶来。我站在被毁掉的窗子前向外看。卡车的车灯绵延一英里多，一闪一闪，在越来越暗的背景下，像一颗颗黄色的宝石。队伍肯定延伸到了高速公路上，也许更远。

女孩也得加入我们。我可以教她如何给车加油。她会说，她不干，但由不得她。她也不想死。

你想成为它们的奴隶吗？服务员说过，如果你帮它们，那就是奴隶。你想后半辈子都忙着为它们加油吗？只要它们……响起喇叭？

也许，我们可以逃跑。可以走排水沟，它们就在那里。跑过田野，跑过湿地，跑过那些会让卡车像史前巨兽一样陷入其中的地方。

回到山洞里去。

用木炭绘画。这是月神。这是一棵树。这是一辆征服猎人的麦克半挂。

不仅仅是这些。现在，整个世界已经有太多地方铺成了道路，连操场也不能幸免。对于田野、沼泽和密林，那里有油罐车、半履带式卡车，以及装配了激光、微波激射器和热辐射探寻雷达的平板卡车。慢慢地，它们可以把那些地方变成自己的乐园。

我看见一队队卡车用沙土填埋奥克弗诺基沼泽，看见推土机开进国家公园和荒山野地，铲平地球，把它变成一个大平原。最后，卡车世界进入鼎盛时期。

但是，它们是机器。不管它们发生了什么，不管你给予它们怎样的集体意识，它们都不可能繁衍生息。再过五十年或者六十年，它们将变成一堆废铜烂铁，毫无威胁可言，僵死的躯体，谁都可以唾弃，谁都可以作践。

　　闭上眼睛，我可以看见底特律、迪尔伯恩、扬斯敦和麦基诺等地的汽车生产线，蓝领工人正在装配一批又一批的新卡车，那些工人甚至不再需要打卡上班，他们只会被抛弃，被替代。

　　服务员此时已经站不稳了。他也是个老浑蛋。我得叫醒那姑娘。

　　东方黑黑的地平线上，两架飞机飞过，留下两道银色的轨迹。

　　我希望那上面有人。

Sometimes They Come Back

有时，它们会回来

　　吉姆·诺曼的妻子从两点钟起就在等他了。看见他的车在公寓楼前停下，她出来迎接他。她之前去了商店，买了一份庆典套餐——两块牛排、一瓶起泡酒、一棵莴苣，还有千岛调料。此时，看着他走下车，她心底涌出一个强烈的愿望（那一天，这种情况已经发生不止一次了），希望今天会有值得庆祝的事情。

　　他沿着门前的小路走来，一只手拿着崭新的公文包，另一只手拿着四本书。最上面那本书的书名是《语法入门》，她看得清清楚楚。她用手搂着他的肩膀，问道："怎么样？"

　　他笑了。

但是，那天晚上，他又做梦了。这么长时间以来，他还是第一次做那个旧梦。他大喊一声，醒了，发现自己满头是汗。

面试由哈罗德·戴维斯中学的校长和英语系主任共同主持。让他头疼的问题来了，他早就预料到了。

校长名叫芬顿，一个秃顶、面色苍白的男人。他靠在椅子背上，眼睛看着天花板。英语系主任名叫西蒙斯，他点上了他的烟斗。

"我那时压力很大。"吉姆·诺曼说。他的手放在腿上，他此时很想攥起拳头，但他克制住了。

"我想，我们能理解。"芬顿微笑着说，"我们不想打探你的隐私，但我们都知道，教师是一个有压力的职业，尤其是中学。一星期之内，你有五天站在讲台上，而且，你面对的是世界上最难对付的听众。这就是为什么，"他有些得意，"教师比其他任何职业的人更容易患溃疡，当然，不包括空中交通管制员。"

吉姆说："让我精神崩溃的那份压力……很极端。"

芬顿和西蒙斯点了点头，但从他们身上，他没有感受到任何肯定和理解。西蒙斯打开打火机的翻盖，准备重新点燃自己的烟斗。突然，办公室显得异常狭小。吉姆有一种很奇怪的感觉：有人在他背后打开了远红外加热灯。他的手指开始在腿上弯曲、扭动，他设法让它们恢复平静。

"我那时上大四，开始毕业实习。我母亲前一年夏天去世了，癌症，在我最后一次跟她聊天的时候，她让我不要放弃，坚持到底。我哥哥也已经不在了，他死的时候，我们俩都不大。他一直打算当老师，因此，母亲认为……"

从他们的眼神中，他可以看出，他扯远了。他心里想：上帝，我把事情搞砸了。

"我按照她说的去做了。"他说。他不再纠缠他母亲、他哥哥韦恩——

可怜的韦恩，被人谋杀的韦恩——和他之间的复杂关系。"在我实习的第二周，我的未婚妻遇到了一起交通事故。她被车撞了，是一辆大马力的改装车，而且，肇事方逃逸了……警方一直没有抓到他。"

西蒙斯轻声说了句什么，示意他继续。

"我没有放弃。除此之外，没有别的选择。她伤得不轻—— 一条腿严重骨折，还有四根肋骨也断了—— 但无性命之忧。其实，那个时候，我并不十分清楚我自己所承受的压力究竟有多大。"

要小心，现在到了关键时刻。

"我实习的地方是中央大街职业技能高中。"吉姆说。

"那里可是这座城市的公园啊。"芬顿说，"弹簧刀、摩托靴、藏在衣帽柜里的自制手枪、以收保护费的名义抢夺同学午餐费的团伙，还有，每三个人中，必定有一个是毒贩，其他两个则是瘾君子。职业学校，我太了解了。"

"有一个叫迈克·齐默尔曼的孩子，"吉姆说，"一个很敏感的男孩，会弹吉他。他是我写作课上的一个学生，很有天赋。有天早上，我走进教室，他正被两个同学按着，动弹不得，另一个家伙抡起他那把雅马哈吉他，往暖气片上砸。齐默尔曼尖叫着。我大声呵斥他们，让他们放开他，把吉他给我。我朝他们走过去，结果我被打了。"吉姆耸耸肩膀，"就这样，我的精神垮了。我不会歇斯底里地大喊大叫，也不会独自在角落里发呆。我只是不敢回学校，只要一接近校门，我的胸口就绷得紧紧的，无法正常呼吸，浑身冒冷汗……"

"我也有过类似的感觉。"芬顿和蔼地说。

"我做过心理分析，是一家社区医院提供的治疗。我没钱看心理医生。那种治疗对我帮助很大。我和萨莉结了婚。她至今走路腿还有些跛，疤痕也没有消掉。要不是那场事故，她不会这样。"他毫不回避他们的目光，"我想，你们对我也可以说同样的话。"

芬顿说："我记得，你的教学实习实际上是在科特斯高中完成的。"

"那所学校也不适合你。"西蒙斯说。

"我喜欢挑战。"吉姆说，"为了去科特斯，我和另一个同学做了交换。"

"你的督导和指导老师给你的评分都是 A。"芬顿说。

"是的。"

"你四年的平均绩点是 3.88，差不多每门功课都接近 A 了。"

"我喜欢大学的课程。"

芬顿和西蒙斯对视了一下，然后，他们站起身。吉姆也跟着站起来。

"诺曼先生，我们会跟你联系的。"芬顿说，"我们今天还有几个面试……"

"好的，我明白。"

"从我个人角度说，我非常欣赏你的学业成绩和个人操守。"

"感谢您的夸奖。"

"西蒙，也许诺曼先生离开之前想喝杯咖啡。"

他们握手告别。

在走廊里，西蒙斯说："我想，你已经被录用了，除非你改主意了。当然，先不要对外讲。"

吉姆点点头。今天，他自己也透露了不少不宜对外透露的事情。

戴维斯中学的大楼看上去像个令人生畏的巨石堆，内部设施非常现代化——仅侧翼的科学楼一项，在去年的预算表上，拨款就高达一百五十万美金。学校的教室里，依然可以看到公共事业振兴署派来承建校舍的建筑工人的影子，依然可以嗅到战后第一批在此学习的孩子的气息。教室内设施先进：现代的桌椅、亚光的黑板。学生们个个整洁、体面、活跃、富足。毕业班的学生百分之六十是有车一族。总而言之，这是一所很不错的学校。在病态的七十年代，能在这样的学校任教，真是非常走运。相比较之下，中央大街职业技能学校仿佛是黑暗的非洲。

可是，放学之后，似乎有某种古老而沉重的东西滞留在走廊里，在空荡荡的教室里穿梭、低吟。有一头黑暗、可怕的野兽，但它从未露出真实面目。有的时候，当吉姆·诺曼提着崭新的公文包，沿着四号副楼的走廊走向停车场的时候，他觉着自己听见了它的喘息声。

近十月底的时候，他又做梦了。那一次，他喊出了声。他拼命睁开眼睛，回到现实之中，发现萨莉坐在他身旁，搂着他的肩膀。他的心怦怦直跳。

"上帝！"他用一只手使劲揉搓着自己的脸。

"你没事吧？"

"没事。我喊了，对吗？"

"宝贝，是的。做噩梦了？"

"对。"

"从那几个家伙砸坏了那个男孩的吉他开始的，对吗？"

"不是。"他说，"比那还早。它时不时回来转转，仅此而已。没出汗。"

"你肯定？"

"我肯定。"

"想喝一杯牛奶吗？"她的眼神里满是担忧。

他在她的肩膀上亲了一下，说："不喝了，睡吧！"

她把灯关上。他躺在床上，眼睛盯着黑暗。

他的课表安排得不错，算是对新教师的照顾吧。第一节没有他的课，第二第三节是新生的写作课。两个班级中，一个班的学生比较沉闷，另一个班的学生则比较活跃。第四节课是他最喜欢的，美国文学，授课对象是准备上大学的毕业班学生。第五节是答疑，不管是个人问题，还是学业问题，学生都可以找他咨询。有问题的（或是想找他咨询的）学生寥寥无几，因此，这个时段，陪伴他的一般都是一本他喜欢的书。第六节是语法课，非常枯燥。

第七节课是唯一让他难受的时段。课程的名称是"与文学同行"，上课地点是三楼的一间小教室。初秋时节，教室内依旧热浪滚滚，而刚进冬季，教室内就已经冷飕飕的了。那个班的学生都是经过挑选的，在学校的简介中，他们被巧妙地称作"学习迟缓者"。

吉姆的班上共有二十七名"学习迟缓者"，大多数是学校的运动员。他们对学习缺乏兴趣，有的还有不少恶习。以上这些算是对他们最客气的评价了。一天，他走进教室，看见自己的形象出现在黑板上，一幅低俗、逼真的漫画，下面写着"诺曼先生"四个大字，简直就是多此一举。他未加评论，直接把漫画擦掉了，然后，在大家的窃笑声中开始上课。

他精心准备课堂内容，包括影音资料，还订购了好几种有趣、易懂的课本——没有任何效果。课堂的气氛在毫无约束的噪声和令人郁闷的寂静之间转换。十一月初，在讨论《人鼠之间》①的时候，两个男孩在课堂上大打出手。吉姆制止了他们，并把他们送去办公室。当他翻开书，准备继续往下讲的时候，在书页上看见了几个刺眼的大字："去死吧！"

他找西蒙斯投诉，西蒙斯耸耸肩，点燃烟斗，说："吉姆，我没有切实可行的解决方法。每天的最后一堂课总是不受欢迎。对于他们中的一部分人来说，如果这门课最后的成绩是'差'，那就意味着再也没机会踢足球或者打篮球了。他们之前上的英语课都很容易通过，可现在，他们栽了。"

"我也栽了。"吉姆愁闷地说。

西蒙斯点点头，说："要让他们知道你不是在开玩笑，这样，他们才会收敛，即使这意味着要取消他们打球的资格。"

---

① 诺贝尔文学奖得主斯坦贝克的中篇小说。

不管怎么说，第七节课对于他始终是一根肉中刺。

"与文学同行"这门课上的老大难是一个名叫奇普·奥斯维的家伙。他个头很大，但反应迟钝。十二月初，足球季结束了，篮球季还没开始（奥斯维两种球都玩）。奥斯维考试打小抄，被吉姆抓了个现行，当场被赶出了教室。

"如果你敢让我不及格，我就宰了你，你个王八蛋！"奥斯维在昏暗的走廊里叫嚣着，"你听见了吗？"

"闭嘴！"吉姆说，"别浪费你的唾沫了。"

"我要宰了你，你个狗娘养的！"

吉姆回到教室，学生们面无表情地看着他。在他们脸上，他读不到任何信息。他突然觉着自己像是在梦里，那种感觉他经历过，在……之前……

我要宰了你，你个狗娘养的！

他拿出成绩簿，翻到"与文学同行"那一页，在奇普·奥斯维名字旁边的空格里仔细写下三个字：不及格。

当晚，他又做梦了。

残酷的是，梦的进程非常缓慢，让他有足够的时间去看，去感知。此外还有恐惧：在结局已知的情况下，他还得重新经历那些事情，那种无助的感觉，仿佛自己被困在一辆即将冲下悬崖的车里。

在梦里，他九岁，他哥哥韦恩十二岁。他俩走在康涅狄格州斯特拉特福市区的大街上，他们的目的地是图书馆。吉姆借的书已经过期两天了，离家前，他从碗橱内的小碗里拿了四美分，准备用来交罚款。那是暑假，走在街上，修剪过的草坪散发着清香，街边的一幢二层公寓楼的窗户里传出球赛的声音，在第八局的上半场，洋基队领先红袜队，比分是6∶0，泰德·威廉斯正在击球。暮色时分，大楼的影子慢慢伸到了街对面。

走过泰迪大市场和比雷斯建筑公司，前方有一座铁路立交桥。桥的另一端，一伙本地无赖在一个关闭的加油站附近游荡——五六个男孩，上着皮夹克，下着锥形牛仔裤。吉姆不愿意经过他们跟前，他俩曾经被那些家伙追着跑了半个街区，他们喊着：嘿，四眼！嘿，臭狗屁！嘿，你多长了一个屁眼！可是，韦恩又不想绕道走。那是胆小鬼所为。

在梦里，立交桥越来越近，你开始感到，恐惧仿佛一只黑色的大鸟，在你的喉咙里挣扎。周围的一切出现在你眼前：比雷斯的霓虹灯招牌忽明忽暗；立交桥绿色的栏杆锈迹斑斑；路基上的煤渣里，几块碎玻璃闪闪发光；污水沟里有一个断裂的自行车钢圈。

你想告诉韦恩，这一切你都经历过，已经上百次了。这一次，那些小混混没在加油站逗留，他们隐藏在高架桥下。但是，他们不会出来的，你无能为力。

接着，你到了桥下，那几个黑影从墙根下走过来，一个金发小平头、塌鼻梁的小子把韦恩推到煤渣堆前，说：把钱掏出来！

放开我。

你想跑，可是，一个黑头发涂满了头油的大块头一把抓住你，把你推向你兄弟旁边。他的左眼皮紧张地上下翻动，冲你喊道：别磨蹭，小子，到底有多少钱？

四……四分钱。

你他妈撒谎。

韦恩想挣脱，又过来一个家伙帮忙，那个人头发是橘红色的，很少见。那个眼皮乱翻的家伙突然一拳打在你的嘴巴上。你感到裤裆里突然重了几分，牛仔裤上随即出现了一大片暗色。

快点看啊，温尼，他尿裤子了！

韦恩更加猛烈地反抗，差一点就逃脱了。又来了一个家伙，身穿黑色的斜纹棉布裤子、白色T恤，一下子把他拽了回来。那家伙下巴上有一小块草莓色的胎记。立交桥的桥墩开始震颤，钢轨开始抖动。火车来了。

有人把你手里的书打落在地，那个下巴上有胎记的家伙飞起一脚，把书踢进污水沟。韦恩突然抬起右脚，踢中了那个精神紧张的家伙的裆部。他发出一声惨叫。

温尼，他要跑了！

那个家伙疼得直叫，但是，他的叫声淹没在疾驰而来的火车发出的巨大的轰鸣声中。转瞬之间，火车到了，噪声填满了整个世界。

灯光照在弹簧刀上。金发小平头和胎记每人手持一把弹簧刀。你听不见韦恩的喊声，但你能从他的口型看出他在喊什么：

快跑，吉米，快跑！

你跪在地上，抓着你的手松开了。你仿佛一只青蛙，在两条腿中间扭动。有人一巴掌打在你的背上，在你身上摸索着找钱包，可一无所获。接着，你以梦魇特有的那种慢得可怕的速度原路返回。你回过头，越过肩膀看见……

他在黑暗中惊醒，萨莉躺在他身边，睡得很沉。他咬紧牙关，不让自己叫出来，没多久，他又回到梦里。

当他回过头，看着漆黑一片的立交桥下方，他看见金发男孩和胎记男孩把手中的弹簧刀捅进了他哥哥的身体——金发的匕首刺进胸骨下面，胎记的匕首径直进入他哥哥的大腿根部。

他躺在黑暗中，急促地呼吸，等着那个已经九岁的幽灵离开自己，盼着甜美的睡眠将它赶走。

不知过了多久，他睡着了。

圣诞节和学校的假期加在一块儿，差不多有一个月。刚放假的时候，他做过两次噩梦，后来一直很太平。他和萨莉去佛蒙特拜访她的姐姐，大家一起去滑雪，玩得很开心。

户外，空气清新，"与文学同行"这门课的问题显得微不足道，甚至有些愚蠢。假期结束，他回到学校，皮肤被冬日的暖阳晒得黝黑，整个人显得精神抖擞、泰然自若。

去上第二节课的路上，他和西蒙斯撞上了，后者递给他一个文件夹。"新来的，第七节课。他叫罗伯特·劳森。转学来的。"

"嘿，西蒙，我那个班有二十七个人，已经超员了。"

"加上他，还是二十七个。比尔·斯登[1]圣诞节后的那个星期二死了，车祸，肇事者逃逸了。"

"你是说比利？"

那个学生的模样仿佛一张黑白的老照片，浮现在他的脑海里。威廉·斯登，第一钥匙俱乐部会员，足球一队和二队的队员，笔和矛俱乐部会员。他是这门课上数一数二的好学生，安静，成绩平稳，考试不是优就是良。课堂上不太主动，但只要点到他，通常都会给出正确的答案（而且还不失幽默）。死了？才十五岁啊！突然，死亡的恐惧仿佛从门底下吹进来的冷风，直往骨头里钻。

"天哪！太可怕了。您知道究竟是怎么一回事吗？"

"警方正在调查。他去城里交换圣诞礼物，准备横穿兰帕特大街的时候，被一辆老福特轿车撞倒。没有人记得那辆车的车牌号，只记得车门上写有'蛇之眼'三个字……一般来说，小孩子喜欢在车上涂鸦。"

"天哪。"吉姆重复着。

"上课铃响了。"西蒙斯说。

他匆匆离开，经过饮水机的时候，停下脚步，催促一群孩子赶紧进教室上课。吉姆朝自己的教室走去，感觉心里空荡荡的。

他利用空闲时间翻阅了罗伯特·劳森的学生登记册。第一页是一张绿

---

[1] 比尔和下文的比利都是威廉的昵称。

色的纸，是他在米尔福德高中读书时的记录。那所学校，吉姆之前从来没有听说过。第二页是学生的个人档案。修正后的 IQ 结果是七十八。掌握几项手工技能，但不多。在巴奈特–哈德森性格测试中，存在反社会的言论。能力测试分数很低。看到这里，吉姆有些不快，不管怎么说，他是他文学课上的一个学生。

下一页是黄色的，是惩戒记录。米尔福德那一页是白色的，带有黑色边框，真不幸，整页纸都被填满了，劳森捅的娄子可真不少。

他翻到下面一页，匆匆瞥了一眼罗伯特·劳森的照片，接着，他的目光再一次落在那张照片上。刹那间，恐惧仿佛毒蛇，钻进了他温暖的腹腔，并在那里缩成一团，发出咝咝的声音。

劳森挑衅般地面对着镜头，仿佛站在他对面的不是学校的摄影师，而是专门给犯罪嫌疑人拍照的警察。他下巴上有一小块草莓色的胎记。

第七堂课开始之前，他已经把所有理性的设想都考虑了一遍。他告诉自己，世上肯定有成千上万个下巴上有红色胎记的孩子。他告诉自己，那个在十六年前用刀把他哥哥捅死的家伙现在应该至少三十二岁了。

可是，上到三楼的时候，他仍旧无法摆脱内心那份恐惧。随之而来的还有另一种担心：当你精神垮了的时候，你就会有这样的感觉。他感觉恐慌如一把明晃晃的钢刀在他嘴巴里搅动。

33 号教室门口，打打闹闹的还是那儿个家伙。看见吉姆走过来，有人立刻进了教室，剩下的几个聚在一起，一边笑，一边窃窃私语。他看见新来的那个学生正站在奇普·奥斯维旁边。罗伯特·劳森下面穿着一条牛仔裤，脚上一双笨重的黄色厚底靴子——今年很流行。

"奇普，进教室。"

"是命令吗？"他莫名其妙地冲着吉姆微微一笑。

"当然。"

“上次考试你给了我一个不及格，对吗？”

“没错。”

“嗯，那是……”他嘟囔着什么，可声音很低，听不清楚。

吉姆扭头看着劳森。“你是新来的，”他说，“我想跟你说说我们这门课的相关要求。”

“好的，诺曼先生。”他右边的眉毛被一小块伤疤一分为二，一块吉姆熟悉的伤疤。不会有错。这种想法很疯狂，很不可思议，可它是事实。十六年前，这个孩子把匕首插进了他哥哥的身体。

他仿佛从很远的地方模模糊糊地听见自己开始概括这门课的规则和纪律。罗伯特·劳森把大拇指插进自己宽大的皮带里，听着，微笑着，继而点着头，仿佛他们已然是老朋友了。

“吉姆？”

“嗯？”

“出什么事了？”

“没有。”

“下午那门课，那些学生还在给你制造麻烦吗？”

没有回答。

“吉姆？”

“没事。”

“今晚你为什么不早点睡呢？”

他不想早睡。

那天晚上，他做了一个很可怕的梦。当那个草莓胎记男孩用刀捅他哥哥的时候，吉姆听见男孩在他背后喊道：小子，下一个就轮到你了。一刀割掉你的蛋蛋！

他哭喊着醒了。

那个星期，他课上讲授的内容是《蝇王》。正当他讲解作品中象征主义的运用时，劳森举起了手。

"罗伯特，怎么了？"他心平气和地问。

"你为什么一直看着我？"吉姆眨眨眼睛，嘴巴有些干涩。

"我脸上有美钞？还是我裤子的拉链开了？"

学生中间传出哧哧的笑声。

吉姆镇定地回答："劳森先生，我没有盯着你看。你能否说说，为什么拉尔夫和杰克观点相悖……"

"你就是在盯着我看。"

"你想就此事跟芬顿先生谈一谈吗？"

劳森似乎在考虑："用不着。"

"很好。现在，你能否说一说，为什么拉尔夫和杰克……"

"这本书我没有看过。我认为这本书根本就是垃圾。"

吉姆很勉强地笑了笑："你这样想吗，现在？你必须记住，当你评价一本书的时候，那本书也在评价你。现在，有没有哪个同学愿意说一下，为什么他们对野兽的存在问题意见不一呢？"

凯西·斯拉文 [①] 拘谨地举起了手。劳森讥讽地瞥了她一眼，然后跟奇普·奥斯维说了些什么。从他的口型看，他说的大概是"奶子不错"，奇普随即点了点头。

"凯西？"

"原因不是杰克想捕杀那头野兽吗？"

"说得好。"他转过身，开始在黑板上写字。他刚一转过去，飞来一

———————————

① 凯西是凯瑟琳的昵称。

188

个葡萄柚，贴着他的脑袋砸向黑板。

他猛地退让一步，原地转了个圈。有人哈哈大笑，奥斯维和劳森却一脸无辜地看着吉姆。

吉姆弯下腰，捡起那个葡萄柚。"有人，"他一边说一边往教室后面看，"应该把这玩意儿塞进他那倒霉的喉咙里。"

凯西·斯拉文目瞪口呆。

他把葡萄柚扔进废纸篓，然后再次转身，面对着黑板。

他边喝咖啡边翻阅早报。在报纸的中间位置，他看见了一则标题。"天哪！"早饭桌上，妻子轻松的谈笑被他突如其来的喊叫声打断了。他感觉自己的肚子里满是碎片……

"小女孩坠楼而亡：哈罗德·戴维斯高中的低年级学生，十七岁的凯瑟琳·斯拉文，昨天傍晚从她家位于市中心的公寓楼楼顶跌落，抑或是被人推落。据其母亲讲，女孩在楼顶养了鸽子，昨日带了一袋鸟食，打算上去喂鸽子。

"警方说，一个在附近工地干活的不明身份的女人曾经在下午六点四十五分看见三个男孩跑过屋顶，距发现女孩的尸体……只有几分钟的时间（转第三版……"

"吉姆，是你的学生吗？"

他看着妻子，说不出话来。

两星期后的一天，午饭铃响了，他在大厅里碰到了西蒙斯，西蒙斯手上拿了个文件夹。他感到心一沉，十分恐慌。

"新来的学生，"他直截了当地对西蒙斯说，"文学课的。"

西姆 ① 的眉毛扬起，说："你怎么知道的？"

吉姆耸耸肩，伸手去拿那个文件夹。

"振作起来，"西蒙斯说，"系里的头头们正在讨论课程评估的问题。你看上去有些疲惫，身体没事吧？"

没错，有点疲倦，像比利·斯登。

"没事。"他说。

"档案在这儿。"西蒙斯说着伸手拍了拍他的背。

西蒙斯离开之后，吉姆打开文件夹，直接翻到照片那一页。他做好了后退的准备，仿佛一个即将挨打的人。

可是，短时间内，照片上那张脸，他看着，没有任何感觉，就是一张小孩子的脸。也许他以前见过他，也许没见过。那个孩子名叫戴维·加西亚，大块头，黑头发，黑人一样的嘴唇，黑色的眼睛，像是没睡醒。黄页上显示，他也来自米尔福德高中，曾经在格兰维尔少管所待过两年，罪名是汽车盗窃。

吉姆颤抖着双手合上了卷宗。

"萨莉？"

她正在熨衣服，听到他的声音，抬起头来。他面对着电视机，正在播棒球比赛，可他似乎并没有看进去。

"没什么。"他说，"忘了想跟你说什么了。"

"肯定是谎话。"

他机械地笑了笑，又扭过头去看电视。他原本想一股脑说出来，可话到嘴边又咽下去了。他能咋样呢？比发疯还难受。从哪里说起呢？噩梦？精神崩溃？罗伯特·劳森的出现？

---

① 西姆是西蒙斯的昵称。

不，从韦恩说起——你的哥哥。

可是，他从来没有对任何人提起过，甚至在做心理分析的时候也没有透露半句。他的思绪回到戴维·加西亚身上。他想起，他俩在大厅相遇，互相对视的时候，那种噩梦般的恐惧瞬间扫过他的全身。当然，照片里的他只是看起来面熟而已。照片不会动……也不会抽搐。

加西亚一直和劳森、奇普·奥斯维站在一起。当他抬头看见吉姆·诺曼的时候，他微微一笑，眼皮上下翻动，吉姆的耳边响起了那几个人的声音，清晰得让人不敢相信：

别磨蹭，小子，到底有多少钱？

四……四分钱。

你他妈撒谎……快点看啊，温尼，他尿裤子了！

"吉姆？你在说什么？"

"没什么。"他并不确定自己到底说没说。他非常害怕。

二月初的一天，放学之后，有人敲响了老师办公室的门。吉姆打开门，看见奇普·奥斯维站在门口。他看上去很害怕。办公室里只有吉姆一人，时间是四点十分，其他老师都在一小时前下班回家了。他留在办公室，有一些文学课的作业要批改。

"奇普？"他不紧不慢地问。

奇普的双脚在地上蹭着："诺曼先生，能跟您谈一下吗？"

"可以，但如果是考试的事，我劝你不要浪费时间……"

"跟考试没关系。嗯，我可以在这儿抽烟吗？"

"抽吧！"

他点烟的那只手微微颤抖，大概有一分钟之久，他一声不吭。他似乎有什么难言之隐，嘴唇不住地抽搐，两只手握在一起，眼睛眯着，仿佛内在的自己正在拼命寻找合适的措辞。

突然，他说："如果是他们干的，我想让你知道，我没有参与！我不喜欢那些家伙！他们太讨厌了！"

"奇普，他们是谁？"

"劳森和那个浑蛋加西亚。"

"他们在设计陷害我吗？"那个纠缠了他数年的恶魔又附在他身上了，他知道答案。

"刚开始，我喜欢和他们在一起玩。"奇普说，"我们一起出去，喝过几次啤酒。我开始发泄对您的不满、对考试的不满，我还说，我要找机会跟您算账。可是，我只是说说而已！我发誓！"

"发生了什么事？"

"他们拉我入伙，问我您什么时候离开学校，开什么样的车，诸如此类。我问他们准备怎么对付您，加西亚说，他们很久以前就认识您……嘿，您没事吧？"

"香烟。"他的声音不太清楚，"一直不适应烟味。"

奇普把烟扔在地上，然后用脚将它踩灭了。"我问他们什么时候认识您的，鲍勃·劳森①说，他认识您的时候，我还穿开裆裤呢。可是，他们才十七岁，跟我一般大啊！"

"后来呢？"

"加西亚趴在桌上，对我说，如果不知道他何时离开学校，你就无法对他下手。你准备怎么办？我回答说，我会用火柴杆把您的车胎弄坏，让四个轮子都瘪掉，动弹不了。"他用求助的目光看着吉姆，"我根本没打算那样做，我之所以那样说，因为……"

"你害怕了？"吉姆轻声问。

"是的，我现在还是很害怕。"

---

① 鲍勃是罗伯特的昵称。

"他们对你的打算怎么看呢？"

奇普打了个哆嗦："鲍勃·劳森说，你就准备干这个？你个没用的东西！我说，我壮着胆子说，那你们准备怎么对付他？加西亚——他的眼皮开始不住地上下翻动——从口袋里掏出一样东西，啪的一声打开了，是一把弹簧刀。就在那个时候，我离开了。"

"奇普，这是什么时候的事？"

"昨天。诺曼先生，我很害怕，不敢跟他们坐在一起。"

"没事的，"吉姆说，"别担心。"他低头看着面前的作业，但根本没有看见它们。

"您准备怎么办？"

"我不知道，"吉姆说，"我真的不知道。"

星期一上午，他还是没有主意。一开始，他打算把这一切都告诉萨莉，从十六年前哥哥遇害说起。可是，不行。她听了以后，不仅会同情他，还会感到害怕，甚至会产生怀疑。

西蒙斯呢？也不行。西蒙斯会以为他疯了。也许，他真的疯了。他曾经参加过一个小组讨论，里面有一个人说，精神崩溃就像是摔碎了一个花瓶，然后再将它一块块修补起来。打那以后，你再也不可能自信地使用那个花瓶。你不敢再把花放进去，因为，鲜花需要水，而水可能会溶解胶。

照这样说，我疯了吗？

如果他疯了，奇普也疯了。他上车的时候，这个想法突然浮现在他的脑海中，他激动起来。

当然！劳森和加西亚曾经威胁过他，当时奇普也在场。在法庭上，这可能算不上什么有力的证据，可是，如果他能让奇普把这一切重复给芬顿听的话，那两个家伙至少会被开除。他差不多有把握说服奇普，因为，奇普本身也想摆脱他们。

当车子驶入停车场的时候，他想到比利·斯登和凯西·斯拉文。

没课的时候，他去了趟办公室，倚在考勤秘书的桌子上。她正忙着统计旷课人数。

"奇普·奥斯维今天来了吗？"他随意地问了一句。

"奇普……？"她满怀疑虑地看着他。

"查尔斯·奥斯维，"他纠正道，"奇普是他的绰号。"

她快速翻动一沓字条，瞥了一眼其中一张，然后将其抽了出来。"诺曼先生，他今天没来。"

"你能把他的电话给我吗？"

她把铅笔插进头发里，说："当然可以。"她从 O 字母那个纸夹里找到他要的东西，然后递给他。吉姆用办公室的电话拨打了那个号码。

电话响了十几次，他正准备挂机，忽然，里面传来一个沙哑、带着睡意的声音："找谁？"

"是奥斯维先生吗？"

"巴里·奥斯维已经死了六年了。我是加里·邓金格。"

"你是奇普·奥斯维的继父吗？"

"他犯了什么事？"

"你说什么？"

"他跑了。我想知道他犯了什么事。"

"据我所知，他没干什么。我只是想跟他谈谈。你知道他有可能在什么地方吗？"

"不知道。我上夜班。他的朋友，我一个都不认识。"

"会不会……"

"不知道。他拿了个旧箱子，还带走了他攒的五十美元，那些钱都是他偷汽车零件、卖毒品赚来的。我猜，他去旧金山了，去当嬉皮士了。"

194

"如果你有他的消息，能给学校打个电话吗？我叫吉姆·诺曼，英语系的。"

"那当然。"

吉姆放下电话，女秘书抬起头，毫无意义地冲他笑了笑。吉姆没有笑。

两天后，在早点名的记录单上，奇普·奥斯维的名字旁边出现了"离校"两个字。吉姆开始等待西蒙斯拿着新的学生档案来找他。一星期后，他果真来了。

他闷闷不乐地看着照片。这个学生毫无疑问。小平头被长发所代替，可依旧是金发。还是那张脸，文森特·戈里。朋友和熟人都叫他温尼。照片里那个孩子打量着吉姆，嘴边的微笑透出几分傲慢。

快走到第七节课的教室的时候，他的心重重地撞击着胸腔。劳森和加西亚，还有那个文森特·戈里正站在教室门外的布告栏前——当他走近他们时，他们挺直了身体。

温尼傲慢地笑着，眼神却冷若冰霜。"你肯定是诺曼先生。你好，诺曼。"

劳森和加西亚扑哧一声笑了。

"我是诺曼先生。"吉姆没有理会温尼向他伸出的手，"请你记住。"

"当然，我会记住的。你哥哥好吗？"

吉姆愣住了。他感觉到自己的膀胱松弛了，一个幽灵般的声音响起来，仿佛来自远方，来自他头脑中的某条通道：快看啊，温尼，他尿裤子了。

"你对我哥哥了解多少？"他粗声粗气地问。

"不了解。"温尼说，"了解不多。"他们冲他笑着，笑容空洞而阴险。

上课铃响了，他们不情愿地走进教室。

当天晚上十点，杂货店前的电话亭。

"接线员，请接康涅狄格州斯特拉特福警察局。不，我不知道号码。"

忙音。在开会。

警察是奈尔先生。在那些年，他头发花白，五十多岁。小孩子对大人的年龄判断不准。他们的父亲死了，不知怎的，奈尔先生都知道。

孩子们，叫我奈尔先生。

吉姆和哥哥约好，每天一起去斯特拉特福快餐店吃午饭。母亲给他们每人一个五分的镍币，用来买牛奶——那是在学校供应牛奶之前。有的时候，奈尔先生会走进小店，因为他的肚子太大，也因为点三八口径的左轮手枪分量不轻，皮带会嘎吱嘎吱地响。每次遇见他，他都会给哥俩每人买一份上面浇着冰激凌的苹果馅饼。

他们杀害我哥哥的时候，您在哪儿，奈尔先生？

电话接通了。电话铃响了一次。

"这里是斯特拉特福警察局。"

"您好！我叫詹姆斯·诺曼，警官。我打的是长途电话。"他报出自己所在的城市，"您是否能帮我转接一位一九五七年在岗的警官。"

"诺曼先生，请不要挂机。"

片刻停顿，接着，电话里传来另一个人的声音。

"我是莫顿·利文斯顿警官，诺曼先生。你要找的是哪一位警官呢？"

"嗯，"吉姆说，"我们小孩子都叫他奈尔先生。这……"

"哎呀，没错！唐·奈尔已经退休了。他现在七十三四岁了。"

"他还住在斯特拉特福吗？"

"是的，在巴纳姆大道附近。你想要他的地址吗？"

"如果有的话，我还想要他的电话号码。"

"没问题。你认识唐吗？"

"他以前经常在斯特拉特福快餐店给我和我哥哥买冰激凌苹果馅饼。"

"天哪，那家店十年前就关了。稍等。"片刻之后，他开始读地址和电话。吉姆赶忙记下，然后向利文斯顿表示感谢，随后挂机。

他再次拨通电话，报出那个号码，然后等待。当电话里传来嘟嘟的声音时，他脑门发烫，紧张的情绪传遍全身。他忍不住朝前挪了一步，本能地背对着杂货店的冷饮柜。其实，没有这个必要，那儿压根儿没什么人，只有一个胖胖的小女生正在看杂志。

对方拿起了听筒，电话里传来一个饱满、有力的声音，听上去并不老。"你好！"让人不可思议的是，就这短短两个字，回忆和情感，冗长的画面，一幅接着一幅，在脑海中闪现，根据巴甫洛夫的理论，收音机里的一首老歌也会让你形成某种条件反射。

"奈尔先生吗？您是唐纳德·奈尔先生吗？"

"我是。"

"我叫詹姆斯·诺曼，奈尔先生。您还记得我吗？"

"记得，"那个声音反应迅速，"冰激凌苹果馅饼。你哥哥遇害了……被人用刀捅死了。真可惜。他是个非常可爱的孩子。"

吉姆瘫软地倚靠在电话亭的玻璃墙壁上。先前的那份紧张情绪突然消散了，他此时疲惫不堪，浑身无力，仿佛一个毛绒玩具。他几乎到了崩溃的边缘，他要向他倾诉，可是，他拼命抑制住自己的这份冲动。

"奈尔先生，那几个男孩一直都逍遥法外吗？"

"不是的，"奈尔说，"我们的确锁定了几个嫌疑人。根据我的回忆，我们曾经在布里奇波特警察局询问过好几个人。"

"那几个嫌疑人叫什么？我认识吗？"

"不知道。在警局的调查报告上，嫌疑人一般都是用编号代替的。诺曼先生，你怎么突然对这些感兴趣了？"

"我说几个名字给你听，"吉姆说，"您看看是否有印象，是否跟那个案子有关联。"

"孩子，我不会……"

"您会的。"吉姆说，他开始变得有些绝望，"罗伯特·劳森，戴维·加西亚，文森特·戈里。他们……"

"戈里。"奈尔先生平静地说，"我记得这个人，他的外号叫蝰蛇温尼。没错，我们传讯过他。他母亲替他做了不在场证明。罗伯特·劳森这个名字，我没什么印象。很普通的一个名字。但是，加西亚……等等，说不清为什么，这个名字……该死，年纪大了。"他听上去很是沮丧。

"奈尔先生，您有什么办法可以查到那几个男孩的情况吗？"

"嗯，当然了，他们早就不是孩子了。"

真的吗？

"听着，吉米，是不是那几个家伙又现身了？他们骚扰你了？"

"我不知道。奇怪的事情接踵而来。这些事情都跟我哥哥遇害有关。"

"什么事情？"

"奈尔先生，我不能对您说。否则，您会以为我疯了。"

他的回答迅速而坚定，听得出来，他很感兴趣："那你觉得你疯了吗？"

吉姆停顿了片刻。"没有。"他说。

"那好吧，我可以通过斯特拉特福档案馆去查那几个人的情况。我怎么和你联系呢？"

吉姆把自己的电话号码告诉他。"最保险的是星期二晚上，我通常都在家。"他一般情况下晚上都不出门，但是，星期二晚上，萨莉去上陶艺课。

"吉米，你最近在干什么？"

"在学校教书。"

"很好。你知道，教书是一份长久的工作。我现在已经退休了。"

"可您的声音一点没变。"

"是吗？那你是没见到我本人！"他笑了，"吉米，你现在还喜欢吃冰激凌馅饼吗？"

“当然了。”吉姆说。他撒谎了，他恨那种冰激凌馅饼。

“听你这么说，我真高兴。嗯，假如没有什么其他事情，我要……”

“还有一件事。斯特拉特福有一所米尔福德高中吗？”

“没听说过。”

“难怪……”

“周边用米尔福德这个名字的只有一个地方，在阿什海茨路上，米尔福德公墓。那里是不可能出毕业生的。”他的笑声干巴巴的，传到吉姆的耳朵里，仿佛地下的尸骨发生碰撞的声音。

“谢谢您。”他听见自己说，“再见。”

奈尔先生消失了。接线员要他付费六十美分，他机械地把钱塞进投币口。之后，他转过身，发现电话亭外面有一个人。那人把自己那张可怕的脸紧紧贴在玻璃上，头旁边是两只伸展开的手臂，张开的手指，还有鼻尖，在玻璃上留下白白的印子。

是温尼在咧着嘴冲他笑。

吉姆开始尖叫。

上课了。

今天，“与文学同行”课的内容是当堂写一篇作文。学生们大都在埋头写字，挥汗如雨地把他们的思想展示在纸上，就像砍木头一样。只有三个家伙例外：罗伯特·劳森坐在比利·斯登的座位上，戴维·加西亚坐在凯西·斯拉文的座位上，温尼·戈里坐在奇普·奥斯维的座位上。他们面前放着作文纸，可上面一个字也没有。他们在看他。

下课铃快响了，吉姆轻声说：“戈里先生，下课之后，我想跟你谈谈。”

“没问题，诺姆①。”

---

① 诺姆是诺曼的昵称。

劳森和加西亚咻咻地笑起来，可其他同学没有理会他们。铃声响了，同学们交上作文，离开了教室。劳森和加西亚还在磨蹭，吉姆感到腹部紧张起来。

就现在吗？

然后，劳森冲温尼点点头："明天见。"

"再见。"

他们走了。劳森把门关上，透过磨砂玻璃，突然传来戴维·加西亚沙哑的声音："诺姆吃屎！"温尼朝门口张望了一下，随即又将目光投向吉姆。他笑了。

他说："我不知道你是否能安下心来跟我谈。"

"是吗？"

"那天晚上在电话亭，吓坏了吧，老头儿？"

"温尼，现在没有人用'老头儿'这个词了，一点也不酷，就好像'酷'这个词，本身就不酷。就像巴蒂·霍利①，早过时了。"

"我愿意怎么说就怎么说。"温尼说。

"那个家伙在哪儿？那个有着一头可笑的红发的家伙？"

"散伙了，哥们！"他装出一副满不在乎的样子，可吉姆能够感觉到，他其实很警觉。

"他还活着，不是吗？这就是他不在这里的原因。他活着，他应该三十二三岁了，你也会这样，假如……"

"'漂染'那小子总是碍事，没什么大出息。"温尼挺直身板，把双手平放在涂鸦般的作文纸上，眼睛闪闪发光，"哥们，我记得你，你那时穿着一条旧灯芯绒裤子，看上去吓得快要尿裤子了。我看见你盯着我和戴维。我给你施了魔法。"

---

① 巴蒂·霍利（1936—1959），美国著名摇滚歌手、作曲家。

"我想是的。"吉姆说，"你让我十六年来噩梦不断。还不够吗？为什么现在还骚扰我？为什么选中了我？"

温尼一脸茫然，很快，他脸上又恢复了笑容："哥们，因为你还没死。你早该死了。"

"你们一直在什么地方？"吉姆问，"来这儿之前。"

温尼抿着嘴说："我们今天不谈这个。明白？"

"他们给你挖了个坑，对吗，温尼？六英尺深，就在米尔福德公墓，六英尺……"

"你闭嘴！"

他站起身，面前的课桌翻倒在过道里。

"等着吧。"吉姆说，"我不会让你们好过的。"

"老头儿，我们要杀了你。让你也到那个坑里去。"

"滚出去！"

"也许还有你老婆。"

"你该死，如果你敢碰她……"他莫名其妙地朝前跨了一步，听到他提起萨莉，他感觉受到了侮辱，但同时，心里也一阵恐惧。

温尼龇牙一笑，然后朝门口走去。"镇定，像傻瓜那样！"他哧哧地笑。

"如果你敢碰我老婆，我就杀了你！"

温尼的嘴巴咧得更大了："杀了我？哥们，你知道的，我已经死了。"

他走了。他的脚步声久久回荡在走廊里。

"亲爱的，你看的什么书？"

吉姆把封面给她看，他正在看的书叫《孕育恶魔》。

"讨厌！"她转过身，对着镜子整理头发。

"你坐出租车回来好吗？"他问。

"就过四个路口。再说，走路有助于塑形。"

"我班上有个女生在萨摩大街遇到了袭击。"他编故事吓唬她，"她说，那人想强暴她。"

"真有这事？是谁？"

"戴安娜·斯诺，"他说，名字也是瞎编的，"她是个头脑冷静的姑娘。你还是坐出租车吧，好吗？"

"好吧。"她说。她在他身边停下，弯下腰，双手捧住他的脸，盯着他的眼睛："吉姆，出什么事了吗？"

"没事。"

"不对，有事。"

"没有我应对不了的。"

"是关于……关于你哥哥的事吗？"

仿佛一阵寒风吹来，吹开了他心底的大门。"你怎么想起来说这个了？"

"昨天晚上，你在梦里一个劲地叫他的名字。韦恩，韦恩，你还说，快跑，韦恩。"

"没什么。"

可是，事实并非如此。他俩心照不宣。他目送她离开。

奈尔先生八点一刻打电话来。"你不用担心那些家伙，"他说，"他们都死了。"

"是真的吗？"他接电话的时候，没忘了用食指按着那一页上他正在读的段落。

"车祸，就在你哥哥遇害六个月后。当时，一个警察正在追击他们。那个警察叫弗兰克·西蒙，现在在西科斯基工作，好像挣钱不少。"

"就因为这，他们出车祸了？"

"他们当时的车速超过了每小时一百英里，方向偏了，撞上了一根粗大的电线杆。最后，终于把电给断了，把他们几个从车里拽出来，已经五六成熟了。"

吉姆闭上眼睛，问："你看了那份报告？"

"我亲自看的。"

"车上还有什么东西吗？"

"是一辆改装车。"

"有什么别的信息吗？"

"黑色的福特轿车，一九五四年生产的，车身上有'蛇之眼'几个字。活该！他们得到了应有的报应。"

"他们还有一个帮手，奈尔先生。我不知道他叫什么，但他的绰号叫'漂染'。"

"那应该是查理·斯邦德，"奈尔先生毫不犹豫地说，"他有一次用高乐氏漂白头发。这事我记得。可是，他漂白得不成功，效果像斑马。后来他又想再把头发重新染成黑色。结果，白色的部分变成了橘红色。"

"您知道他现在在干什么吗？"

"职业军人。他先是把当地一个姑娘的肚子搞大了，然后在一九五八年或是一九五九年跑去当兵了。"

"我能联系上他吗？"

"他母亲住在斯特拉特福，她应该能帮上你。"

"您能把他母亲的地址告诉我吗？"

"吉米，这不行，除非你告诉我，你遇到什么麻烦了。"

"奈尔先生，我不能跟您说。否则，您会以为我疯了。"

"相信我。"

"不。"

"好吧，孩子。"

"你能……"可是，电话挂断了。

"该死的！"吉姆说。他把电话放回到听筒架上，还没松手，电话铃响了，他猛然躲到一边，仿佛被它烫了一下。他看着电话，喘着粗气。电话响了三次，四次。他拿起听筒听着，闭上了眼睛。

去医院的路上，一个警察让他靠边停下，然后拉响警笛，为他带路。急救室里，一个年轻的医生，上嘴唇留着牙刷般的小胡子。他看着吉姆，眼睛黝黑，没有表情。

"劳驾，我是詹姆斯·诺曼……"

"抱歉，诺曼先生，她走的时候是晚上九点零四分。"

他要昏倒了。眼前的一切都在向后退，在摇摆，耳畔响起一阵微弱的嗡嗡声。他的目光漫无目的地游移：绿色的墙砖，荧光灯下，一张带轮子的活动病床闪闪发光，一个戴帽子的护士弯着腰。亲爱的，该醒醒了。一名护理员正倚在第一急救室门外的墙上，身上的白大褂脏兮兮的，胸前还有几处血迹，已经快干了。他手里拿着一把小刀，正在用它清洁自己的手指甲。护理员抬起头，冲着吉姆咧开嘴。那个护理员是戴维·加西亚。

吉姆昏死过去。

葬礼。像三幕舞剧。家、殡仪馆、墓地。宾客，不知从何而来，旋转着来到你面前，然后旋转着消失在黑暗中。萨莉的妈妈，黑纱遮面，眼泪肆意流淌。她的爸爸，震惊，憔悴。西蒙斯。其他人。他们自我介绍，然后跟他握手。他点点头，根本记不住他们的名字。有的女士带来了吃的，有一位带了一个苹果馅饼，有人吃了一块。当他走进厨房的时候，他看见馅饼在台子上，被切开了，里面的汁水像暗红色的血液，流进下面的盘子。他想：应该在上面加一大勺香草冰激凌。

他感觉自己的手脚在颤抖，想走过去，想把那个饼扔到墙上。

就在这时，他们准备离开，他仿佛在看一部家庭录影，看见自己跟他们握手，然后说：谢谢您……是的，我会的……谢谢您……我想她一定……谢谢您……

　　他们走了以后，屋子又剩下他一个人了。他走到壁炉前。壁炉架上放满了他们结婚以后的纪念品。一个镶嵌着两颗宝石眼睛的玩具狗，是他们在科尼岛度蜜月时她赢的奖品；两个皮质文件夹，一个放着他波士顿大学的毕业证书，另一个放着她马萨诸塞大学的毕业证书；两个大塑料骰子，是他大约一年前在平克西尔弗斯坦扑克节上输了十六美元之后，她为了哄他开心而买的；一个她去年在克利夫兰旧货店买的瓷杯子，很薄的那种。在架子中央，放着他们的结婚照。他把相框放倒，然后坐在椅子上，盯着黑黑的电视屏幕。一个念头慢慢在他脑海中浮现。

　　一小时后，电话铃响了，铃声把他从瞌睡中惊醒。他伸手去摸电话。

　　"下一个轮到你，诺姆。"

　　"温尼？"

　　"哥们，她就像射击场上的一个靶子，砰！碎了。"

　　"温尼，我今晚去学校，33号教室。我不开灯，就像在立交桥下的那一天。我想，我甚至可以模拟出火车的声音。"

　　"想结束这一切，对吗？"

　　"没错。"吉姆说，"你也去。"

　　"也许吧！"

　　"你必须去。"吉姆说着挂断了电话。

　　当他到达学校的时候，天差不多黑了。他把车停在常停的位置，用万能钥匙打开后门，首先来到位于二层的英语系办公室。他进去以后，打开放唱片的柜子，开始翻找自己想要的东西。从一摞唱片的中间，他抽出一张名为"高保真音效"的唱片。他把唱片翻过来，A面的第三支曲子标题是"货车：3:04"。他把唱片放在系里那台手提式立体声唱机上，然后，从上衣口袋里掏出《孕育恶魔》。他打开书，翻到有标记的那个段落，读了几句，点了点头，然后把灯关上。

33 号教室

他把立体声唱机放好，把几个扬声器尽可能远地分开，然后把那张唱片放进唱机。音乐开始了，声音越来越响，整个房间充满了柴油机车尖锐的叫声和车轮摩擦铁轨的声音。

他闭上眼睛，感觉自己此时就在那座立交桥下，跪在地上，看着那场悲剧奔向不可避免的结局……

他睁开眼睛，拿出唱片，然后又重新放入。他坐在自己的桌前，打开那本《孕育恶魔》，翻到标题为"恶魔及如何召唤它们"那一章。他张开嘴开始读，时不时停下，从口袋里拿出几件东西，放到桌子上。

第一件：一张皱巴巴的老照片，柯达胶卷拍摄的，照片上，他和他哥哥站在草坪上，身后就是他们住的位于宽街上的公寓楼。他俩留着一样的小平头，对着镜头，羞涩地微笑着。第二件：一小瓶鲜血。在这之前，他在巷子里逮了一只流浪猫，用小刀割开了它的喉管。第三件：那把小刀。最后一件：帽子上的防汗衬圈，是从一顶旧的少年棒球协会帽子上撕下来的。那是韦恩的帽子。吉姆一直保存着，暗自希望，有朝一日，等他和萨莉有了儿子，他就拿出来给他戴。

他站起身，走到窗前，往外看。停车场空荡荡的。

他把课桌推到墙边，中间留出一个近似圆形的空地。当一切准备妥当，他从桌子抽屉里拿出粉笔，借助尺子，严格按照书上的图表，在地上画出一个五角星。

此时，他的呼吸开始变得困难。他关上灯，把那几件东西握在手里，开始背诵。

"黑暗之父，为了我的灵魂，听我倾诉吧！我是一个向您允诺供奉祭品的人。我是一个祈求恩赐祭祀机会的人。我是一个寻求为兄长复仇的人。为了完成我的祭祀，我带来了鲜血。"

他拧开瓶盖，那个瓶子原本是装花生酱的，然后把鲜血洒在五角星内。

黑暗的教室里发生了某种变化。说不出究竟是何种变化，但可以肯定的是，空气越发厚重了，他感觉自己的喉咙和腹腔好像填满了灰色的金属。屋内越发寂静，而且，那份寂静随着某个肉眼看不见的东西在不断膨胀。

古老仪式要求的，他都照办了。

现在，他在空气中感知到了某种东西，这种感觉他以前有过。那时，他带着一个班的学生去参观一个大型发电厂，他感到，空气中充斥着电能，空气在颤动。突然，一个声音打断了他的思绪。那个声音非常轻，但并不悦耳。

"你需要什么？"它说。

现实，还是梦幻？他无法分辨。他的回答有两句话。

"我需要一个小小的赐物。您能给我什么？"

吉姆说了两个词。

"两个都要，"那个声音低低地说，"右和左。成交？"

"成交。"

"那么，把我的给我。"

他把小刀准备好，然后转过身去，把右手平放在桌上，用刀砍了四下，把食指砍了下来。鲜血在吸水纸上留下了深红色的印记。他没有感觉到疼。他把割下的手指推到一边，把小刀换到右手。切割左手的手指可不是一件容易的事。他的右手少了一根手指，感觉特别别扭，使不上劲，小刀总是走偏。最后，他不耐烦地嘟囔了一声，扔掉小刀，空手把手指掰断，硬拽了下来。他把手指从桌上捡起来，然后把那两根棒形面包卷似的手指扔进地上的五角星。一道光芒拔地而起，仿佛老式照相机的闪光灯在工作。他注意到，没有烟雾，没有硫黄的味道。

"你带来了什么？"

"一张照片。一块被他的汗水浸湿的棉布。"

"汗水是宝贵的。"那个声音中蕴藏着一份冷酷的贪婪，吉姆不禁浑身战栗，"拿来给我。"

吉姆把那两样东西扔进五角星。又是一道光芒。

"很好。"那个声音说。

"如果他们来。"吉姆说。

没有回应。那个声音走了——假如它曾经来过。他靠近五角星，照片还在，可是已经被烧得焦煳。那个防汗衬圈不见了。

街上传来一阵噪声，由低到高，不断膨胀。一辆改装的高速汽车，带有玻璃瓶似的消音器，从戴维斯大街往这边疾驰而来。吉姆坐下来侧耳细听，看看它是路过这里，还是直接拐进来。

它驶进了学校。

脚步声在楼梯上回荡。

首先听见的是罗伯特·劳森的尖嗓门，接着，有人发出"嘘"声，后来，再次响起劳森的笑声。脚步声越来越近了，回声没有了，接着，楼梯口的玻璃门咣当一声被推开了。

"是你吗，诺米①？"戴维·加西亚用假嗓门冲他喊着。

"你在那儿吗，诺米？"劳森低声说着，突然咯咯地笑了起来，"你在吗，查理？"

温尼没有吭声。但是，当他们沿着走廊过来的时候，吉姆看见了他们的影子。温尼是最高的一个，他一只手握着一个长长的家伙，随着一声轻轻的咔嗒声，那个东西变得更长了。

他们来到门口，温尼站在三人中间。他们手里都有刀。

---

① 诺米也是诺曼的昵称。

"哥们，我们来了。"温尼轻声说，"我们来取你的狗命！"

吉姆打开了电唱机。

"天哪！"加西亚大喊一声，跳了起来，"怎么回事？"

货运列车越来越近，四周的墙壁随着它一起摇晃起来。

火车的声音似乎不是发自扬声器，而是来自楼下的大厅，来自远方的轨道，来自太空。

"我不喜欢这个，哥们。"劳森说。

"来不及了。"温尼说。他向前迈了一步，挥舞着手中的刀："老头儿，把钱拿出来！"

……放开我们……

加西亚退后一步，说："怎么……"

尽管如此，温尼毫不退缩。他示意他们俩站一边去，从他的眼神看，他很放松。

"别磨蹭，小子，到底有多少钱？"加西亚突然问道。

"四……四分钱。"吉姆说。是真的。他从卧室的零钱罐里拿的，最新的那一枚硬币是一九五六年造的。

"你他妈撒谎。"

……放开他……

劳森扭头看了看，眼睛瞪得圆圆的。墙壁雾腾腾的，似乎不存在了。货运列车发出尖叫。停车场的街灯变成红色，就像比雷斯建筑公司的霓虹灯招牌，在黄昏的天空下一闪一闪。

有东西从五角星里走出来，那个东西长着一张十二岁小男孩的脸。一个留着小平头的男孩。

加西亚冲上前来，对准吉姆的嘴巴就是一拳。他闻到来自对方嘴里的气味，大蒜混合着辣椒油。他没有反应，他感觉不到疼。

吉姆发现自己的裤裆一下子重了，像灌了铅。他的膀胱彻底松开了。

他低下头，看见裤子湿了一大片。

"快看，温尼，他尿裤子了！"劳森喊道。他的声音很正常，可他脸上的表情不对劲——仿佛一个木偶，刚刚获得了生命，却又发现自己还被绳子扯着。

"放开他！"那个酷似韦恩的东西说，可那声音不是韦恩的——它属于五角星里的那个东西：冷酷，贪婪。"快跑，吉米！快跑！快！快！"

吉姆跪在地上，一只手打在他的后背上，然后在他身上摸索，可是，一无所获。

他抬起头，看见了温尼，他的脸因为仇恨而扭曲，仿佛漫画中的人物。他举起刀，朝那个酷似韦恩的东西捅去，就在胸骨的下方……忽然，他开始大叫，他的脸变得干瘪发黑，成了焦炭，非常可怕。

他消失了。

然后，加西亚和劳森也发起了进攻。结果，他俩也抽搐着变成了焦炭，随即消失了。

吉姆躺在地上，呼吸急促。火车的声音远去了。

他的哥哥弯腰看着他。

"韦恩？"他气喘吁吁地说。

那张脸变了，好像融化了，粘在一起了。眼睛变成了黄色，一个可怕、恶毒的笑容对着他。

"吉姆，我会回来的。"声音冰冷、低沉。

它走了。

他站起身，用残疾的手把唱机关上。他摸摸嘴巴，嘴巴被加西亚的拳头打得鲜血直流。他走过去，打开灯。房间里空无一人。他望望楼下的停车场，同样空空荡荡，只有一辆改装车，仿佛哑剧中的演员，默默地反射着月光。教室内，空气污浊——坟墓的气息。他擦掉地上的五角星，然后把桌椅重新排好，做好第二天上课的准备。他的手指疼得厉害——

什么手指？他可能得去看医生。他关上门，双手捂着胸口，慢慢朝楼下走去。走了一半，有样东西——一个影子，或者，只是直觉——让他原地转了一个圈。

某个肉眼看不见的东西似乎回来了。

吉姆想起《孕育恶魔》中的警示——潜在的危险。或许，你可以召唤它们，让它们为你服务。你甚至可以摆脱它们。

但是，有时，它们会回来。

他继续往楼下走，不知道自己的噩梦是否会就此终结。

Strawberry Spring

草莓春天

弹簧脚杰克······

我今天早上在报纸上看到了这几个字，我的上帝，它一下子把我带回到了过去！那是八年前的事了，我连具体的日子差不多都能记起。有一次，看电视的时候，在一档面向全国的电视节目里，我看到了自己——栏目的名称是《沃尔特·克朗凯特报道》。我出现在主播身后的背景画面里，一张脸，一闪而过。可是，我的家人却立刻发现了我。他们打长途电话来问东问西。我老爸让我对当时的形势做出分析。他对我威逼利诱，步步进逼。我母亲则干脆让我回家。可是，我不想回家，我被迷住了。

八年前，在那个阴暗、多雾的草莓春天，恶灵在夜间频频出动，横死案件时有发生。我真的被迷住了。那恶灵就是弹簧脚杰克。

在新英格兰，人们把那种迷雾重重的季节称为草莓春天。这个名字究竟是怎么来的，谁也说不清楚，反正大家都习惯这样说。那种天气，每隔八到十年才会出现一次。八年前的那个草莓春天，在新沙伦师范学院发生的事情……或许也有一定的周期性，可是，即便有人知道是怎么回事，也不愿意说。

在新沙伦，草莓春天开始于一九六八年三月十六日。那一天，二十年来最冷的一个冬天结束了。天上下着雨，往西二十英里就是大海，海水的味道在空气中弥漫。厚达三十五英寸的积雪开始融化，校园的路上满是烂泥。因为前两个月气温超低，冬季狂欢节上的冰雕作品总体来说保持得不错。可是现在，它们终于开始瘫软、走样了。TEP兄弟会会堂前小丑模样的林登·约翰逊已经泪流满面了。普拉斯纳大厅前的鸽子，身上有些地方的羽毛化了，真可惜，露出了下面胶合板做的身体。

夜幕降临的时候，起雾了，白色的雾霭静静地在校园的大路和小径上游荡。林荫路上的松柏像翘起的兰花指，从雾霭里探出头来。白雾飘飘荡荡，像香烟，不紧不慢地从内战大炮台旁的小桥下溜过。浓雾中，一切都显得支离破碎、形态怪异、神秘兮兮。夜晚，某个学生离开喧闹嘈杂、灯火通明的食堂，以为包裹自己的将会是冬日清冽的星光……可是，他突然发现自己身处一个寂静无声的世界里，白雾缭绕，耳畔只有他自己的脚步声和路边古老的排水沟里的流水声。你奢望咕噜、弗罗多和山姆刚巧从你身边匆匆而过，或者，你转过身来，陡然发现，教学楼已不复存在，取而代之的是一幅雾蒙蒙的景象：沼泽、紫杉，抑或还有德鲁伊的石圈或者一枚闪亮的魔戒。

那一年，电唱机播放的歌曲是《爱情是蓝色的》。还有《嘿，裘德》，一遍遍地播放。还有《斯卡布罗集市》。

那天晚上，十一点十分左右，一个名叫约翰·丹西的三年级学生，在回宿舍的路上，突然冲着浓雾大喊大叫，手中的书本散落一地，有的掉在

两条弯曲的大腿上，有的掉在大腿之间。死者是一名年轻女性，躺在动物
科学系停车场一个阴暗的角落里，喉咙被横着切开，刀口很长，从左耳贯穿
到右耳，眼睛睁着，似乎还在发光，仿佛刚刚讲完她年轻生命中最滑稽的笑
话——丹西，主修社会学，辅修演讲，不停地尖叫。

第二天，多云，天空阴沉沉的。我们在去教室的路上，不断地问问
题——谁干的？为什么？何时能逮住凶手？最后一个问题总是让人感觉
恐惧：有谁认识她？有谁认识她？

我认识，我跟她一起上过艺术课。

我认识，我室友的一个朋友上学期跟她约会过。

我认识，有一次在食堂，她找我借过火。她坐在我旁边的桌上。

我认识……

我认识，我……

我认识……我认识……没错，我……

我们都认识她。她叫盖尔·克曼，是艺术系的学生。她戴着一副老奶
奶样式的眼镜，身材很好。大家都很喜欢她，可她的室友却很讨厌她。
虽然她是学校里数一数二喜欢滥交的女生，可她并不经常出门。她长得
不漂亮，但很聪明。她生气勃勃，但话不多，也很少笑。她怀孕了，她
得了白血病。她是个拉拉，凶手是她的男友。那是一个草莓春天，三月
十七日一大早，盖尔·克曼成了名人。

六七辆警车缓缓开进了校园，大都在朱迪思·富兰克林厅前停下，因为
遇害的那个克曼生前就住在那里。我赶着去上十点的课，从那儿经过时，被
警察拦了下来，要求我出示学生证。我很聪明，把那张没有虎牙的给他看了。

"你带刀吗？"警察狡猾地问。

我告诉他，我身上最具杀伤力的东西是一个兔脚形的钥匙扣。然后，
我问："是盖尔·克曼的案子吗？"

"你怎么会想到问这个问题呢？"他追问道。

我迟到了五分钟。

那是草莓春天。那天晚上，谁也不敢单独在既有学术氛围又有神秘色彩的校园里行走。又起雾了，空气中飘着浓郁的咸味，周围一片寂静。

从七点开始，我在宿舍里埋头苦干，我得完成一篇有关弥尔顿的文章。大约九点，我的室友一头闯了进来。"抓住了，"他说，"我在食堂听人说的。"

"听谁说的？"

"我不认识。有个家伙说，是她男朋友干的，他叫卡尔·阿马拉拉。"

我伸了个懒腰，感觉既轻松又失望。有作案动机，不承认也不行啊。情杀，致命，悲惨。

"很好，"我说，"太好了。"

他离开宿舍，迫不及待地去别的房间散布消息了。我把我写的关于弥尔顿的文章重新读了一遍，看不出自己究竟想表达什么。我把文章撕了，开始重写。

第二天，那个案子登报了。报上，阿马拉拉的照片——可能是高中毕业照——实在有些别扭。看照片，那是一个神情忧郁的男生，橄榄色的皮肤，黑眼睛，鼻子上有雀斑。那男孩还没有招供，然而证据对他不利。他和盖尔·克曼上个月经常吵架，而且，一星期前还分手了。阿马拉拉的室友说，打那以后，他一直郁郁寡欢。在他床下的箱子里，警方发现了一把七英寸的 L. L. 比恩猎刀和一张照片，很明显，照片上的姑娘被人用刀割断了喉咙。

在阿马拉拉的照片旁边，有一张盖尔·克曼的照片。照片不太清楚，上面有一条狗，一个草坪上的火烈鸟雕塑，一个戴眼镜的女孩，灰褐色的头发，嘴角上翘，眯着眼睛，笑得有些不自然。她一只手搭在狗狗头上。那个时候，这一切都是真的，必须是真的。

那天晚上，浓雾再次降临，不是像缓步而来的小猫①，而是像潜行的毒蛇。我在户外散步。我头疼，想出去呼吸点新鲜空气。早春时节，潮湿的雾气慢慢驱走了滞留的冰雪，毫无生气的草地失去了遮盖，仿佛唉声叹气的老奶奶的脑门。

对于我，那是我记忆中最美的夜晚之一。在街灯的光芒中，我碰到的那些人都是些窃窃私语的影子，他们似乎全都手拉着手，眼睛贴着眼睛，恋人一般。逐渐消融的冰雪一滴又一滴，汇聚成细流，阴暗的排水管道里回响着海浪的声音，冬季阴冷的海潮正在退去。

我一直溜达到午夜时分，那时，潮湿的空气让我几乎发霉了，在蜿蜒的小路上，我看见了无数的影子，听见了无数的脚步声，梦幻一般。谁能肯定，在那些影子中，没有那个叫弹簧脚杰克的人或是生物？我不知道，我确实看见了无数的影子，可是，在浓雾中，我发现，他们没有面孔。

第二天早上，我被走廊里的声音吵醒了。我跌跌撞撞往外跑，想看看又有谁被带走了。我一边跑，一边用手梳理着头发，并且赶走了钻进嘴里的一只小飞虫，那只毛茸茸的小虫趁我不备溜进了我干巴巴的口腔，妄图取代我的舌头。

"又死了一个。"一个同学对我说，他因为过于兴奋，脸色发白，"他们只能把他给放了。"

"把谁给放了？"

"阿马拉拉！"另一个同学兴奋地回答，"人被杀的时候，他还在牢里呢！"

"什么时候的事？"我耐着性子问。用不了多久，我肯定会知道答案的。我肯定。

---

① 出自美国诗人卡尔·桑德堡（1878—1967）的诗歌《雾》。

"昨天晚上，那个家伙又杀了一个人。现在警察正在全力搜查呢！"

"搜查什么？"

那个脸色发白的同学再一次跳到我面前，说："她的头。那个行凶的人把她的脑袋带走了。"

即使在今日，新沙伦也算不上一所大型学校，那个时候，规模更小——也就是那些公关人士客气地称之为"社区大学"的教学机构。说实话，它就如同一个社区，至少过去是这样。不仅你的朋友，校园里其他所有人你至少都略知一二。盖尔·克曼就属于那种面熟的人，不知怎的，你觉着，你过去经常在附近碰到她。

我们都认识安·布雷。她是去年新英格兰小姐大赛的亚军，她的才艺表演包括和着《嘿，看着我！》的节拍，手里旋转一根燃烧的棍子。她也非常聪明，遇害前，一直是校报（一星期出一次，主要内容是政治漫画和夸夸其谈的信件）的编辑、学生戏剧社的成员、国家服务联谊会新沙伦分部的主席。我上大一的时候，满脑子幻想，冲动之下给校报提交了一份专栏建议，并且请求与她约会，可是都遭到了拒绝。

现在，她死了……比死还可怕。

我去上下午的课，像其他人一样，跟熟悉的人点头致意，说声"你好"，声音比以往更响亮，仿佛这样可以弥补我近距离观察他们面孔的不礼貌行为。其实，他们也在研究我。在我们中间，存在着某种黑暗的东西，堪比蜿蜒穿过体育馆后面中庭茂密的百年老橡树林里的林荫小道和浓雾中那座内战时期的古炮台。我们互相观察对方的脸，努力读出隐藏在后面的黑暗。

这一次，警方没有拘捕任何人。十八、十九、二十，连续几日，在浓雾笼罩的夜晚，蓝色的警车在校园里不停地巡逻，探照灯刺眼的光芒急切地扑向各个黑暗的角落。校方颁布了九点宵禁的强制性命令。一对胆大妄为的小情侣晚间在泰特校友楼以北风景如画的小树林里忘我地接吻，结果，被扭送到新沙伦警察局，扣押了三小时后才获准离开。

二十号那天，发现盖尔·克曼尸体的那个停车场里躺着一个毫无知觉的男生，但后来证明是虚惊一场。学校的一个保安惊叫一声，连忙把他安置在巡逻车的后排座位上，在没有检查脉搏的情况下，把一张本县地图盖在他脸上，然后驱车去了本地的一家医院。一路上，刺耳的警笛仿佛报丧的女妖，在空无一人的校园里回荡。

还没到医院，后座上的那具死尸突然坐了起来，幽幽地问道："该死，这是什么地方？"保安尖叫一声，汽车驶向路边。后来得知，那具"死尸"是个学生，名叫唐纳德·莫里斯。前几天，他患上了很凶猛的流感——那一年，流感是从亚洲传过来的吗？我记不清了——在床上躺了两天。他准备去食堂喝一碗热汤，吃几片吐司，可不知怎的，路过停车场的时候，他昏倒了。

天气持续温暖多雾。人们拉帮结派，但很快，小团体以惊人的速度解散了，重新进行了组合。同样的嘴脸，看得久了，你脑海里会出现可笑的想法。谣言在校园里传播，其速度已经接近光速了。有人听见一个受人爱戴的历史学教授在小桥边又哭又笑；盖尔·克曼在动物科学楼停车场的沥青路上用自己的鲜血画了两个神秘的字符；两起谋杀案其实都和政治有关，是学生争取民主社会组织（SDS）的分支机构干的，他们想用这种仪式性杀戮对抗战争。这些谣传实在是可笑。新沙伦SDS有七名成员。一个中等规模的分部也能造成整个组织的火亡。学校的右翼分子——外部鼓动者——给这些谣言添加了一些更为恐怖的细节。因此，在那段诡异、温暖的日子里，我们大家全都瞪大眼睛，提防那些家伙。

媒体一贯反复无常，他们无视那个校园杀手和开膛手杰克之间巨大的相似性，开始深挖历史——一路追到一八一九年。安·布雷被人发现死在距离最近的人行道约十二英尺的泥泞小路上，可是，周围没有脚印，甚至连受害人的脚印也没有。一个敬业的新罕布什尔的新闻记者，出于对神秘案件的狂热，给那个凶手起了个绰号"弹簧脚杰克"。他的灵感来自布里斯托那个臭名昭著的约翰·霍金斯博士，那个恶魔用古怪的制药设备，先后害死了五任妻子。因为案发现场的地面虽然泥泞，凶手却没有留下任何痕迹，因此，在这个意义上说，那个名字倒挺贴切的。

二十一日，又下雨了，购物广场和方形橡树林成了沼泽。警方宣布，他们派出了便衣侦探——有男有女——在附近警戒；同时，他们撤回一半警车，回局里休整。

校报登了一篇社论，以示抗议。虽然社论前后的连贯性有所欠缺，但语气十分强硬。文章的要点是：校园里一下子多了那么些装扮成学生的探员，很难分清究竟哪一个才是真正的外部鼓动者。

暮色降临，雾霭随之而来，仿佛在沉思，慢慢地在林荫路上飘荡，一栋栋楼房相继被它吞噬。白雾又轻又柔，无边无际，可不知为何，令人感到紧张和恐惧。弹簧脚杰克是个男人，人们对此深信不疑，但是，浓雾是他的帮凶，是位女性……至少，在我看来是这样。好像我们的小校园就处在他俩之间，那对恋人疯狂地拥抱在一起，我们则被挤压在中间，婚姻因为鲜血而变得完美。夜越来越黑了，我坐在宿舍里，边抽烟，边看着路灯一盏盏亮起来，不知道凶杀案是否已经告一段落。我室友进来了，随手把门轻轻关上。

"要下雪了。"他说。

我转过身，对着他："天气预报说的？"

"不是。"他说，"根本不需要听天气预报。你难道没听说过草莓春天吗？"

"好像有点印象。"我说，"很久以前了。是家里老奶奶们常说的，对吗？"

他站在我身边，望着窗外越来越浓的夜色。

"草莓春天就像印第安之夏，"他说，"只是比那还要罕见。在我们这儿，每隔一两年就可以体验到那种美好的印第安之夏，而我们这些日子面对的天气，八到十年才会出现一次。不是真正的春天，是骗人的春天，同样，印第安之夏也不是真正的夏天。我奶奶过去常说，草莓春天的含义是，冬季最寒冷的北风还没有远去——持续得越久，暴风雪就越猛烈。"

"民间传说，"我说，"别太当真了。"我看着他，"可我有些紧张，你呢？"

他善意地笑笑，然后拿过我放在窗台上的那包烟，从里面抽出一根。"我猜，其他人会紧张，但你不会。"他说，此时，他脸上的笑容退去了一点，"有的时候，我猜不透你。想去俱乐部打台球吗？我要赢你十分。"

"下周要考三角函数，我要靠一支荧光笔和一堆笔记搞定它。"

他走了已经很久了，我仍旧呆呆地看着窗外。甚至当我翻开书开始复习的时候，我的一部分还滞留在那里，在被黑暗物质控制的阴影间漫步。

那天晚上，阿黛拉·帕金斯被杀了。六辆警车和十七名外表酷似大学生的便衣警察（其中八名女警是从波士顿借调来的）在校园巡逻。但是，弹簧脚杰克还是准确无误地瞄准了我们的一个同学，并将她杀害了。伪装的春天，虚假的春天，在这当中起到了唆使和推波助澜的作用——他杀了她，并把她留在她那辆一九六四年出厂的道奇车上。第二天早上，她被人发现背靠在驾驶座上，身体的一部分在后排座位上，还有一部分在后备厢里。汽车的前挡风玻璃上——这是事实，不是谣传——有两个血淋淋的大字：哈！哈！

凶案发生之后，校园里并没有出现轩然大波。在这之前，谁也不认识阿黛拉·帕金斯。她属于那种默默无闻、饱受折磨的女性，下午六点到晚上十一点在食堂打工，那是最累的时段，你面对的是一群群热爱汉堡的学生，他们在学习的间歇从图书馆绕道此处。在过去的三个雾夜里，相对来说，她比以前感觉轻松。因为宵禁令必须严格执行，九点之后，来食堂吃夜宵的只有饥肠辘辘的警察和开心的门房——空荡荡的大楼很大程度上改善了他们习惯性的暴脾气。

故事接近结尾了。警察跟我们大家一样，快要崩溃了。他们被逼到了绝境，没办法，只好逮捕了一个无辜的研究生，社会学专业的，同性恋，名叫汉森·格雷。他说，在那几个关键的夜晚，他"记不清"他去了哪里。他们对他提出指控，并且进行了审讯。可是，在草莓春天最后那个无法形容的夜晚，玛莎·柯兰在林荫大道上被杀了，因此，警方只好匆匆把他送回在新罕布什尔州的老家。

她为什么单独外出？没人知道。她是个忧伤、可爱的胖女人，跟另外三个姑娘合住在城里的一套公寓里。她跟弹簧脚杰克一样，默默地来，又默默地去了。她为什么来这儿？也许跟凶手杀人的原因一样复杂，难以控制，超出了常人能够理解的范畴。他们可能想和那个温暖的夜晚、那场温暖的浓雾、大海的味道以及冰冷的尖刀来一次绝望而激情的浪漫接触。

那是二十三号的夜晚。二十四号那天，校长宣布说，春假提前一星期开始，我们大家立刻散去，不是兴高采烈地，而是如惊弓之鸟一般。结果，校园顷刻间空了，出没的只有警察和一个黑影。

我的车在学校，我带了六个人，他们把行李匆忙塞进车里，我们就出发南下了。这不是一次愉快的旅行。尽管大家都明白，可是，弹簧脚杰克没准就在我们车上呢。

那天晚上，气温降了十五度，呼啸的北风席卷了整个新英格兰地区。开始是冻雨，后来，地面积了一英尺厚的雪。以往负责铲雪的那批笨蛋这会儿可栽了，累得要发心脏病了——突然，像变魔术一般，四月份到了。清风细雨，星光满天。

谁也说不清，为什么这叫作草莓春天。那是一段邪恶的日子，一段谎言满天的日子，每隔八到十年才有一次。弹簧脚杰克和雾霭一起消失了。六月初，同学们之间的对话已经变成了一系列书面抗议和大楼前的一次静坐，而那个时候，在那栋大楼里，一家知名的凝固汽油弹制造商正在进行面试。六月末，几乎所有人都刻意回避弹簧脚杰克这个话题，至少不在公开场合提起。我猜想，有很多人会在心底反复思考那件事，努力想在那个看似完美的疯狂之卵上找寻一条裂缝，以解释那一系列诡异的案件。

我就在那一年大学毕业了，第二年，我结了婚。我在当地一家出版社谋了一份不错的差使。一九七一年，我们的孩子出生了，现在，他已经到了上学的年纪。一个漂亮的孩子，充满了好奇心，眼睛像我，嘴巴像她。

后来，今天的报纸印出来了。

当然，我知道，它在这儿。昨天早上，我起床的时候，冰雪已经开始融化，一滴一滴流进排水沟，发出神秘的声音；最近的海滩离我家有九英里，风携带着海水的咸味从前门飘进来。我知道，它在。昨晚，我下班回家，路上起雾了，我只好打开汽车大灯。雾霭从田野和河流升起，笼罩在建筑物上，给街灯蒙上一圈童话般的光晕。我知道，草莓春天已经来到。

今天早上的报纸说，在内战旧炮台附近的新沙伦校区，一个女生死了。她昨晚被杀了，被人发现躺在融化的雪堤上。她不是……她的身体残缺不全。

我老婆很担心。她想知道我昨晚去了哪里。我不能跟她说，因为我不记得。我记得下班回家，记得打开车头灯，在美丽的浓雾中找寻道路，可我就记得这么多。

我一直想着那个浓雾缭绕的夜晚，那时，我头疼，走出家门，在外面漫步，呼吸新鲜空气，走过一切没有形状、没有实质的美丽黑影。而且，我一直想着我的后备厢——可恶的字眼，它也可以表示人的躯干——不知道我究竟为何不敢将它打开。

写到这里，我听见我老婆在隔壁房间里哭喊。她以为我昨晚和另一个女人在一起。

啊，上帝，我也这样想。

The Ledge
窗 台

"继续，"克雷西纳重复道，"看看包里有什么。"

我们此刻正在他位于四十三楼的顶层公寓里，地毯是焦橙色的，立体花纹，非常厚实。克雷西纳坐在一把欧洲巴斯克风格的躺椅上，对面摆放着一张真皮长沙发，上面没坐人。在这两件家具中间，有一个褐色的购物袋。

"如果是结算单的话，就不用看了。"我说，"我爱她。"

"是钱，不是结算单。快点，看看吧！"他正抽着一根土耳其香烟，烟嘴是玛瑙的。屋内的通风系统不错，我刚刚闻到的一丝淡淡的烟香瞬间就消散了。他身上穿着一件真丝睡袍，上面绣着一条龙。透过他的眼镜可以发现，他的目光镇定而充满智慧。单看他的外表，大概就能知道他是个什么样的人：上流社会，五百克拉，彻头彻尾的浑蛋！我爱他的夫人，她也爱我。我早就知道他会借故找碴，该来的终究会来，可我不知道他这是演的哪一出。

我走到购物袋前，打开袋子，成捆的钞票滚落在地毯上，都是面值二十美元的，我随便拿起一捆，数了数，有十张。口袋里还有好多捆。

"两万美元。"说着，他抽了一口烟。

我站起身，说："不少啊。"

"都归你。"

"我不需要。"

"我老婆和这钱是分不开的。"

我没有吭声。马西娅曾经提醒过我，让我有个思想准备。她说他就像一只猫，一只老奸巨猾、卑鄙无耻的公猫，他会想方设法把你变成一只老鼠。

"听说你是个网球高手，"他说，"恐怕，我之前还没见过真正的高手呢。"

"你的意思是，你雇的那些侦探没有给你带回任何照片吗？"

"当然有了，"他很随意地挥了挥烟嘴，"甚至还包括你俩在海湾汽车旅馆的录像。摄像头就藏在镜子后面。可是，照片毕竟只是照片，不一样的，对吗？"

"你爱怎么说就怎么说吧！"

马西娅说过，他会不断变换策略。他一贯如此，对手在他的威逼下，只能奋起抵抗。很快，他会诱导你误判他的目标，当你朝着那里冲锋时，他会从别的地方杀出来。"斯坦，尽量少说话。记住，我爱你。"

"我邀请你上来，因为我觉得，我们两个男人应该面对面谈一下，诺里斯先生。一次愉快的交谈，在两个文明的绅士之间，其中一个偷了另一个的老婆。"

我本想应答，可想想还是决定不理他。

"你喜欢圣昆丁①吗？"克雷西纳一边悠然地吐着烟圈，一边问。

"不是特别喜欢。"

"你好像在那里待了三年。如果我没说错的话，你曾被指控入室盗窃。"

"这些马西娅都知道。"话音刚落，我立刻后悔了，不应该搭理他的。我落入了他的圈套，马西娅警告过我。轻轻地吊球，等待他的反击。

"我冒昧地把你的车挪了个地方。"他说着，将目光转向房间尽头的窗户。其实，那根本不能算是真正意义上的窗户：整面墙都是玻璃的。在那面玻璃墙的中央有一个推拉门。门外是个巴掌大的阳台。阳台外面是万丈深渊。那个门很怪异，我可不能碰它。

"这是一栋非常漂亮的建筑，"克雷西纳说，"很安全。闭路电视之类的设施一应俱全。当我知道你进入大厅的时候，我打了个电话。我的一名雇员接通点火装置，启动了你的车，把它从这里的停车场移到了几个街区之外的公共停车场。"他瞥了一眼挂在长沙发上方墙壁上的那个颇具现代主义风格的太阳形钟表。时间是八点零五分。"八点二十分的时候，还是那个雇员，他会在公共电话亭打电话报警，跟你的车有关。最迟八点半，法律的奴仆们会在你后备厢的备胎里找到超过六盎司的海洛因。他们会急切地想找到你，诺里斯先生。"

他给我设了一个套。我一直设法掩护自己，可是，最后我发现，我在他面前简直不堪一击。

"这些事情会一个接着一个发生，除非我打电话给我的雇员，让他忘掉打电话这码事。"

"我唯一能帮你的就是说出马西娅在什么地方。"我说，"没法成交，

---

① 一所位于美国加利福尼亚州的监狱。

克雷西纳先生，因为我也不知道。我们这样做也是你逼的。"

"我的人正在跟踪她。"

"恐怕不对吧。我们在机场已经把他们甩掉了。"

克雷西纳叹了口气，把烟嘴卸下，然后随手把还没有完全熄灭的烟头丢进一个带滑盖的镀锌烟缸里。波澜不惊，泰然自若。抽过的香烟和斯坦·诺里斯得到了相同的待遇。

"实际上，"他说，"你说的没错。消失在女厕所，老套的把戏。我的那些探子非常恼怒，他们没想到自己会在一个毫无新意的伎俩面前栽跟头。也许，这种把戏太古老了，根本不在他们的考虑范围之内。"

我没有搭腔。马西娅在机场甩掉那些探子之后，搭乘机场巴士回到市里，然后去了汽车站。这一切都在计划之中。她身上有两百美元，这是我全部的存款。有了这两百美元，灰狗可以把她带到国内任何一个地方。

"你总是这样寡言少语吗？"克雷西纳问道。此时，从他的语气判断，他真的很想知道答案。

"马西娅建议我这样。"

他的声音变得有点严厉："这么说，如果警察把你请去的话，你还是准备坚持自己的权利了？等你下次再见到我老婆，她已经是一个坐在摇椅上的老婆婆了。你有没有想过呢？告诉你，私藏六盎司海洛因，要判四十年监禁。"

"即使这样，你也别想把马西娅找回来。"

他淡淡一笑，说："这才是关键，不是吗？要我跟你把整件事情捋捋清楚吗？你和我老婆相爱了。你们发生了——如果你不介意我的措辞，在肮脏的汽车旅馆——一连串的一夜情。我老婆离开了我。不管怎样，我逮到了你。你现在进了——应该说——一个死胡同。我的总结还算完整吧？"

"我明白她为什么厌倦你了。"我说。

让人惊讶的是，他仰了仰头，哈哈大笑着说："我发现，我很喜欢你，诺里斯先生。虽然你低俗,是个小气鬼,可你似乎很有勇气。马西娅说你勇敢,我还有些不相信。她对别人的性格判断不太准确。但是,你的确富有⋯⋯热情。我就是根据这一点来设计这一切的。毫无疑问,马西娅告诉过你,我喜欢打赌。"

"没错。"此时,我明白落地窗中间那扇小门为何看着这么别扭了。现在是隆冬季节,谁也不想在四十三楼的阳台上喝茶看景。阳台上的家具已经搬走了,门上的纱窗也卸掉了。可是,克雷西纳为什么要这么做呢?

"我不是很喜欢我老婆,"克雷西纳说着,把另外一根烟仔细地装在烟嘴上,"这不是什么秘密。我相信,她也告诉你了。我相信,一个有你这种⋯⋯经历的男人应该明白,通常,一个感觉满足的女人不会和本地网球俱乐部的职业教练扔下球拍就上床。马西娅这个女人,娇柔,脸上长斑,假正经,喜欢找人倾诉,爱哭,爱编故事,是个⋯⋯"

"说够了吧。"我说。

他冷冷一笑,说:"你说什么?啊,我忘了,我谈论的女人是你最亲爱的。现在是八点十六分,你紧张吗?"

我耸耸肩。

"死扛到底?"他把烟点上,"你可能好奇,既然我不喜欢马西娅,那我为什么不干脆给她自由⋯⋯"

"不,我不好奇。"

他冲我皱起眉头。

"你是个浑蛋,自私,贪婪,总是以自己为中心。这就是原因。你不能忍受别人抢你的东西,即使你不要了。"

他脸红了,但随后又哈哈大笑起来。他说:"一个条件,诺里斯先生,很好。"

我再次耸耸肩。

"我跟你赌一把。如果你赢了,你可以离开,带着钱,带着女人,带着自由。相反，如果你输了，你就没命了。"

我实在忍不住，扭头看了一眼钟表，八点十九分。

"好吧。"我说。还有什么？至少可以换来时间。有了时间，我可以想出反败为胜的方法，有钱没钱无所谓。

克雷西纳拿起身边的电话听筒，随手拨了个号码。

"托尼吗？执行第二个计划。对。"他挂断了电话。

"第二个计划是什么？"我问。

"我打电话让托尼在十五分钟后回来，他将把那些令人不愉快的东西从你的后备厢里……转移走，并且把车开回来。如果我不打电话，他将按计划报警。"

"你不是个说话算数的人，对吗？"

"理智点，诺里斯先生。我们中间的这个口袋里有两万美元。在这个城市，杀个人，两美元就够了。"

"赌什么？"

他装出一副痛苦的模样："诺里斯先生，赌注，赌注。贵人出条件，贱民押注。"

"随你怎么说。"

"好。你打量过我的阳台，我注意到了。"

"门上的纱窗被卸掉了。"

"没错。今天下午才卸掉的。我的提议是：你沿着大楼顶层公寓外面突出的部分走一圈。如果你能成功地绕着大楼转一圈，那你就赢了。"

"你疯了。"

"完全相反。我在这套公寓里住了十二年，这期间，我曾经向六个人提出过打赌的建议。六人中，有三个像你一样，是职业运动员。一个是臭名昭著的四分卫，知名度靠的不是传球战术，而是电视广告；另一个是棒球运动员；还有一个是很有名气的职业赛马骑师，虽说年薪高得吓人，

228

可他每年得支付高昂的赡养费。另外三人，相比之下，都是普通的市民，职业各异，但有两点相同之处：一是需要钱，二是需要肉体的愉悦。"他若有所思地吸了一口烟，接着往下说，"没想到，五个人拒绝了我。只有一次，对方接受了，条件是，为我工作六个月，换取两万美元的报酬。我猜，那个家伙站在阳台边往下看了一眼，差点昏死过去。"克雷西纳脸上露出既得意又蔑视的神情，"他说，下面的一切看上去都那么小，他受不了那种刺激。"

"你怎么会想到……"

他不耐烦地挥挥手，打断我的话："诺里斯先生，别记恨我。我想，你没有其他选择，你只能照我说的办。如果不同意我的赌注，你就得在圣昆丁待上四十年。口袋里的钱和我老婆只是附加的好处，以表示我的善良和好意。"

"我怎么知道你不会使诈？假如我答应了，你却已经吩咐托尼去报警了，怎么办？"

他叹了口气，说："诺里斯先生，你是个典型的偏执狂。我不爱我老婆，如果把她留在我身边，这对我的自尊心没有任何好处。对我来说，两万美元根本不算什么。我每星期付给警察的是这些的四倍。但是，至于打赌……"他的眼睛放出光芒，"不完全是钱的问题。"

我在心里盘算着，他走开了。我猜想，他也明白，他真正在乎的是名声。我今年三十六岁，是个老网球教练。俱乐部一直在考虑打发我走，只不过碍于马西娅给他们施加的小小压力才没付诸行动。打网球是我唯一能干的行当，除了这个，哪怕找个门房的活，也不容易——尤其是我还有前科。虽说这样的事情很常见，可雇主不这么想。

可笑的是，我是真爱马西娅·克雷西纳。刚上了两节九点开始的网球课，我就爱上她了，而且，她也同样爱上了我。可以说，这是斯坦·诺里斯的福气。当了三十六年快乐的单身汉，仿佛山崩地裂，我竟然义无反顾地爱上了别人的老婆，而且那个男人还是某个组织的大头目。

那只老公猫坐在一边，嘴里抽着土耳其进口香烟。显然，这一切他都知道。其他的事情，他也知道。我不敢保证，假如我接受他的条件，而且赢了，他是否会放我进来。可有一样，我很肯定，那就是，假如我不接受，那么，十点一过，我就会被警察带走。下次被放出来，可能这个世纪已经结束了。

"我想知道一件事。"我说。

"诺里斯先生，有什么问题尽管问。"

"看着我的眼睛，坦白告诉我，你究竟会不会使诈？"

他面对着我。"诺里斯先生，"他轻声说，"我从不使诈。"

"很好。"我说。还能有其他选择吗？

他满脸放光，站起身来："太好了！实在是太好了！诺里斯先生，跟我到门口来。"

我们一起走了过去。

"窗台五英寸宽，"他有些出神，"我亲自量过。实际上，我在上面站过，当然，我用手扶着阳台。这样，你弯下腰，从铁栏杆上面翻出去，阳台大概有你胸脯这么高。可是，当然，外面没有扶手。你得小心慢行，非常非常小心，千万不能失去平衡。"

我盯着窗外的一个东西……那个东西让我的血压下降了好几度。是一个风压计。克雷西纳的公寓邻近一片湖，而且，这栋楼非常高，附近没有其他高楼做它的防风墙。外面，风很冷，像尖刀。风压计上的指针稳定在十，可是，有风吹来的时候，指针肯定会跃至差不多二十五，好几秒钟之后才能回到原来的位置。

"啊，我明白了，你注意到了那个风压计。"克雷西纳快活地说，"实际上，另一侧风更大。不管怎么说，今天晚上风平浪静。我曾留意过，有的时候，风速高达八十五……连大楼似乎都在摇晃，好像在船上，好像在桅杆瞭望台上。今天这种天气，在这个季节，已经算相当不错了。"

说罢，他伸出手，指着左边的一栋摩天大楼。我抬眼一看，银行楼顶有一串发亮的数字：四十四华氏度。可是，加上风的作用，户外的温度应该在华氏二十五度左右。

"你这儿有外套吗？"我问。我身上只穿了一件很薄的夹克。

"真可惜，没有。"银行楼顶的数字转换成了时间，八点三十二分，"诺里斯先生，我想你最好马上开始，这样，我就可以打电话给托尼，让他执行第三套方案。托尼是个好小伙，可有些冲动。你明白的。"

我明白，没错。我他妈的太明白了。

然而，一想到可以跟马西娅在一起，可以摆脱克雷西纳的魔爪，可以带着那些钱开始另一种生活，我一下子把玻璃拉门推开，走到阳台上。外面寒冷，潮湿，风把头发吹进了眼睛。

"晚安！"克雷西纳的声音从我身后传来，我没顾得上回头。我走近栏杆，但没朝下面看。不看。我开始做深呼吸。

其实，这根本不是真正意义上的深呼吸，而是某种形式的自我催眠。随着呼吸，你把杂念抛至脑后，一心只想着前面的比赛。第一次呼吸，我把那笔钱赶出脑海；第二次呼吸，赶走的是克雷西纳。马西娅比较费时间——她的脸不断出现在我眼前，她告诉我不要犯傻，不要跟他玩这个冒险游戏，克雷西纳也许没有使诈，可他从来不做亏本买卖。我没有听她的劝，我没有其他选择。假如我输了，我就不用去买啤酒、啃肋排了。相反，我将成为一堆血淋淋的皮肉，散落在迪克曼大街上。

我想，我决定了。这时，我低头向下望去。

大楼仿佛一面光溜溜的白垩崖壁，矗立在下面的街道上。停车场里的汽车看上去只有火柴盒大小，那种小汽车模型在任何一家廉价商店都可以买到。行驶在大楼周围的车辆就是一个个光斑。如果你掉下去，肯定会有足够的时间让你明白正在发生的事情，你可以看见被风鼓起的衣服，大地在召唤你，你下降的速度越来越快。你甚至有时间发出一声长长的喊叫。当你的身体触及人行道的时候，那声音应该像熟透了的西瓜。

我能明白那个家伙为何临阵脱逃。可是，他面临的只有六个月的监禁。我可是四十年啊，漫长、灰暗、没有马西娅的四十年啊！

我打量着窗台。这么窄，五英寸怎么感觉只有两英寸呢？这栋大楼还比较新，至少，窗台不会因我的重量而崩塌。

我希望如此。

我翻过栏杆，小心翼翼地让自己在窗台上站稳。我落下的时候，脚跟悬在外面。阳台的护栏齐胸高，我透过装饰用的铁栏杆，往克雷西纳的房间里看去。他站在门里面，抽着烟，看着我，那副模样，仿佛科学家正在观察面前的小白鼠，看看刚注射进它体内的药物会导致何种反应。

"打电话。"我手抓着栏杆，对他说。

"你说什么？"

"打电话给托尼。你不打，我就不往前走。"

他转身走进客厅——那儿看上去温暖、安全、舒适——拿起电话。说实话，这是个毫无价值的举动。外面北风呼呼地吹，我根本听不见他在说些什么。他放下电话，回到门口："诺里斯先生，都办妥了。"

"最好如此。"

"再见，诺里斯先生。等我……再见你，大概……"

是时候行动了。该说的都说了。我允许自己最后再想念一下马西娅，她那淡褐色的头发、灰色的大眼睛和美丽的身体，然后把她赶出脑海。此外，刚才是我第一次也是最后一次往下面看。在这么高的地方往下看，很容易吓得浑身瘫软、手足无措，然后，身体失去平衡，或者昏厥过去。现在，就做一只井底之蛙吧，除了自己的左脚、右脚，什么都不能想。

我手扶着阳台的栏杆，开始向右边挪动。没走几步，我就发现，我得调动打网球时会用到的脚踝部位的所有肌肉。我的脚后跟悬在窗台外面，

232

因此，肌腱必须承受我全部的体重。

我走到了阳台的尽头。一时间，我感觉自己不可能把手松开，毕竟栏杆是我安全的保障。我强迫自己松开手。五英寸，该死的，很宽裕。我告诉自己，假如窗台距离地面不是四百英尺，而是一英尺，那么，绕着大楼走一圈，四分钟就可以轻松搞定。好吧，就当只有一英尺吧！

没错，万一从距离地面一英尺高的窗台上掉下去，你可以说，这次不算，重新再来。可是，在这个高度，你只有一次机会。

右脚慢慢向前滑动，然后左脚跟上。我放开铁栏杆，举起双臂，把两只手掌贴在大楼粗糙的外墙上。我抚摸着石壁，我很可能亲吻过它。

一阵风袭来，上衣的领子遮住了我的脸，身体随之摇晃了一下。我的心一下子提到了嗓子眼，等到风平息下来，我才恢复正常。如果风再大一些，我会被卷走，径直跌入黑漆漆的夜空。等转到大楼的另一面，风会比这边更大。

我把头转向左边，脸颊紧紧贴住外墙。克雷西纳将身体探出阳台，看着我。

"很享受吧？"他殷勤地说。

他身上穿着一件棕色的驼毛外套。

"你不是说没有厚衣服吗？"我说。

"我撒谎了，"他平静地说，"很多事情，我都没有说实话。"

"你说这话是什么意思？"

"没什么……没什么。也许，它的确有所指呢。一个小小的心理战，嗯，诺里斯先生？我想提醒你，不要长时间停留，否则，脚踝会疲劳，万一你站立不稳……"他从口袋里拿出一只苹果，咬了一口，然后扔出窗外。很久都没有传来苹果落地的声响。后来，扑哧！声音很低，让人害怕得想吐。克雷西纳嗤嗤地笑了。

他分散了我的注意力，我感觉到，恐惧正在用它钢铁般的牙齿啃咬着我的意志。恐惧仿佛洪水猛兽，向我猛扑过来，妄想把我消灭。我转过头，深呼吸，把它赶走。我看了一眼银行楼顶的时间，八点四十六分，时间不等人啊！

当那一组发光的数字变成八点四十九分的时候，我已经重新镇定下来。我猜想，克雷西纳肯定以为我被冻僵了。当我再次向大楼的转角移动的时候，我听见了一阵幸灾乐祸的掌声。

我开始感觉寒冷。湖泊加强了风的力量，冷意和湿气直往骨头里钻。当我慢慢移动的时候，身上那件薄薄的上衣被风吹得在身后鼓胀起来。尽管很冷，我还是慢慢向前移动。如果想要成功，必须慢慢地走，小心翼翼地走。如果快了，肯定会栽跟头。

当我到达转角的时候，时间是八点五十二分。应该问题不大——窗台顺着大楼的外墙自然转过去，形成了一个直角——可是，我的右手告诉我，此处有侧风。如果我身体倚靠的方向有误，风会将我送上长长的速降滑道。

我等着风停下来，可过了很久，风也没有减弱的迹象。可以说，它变成了克雷西纳的帮凶。它那万恶的手掌啪啪地拍打着我的身体，无形的手指在我身上到处抓、挠、戳。最后，一阵异常强劲的大风刮过来，我的脚趾开始动摇。我知道，我可以永远等下去，而且，风永远不会完全平息。

因此，当风稍微小了一点的时候，我把右脚甩过去，双手紧紧抓着两面墙，然后将身体转过去。侧风刮得我左右摇晃，站立不稳。有一瞬间，我很难过，觉得克雷西纳已经赢了。接着，我继续向前，让自己的身体紧贴住外墙，一口气慢慢地从干渴的喉咙里释放出来。

就在这时，一颗树莓贴着我的耳朵飞了过去。

我大吃一惊，差一点失去平衡。我的手脱离了墙壁，在空中上下舞动，拼命保持平衡。我想，万一那些东西击中了大楼的外墙，我肯定玩完了。但是，经过了像是永恒的瞬间，万有引力非但没有将我送到四十三层下面的人行道上，反而让我的双手重新回到了原来的位置。

我呼哧呼哧地喘着粗气，双腿似橡胶，软软的，脚踝处的肌腱如同高压线，嗡嗡直响。我从未感觉如此脆弱。那个手拿镰刀的人距离我非常近，我一抬头就可以看见他。

我扭过脖子朝上看，头顶上方四英尺的地方，克雷西纳从卧室的窗户探出身，他笑嘻嘻的，右手拿着一个新年前夜狂欢时用的卷笛。

"我想帮你站稳脚跟。"他说。

我不想跟他浪费口舌。再说，我连嘶哑着嗓子说话都做不到。我的心在胸腔里疯狂地撞击。我赶紧往一边挪了五六步，省得他无聊，趁机伸手推我一把。我停住脚步，闭上眼睛，再次做深呼吸，直到我可以继续向前。

此时，我已经到达大楼的侧面。我的右边是这座城市最高的几幢楼。我的左边是黑黢黢的湖泊，湖面上闪烁着几束针一样细的光。风声时而高亢，时而低沉。

在第二个转角处，侧风不像刚才那么狡猾。我顺利地越过了墙角。可没想到，我被咬了。

我呼吸困难，肌肉痉挛，身体重心的改变差一点要了我的小命。我紧紧贴住墙壁，又被咬了一下。不对……不是被咬了，而是被啄了。我低下头。

窗台上有一只鸽子，明亮、怨恨的眼睛盯着我。

在城里，人们对鸽子已经习以为常，它们就像拿了顾客十美元而不愿意找零的出租司机一样，随处可见。它们不愿意飞翔，不情愿地让出地面上的空间，仿佛它们有权占据人行道似的。你经常在你汽车的引擎盖上发现它们的名片，可你并不在意。它们偶尔可能会比较烦人，但它们是我们的世界里的闯入者。

这一次，我闯入了它的领地，我落入了困境，它好像知道。它又一次啄了一下我疲惫的右脚踝，疼痛像一支利剑，嗖的一下直扑我的大腿。

"走开。"我冲它咆哮，"滚一边去！"

鸽子并不理会，继续啄我。显然，它以为这是它的家，我硬闯进来了。窗台的这个地方满是鸟粪，有新鲜的，也有陈旧的。

头顶传来低低的咕咕声。

我尽力把脖子朝后扭，然后仰起头。一只大鸟冲了过来，我差一点后退。假如我向后退一步，我将是这座城市里第一个牺牲在鸽子嘴下的人。原来，这个家伙是鸽子妈妈，她的职责是保护屋檐下的一窝小雏鸟。谢天谢地，幸亏它距离我比较远，否则，我的脑袋可就惨了。

那只公鸽子——母鸽子的夫婿——又啄了我一口，我流血了。我能感觉到。我开始慢慢移动，希望能把它们赶离此处。做梦！鸽子根本不害怕我，城里的鸽子都不怕人。如果一辆行驶中的小货车仅仅可以让它们加快脚步，那么，一个囚禁在高高的窗台上的人对它们根本构不成任何威胁。

我往前挪，鸽子向后退，明亮的眼睛不曾离开我的脸庞，除非是在低头进攻我脚踝的时候。此刻，疼痛持续加剧，它开始啄我的肉了……我的感觉告诉我，它正在吃我的肉。

我抬起右脚，踢了它一下。当然，这一脚没有力量，这已经是我的极限了。鸽子扑打着翅膀，又开始进攻。至于我，差点跌落下去。

鸽子没完没了地啄着。一阵凉风吹来，我又险些失去平衡。我用手指抠住平坦的外墙，将左脸颊贴在上面，呼哧呼哧地喘着粗气。

即使给克雷西纳十年时间，他也不可能预见到这个突如其来的帮凶。假如鸽子只啄我一口，那算不了什么。再啄两三口，我也能承受。可是，在我到达克雷西纳对门邻居家的阳台栏杆前，那个天杀的家伙起码啄了我不下六十次。

站在那家阳台的外面，感觉像是到了天堂的大门口。我双手抓着冰冷的铁栏杆，双臂自然弯曲，舒服极了。我就这样站着，仿佛我的手再也不愿意松开了。

它又来了。

鸽子明亮的眼睛得意地看着我，对于我的无能和它自身的强大充满信心。这让我想起了克雷西纳，刚才在大楼的对面，他带着我走上阳台，脸上的表情就是如此。

我双手更加坚定地握着铁栏杆，同时，飞起一只脚，用力朝鸽子踢去，正中目标。它大叫一声，扑腾着翅膀，腾空飞起。它的叫声让我感觉十分满足。不一会儿，几根羽毛，灰色的鸽毛，有的落在窗台上，有的则来回飘荡着，慢慢消失在无底的黑暗之中。

我张大嘴巴，使劲喘了几口气，然后，纵身一跃，翻上阳台，跌倒在地上。尽管气温很低，可我浑身上下都在冒汗。我不知道自己在那里躺了多久才恢复了体力。从此处看不见银行的大楼，而且，我也没戴表。

趁着浑身的肌肉还没有僵硬，我坐了起来，战战兢兢地把袜筒向下拉。右脚踝被啄破了，仍然在出血，但伤口看上去并不深。尽管如此，如果不想因此留下后患，最好还是处理一下，谁知道鸽子身上携带着什么细菌呢？我考虑用布把伤口包起来，可转念一想，不行，万一因此而绊倒怎么办？等一下会有足够的时间处理伤口的，我可以买两万美元的纱布。

我站起身，满怀憧憬地望着眼前这套屋顶公寓。空荡荡的，没人住。门外有一扇结实的防风窗。或许，我能设法进去，可这样做，违反了游戏规则。到时候，输掉的可不单单是金钱。

不能再耽搁了，我翻过护栏，回到窗台上。那只鸽子不想再多失去几根羽毛，此时，它正站在它配偶的窝下面，那个地方，鸟粪聚积得最多，它恶狠狠地打量着我。但是，我想，它不会再纠缠我了，尤其是当它发现我准备离开这里了。

离开很难——比离开克雷西纳家阳台的时候还要艰难。理智告诉我，我没有别的选择，可是，我的身体，尤其是我的脚踝，发出了抗议，离开这么一个安全的港湾实在是一种愚蠢的决定。我还是决定离开，黑暗中，马西娅的笑容是我最大的动力。

大楼的第二个短边到了，我成功地拐过转角，开始沿着长边向前移动。越来越近了，我几乎控制不住自己，想快一些完成这一切。可是，如果加快速度，我必死无疑。因此，我强迫自己慢一点，再慢一点。

在最后一个转角处，侧风差点要了我的命。这一次，不是因为技术，而是我运气好，我又成功了。我倚靠着大楼，稍事休息，让自己的呼吸恢复正常。我第一次意识到，我快要大功告成了，我要赢了。我的手感觉像冷冻牛排，脚脖子火辣辣地疼（尤其是被啄伤的右脚），汗水不住地往眼睛里流，但我坚信，我一定会成功。长边走了一半的时候，克雷西纳公寓阳台里温暖的黄色光线进入了我的视线。在尽头，我看见银行大楼的标识在闪烁，就像欢迎我归来的旗帜。十点四十八分，可我却感到在这宽度不足五英寸的窗台上，我耗尽了毕生的时光。

如果克雷西纳胆敢使诈，愿上帝保佑他。加快步速的冲动已经过去，我停了下来。我用右手抓住阳台的熟铁护栏的时候，时间显示为十一点零九分，几乎在同一时刻，左手也上来了。我重心上移，翻过阳台，谢天谢地，我落地了……突然，点四五手枪冰凉的枪口抵住了我的太阳穴。

我抬起头，站在我面前的是一个打手，奇丑无比，就连大本钟看见他都会吓得停止工作。他冲我咧嘴一笑。

"太棒了，"屋里传来克雷西纳的声音，"为你喝彩，诺里斯先生！"接着，他真的拍起了巴掌："托尼，把他带进来！"

托尼一把把我从地上拽起来，我的脚踝非常疲惫，经不住他的拉扯，险些站立不稳。走进屋子，我累得靠在阳台门上。

克雷西纳站在客厅的壁炉旁，手里端着一个鱼缸大小的高脚酒杯，小口小口地喝着白兰地。钱被重新装进购物袋里，袋子还在焦橙色地毯的中央放着。

我从房间另一侧的一面小镜子里瞥见了自己此时的模样。头发乱蓬蓬的，除了脸颊上两块明显的污渍，脸色苍白，眼睛看上去有些疯狂。

我只来得及看了一眼，因为，刹那间，我的身体飞过了房间，击中了那把巴斯克椅子，然后重重地倒在上面。椅子翻了，我被压在下面，气喘吁吁。

我挣扎着坐了起来，费力地骂道："你这不守信用的小人！你早就设计好了。"

"没错，"克雷西纳说着，小心翼翼地把白兰地酒杯放在壁炉架上，"可我不是一个不守信用的小人，诺里斯先生。的确不是。我只是一个不幸的输家。托尼来这儿的目的只是确保你不会胡来……冲动是魔鬼。"他用手摸着下巴，咮咮地笑着。他看上去可不像是个不幸的输家，更像满嘴金丝雀羽毛的猫。我站起身，突然感到比在阳台外面的时候还要害怕。

"条件是你定的，"我慢慢地说，"不管怎样，一切都是你定的。"

"不客气。你车里的海洛因已经拿走了，车也已经回到了停车场。钱就在那边，你可以拿着钱走了。"

"很好。"我说。

托尼站在通往阳台的玻璃拉门前，怎么看都像是万圣节狂欢的余孽。他手里握着那把点四五口径的手枪。我走到购物袋前，弯腰从地上把它拿起来，然后迈着紧张的步子朝大门走去。我有足够的思想准备，等着托尼朝我开枪。可是，当我把门拉开的时候，刚才准备攻克最后一个拐角时脑子里闪现的念头再次出现：我一定会成功。

克雷西纳懒洋洋的、得意的声音让我停下了脚步。

"你不会真的以为那个女厕所的老套把戏把所有人都给蒙住了吧？"

我怀抱着购物袋，慢慢转过身，问："你什么意思？"

"我告诉过你，我从不使诈，我永远不会使诈。诺里斯先生，你赢了三样东西。钱、自由、我老婆。前两样已经归你了，至于我老婆，你到县停尸房去认领吧！"

他的话如晴天霹雳，我僵住了，瞪眼看着他。

"其实你并不相信我会放她走的，对吗？"他假惺惺地说，"啊，不。钱，有了；自由，也有了。可是，没有马西娅。尽管如此，我没有使诈。你把她埋葬之后……"

我待在原地，没有向他发起进攻。还没到时候。你等着！我朝托尼走去，他显然没有防备，有点蒙。克雷西纳不耐烦地对他说："开枪，快！"

我扔出手中的袋子，刚好砸中他握枪的那只手，他摇晃了一下。我的手臂和手腕还没有用上呢，那才是网球运动员最具杀伤力的武器。子弹钻进了焦橙色的地毯，我将他拿下了。

他的脸是他身上最讨人厌的地方。我把枪从他手里夺了过来，用枪筒狠狠地砸在他的鼻梁上。他痛苦地哼了一声，倒在地上，那模样真像兰道·哈顿。

克雷西纳差一点就跑出去了，我开了一枪，子弹从他肩上飞过："站住，否则你就没命了。"

他想了想，站住了。当他转过身来的时候，他那傲慢无比、不可一世的神情开始消退。当他看到托尼倒在地上，鲜血从嘴里流淌出来的时候，他彻底垮了。

"她没死。"他连忙说，"我得留一手，不是吗？"他讨好地咧了咧嘴，那表情真让人恶心。

"我是个傻瓜，可我还没有傻到家。"我说。我的声音听起来毫无生气。为什么会这样呢？马西娅是我的生命，可这家伙却把她害死了。

克雷西纳伸出一根手指，颤颤巍巍地指着散落在托尼脚下的那些钱。"那个，"他说，"只是小钱。我可以给你十万，或者，五十万，要不，一百万，我在瑞士银行的钱都给你，行吗？你想怎……"

"我要和你赌一局。"我不紧不慢地说。

他的目光从枪口转向我的脸："赌……"

"赌一局。"我重复道，"无须赌资。就是一个很简单的老游戏。我赌你不敢沿着大楼外面突出的部分走一圈。"

他的脸唰的一下白了。有一瞬间，我感到他快要昏倒了。"你……"他的声音含混不清。

"这些是奖金。"我的声音依旧缺乏生气，"如果你成功了，我就放你走。如何？"

"不行。"他低声说，眼睛瞪得大大的。

"好吧。"说着，我打开手枪的保险。

"不！"他一边说，一边摆着手，"不！不要！我……好吧。"他舔了舔嘴唇。

我用枪示意他跟我走，我们来到阳台上。"你在发抖，"我对他说，"这可对你不利。"

"两百万。"他说，他声音嘶哑，他要哭了，"两百万没有任何记号的现钞。"

"不行，"我说，"一千万也不行。你想想，如果你成功了，你就自由了。我说话算话。"

一分钟后，他站在外面的窗台上。他个头没有我高，因此，在阳台边上，你只能看见他的眼睛，瞪得大大的，满含哀求。他双手紧紧抓着护栏，指关节突出，仿佛被囚禁在牢房里。

"求你了。"他低声说，"我什么条件都答应你。"

"别浪费时间了，"我说，"快点开始吧！"

可是，他就是不肯往前移动，我只好用枪口顶住他的额头。他呻吟着往右边挪动。我抬头看了看银行大楼上的钟，十一点二十九分。

我想，他根本不可能走到第一个拐角处。他不情愿地往前挪动，他动作笨拙，重心不稳，睡衣被风吹起，在夜空中飘动。

差不多四十分钟前，也就是十二点零一分的时候，他消失在转角处，看不见了。我竖起耳朵仔细听，想听到他遭遇侧风坠落下去时发出的越来越小的叫喊声，可没听到。也许，风停了。我记得，当我在外面的时候，我曾经想过，可能连风都跟他是一伙的。也许，他就是运气好。也许，他此时正在对面公寓的阳台上，抖成一团，不敢继续往前走了。

但是，他可能知道，如果我破门而入，发现他在那里的话，我会当他是条狗，毫不犹豫地朝他开枪。说到大楼的那一边，我想起来了，那只鸽子，不知他是否喜欢。

是喊叫声吗？我不知道。可能是风声吧。是什么不重要。银行大楼顶上的钟显示的时间是十二点四十四分。很快，我就要强行进入对面的公寓，检查阳台，可是，眼下，我坐在克雷西纳的阳台上，手里握着托尼那把枪。

克雷西纳说过，他从不赖赌账。

可是，我就不一定了。

The Lawnmower Man
割草工

　　早些年，哈罗德·帕凯特一直为他的草坪感到骄傲。他有一台大型的
"草坪男孩"割草机，银色的。每次剪草，他都花五美元，请住在街尾
的那个男孩帮他推车。在那些日子里，哈罗德·帕凯特是波士顿红袜队
的粉丝，喜欢收听广播里所有与之相关的比赛和报道。每逢此时，他手
里握着一罐啤酒，心里揣着一个信念——上帝住在天堂，世间一切正常，
包括他的草坪。可是，去年十月中旬，命运跟他开了一个可恶的玩笑。
当那个男孩即将完成这个季节最后一次剪草任务时，卡斯顿迈耶家的狗
突然去追赶史密斯家的猫，结果，小猫一头钻进了割草机。

　　那时，哈罗德的女儿正在喝酷爱牌的樱桃口味的饮料，眼前发生
的一幕让她把刚喝下肚的半品脱液体一下子都给吐了出来，身上的新

衣服也被弄脏了。这件事之后，他的夫人连续一星期噩梦连连。虽然她到现场的时候，惨案已经发生，可她还是目睹了哈罗德和那个男孩清洗刀片的全过程。他们的女儿和史密斯夫人流着眼泪站在一边，不过，那个时候，艾丽西亚已经把脏衣服脱了，换上了一条蓝色牛仔裤和一件毛衣——太小了，穿在身上实在不好看。她非常非常喜欢那个修剪草坪的男孩。

哈罗德每天躺在床上，听着身边夫人的呻吟和梦呓，一星期之后，他决定将那台割草机处理掉。他心想，他并不是非得留着这个东西。他今年雇了一个帮手，明年他同样可以雇一个，外加租一台机器。也许，这样一来，卡拉的噩梦会就此终止，他们也可以恢复正常的夫妻生活。

就这样，他把那台银色的"草坪男孩"送到太阳石油经销商菲尔的店里。经过一番商议，他和菲尔达成了一致意见。哈罗德在他那里买了一个崭新的开利牌黑壁轮胎，还加了一箱优质汽油，菲尔则把那台割草机摆放在一个加油岛上，上面贴了一张写有"转让"字样的白纸。

今年，哈罗德一直没顾得上请人修剪草坪。终于，他抽空给住在街尾的那个男孩打了个电话。电话那头，孩子的母亲告诉他，弗兰克去了州立大学。哈罗德十分惊讶，摇晃着脑袋，打开冰箱，取出一罐啤酒。光阴如梭，不是吗？我的上帝啊，没错！

五月，他没有打算重新请人。不知不觉中，六月也过去了。波士顿红袜队还停留在第四名的位置。每逢周末，他总喜欢坐在后门口，经常有男生从他家里出来，匆匆跟他打个招呼，然后就带着他那个波霸女儿去当地的电影院了。让他感觉郁闷的是，来找他女儿的男孩，他大都不认识。草坪上的青草生机勃发、长势逼人。今年夏天，天气对草的生长十分有利。一日细雨三日晴，可有规律了，仿佛上了发条一般。

到七月中旬，草坪已然不像郊区人家后院常见的一道风景，更像是肥沃的牧场。杰克·卡斯顿迈耶经常跟他开一些不好笑的玩笑，向他暗示

244

草料和苜蓿的价格走势。唐·史密斯家四岁的女儿詹妮，但凡发现早饭是燕麦粥，晚餐有菠菜，就一定会跑到哈罗德家的草坪上藏起来。

七月末的一天，球赛中场休息的时候，哈罗德走到外面的平台上，看见一只土拨鼠正扬扬得意地坐在被青草遮掩的小路上。该动手了，他做出了决定。他关上收音机，拿起报纸，开始找分类广告。他快速浏览兼职一栏，差不多在中间位置，他发现了这条信息：**草坪修剪。价格合理。电话：776-2390。**

哈罗德拨了那个电话，以为那头会是一个正在用吸尘器打扫卫生的家庭主妇，她会大声叫她的儿子来接电话。可是没想到，电话里传来一个很有活力、很职业的声音："这里是草坪绿化户外服务公司……请问有什么需要帮助的？"

哈罗德十分谨慎地向对方咨询他们公司具体的服务项目。这是怎么一回事啊？割草工自己开办了公司，然后雇人在办公室接电话，是吗？他还问了价格，那人给了他一个很合理的报价。

哈罗德放下电话，心情久久无法平静。他回到屋外的平台上，星期六的云朵慢慢飘过星期六的天空。他重新坐下，打开收音机，凝视着眼前这片生机盎然的草地。卡拉和艾丽西亚去了他岳母家，今天家里只有他一个人。假如他请的工人能在她们回来之前完成割草的任务，那肯定会给她俩一个惊喜的。

他打开一罐啤酒。迪克·德拉戈二垒打的时候出界了，接着又把球打到了击球员身上，哈罗德不禁叹了口气。一阵微风从装了窗纱的门廊穿过，蟋蟀在草丛中低声鸣叫。哈罗德不满意迪克·德拉戈的表现，嘀嘀咕咕地抱怨了几句，然后昏昏睡去。

半小时后，他被门铃声吵醒了。他起身去开门，不小心碰翻了那罐刚打开的啤酒。

大门前的台阶上站着一个人，身上穿着一套草绿色的工作服，嘴里叼着一根牙签。那人很胖，啤酒肚把工作服顶得老高，哈罗德怀疑，这家伙的肚子里是不是揣着一个篮球！

"你是？"哈罗德·帕凯特此时还没有完全清醒。

那人咧开嘴，牙签从一侧的嘴角滚向另一侧。他用力把裤子向上提了提，然后把头上那顶绿色的棒球帽向上推，帽檐在额头上形成了一个 V 字形的凹口。帽舌上有一块发动机机油留下的污渍，还没有干透。男人站在门口，浑身散发着青草、泥土、油污的气味，笑呵呵地看着哈罗德·帕凯特。

"服务公司派我来的，伙计。"他轻松地说，同时用手挠了挠裤裆，"你打过电话，对吗，伙计？"他的笑容保持不变。

"哎呀，草坪，你是？"哈罗德傻乎乎地看着对方。

"没错，是我。"割草工冲着哈罗德睡眼惺忪的脸喷出爽朗的笑声。

哈罗德无可奈何地往边上挪了挪，割草工抢在他前头，沿着走廊向前走，穿过客厅和厨房，最后来到后门口。此时，哈罗德彻底清醒了，眼前的一切也弄明白了。他以前见过类似的人：环卫工人，还有高速公路收费处的养路工。那些人逮着空就用铁锹支撑着身体，聚在一起抽好彩牌或者骆驼牌香烟。他们看你的神情仿佛他们才是社会的中坚，只要他们愿意，他们可以把你打趴下，也可以上你老婆的床。哈罗德一向有点惧怕这样的人，他们个个皮肤黝黑，眼睛周围布满皱纹，总喜欢自以为是。

"屋后的草坪真是难打理。"他的嗓音不自觉地变浑厚了，"虽然方方正正，割草机工作起来没有任何阻碍，可毕竟草长得太快了。"他的声音弱下来，瞬间又回到了原先的音域。不知何故，他竟然开始道歉了："恐怕是我太放任它们了。"

"没有汗水，伙计。没有压力。太棒了，太棒了，太棒了。"割草工咧嘴看着他，眼睛里藏着推销员擅长的千百个笑话，"越高，越好。肥沃的土壤，这就是你的草坪，我的喀耳刻①。这是我的口头语。"

我的喀耳刻？

割草工头一扬，他看见了收音机。亚斯切姆斯基刚刚出击。"你是红袜队的粉丝？我，我个人喜欢洋基队。"他回到屋内，朝前门走去。哈罗德闷闷不乐，眼睛一直盯着那人。

他重新回到椅子上，自责地看着桌子底下那一汪液体，那是他刚才打翻的那一罐啤酒。他想去厨房拿拖布，可转而一想，算了吧，随它去吧。

没有汗水，没有压力。

他拿过报纸，翻到金融版，很明智地选看闭市时的报价。作为一个优秀的共和党人，他将专栏背后的那些华尔街决策者至少视为半神一样的人物。

我的喀耳刻？

有许多次，他希望，他能够对神的旨意有更好的了解，不是写在石板上的训诫，而是类似 pct.、Kdk 和 3.28 up 2/3 的神秘符号。他曾经做出过明智的选择，购买了三股米德韦斯特野牛汉堡公司的股票，不承想，一九六八年，那家公司退市了，他投资的七十五美元全部打了水漂。现在，他明白了，野牛汉堡炒的就是未来。未来的浪潮。他曾经就这个问题跟金鱼缸酒吧的服务生索尼讨论过，索尼对他说，他的麻烦在于，他领先了时代五年，他应该……

他刚刚沉沉睡去，一阵吵闹声又把他惊醒了。

哈罗德一下子跳了起来，椅子被他打翻了，他气愤地四下张望。

"那是割草机的声音？"哈罗德·帕凯特冲着厨房喊道，"上帝啊！那是割草机？"

他快步穿过屋子，朝门外看去。什么也没有，只有一台破旧的绿色小

---

① 希腊神话中的女巫，能把人变成牲畜。

货车，车身上喷涂着"草坪绿化公司"几个大字。此时，喧嚣的声音已经转移到了后门。哈罗德又折回头，冲到后门口。他呆住了。

丑陋。

滑稽。

那个大胖子用他的小货车运过来一台老掉牙的红色电动割草机，此时，那东西正在自行剪草！不需要人推，实际上，周围五英尺之内，一个人也没有。它仿佛刚从地狱里冲出来的红衣复仇天使，突突突地怪叫着，哈罗德·帕凯特家后院草坪上那些可怜的青草任由它蹂躏。它尖叫着，咆哮着，疯狂地向外吐着蓝色的浓烟。此情此景，把哈罗德吓得两腿发软。割下的青草散发出一股熟透了的味道，闻起来像变质的葡萄酒。

其实，真正让人反胃的还要数那个割草工。

那个家伙脱掉了身上的衣服——一丝不挂。他把衣服叠好，整齐地摆放在草坪中央那个空的鸟浴盆里。他赤裸着身体，跟在割草机后面，始终保持着五英尺的距离。他浑身沾满了草叶，一边向前爬，一边吃着刚割下的青草！绿色的汁水沿着他的下巴往下淌，一滴滴滚落在他那凸出的大肚腩上。当割草机转弯的时候，他一跃而起，滑稽地蹦跳几下，然后再次卧倒在草地上。

"住手，"哈罗德·帕凯特大叫，"不能那样干！"

然而，那个家伙丝毫不予理会。更让人惊奇的是，那台红色的机器不但不减速，反而开始加速了。当它咆哮着从哈罗德身边经过时，车头向内凹陷的金属护栅仿佛一张大嘴，在嘲笑他。

忽然，哈罗德看见了那只土拨鼠。它肯定一直藏匿在即将被入侵的那一片草丛里，此刻，面对突如其来的割草机，它呆住了。这个受惊的小东西，一身褐色条纹，嗖的一声，越过已经收割的地带，奔向门廊下的安全区域。

就在那时，割草机来了个急转弯。

它喘着粗气，怒吼着从土拨鼠的身上轧了过去，随即连续吐出片片皮毛和内脏。眼前的景象让哈罗德想起了史密斯家的那只猫。土拨鼠死了，割草机回到原来的位置，继续工作。

割草工满嘴青草，从一边快速爬过。哈罗德呆立在原地，恐惧占据了他的身心，股票、债券、野牛汉堡公司，统统被抛到了脑后。他看见那个松弛的大肚子在膨胀：那个割草工扑向一边，开始吃土拨鼠。

这时，哈罗德·帕凯特把头伸到门外，对着成片的百日菊，吐了。世界一片昏暗，他忽然意识到，他要昏厥了，他已经昏厥了。他一屁股摔倒在门廊上，双目紧闭……

有人在摇晃他。卡拉在摇晃他。他没有洗碗，也没有倒垃圾。卡拉要生气了，可他顾不上这些。她把他晃醒了，让他脱离了噩梦，回到了正常的世界中，身边是可爱、正常的卡拉，穿着倍得适塑身衣，满嘴龅牙……

龅牙，没错。可那不是卡拉的龅牙。卡拉嘴里长着一排小小的金花鼠龅牙。可是，这些牙……

毛茸茸的。

这些龅牙上长出了绿毛。看上去好像……

青草？

"我的上帝！"哈罗德说。

"你昏倒了，伙计，是吗，哈？"割草工正俯身看着他，龇着沾满绿毛的牙齿。他的嘴唇和下巴上也沾着绿毛，浑身上下都是绿毛。院子里散发着青草的味道，机器的味道，还有，突然降临的寂静的味道。

哈罗德一下子坐了起来，瞪眼看着那台静止不动的机器。草坪已经修剪得干净整齐，不需要再耙一遍了。哈罗德阴沉着脸。即使那个割草工漏吃了一片草叶，他也不可能发现。他斜着眼看了一下那个家伙，不由自主地退后两步。他还是一丝不挂，还是那么肥胖，那么吓人，绿色的汁水从嘴角不住地往下淌。

"这是怎么回事？"哈罗德很着急。

那人不紧不慢地抬起手，指着草坪。"你是说它？这是我们老板一直在试用的新技术。效果很不错。非常不错，伙计。我们可以一石二鸟。我们朝着终极目标不断进发，我们要挣钱支援其他即将开始的项目。明白我的意思了？当然了，有的客户不理解我们，这不奇怪——他们不尊重效率，对吧？——可是，对于祭品，我们老板始终保持赞同的态度。从某种意义上说，可以给机器增添润滑剂，你明白吗？"

哈罗德没有搭腔。有个词一直在他脑海里回响，这个词就是"祭品"。透过他心灵的窗户，他看见那只土拨鼠从那台破旧的红色机器下面被喷了出来。

他慢慢站起身，仿佛一个瘫痪的老翁。"当然。"他说。此时，他能够想起来的只有艾丽西亚民谣唱片上的一句歌词："上帝保佑青草。"

割草工在他那夏日红苹果一般的大腿上拍了一巴掌，说："伙计，你说得太好了。真的，真他妈好。我看得出来，你的状态很正常。等我回到办公室，我得把这句话记下来，行吗？没准，我还能指望它加工钱呢。"

"当然可以。"哈罗德说着，朝后门退去，努力保持脸上即将消融的微笑，"你继续吧，争取早一点完工！恐怕我得睡一会儿……"

"没问题，伙计。"说着，割草工站起身来。哈罗德注意到，他的大脚趾和二脚趾之间有一道深深的裂口，几乎可以说，他的脚……是劈成两半的。

"刚开始，大伙都不适应，"割草工说，"慢慢就会习惯的。"他警觉地打量着哈罗德肥胖的身体，"实际上，你可能也想亲自试一试呢！我们老板是伯乐，欢迎任何有才能的人加入。"

"老板。"哈罗德无力地重复着。

割草工在台阶前停下脚步，抬起头，很有耐心地看着哈罗德·帕凯特。"我说，伙计。我想，你肯定相信……上帝保佑青草，保佑一切。"

哈罗德摇摇头，感觉有些惶恐，割草工在一边哈哈大笑。

"潘，我们老板叫潘。"他在新割的草地上又蹦又跳，割草机突突作响，开始绕着房子转圈。

"邻居们……"没等哈罗德说完，割草工开心地挥挥手，不见了。

屋前，割草机在不停地吼叫。哈罗德·帕凯特不想再看了，仿佛只要闭上眼睛，他就可以拒绝那个奇怪的画面：卡斯顿迈耶夫妇和史密斯夫妇——均为可恶的民主党人——正在冷眼看他的笑话，他们眼睛里除了恐惧，毫无疑问还有"我早提醒过你了"。

哈罗德转过身，走到电话机前，抓起听筒，按照那上面贴着的紧急求助信息拨打了警察局的电话。

"我是霍尔警官。"电话那头响起一个声音。

哈罗德把手指塞进闲着的那只耳朵，说："我叫哈罗德·帕凯特，住在东恩迪科特大街 1421 号。我有事要……"什么？他想报告什么？一个男人正在强暴、屠杀他的草坪？那人的老板叫潘，他脚趾间的缝隙异常大？

"帕凯特先生，你还在吗？"

突然，他灵机一动，说："我想举报一个下流的暴露狂。"

"下流的暴露狂。"霍尔警官重复着。

"是的，有个人正在修剪我的草坪。他，嗯，没穿衣服。"

"你是说，他裸体？"霍尔警官问。他的态度客气得让人不敢相信。

"是的，裸体！"哈罗德努力保持住最后一份理智和清醒，"裸体，一丝不挂，光着屁股。在我门前的草坪上。你们能派个人过来看看吗？"

"是西恩迪科特大街 1421 号吗？"霍尔警官有些糊涂了。

"东！"哈罗德咆哮道，"看在上帝的分上……"

"你是说，他完全没穿衣服？你能看见他的，嗯，生殖器之类的？"

哈罗德不知说什么好，只能咕哝了两声。那台割草机发疯似的号叫，声音越来越响，淹没了宇宙间其他的声音。他感觉自己快要吐了。

"你能大点声吗？"霍尔警官的声音在耳边嗡嗡直响，"你那边的噪声太大……"

前门砰的一声被撞开了。

哈罗德扭过头，看见那人带来的那台割草机从大门冲了进来。在它的后面，是那个割草工，依旧浑身赤裸。哈罗德快要崩溃了，那人的阴毛也是浓郁的绿色。他一根手指顶着他的棒球帽，不停地旋转。

"伙计，误会了。"那人一边说，一边走了过来，"你早该相信，上帝保佑青草。"

"喂，喂？帕凯特先生……"

哈罗德无力地扔掉了手里的电话。割草机一路修剪着卡拉新买的莫霍克地毯，褐色的织物一块块地从机器里飞出。

哈罗德看着它，一时间不知所措，仿佛老鹰捉蛇游戏中的蛇，直到发现它已经挨近咖啡桌了。割草机把桌子顶到一边，桌子的一条腿顷刻间变成了木头碎片，他赶忙跳到椅子背后，把椅子当作挡箭牌，朝厨房退去。

"伙计，没用的。"割草工善意地提醒他，"不堪一击啊！好吧，如果你是想告诉我，菜刀之类的都放在什么地方，那今天的祭祀活动就可以顺利展开了，一点也不疼……我看，草坪上那个鸟浴盆可以……然后……"

哈罗德把椅子推向割草机，那台机器趁割草工分散哈罗德注意力的时候，从侧面迂回过来，然后闪电般穿过走廊。它绕着椅子发出轰鸣声，同时不断喷出废气。哈罗德一脚踢开门廊的纱门，纵身跳下台阶。就在那个时候，他听见了它的动静，闻到了它的气息，感觉到了它的速度——已经到了他的身后。

割草机仿佛滑雪运动员，从台阶上一跃而下。哈罗德快步穿过屋后修剪齐整的草坪，可是，他喝下的啤酒太多，午睡的时间太长。他感觉到割草机距离他越来越近，随后触到了他的脚踝。他扭头往后看，脚下一不留神，摔倒了。

他记忆的最后一个画面是那台冲过来的机器，前面的护网仿佛一张咧开的大嘴，里面染成绿色的刀片闪闪发光。上面，割草工摇晃着肥胖的脑袋，恼怒地看着他。

"太可怕了。"古德温上尉说，至此，拍照取证工作已经结束，他冲两个穿白大褂的人点点头，他俩推着小车穿过草坪，"一个多小时前，他打电话来说，他家草坪上有一个裸体的男人。"

"真的吗？"巡警库里问道。

"是的。打电话报警的还有一个邻居。那个人叫卡斯顿迈耶。他原以为那个裸体男人就是帕凯特本人。没准真的是他，库里。可能就是。"

"是吗？"

"热疯了。"古德温上尉严肃地说罢，抬手拍了拍自己的太阳穴，"该死的精神分裂症。"

"是的，长官。"库里礼貌地说。

"他身体的其余部分在什么地方？"白大褂之一问道。

"在鸟浴盆里。"古德温说。他若有所思地望着天空。

"你说的是鸟浴盆吗？"白大褂问。

"没错。"古德温上尉说。巡警库里看了一眼鸟浴盆，突然大惊失色。

"性狂热。"古德温上尉说，"肯定是。"

"有指纹吗？"库里嘟囔了一句。

"你也可以去找找脚印。"古德温用手指着修剪一新的草坪。

巡警库里费力地把要说的话咽了回去。

古德温上尉把手插进口袋，将身体的重心放在脚后跟上，前后摇晃了几下。"这个世界，"他沉重地说，"疯子还真不少。库里，记住，精神分裂症。那两个法医说，有人推着一台割草机冲进了帕凯特的客厅。你相信吗？"

"不相信，先生。"库里回答。

古德温眺望着哈罗德·帕凯特屋后那一片整齐的草坪，说："有人说，他看见了一个黑头发的瑞典人，其实，那只是一个不同肤色的挪威人。"

古德温绕着房子转了一圈，库里跟在后面。在他们身后，刚刚被割下的青草散发出宜人的气味，那种气味在空气中久久飘荡。

Quitters, Inc.
戒烟公司

　　莫里森在机场接人。他等的航班遇上了航空管制，飞机在肯尼迪机场上空盘旋，等待降落的指令。这个时候，他看见柜台那头有一个面熟的人正朝他走去。

　　"吉米？吉米·麦卡恩？"

　　真的是他。比一年前亚特兰大展销会时稍稍胖了一些，除此之外，他看上去健康得让人嫉妒。上大学的时候，他很瘦，面色暗黄，烟抽得很凶，鼻梁上架着一副大大的角质眼镜。很显然，他现在已经改戴隐形眼镜了。

　　"你是迪克·莫里森？"

　　"是我，你看上去气色不错啊！"说着，他伸出手，他们相互握手。

　　"你看上去也不赖啊！"麦卡恩说，但莫里森知道，这不是真话，他长期卖命地工作，吃得多，烟抽得也多，"你喝的是什么？"

"波本威士忌加苦精，"莫里森说，他用一只脚钩住高脚凳，随手点上一支烟，"你来接人，吉米？"

"不，我要去迈阿密参加一个会议。一个很有分量的客户，六百万的单子，公司希望我能搞定，因为我们已经失去了一个明年春季的绝好机会。"

"你还在克雷格和巴顿干吗？"

"我现在已经是公司的执行副总裁了。"

"太棒了，恭喜你！什么时候的事？"他努力说服自己，肚子里那只妒忌小虫只是消化酶而已。他从口袋里拿出一瓶解酸药，往嘴里塞了一片，嘎吱嘎吱地嚼着。

"去年八月。发生了一些事，改变了我的生活。"他若有所思地看着莫里森，慢慢地喝着杯中的酒，"你有可能会感兴趣的。"

上帝，莫里森心中一阵畏缩。吉米·麦卡恩很迷信。

"当然。"他说。他一仰脖子，把杯中的酒全部喝光了。

"那时，我的状态不太好。"麦卡恩说，"个人问题，主要是因为莎伦，还有，我父亲死了，心脏病，而我自己也开始咳嗽，咳得很厉害。一天，鲍比·克雷格来我的办公室，像父亲一样跟我聊了一会儿，给我打气。你还记得他常说的那些话吗？"

"记得。"去莫顿经纪公司之前，他在克雷格和巴顿干过一年半，"抓紧时间，或者，赶快动起来。"

麦卡恩哈哈大笑，说："你还记得。最后，医生告诉我说，我得了早期溃疡，建议我戒烟。"说到这里，麦卡恩做了个鬼脸，"还不如建议我不要呼吸呢！"

莫里森点点头，他深有同感。只有不抽烟的人才会那么自以为是！他厌恶地看着自己手中的烟，随即将它掐灭，但心中十分肯定，过不了五分钟，他还会再抽的。

"那你戒了吗？"他问。

"是的，我戒了。起初，我认为那根本不可能——绝对不可能！后来，我碰到一个人，他告诉我，在46街那边有一家机构，里面有些专家。我说，我有什么好怕的，就去了。从那以后，我再也没有抽过烟。"

莫里森瞪大眼睛，说："他们把你怎么了？给你灌了药？"

"没有。"此时，他已经掏出了钱包，在里面翻找着，"你看，我记得我留了一张。"他把一张很普通的白色名片放在桌上。

戒烟公司
停止抽烟！
东 46 街 237 号
预约治疗

"拿着，说不定用得上呢。"麦卡恩说，"他们会帮你戒掉。有保证的。"

"用什么办法？"

"我不能告诉你。"麦卡恩说。

"为什么不能说？"

"这是合同的一部分。不管怎样，他们跟你面谈的时候，会告诉你具体的治疗方法。"

"你还签了合同？"

麦卡恩点点头。

"只有签了合同才……"

"没错。"他冲着莫里森微微一笑。莫里森心想：哼，原来如此！吉米·麦卡恩跟那些骗子是一伙的。

"如果这家公司这么神奇，为什么要搞得神神秘秘呢？为什么我从来没有在电视、布告栏、杂志的广告里……"

"他们顾客盈门，靠的就是口碑。"

"吉米，你本身就是一个优秀的广告人。你可不能相信那些。"

"我相信。"麦卡恩说，"他们的治愈率高达百分之九十八。"

"等等。"莫里森说，他抬起手，示意再来一杯，然后点上一支烟，"那些人把你绑起来，逼迫你不停地抽烟，直到你恶心为止，对吗？"

"不是。"

"给你服用某种药，你一抽烟就难受……"

"不是，完全不是。你自己去体验一下吧。"他手指着莫里森的香烟，"你不想总是抽烟吧，对吗？"

"嗯，可是……"

"戒烟让我的生活有了很大改变。"麦卡恩说，"其他人我不知道，但就我的情况而言，就像是多米诺骨牌，连锁式的反应。我身体好了，跟莎伦的关系也改善了。我精力更加充沛，工作效率也随之提升。"

"你看，你挑起了我的好奇心，你难道不能……"

"迪克，很抱歉，我真的不能说。"他的语气异常坚定。

"你的体重增加了吗？"

一时间，他感觉到吉米·麦卡恩的脸阴沉下来。"增加了，实际上，增加得有点过了。但我又减下来了。现在，我的体重正常。我以前很瘦。"

"请乘坐206次航班的乘客去9号登机口准备登机。"广播里传来了登机的通知。

"是我的航班。"麦卡恩站起身，把一张五美元的纸币扔在吧台上，"喜欢就再喝一杯。迪克，考虑一下我说的，真的。"他离开酒吧，穿过人群，朝自动扶梯走去。莫里森拿起名片，想了想，然后把它塞进钱包。这件事暂时就这样过去了。

一个月后，这张名片从他的钱包里滑落到另一家酒吧的吧台上。他那天下班很早，来酒吧消磨下午的时光。最近，他感觉工作不顺手。坦白地说，糟透了。

他递给亨利一张十美元的纸币，付他酒钱，然后拿起那张小卡片，读着上面的信息——东46街237号，距离此地不过两个街区，而且，十月份，户外秋高气爽，阳光明媚，也许，去凑个热闹……

亨利把找的零钱给他以后，他把杯中的酒一饮而尽，随后走了出去。

戒烟公司位于一栋新建的大楼内，这里办公室的月租金几乎相当于莫里森一年的收入。在大堂的指示牌上，他发现，这家公司好像租用了整整一层楼，这得付多少租金啊！肯定很多。

他搭乘电梯上楼。门厅的地上铺着华美的地毯，从那儿往里走，有一间装饰精美的接待室。透过宽大的窗户，可以看见街上行色匆匆的路人。靠墙有一排座位，三男一女坐在那儿，边看报纸边等。从外表看，都是职业人士。莫里森走到桌前。

"一个朋友给的。"他把名片交给接待员，"我想，你会说，他肯定是这儿的老顾客。"

她莞尔一笑，把一张表格卷进打字机，问："先生，您的姓名？"

"理查德·莫里森。"

啪啪啪。声音很沉闷。是一台 IBM 打字机。

"您的住址？"

"纽约，克林顿，枫叶路29号。"

"您结婚了？"

"是的。"

"您有孩子吗？"

"有一个。"他想起阿尔文，不禁眉头紧皱。"一个"用词欠妥，"半

259

个"更加准确。他的儿子智力发展迟缓，现在在新泽西一家特殊学校上学，住校。

"莫里森先生，您是谁推荐来的？"

"一个老同学，詹姆斯·麦卡恩。"

"很好。您先坐一会儿好吗？今天人比较多。"

"没关系。"

他坐了下来。左边是那个女人，身上穿着一套蓝色正装。右边是个年轻人，像是个白领，穿着一件人字呢上装，留着时尚的络腮胡子。他掏出一盒香烟，四下看看，没发现烟灰缸。

他把香烟收起来。做得很好。他会耐心等到结束，离开的时候再把烟点上。假如他们让他等太久，他可能会把烟灰弹到暗紫色的长毛绒地毯上。他拿起一本《时代》周刊，随意翻看着。

他排在那个穿蓝色正装的女人后面。那个女人进去之后，又等了一刻钟，才轮到他。此时，他的烟瘾已经很强烈了。一个在他后面进来的男人拿出一盒烟，打开，看看旁边没有烟灰缸，只好又把烟收了起来。莫里森发现，他看上去有些内疚，这使他感觉好了许多。

最后，接待员冲他灿烂地一笑，说："莫里森先生，请进去吧！"

莫里森走进她桌子旁边的那扇门，发现自己来到了一个光源不明的走廊里。一个大块头男人——头上的白发像是假的——跟他握了握手，微笑着说："莫里森先生，请跟我来。"

他领着莫里森往前走，走过一扇扇没有任何标识的、紧闭着的门，随后，差不多在走廊中间，他停下脚步，掏出钥匙，打开一扇门。房间不大，布置得比较简朴，墙上钉着白色的软木面板。房间里只有一张桌子，桌子两边各有一把椅子。桌子后面的墙上有一扇长方形的小窗户，但是被一个绿色的小窗帘给遮住了。在莫里森左边的墙上有一幅画——一个灰白头发的高个子男人，一只手拿着一张纸，看上去有点面熟。

"我叫维克·多纳蒂，"大块头说，"如果您想继续我们的项目，那您就由我负责。"

"很高兴认识你。"莫里森说。他渴望抽烟。

"请坐。"

多纳蒂把接待员给他的表格放在桌上，然后又从抽屉里拿出一张表。他直勾勾地看着莫里森的眼睛："您想戒烟吗？"

莫里森清了清嗓子，跷起二郎腿，想找个含糊的说法，但没有成功。"是的。"他说。

"您能签一下这个吗？"多纳蒂把表格递给莫里森。他迅速浏览了一下。乙方同意不对外泄露相关的疗法和技术，等等。

"可以。"他说。多纳蒂把一支钢笔塞进他手里。他大笔一挥，写下自己的名字，紧接着，多纳蒂也在他的名字下方签了字。随后，多纳蒂把表格放回抽屉里。好吧，他自嘲地想，我已经发誓戒烟了。他以前也发过誓，有一次，他的保证甚至维持了整整两天。

"很好，"多纳蒂说，"莫里森先生，我们在这里就没有必要说任何大道理了。健康问题、经济问题、社交礼仪等。对于您戒烟的动机，我们不感兴趣。我们都很务实的。"

"很好。"莫里森面无表情地说。

"我们不使用任何药物，不雇用戴尔·卡耐基的人来对您进行任何说教，也不向您推荐任何特殊的饮食。在您成功戒烟满一年之前，我们不收取任何费用。"

"我的上帝。"莫里森说。

"麦卡恩先生没有跟您提起这些吗？"

"没有。"

"顺便问一下，麦卡恩先生怎么样？他好吗？"

"他很好。"

"太好了！非常好！现在……问几个问题，莫里森先生。可能会涉及隐私，但我向您保证，您的回答绝不会被泄露出去。"

"是吗？"莫里森态度暧昧地问道。

"您夫人怎么称呼？"

"露辛达·莫里森。她娘家姓拉姆齐。"

"您爱她吗？"

莫里森猛地抬起头，发现多纳蒂正面无表情地看着他。"是的，当然。"他回答。

"您的婚姻出现过问题吗？比如，分居？"

"这跟戒烟有什么关系？"莫里森问。他本不想语气那么冲，可他想要——他非常需要——一根烟。

"有很大关系，"多纳蒂说，"您得配合我。"

"没有，没出现过那些问题。"但最近他俩的关系有些紧张。

"您只有一个孩子吗？"

"对，就阿尔文一个，上私立学校。"

"请问是哪所学校呢？"

"这个……"莫里森的脸色不太好看，"我不想告诉你。"

"随您的便。"多纳蒂和蔼地说，他冲着莫里森友好地笑了笑，"您所有的问题将在明天第一次治疗的时候得到回答。"

"非常好。"莫里森说着站起身。

"最后一个问题，"多纳蒂说，"您一个多小时没抽烟了，感觉如何？"

"很好。"莫里森没说实话，"很好。"

"那太好了！"多纳蒂欢呼道。他从桌子后面走出来，把门打开："今天晚上尽情抽吧。过了明天，您再也不会抽烟了。"

"真的吗？"

"莫里森先生，"多纳蒂严肃地说，"我们敢保证。"

第二天下午三点，他准时出现在戒烟公司门外的等候区。来这儿之前，他一直在犹豫：接待员给他预约了时间，是爽约呢，还是顽强地配合下去呢？——老兄，使出你的绝招吧！

最后，吉米·麦卡恩说过的一句话——我的生活有了很大改变——促使他下定决心前来赴约。谁也不知道，没准他的生活也能发生改变呢！此外，他的好奇心也起了某种作用。上电梯之前，他抽了一根烟，一直燃烧到过滤嘴，他才将它丢弃。他心想，如果这是最后一根烟，那也有点太悲惨了吧！靠近过滤嘴的地方，味道不怎么样。

这一次，等候的时间比上次短。当接待员告诉他可以进去的时候，多纳蒂正在等他。他朝他伸出一只手，面带微笑，那种笑容在莫里森眼里有欺压、掠夺的意味。他开始感觉有些许紧张，他很想抽烟。

"跟我来。"多纳蒂说着，带他走进那个小房间。他还是像上次那样，坐在桌子后面，莫里森坐在他对面的椅子上。

"您能来，我很高兴。"多纳蒂说，"很多有潜力戒烟的顾客在初次见面之后，再也没有露面。他们发现，他们戒烟的决心其实并不像他们想象的那么大。很期待帮助您戒烟。"

"治疗什么时候开始？"催眠，他猜测，肯定用催眠大法。

"哇，已经开始了。从我们在大厅里握手的时候就开始了。莫里森先生，您身上带烟了吗？"

"带了。"

"交给我，行吗？"

莫里森耸耸肩膀，把烟盒交给多纳蒂。烟盒里只剩下两三根烟了。

多纳蒂把烟盒放在桌子上，然后，微笑着看着莫里森的眼睛。他把右手握成拳头，一下接着一下，使劲砸那盒烟。烟盒开始变形。一根断裂的香烟飞了出来，烟丝洒落在桌上。在封闭的房间里，多纳蒂的拳头发出的声音十分响亮，尽管他的手在使劲，微笑依旧挂在他的脸上。莫里森感觉后背直冒凉气，他心想，他们可能就是想营造这种气氛。

最后，多纳蒂停手了。他拿起烟盒，已经破烂不堪了。"您无法相信，这能给我带来极大的快乐。"说着，他把烟盒丢进废纸篓，"我在这一行已经干了三年了，可我还是感觉乐趣无穷。"

"作为一种治疗手段，还有改进的余地，"莫里森温和地说，"这栋大楼的门厅里有一个报摊，各种牌子的香烟都能买到。"

"您说过，"多纳蒂说，"您的儿子阿尔文·莫里森在帕特森特殊学校上学。他出生时颅脑受损，测试智商为四十六，按照规定，连特殊学校都上不了。您夫人……"

"这些你是怎么知道的？"莫里森大声喊道，他非常震惊，非常气愤，"你他妈无权打探别人的隐私……"

"我们对您非常了解。"多纳蒂平静地说，"但是，我上次说过，我们会严守秘密的。"

"我得离开这里。"莫里森不高兴了。他站起身。

"再等一会儿。"

莫里森仔细看着他。多纳蒂脸上没有任何不开心的表情。实际上，他反而有些得意。客户的此种反应，他应该体验过不下几十次了——可能几百次了。

"好吧，希望不要太出格。"

"嗯，当然。"多纳蒂靠在椅背上，继续说，"我告诉过您，我们这里的人都很务实。作为实用主义者，我们必须从一开始就有足够的思想准备：治愈一个吸烟成瘾的人将会是多么困难。复吸率将近百分之八十五，比海洛因的复吸率还要高。因此，这是一个极其特殊的问题，非常特殊。"

莫里森瞥了一眼废纸篓。有一根香烟，虽说已经变形，可看上去还能抽。多纳蒂哈哈大笑，出于好意，他把手伸向废纸篓，那根烟在他的手指间立刻变成了废品。

"国家司法部门有时会接到请求，说监狱应该取消每周的香烟配给。此项建议，无一例外，均被否决了。在此项建议被采纳的为数不多的几个监狱里，都发生了激烈的骚乱。骚乱，莫里森先生，难以想象。"

"我，"莫里森说，"对此并不感到惊讶。"

"但是，考虑一下这种事情的隐患。你把一个人关进监狱，你剥夺了他正常的夫妻生活，你不允许他喝酒，还限制他的行动自由。这都没有引起暴动——或者说，相比监狱的数量，暴动的次数可以忽略不计。可是，假如你剥夺他抽烟的权利——砰！啪！"他的拳头重重地砸在桌子上，以示强调。

"第一次世界大战期间，在德国国内，香烟奇缺，人们经常可以看见德国贵族在垃圾箱里捡烟头。第二次世界大战期间，很多美国妇女因为弄不到香烟，转而开始用烟斗。莫里森先生，对真正的实用主义者而言，这是一个令人感兴趣的问题。"

"我们可以开始治疗了吗？"

"马上。您请到这边来。"多纳蒂离开座位，站在前一天莫里森注意过的绿色窗帘旁边。他拉开窗帘，里面是一扇长方形的窗子，窗子另一边是一个空荡荡的房间。不对，不完全是空的，地板上有一只兔子，正在吃盘子里一些颗粒状的东西。

"好可爱的兔子。"莫里森说。

"的确可爱。您注意看。"多纳蒂按了一下窗台上的一个按钮，兔子停止进食，开始疯狂地跳来跳去。随着每一次脚掌落地，它越蹦越高。它身上的毛发像一根根刺，朝各个方向竖起来，它眼睛里有一种疯狂的神情。

"停下，你们要电死它！"

多纳蒂松开按钮："不是您想的那样。是地板释放出很小的电流，莫里森先生，仔细观察那只兔子。"

兔子蜷缩在距离食盆大约十英尺的地方，鼻子不停地蠕动。忽然，它一下子冲到了角落里。

"如果一只兔子进食的时候频繁遭遇电击，"多纳蒂说，"它会很快形成条件反射。进食，对它而言，意味着痛苦。因此，它断了进食的念头。如果再给它几次电击，兔子会饿死在食盆前。这叫作反感训练法。"

莫里森恍然大悟。

"对不起，我得走了。"他朝房门走去。

"请等一下，莫里森先生。"

莫里森没有停步，他伸手去抓门把手……把手纹丝不动。"把门打开。"

"莫里森先生，如果您能坐下……"

"把门打开，否则我就报警，不等你喊人，警察就会冲进来。"

"坐下。"声音冷得像冰块。

莫里森看着多纳蒂。他那双褐色的眼睛混浊、可怕。他心想，上帝，怎么把我和这个疯子关在一起了！他舔舔嘴唇，他对香烟的渴望从来没有如此强烈过。

"我把治疗方案详细地跟您说一遍。"多纳蒂说。

"你不明白。"莫里森故作耐心地说，"我根本不需要什么治疗，我反悔了。"

"您错了，莫里森先生。不明白的是您。您已经别无选择了。当我告诉您治疗已经开始的时候，我说的是真话，没有骗您。"

"你真是个疯子。"莫里森不解地说。

"错，我是个实用主义者。听我跟您详细解释。"

"当然，"莫里森说，"你必须明白，我一走出这扇门，立马就会去买五包烟，一路抽着去警察局。"他突然发觉自己在啃咬大拇指，还吸吮指尖，他强迫自己停下。

"随您的便！但是，当您听完我的解释，您会改变主意的。"

莫里森没有搭腔。他重新坐下，双手交叉在一起。

"治疗的第一个月，我们的人会随时监视您。"多纳蒂说，"您可能会发现他们，但不是全部。可他们所有时间都跟您在一起。每时每刻。如果他们发现您抽烟，他们就会给我打电话。"

"我想，你把我带到这里，就是想让我看那个兔子实验吧。"莫里森说。他努力让自己表现得冷静、玩世不恭，可不知怎的，他突然感觉很害怕。这一切仿佛一场噩梦。

"噢，不。"多纳蒂说，"接受这个实验的是您的夫人，不是您本人。"

莫里森感觉莫名其妙。

多纳蒂微微一笑。"您，"他说，"会看到的。"

多纳蒂放他出来之后，莫里森精神恍惚，一口气步行了两个多小时。那天天气不错，可他根本没有注意到。多纳蒂魔鬼般的笑容占据了他的身心。

"您瞧，"他刚才说，"一个实用主义者要的是实用的解决方法。您必须认识到，我们知道您心里最感兴趣的是什么。"

按照多纳蒂所说，戒烟公司是一个基金会——一个非营利组织，创始人就是墙上那幅画里的男人。那位绅士成功地经营了家族的各项生意——包括老虎机、按摩院，诸如此类，以及纽约和土耳其之间的一项繁荣（但是绝密）的贸易。只有三根手指的莫特·米内利曾经抽烟成瘾——每天要抽三盒。画中的他手里拿着一张纸，那是医生的诊断书：肺癌。莫特把家庭基金捐赠给戒烟公司之后，于一九七○年过世了。

"我们想尽办法，甚至可以说，我们几乎采用强迫的手段，"多纳蒂说，

"可我们更感兴趣的是帮助大家戒烟。当然,这对国家的税收有很大的影响。"

治疗的过程极其简单,简单得让人后背发凉。第一次违反规定,辛迪①将被带到多纳蒂称之为"兔笼"的房间前。第二次,是莫里森。第三次,他们夫妇俩同时被带过来。如果出现第四次,那就证明他俩严重不合作,因此将采取更为严厉的措施。他们将派遣一名探员前往阿尔文的学校,做孩子的工作。

"您想象一下,"多纳蒂满脸堆笑地说,"如果让孩子也卷进来,那将会对他造成多么大的伤害。即使有人跟他解释,他也不会明白的。他只知道,有人要伤害他,而这一切都是他老爸造成的。他会非常害怕。"

"你个狗杂种,"莫里森无助地说,他快要哭了,"你这个无耻的家伙,狗娘养的!"

"别误会。"多纳蒂说,他脸上挂着同情的微笑,"我向您保证,我们不会到这一步的。百分之四十的顾客根本不需要任何强制手段——只有百分之十的人会犯三次以上的错误。这些数据很有说服力,不是吗?"

莫里森并没有发现这有什么说服力。相反,他认为这很可怕。

"当然,如果您违反了五次……"

"你想说什么?"

多纳蒂满脸放光:"您和您的夫人将一起被关进那个房间,而且,您儿子会再次被打,还有您的夫人。"

此时,莫里森已经丧失了理智,他隔着桌子扑向多纳蒂。表面上看,多纳蒂毫无防备,可没想到,他竟以迅雷不及掩耳之势将自己屁股下面

---

① 辛迪是露辛达的昵称。

的椅子猛地向后一推，随即抬起双脚，对准莫里森的肚子……莫里森一下子连气都喘不过来了，他不停地咳嗽，跟跄着向后退去。

"坐下，莫里森先生。"多纳蒂心平气和地说，"理智点。我们接着谈。"

呼吸顺畅之后，莫里森按照吩咐坐了下来。噩梦总有结束的时候，不是吗？

多纳蒂进一步解释说，戒烟公司采用的是十步惩戒法。第六、七、八步包括多次进入"兔笼"（电流增强）和更严酷的鞭打。到了第九步，他儿子的手臂就保不住了。

"那么第十步呢？"莫里森嘴巴发干。

多纳蒂凄惨地摇了摇头，说："莫里森先生，到那时，我们就放弃了。您属于百分之二的不可改造对象。"

"你们真的会放弃？"

"说说而已。"他打开一个抽屉，把一把点四五口径的手枪放在桌上，微笑着看着莫里森的眼睛，"但是，就是那不可改造的百分之二也无法再抽烟了。我们保证。"

星期五晚上的电影是《布利特》，辛迪喜欢的类型，可是，莫里森如坐针毡，一个劲地抱怨，一小时后，她再也无法集中精神了。

"你到底怎么了？"换台的时候，她问他。

"没事……其实有事，"他发火了，"我正在戒烟。"

她哈哈大笑，说："什么时候开始的？五分钟前？"

"从今天下午三点开始的。"

"你真的一直没再抽烟？"

"没有。"说着，他开始咬自己的大拇指，指甲边缘参差不齐，已经快被他啃秃了。

"太好了！你是怎么想起来要戒烟的？"

"你，"他说，"还有……还有阿尔文。"

她瞪大了眼睛。电影继续往下演，但她没有注意。迪克很少提及他们那个弱智的儿子。她走过来，看着他右手边那只空烟灰缸，然后又盯着他的眼睛："迪克，你真的想戒烟？"

"真的。"如果我去报警，他在心里默默地补充说，辛迪，那些受雇的打手还不找上门来，打得你满地找牙啊！

"我真高兴。哪怕不成功，迪克，我们娘俩也得好好谢谢你。"

"这一次，我想我会成功的。"他想起多纳蒂抬腿踢他的时候眼睛里露出的凶光。

那天晚上，他没有休息好，睡睡醒醒。凌晨三点，他彻底醒了，再也睡不着了。对香烟的渴望让他如同发低烧一般。他走下楼，来到书房。书房位于房子的中央。没有窗户。他打开书桌最上面的抽屉，往里面看，注意力一下子就被里面的烟盒吸引住了。他四下张望，舔舔嘴唇。

多纳蒂说过，第一个月，二十四小时被监视。接下来的两个月，一天十八个小时被监视——可他不知道是哪十八个小时。第四个月，也就是大部分人容易复吸的关键时段，"服务"将会恢复为一天二十四小时的不间断监视。其后的八个月里，一天累计监视十二小时。之后呢？在客户的有生之年，随机抽查。

有生之年。

"我们可以每隔一个月检查一次，"多纳蒂说，"也可以每天检查。或者，从现在开始，连续两年每个月持续检查一个星期。关键是，不会被您发现。如果您抽烟，那您就等于跟命运赌博。他们在监视吗？他们是去找我太太，还是立刻派人去跟踪我儿子？干得漂亮，不是吗？如果您敢偷着抽烟，那么，香烟的味道肯定很可怕，像是您儿子的血。"

尽管如此，他们不可能现在还在监视他，大半夜的，在他的书房里。

整栋房子死一般地寂静。

　　他盯着盒子里的香烟，看了足足两分钟，无法将目光转移。他走到书房门口，探出头，走廊里空荡荡的，他随即返回桌前，又盯着香烟看了一会儿。一幅可怕的画面出现在眼前：漫漫余生，他却无处可以吸烟。上帝啊！手指间没有香烟，他如何向挑剔难缠的客户介绍复杂的图表和计划？清晨，早饭桌上，有咖啡和报纸，但没有香烟，他如何面对即将开始的一天？

　　他咒骂自己，都怪他，自愿走进了这个陷阱。他咒骂多纳蒂。最可恶的要数吉米·麦卡恩。他怎么能做这样的事情呢？鬼才晓得。他双手颤抖，恨不能亲手掐死吉米·麦卡恩这个犹大。

　　他再一次偷偷地扫视书房。他把手伸进抽屉，拿出一根烟。他抚摸着它。广告里是怎么说的？圆滚滚的，结实的，压得紧紧的。没有比这更真实的。他把烟放进嘴里，忽然，他停下了，抬起头。

　　他似乎听见储藏间里有微弱的声响。什么东西在移动？绝对没有。可是……

　　脑海里浮现出一幅画面：那只兔子，在电流的控制下，发疯似的跳跃。如果在那个房间里的不是兔子，而是辛迪……

　　他屏住呼吸，侧耳细听，什么也没有听见。他告诉自己说，应该走过去，把储藏间的门打开。但是，他很害怕，万一发现里面有东西怎么办？他回到床上，久久无法入睡。

　　起床的时候，他感觉没有精神，但胃口不错。他犹豫了片刻，决定照旧泡一碗玉米片，外加煎鸡蛋。辛迪穿着睡袍走下楼梯的时候，他正沉着脸刷锅洗碗。

　　"理查德·莫里森！赫克托耳还是个傻小子的时候 ①，你早饭就没有

_____

① 英语中的一条谚语，原文为 since Hector was a pup，引申意思为"从很久很久以前"。

吃过鸡蛋。"

莫里森嘟囔了一句。在他看来，"赫克托耳还是个傻小子的时候"和"我
应该微笑着亲吻一头猪"，是辛迪最傻气的两句口头禅。

"你抽过烟了吗？"她一边说，一边往杯子里倒橙汁。

"没有。"

"你撑不到中午的。"她轻松地说。

"哪壶不开提哪壶！"他厉声说，他对她显然有些不满，"你们不抽
烟的人总以为……不说了。"

他本以为她会生气，可她却饶有兴致地看着他。"你还当真了，"她说，
"这么严肃。"

"当然了。"你永远不会知道，我没有在开玩笑。我希望你不会知道。

"瞧你那可怜样，"她说着，走到他身边，"你看上去好像刚刚死而
复生。无论怎样，我为你骄傲。"

他把她紧紧搂在怀里。

理查德·莫里森的生活片段，十月至十一月：

莫里森和来自拉金工作室的一个老朋友在杰克·登普西酒吧。老友递
上一支烟。莫里森紧紧握住酒杯，说："我戒烟了。"老友大笑，说："过
不了一个星期。"

早晨，莫里森一边等火车，一边阅读《时代》周刊。他抬起头，打量
着一位身穿蓝色套装的年轻人。最近，他几乎天天看见他，有时不是在
车站，是在其他地方。一次是在翁德餐厅，他正在见一位客户。还有一
次，在山姆·古迪音像店，莫里森正在找山姆·库克的专辑，发现他在
看四十五转的唱片。还有一次，在当地一家高尔夫球场，他和另外三人
在莫里森他们后面打球。

莫里森在一次聚会上喝醉了，特别想抽烟——但是，还没有醉到失

去控制。

莫里森去看望儿子，给他带了一个用力一挤就会发出叫声的玩具球。孩子开心地一个劲地亲他，口水弄湿了他的脸。不知怎的，他没有发火。他紧紧搂着儿子，突然意识到，多纳蒂一伙人非常世故，比他更早认识到：爱才是最致命的毒药。浪漫主义者喜欢探讨爱的存在，实用主义者接受它，并且利用它。

渐渐地，莫里森身体上对烟的依赖越来越小，但心里对烟的渴望却始终存在，或者说，他需要有东西在嘴里——止咳糖、救生圈糖、牙签。可怜的替代品，所有这类东西。

终于有一次，莫里森在城中隧道里遇上了交通堵塞，堵的时间很长。周围黑黢黢的，喇叭声不绝于耳。空气混浊。交通彻底瘫痪了。突然，他用拇指顶开了手套箱，发现里面有一包拆开的香烟。他看着烟盒，然后一把抓过来，用车内的点烟器点了一根。他心虚地安慰自己说，万一出了事情，那就怪辛迪好了。我跟她说过，让她把该死的烟全部处理掉。

第一口，他拼命咳嗽，把烟全部喷了出来。第二口，他流泪了。第三口，他感觉整个人轻飘飘的，心醉神迷。他心想，这烟的滋味太恐怖了。

紧接着：我的上帝，我在干什么？

他后面的车里，司机不耐烦地摁着喇叭。前方，车流已经开始移动。他把香烟掐灭在烟缸里，把前排两侧的窗子都打开，又打开通风口，然后徒劳地用手扇着，想把烟气赶出去，仿佛第一次抽烟的小孩，慌张地把烟蒂丢进马桶，放水冲走。

他随即加入车流，开车回家。

"辛迪？"他大声说，"我回来了！"

没有应答。

"辛迪？亲爱的，你在哪儿呢？"

电话响了，他一个箭步冲过去："喂？辛迪？"

"您好，莫里森先生。"多纳蒂说。他的声音听起来清脆悦耳、一本正经。

"看起来我们有一件小事要谈谈。五点钟方便吗？"

"我夫人在你们手里？"

"是的，没错。"多纳蒂得意地笑了。

"这么着，你们放了她，"莫里森有些语无伦次，"不会再发生了。一次小错误，只是一个小过错，仅此而已。我只吸了三口，看在上帝的分上，味道太糟糕了。"

"真可惜。我想，我得做五步打算了，是吗？"

"别。"莫里森快要哭出来了，"请别……"

电话挂断了。

下午五点，接待室里除了一位秘书别无他人。秘书冲莫里森眨眨眼，微微一笑，没有理会他苍白的面容和凌乱的头发。"多纳蒂先生？"她对着内部通话设备说，"莫里森先生想见您。"她朝莫里森点点头，说："请进吧！"

多纳蒂等在一间没有任何标识的房间外，身边还站着一个人。那人身穿一件斯迈利牌毛衫，手里握着一把点三八口径的手枪。他身形魁伟，仿佛一只猿猴。

"听着，"莫里森对多纳蒂说，"我们可以用其他办法解决，不是吗？我可以付钱，我……"

"闭嘴！"旁边那个人说。

"很高兴见到您。"多纳蒂说，"很抱歉，事情竟然发展到这个地步。您跟我来，好吗？我们尽量简单些。我可以向您保证，您夫人不会……不会受到伤害……这一次。"

莫里森浑身的肌肉绷得紧紧的，准备扑向多纳蒂。

274

"看看，您又来了。"多纳蒂看上去有些冒火，"如果您胆敢造次，容克手里的家伙可不是吃素的。别忘了您夫人，够她受的。您这样做有什么好处呢？"

"真希望你下地狱。"他对多纳蒂说。

多纳蒂叹了一口气："如果每次我都对客户表示同情，那我早该退休了。莫里森，接受教训吧。浪漫主义者想做好事，但没成功，人们会颁发奖章给他。如果实用主义者成功了，人们则希望他下地狱。我们可以走了吗？"

容克用手枪指了指房门。

莫里森跟着他们进了房间。他感觉麻木、迟钝。绿色的窗帘已经拉开。容克用手枪捅了捅他。他想，目击毒气室杀人过程估计就是这种感受。

他往里看，辛迪在那儿，满脸困惑，四下张望。

"辛迪！"莫里森难过地叫道，"辛迪，他们……"

"她听不见您说话，也看不见您，"多纳蒂说，"这是单向透视玻璃。好吧，我们说说吧。真的是一个小过失。我看，三十秒就够了。容克？"

容克一只手按动了电钮，另一只手里的手枪紧紧抵住莫里森的后背。

这是他生命中最漫长的三十秒。

结束的时候，多纳蒂一只手拍着莫里森的肩膀，对他说："您想吐吗？"

"不。"莫里森无力地说，他的额头抵在玻璃窗上，双腿发软，"不想吐。"他转过身，发现容克已经不在了。

"跟我来。"多纳蒂说。

"去哪里啊？"莫里森无动于衷地说。

"我想，您有事要说，对吧？"

"我怎么面对她？我怎么跟她解释……我……我……"

"我想，您会大吃一惊的。"多纳蒂说。

房间里除了一张沙发，没有其他设施。辛迪坐在沙发上，无助地抽泣着。

"辛迪？"他柔声叫道。

她抬起头，眼睛被泪水放大了。"是迪克吗？"她轻声说，"迪克？噢，上帝……"他紧紧搂住她。"两个男人，"她把头埋在他的胸前，"在家里。我以为是窃贼，又以为他们要非礼我。后来，他们用布蒙住我的眼睛，带我到了一个地方……太……太可怕……"

"嘘。"他说，"嘘。"

"可是为什么呢？"她抬起头问他，"他们为什么……"

"是因为我。"他说，"我必须跟你讲一件事情，辛迪……"

讲完后，他沉默了一会儿，接着说："我猜你会恨我。我不怪你。"

他眼睛盯着地板，她用双手捧住他的脸，让他的眼睛看着自己。"你错了，"她说，"我不恨你。"

他很惊讶，不知道该说什么。

"很值得，"她说，"上帝祝福这些人。他们让你摆脱了香烟的魔爪。"

"你不是在开玩笑？"

"不是。"她说着亲了他一下，"现在我们可以走了吗？我感觉好多了。从来没有这么好过。"

一星期后的一个晚上，电话铃响了。莫里森听出是多纳蒂的声音，他说："你们弄错了。我碰都没有碰过一下烟。"

"这我们知道。我们还有最后一件事要谈。您明天下午能来一趟吗？"

"是什么……"

"别担心，小事情。实话跟您说吧，是费用问题。差点忘了，恭喜您升迁！"

"你是怎么知道的？"

"您的一举一动都在我们的监视之下。"多纳蒂不动声色地说，然后，把电话挂了。

当他们走进小房间的时候，多纳蒂说："别这么紧张，没有人会吃了您。请这边走。"

莫里森看见面前放着一个浴室用的体重计。"听着，我比以前胖了一些，但是……"

"是的，我们百分之七十三的客户出现过这种情况。请站上来。"

莫里森站了上去，指针指向一百七十四磅。

"好吧，很好。您下来吧。莫里森先生，您身高多少？"

"五英尺十一英寸。"

"很好，我们看看。"他从胸前的口袋里抽出一张带塑料外壳的小卡片，"还不错。我要给您开一些违禁的节食药片。节省着点，按照规定服用。我还得给您设定一个体重上限……我们看看……"他再次看向那张卡片，"一百八十二磅，您觉着如何？今天是十二月一号，我希望，每个月的一号您都来称一下体重。如果您不能保持，也没关系，但您要提前打电话来通报一下。"

"万一我超过一百八十二磅，怎么办呢？"

多纳蒂微微一笑。"那我就派人去您家，把您老婆的小拇指剁下来，"他说，"莫里森，您可以从这个门出去了。祝您心情愉快！"

八个月后：

莫里森在杰克·登普西酒吧偶遇那位来自拉金工作室的老朋友。莫里森的体重已经降至一百六十七磅，辛迪很自豪，说这个体重符合拳击比赛的标准。他一个星期出去工作三次，身体看上去十分结实。相比之下，拉金的那位老友就不行了，轻飘飘的，仿佛小猫都能拖得动。

老友："上帝！你是怎么戒掉的？我的烟瘾大得不得了。"老友厌恶地掐灭了手里的香烟，然后，把杯中的苏格兰威士忌一口喝下。

莫里森若有所思地看着他，然后从皮夹里拿出一张白色的名片。他把名片放在他们面前的吧台上。"你知道，"他说，"这些人改变了我的生活。"

十二个月后：

莫里森收到了邮寄给他的账单。账单如下：

戒烟公司

东 46 街 237 号

纽约州纽约市　10017

一次性治疗	$2500.00
咨询（维克·多纳蒂）	$2500.00
电费	$0.50
合计（应缴纳款项）	$5000.50

这些狗娘养的！他爆发了。他们用的……电费，也由我支付……

"付吧。"她说着亲了他一下。

二十个月后：

很偶然的机会，莫里森夫妇在海伦·海丝剧院碰见了吉米·麦卡恩夫妇。他们互相做了介绍。吉米看上去气色不错，跟数月前在机场遇见时差不多。莫里森以前没见过他夫人。她很可爱，脸上洋溢着幸福。一般说来，相貌平庸的女人感觉非常幸福的时候，就是这种模样。

她主动伸出手，莫里森跟她握手的时候，感觉有些异样。再握一下，他明白了：她右手的小拇指不见了。

I Know What You Need

我知道你需要什么

　　"我知道你需要什么。"

　　伊丽莎白正在看社会学课本，听见声音，她抬起头，吃了一惊。说话的是一个长相极为普通的年轻人，身上穿着一件绿色的工作服式样的外套。有一瞬间，她觉得这人很面熟，仿佛以前在什么地方见过，可是，这种似曾相识的感觉没有持续多久。这人身高跟她相仿，很瘦，而且……在抽搐。没错，是抽搐。虽然他的身体没在动，可是，那种抽搐似乎发自皮下，肉眼看不见。他的头发是黑色的，非常凌乱。他戴着一副角质眼镜，一双深褐色的眼睛被厚厚的镜片给放大了，那镜片看上去很久没有擦拭了。不对，她很肯定，她以前从来没见过这个人。

　　"怎么会呢？"她说，"我不相信。"

"你需要一个草莓口味的双色甜筒。我说得对吗？"

她冲他眨了眨眼，丝毫没有掩饰自己的惊讶。在她大脑深处的某个角落，一直有一种对冰激凌的渴望。快要期末考试了，她正在学生活动中心三楼的小阅读室里复习功课，还有很多内容没有看呢！

"对吗？"他微笑着追问道。此时，他显得不那么紧张了，那张近乎丑陋的脸庞，不知怎的，也变得有吸引力了。"可爱"这个词在她脑海里闪现，对于男孩来说，这并不是一个多么好的词，可此时，他脸上挂着笑容，这个词用在他身上太贴切了。她也不自觉地笑了，她想把这个微笑阻挡在双唇之间，可来不及了。甜筒，她不需要，这个古怪的家伙想给她留下某种印象，可他选的时机不对，这是一年中最糟糕的时段，她不想为此浪费时间，《社会学入门》还有十六个章节等着她征服呢！

"不需要，谢谢。"她说。

"别这样。你太用功了，会头痛的。你已经连续两个小时没有休息了。"

"你怎么知道的？"

"我一直在看着你。"他回答得很迅速，他脸上那种讨人喜欢的笑容在她那儿没有得到回应。她感觉头有点痛。

"嗯，你可以走了。"她的口气比想象中严厉，"我不喜欢别人注视我。"

"对不起。"她有些可怜他，她有时对那些流浪的小狗也会产生这种怜悯。那件绿色的衣服穿在他身上似乎太大了，而且……是的，他脚上的两只袜子不是一对。一只是黑色的，另一只是褐色的。她原本想笑，可还是忍住了。

"我有好几门功课要考。"她轻声说。

"当然，"他说，"那好吧！"

她一言不发，默默地看着他。然后，她低下头，继续看书。可是，这次见面的残留影像还在：草莓口味的双色甜筒。

当她回到宿舍的时候，已经是晚上十一点十五分了。爱丽丝懒洋洋地躺在床上，一边听尼尔·戴蒙德的歌，一边看《O的故事》。

"我怎么不知道教育史课上布置了这个作业。"伊丽莎白说。

爱丽丝坐了起来，说："开阔我的视野，亲爱的。展开我智慧的翅膀。提高我……丽兹？"

"嗯？"

"你听见我说的话了吗？"

"没有，抱歉，我……"

"宝贝，你看你，好像刚被人揍了一顿似的。"

"我今晚碰见一个人。怎么说呢，有些滑稽。"

"是吗？如果有谁能够把伟大的罗根和她最爱的课本分开，那这人肯定不寻常。"

"他叫爱德华·杰克逊·海默，三年级的，天哪，又矮又瘦，头发脏兮兮的，好像华盛顿生日之后再也没洗过。对了，还有脚上那双袜子，不是一双，一只黑色的，一只褐色的。"

"我过去一直认为你是那种很博爱的类型。"

"跟那没关系，爱丽丝。我当时正在学生活动中心三楼的小阅读室，他邀请我下楼去餐厅吃冰激凌甜筒。我说不去，他没说什么，就离开了。可是，我心里老是想着冰激凌，就是放不下。后来，我扔下书，刚准备休息，他又出现了，两只手各拿着一个大大的、流着奶油的、草莓口味的双色甜筒。"

"结局呢？我等不及了。"

伊丽莎白哼了一声："我实在没法推辞。就这样，只好让他坐下了，你猜怎么着？他去年也选了布伦纳教授的社会学课。"

"奇迹层出不穷，上帝仁慈！圣诞节的歌珊地①……"

---

① 《圣经》中以色列人出埃及以前寄居的地方，代指富饶肥沃之地。

"听着，真的很神奇。那门课我很怵，你知道吗？"

"知道。实际上，你连做梦都在想着那门课。"

"我平均分七十八，但我得达到八十才能继续拿奖学金。这就是说，我期末考试最低得考到八十四分。那个爱德·海默 ① 说，布伦纳每年的考卷都差不多。去年的卷子，爱德都记得。"

"你的意思是，他有那个什么……照相机一样的脑袋？"

"没错，你看这个。"她翻开社会学课本，拿出三张笔记本纸，上面密密麻麻写满了字。

爱丽丝接过那几张纸："好像都是多项选择题啊。"

"是的。爱德说，这是布伦纳去年的试卷，一字不差。"

爱丽丝淡淡地说："我不相信。"

"可这些题覆盖了所有的内容！"

"不管怎么说，我还是不相信！"她把纸还给伊丽莎白，"就因为那个怪人……"

"他不是怪人，别这样说他。"

"好吧。你不会因为那个小家伙的蛊惑，从此不再复习功课，光背这些吧？"

"当然不会。"她有些不自在地说。

"即使这个很像是考题，你认为这样做道德吗？"

不知道怎么回事，听了她的话，伊丽莎白很生气，一股脑地把心里所想全都说了出来："你当然道德了。每学期都在系主任的优秀生名单上，你家人出钱供你上学。你不是……嘿，对不起，我不是存心的。"

爱丽丝耸了耸肩膀，继续看她的书，脸上的表情很平静。"不，你说得对。不关我的事。但是，你难道就不看书了？继续复习……保险起见。"

---

① 爱德是爱德华的昵称。

"我肯定继续复习。"

可是,大部分时间,她都在看爱德华·杰克逊·海默给她的那份考试题。

考试完毕,她走出大教室,他在门口坐着,身上还是那件松松垮垮的绿色工作服。他站起身,讨好地冲她笑笑:"考得怎么样?"

她一阵冲动,在他脸颊上亲了一下。此时的轻松心情,她很久没有体验过了:"我想我能拿到优秀。"

"真的吗?太棒了。想吃汉堡吗?"

"好啊!"她漫不经心地回答。她还在想考试。试卷跟爱德给她的那份几乎一模一样。她做得非常顺手。

吃汉堡的时候,她问他期末考试准备得如何。

"我没有考试,我是优等生,免考。我功课一直不错,所以不用考试。"

"那你怎么还在这儿呢?"

"我得知道你考得怎么样,不是吗?"

"爱德,这没必要。你是好人,可……"他那种直白的眼神让她感到困扰。那种眼神,她以前见过。她是个聪明的姑娘。

"有必要,"他轻声说,"必须。"

"爱德,我很感谢你。我想,是你帮我保住了奖学金。我真的很感谢你。但是,你知道,我有男朋友。"

"认真的?"他问道。虽然已经努力克制了,他的声调还是有点高。

"很认真。"她的声调跟他的相当,"快订婚了。"

"他知道他是个幸运儿吗?他知道自己很幸运吗?"

"我也很幸运。"她说。她想到了托尼·隆巴德。

"贝丝。"他突然说。

"什么?"她吃了一惊。

"没人这样叫过你吧?"

"没有……怎么？没有，没人这样叫过我。"

"连他也没有？"

"没有……"托尼叫她丽兹。有的时候叫她丽齐，更难听。

他靠近她，说："可是，你最喜欢贝丝，对吗？"

她哈哈大笑，以掩饰自己的不解："世上不管什么……"

"没关系。"他咧开嘴，露出了讨人喜欢的微笑，"我就叫你贝丝，更好听。你快吃你的汉堡吧。"

三年级结束了，她即将跟爱丽丝告别。她俩的关系有些僵，对此，伊丽莎白感觉有些不好意思。她认为这可能都是她不好。社会学的期末考试成绩公布的时候，她得意地欢呼起来，她的反应有些过火了。她考了九十七分，系里排名第一。

在机场等航班的时候，她对自己说，在三楼的小房间里，她为了考试死记硬背，如果说有什么不道德的事情，那应该算是第一桩了。那不是真正的学习，只是一味地背诵，考试一过，脑子里什么也没留下。

她用手摸了一下从手袋里探出头的信封。那是大四学年奖学金的通知。两千美元。今年夏天，她和托尼一块儿去缅因州的布斯贝打工，挣的钱可以维持到毕业。感谢海默，这将会是一个美好的夏天。一帆风顺。

可是，这却是她一生中最最糟糕的夏天。

整个六月一直在下雨。燃油短缺影响了旅游业的生意，她在布斯贝旅馆挣的小费不算多。更糟的是，托尼一直在跟她谈结婚的事情。他说，他可以在校园里或者学校附近找一份工作，加上她的奖学金，她可以很体面地拿到学位。她自己也没想到，他的打算非但没有让她开心，反而让她惶恐不安。

哪里不对劲呢？

她也说不清究竟是哪里不对劲，但就是感觉缺了什么，心烦意乱。七月下旬的一个晚上，不知怎的，她在公寓里歇斯底里地大哭了一场，连她自己都被吓了一跳。幸运的是，她的室友，一个名叫桑德拉·阿克曼的胆小鬼，恰巧出去约会了。

八月初，她做了个噩梦。她躺在一个没有封顶的墓穴里，动弹不了。雨水从白色的天空落下，落在她脸上。后来，托尼来了。他戴着一顶黄色的高密度安全头盔，低头看着她。

"丽兹，嫁给我。"他一边说，一边打量着她毫无表情的脸，"嫁给我，否则走着瞧！"

她想张嘴说话，想说同意。只要他带她离开这个该死的墓穴，什么事情她都答应。可是，她浑身瘫软，说不出话来。

"好吧，"他说，"那就走着瞧！"

他走了。她拼命想摆脱这种瘫软的状态，可没有成功。

接着，她听见了推土机的声音。

过了一会儿，她看见它了：巨型的黄色怪物，推着小山一般的泥土过来了。托尼从驾驶室里伸出头，无情地看着她。

他要把她活埋。

她的身体动弹不得，她的喉咙发不出声音，她只能眼睁睁地看着这一切。泥土开始从墓穴边上滚落下来……

一个熟悉的声音喊道："滚开！放开她！滚，马上滚！"

托尼连滚带爬地从推土机上下来，跑了。

她长长地松了一口气。假如可以的话，她肯定会叫出声来。她的救世主现身了，他像一名教堂司事，站在墓穴旁。是爱德·海默，身上穿着那件松松垮垮的绿色衣服，头发乱蓬蓬的，角质眼镜滑到了鼻尖。他向她伸出双手。

"起来吧。"他温柔地说，"我知道你需要什么。起来，贝丝。"

她真的起来了。她激动地哭泣着。她想感谢他，她语无伦次。爱德只是温柔地笑着，不住地点头。她抓住他的手，低下头，看着脚下的路。当她再次抬起头的时候，她手里握着的是一只巨大的狼爪。那是一只流着口水的狼，防风灯一般的红眼睛，一个挨一个的尖牙，随时准备扑咬猎物。

她醒了，直挺挺地坐在床上，睡衣早已被汗水浸湿了。她的身体不住地发抖。她洗了个热水澡，喝了一杯热牛奶，可还是无法平静地面对黑夜，只好开着灯睡觉。

一个星期之后，托尼死了。

她穿着睡袍，打开门，以为门外是托尼，结果是丹尼·基尔默，托尼的工友。丹尼是个很有趣的家伙，她和托尼同他和他的女友曾经几次相携出游。可是现在，站在二楼的公寓门口，丹尼看起来不仅严肃，而且似乎病了。

"丹尼，"她说，"怎么……"

"丽兹，"他说，"丽兹，你必须镇定，你必须……噢，上帝！"他的一只拳头脏兮兮的，指关节突起，砰的一声砸在门框上。她发现，他哭了。

"丹尼，是托尼吗？出什么事了……"

"托尼死了。"丹尼说，"他……"没人听他说下去，她已经昏死过去了。

接下来的一星期，她过得浑浑噩噩。根据报纸上相关的悲惨报道，加上丹尼在海湾旅馆借着酒劲向她做的描述，她大致了解了事情的始末。

当时，他们一直在 16 号公路上修理排水管道。部分路面已经挖开，托尼挥舞着小旗，在路上指挥交通。一个小孩开着一辆红色的菲亚特，从前面的坡道上下来。托尼示意他停下，可他没有减速。托尼边上是一辆自卸车，他没地方躲。驾驶菲亚特的孩子头部有好几处裂伤，一条手臂骨折。他情绪异常激动，但很清醒。警方在车辆的制动油管上发现了几个小洞，像是温度过高导致油管局部熔化。他没有不良驾驶记录，他只是无法让车辆停下来。就这样，她的托尼成了这起罕见的交通事故的牺牲品。一场驾驶员无过错的交通事故。

自责加重了她的震惊和沮丧。命运剥夺了她做出决定的权利，托尼的求婚不可能得到回应了。可是，在她心底某个隐秘的角落，有一份窃喜，因为她并不想嫁给托尼……自从那晚做了那个噩梦。

回到家的当天，她彻底崩溃了。

当时，她正独自一人坐在屋外的一块大石头上。过了大约一个小时，她发现自己泪如雨下。眼泪来势汹汹，她自己都感觉惊讶。她哭啊哭，一直哭到肚子疼，头疼。最后，眼泪流干了，她不但没有感觉轻松，反而觉着自己被掏空了，大脑一片空白。

就在那个时候，爱德·海默说："贝丝？"

她猛地回过头去，嘴巴里泛起恐惧的金属味，以为自己面对的会是梦中那头咆哮的野狼。可是，眼前只有爱德·海默。他的皮肤被太阳晒得通红，因为没有绿色外套，没有蓝色牛仔裤，他显得陌生而无助。他下身穿着一条红色短裤，长度刚好到他瘦骨嶙峋的膝盖，上身穿一件白色的 T 恤，衣服套在他那干瘪的胸脯上，仿佛海上微风中放下的帆，脚上一双塑料平底拖鞋。他没有笑，耀眼的阳光照在他的眼镜上，很难看清镜片下的双眸。

"爱德？"她有些不敢相信，这没准是她悲伤过度产生的幻觉，"真的是……"

"是的，是我。"

"怎么会……"

"我一直在斯科希甘的莱克伍德剧院打工。我偶然碰到你的室友……

爱丽丝，她是叫这个名字吗？"

"是的。"

"她把一切都告诉我了。我立刻赶了过来。可怜的贝丝。"他动了一下脑袋，虽然只是稍稍动了一下，却躲开了阳光的直射。她看见，镜片下没有凶光，没有恶意，有的只是镇定、温暖和同情。

她再次开始哭泣，突发的感伤使她站立不稳。他搂住她，一切都好了。

他们在沃特维尔一家名叫"寂静女人"的餐馆用餐。那里离她住的地方有二十五英里，也许这个距离对她来说刚刚好。他们开的是爱德的车，一辆崭新的雪佛兰科尔维特。他车开得很好——既不卖弄也不多话，她事先的担心有些多余。她不想说话，也不想接受他人的安慰。他似乎什么都明白，一路上选的都是节奏很慢的音乐。

他没有征求她的意见就点了餐——海鲜。她感觉不饿，可是，当食物端上桌的时候，她竟然胃口大开。

当她再次抬起头的时候，面前的盘子已经空空如也，她神经质地哈哈大笑。爱德抽着烟，看着她。

"伤心欲绝的少女，狼吞虎咽，"她说，"你肯定觉得我很可怕。"

"不会，"他说，"你经历了太多的事情，你需要恢复体力。这就好像大病一场，不对吗？"

"你说得有道理，就是那种感觉。"

他从对面把手伸过来，抓住她的手轻轻握了一下，然后又松开了："可是，现在是康复期，贝丝。"

"是吗？是真的吗？"

"是的。"他说，"告诉我，你有什么打算？"

"我准备明天回家，回去以后怎么办，还没想。"

"你还得回学校啊，不是吗？"

"我不知道。出了这事之后，似乎……不再重要了。很多计划都随之消散了，包括生活中的欢乐。"

"会回来的。现在你可能不相信，但这是真的。过六个星期，你再看看，你没有更好的选择。"最后一句话像是个问句。

"我想，你是对的。可是……我能抽支烟吗？"

"当然可以，可我的是薄荷烟。抱歉。"

她拿起一支："你怎么会知道我不喜欢薄荷烟呢？"

他耸耸肩膀，说："我想，这是因为你看上去跟别人不一样。"

她微微一笑，说："你很滑稽，你知道吗？"

他不带任何感情地笑了笑。

"没什么不一样的，真的。不管是谁……当时我谁也不想见。但是，看见你，爱德，我还是非常高兴的。"

"有的时候，跟不太熟悉的人在一起感觉非常美好。"

"我想，你说得有道理。"她顿了一下，又说，"爱德，你是我的教父，尽心开导我。可是，你是谁？你到底是谁？"突然，她感到很有必要深入了解这个人。

他耸耸肩，说："没什么。我不过就是你看见的一个相貌可笑、腋下夹着好几本书在校园里走动的人……"

"爱德，你长得不可笑。"

"不，我，"他笑了，"中学毕业后就没再长个子，从来没有参加过大学联谊会，从来没有卷入过任何社交旋涡。我只是一个待在宿舍里的宅男，为成绩而奋斗。这就是我。明年春天大公司来学校招聘的时候，我可能会选一家签约。然后，爱德·海默就永远消失了。"

"那可是一大遗憾啊。"她柔声说。

他微微一笑，一种很特别的笑，甚至可以说是苦笑。

"你家里人都是干什么的？"她问，"你家在哪里？你喜欢做些……"

"下次有机会再告诉你。"他说，"我想送你回去。你明天还得在飞机上待不少时间呢，路上会很辛苦的。"

这个晚上让她在托尼死后第一次感觉如此轻松。之前她总感觉自己体内的某个发条坏了，已经到了崩裂的边缘。现在，她想，她大概可以很快入睡了，但其实不然。

她的大脑被几个小问题所困扰。

爱丽丝告诉我……可怜的贝丝。

可是，爱丽丝正在基特里过暑假啊，那个地方距离斯科希甘八十英里。她在莱克伍德吗？那她一定是穿越了。

科尔维特，今年的新款，很贵。在莱克伍德剧院后台帮忙打杂，挣的钱能买车？他家里很有钱吗？

他在餐馆点的菜，如果换成她，也会点同样的。也许，菜单上只有那样东西可以让她狼吞虎咽，然后发现自己其实已经很饿了。

薄荷烟，他亲吻她然后跟她说晚安的方式，完全就是她所渴望的。还有……

你明天还得在飞机上待不少时间呢。

他知道她明天回家，她跟他说了。可是，他怎么知道她要搭飞机返家呢？他怎么知道，她回家路途遥远呢？

她实在想不通。她很烦恼，因为她在犹豫，不知道自己是否会爱上爱德·海默。

我知道你需要什么。

仿佛潜艇的舰长一遍遍地报着下潜的深度，他们初次见面时他说的这句话伴随着她进入了梦乡。

他没有赶到小小的奥古斯塔机场为她送行。独自一人等飞机的时候，她怅然若失，她没想到自己会这样。她在想，一个人竟然可以不知不觉开始依赖另一个人，几乎就像瘾君子离不开毒品一样。他可能会自欺欺人地对自己说，他可以吸食那玩意儿，也可以戒掉。实际上……

"伊丽莎白·罗根，"广播突然响了，"请去白色的免费电话处接电话。"

她赶忙跑到那里，听筒里传来爱德的声音："贝丝，是你吗？"

"爱德！真高兴听到你的声音。我以为，可能……"

"我会去送你？"他哈哈大笑，"你不需要我去送。你是个坚强的大女孩，也是个漂亮的女孩。你可以应付。我们在学校见好吗？"

"我……是的，我想也是。"

"很好。"片刻的寂静，接着，他说，"我爱你。我第一眼看见你，就爱上了你。"

她不知道该说什么。她说不出话来。她浮想联翩。

他又笑了，声音不大："没关系，什么也别说。现在不用说。我们会再见的。会有机会说的。有很多很多时间。一路顺风，贝丝。再见！"

他走了，她还握着白色的听筒，脑子里一片混乱，疑窦丛生。

九月。

伊丽莎白的学校生活重新开始了，仿佛一个正在织毛衣的女人，被人打断了片刻，然后继续按照图样往下织。当然，她还是和爱丽丝住一个宿舍。从上大学起，她俩就住在一起，是学校宿舍管理部的电脑随机分配的。尽管兴趣和个性有很大差异，但她们相处得还算不错。爱丽丝很勤奋，是化学专业的，平均绩点三点六。相比较来说，伊丽莎白更喜欢社交，不太勤奋，她是跨专业的，教育学和数学。

她们的关系依旧融洽，但是，夏天的时候，她俩之间似乎开始有点冷淡了。按照伊丽莎白的说法，她俩对社会学期末考试有不同的看法，但谁都没有公开说。

　　夏天发生的事情恍如一场梦。很可笑，有的时候，她感觉托尼可能是她上中学的时候就认识的一个人。一想起他，她还是很心痛。她尽量回避跟爱丽丝提起此事，可是，托尼的死虽说不是新切开的刀口，而是一处旧伤，总是隐隐作痛。

　　更让她难以忍受的是，爱德·海默没有给她打电话。

　　一个星期过去了，接着又一个星期过去了。到了十月份，她从学生活动中心要了一本学生通讯录，找到了他的名字。可是，没什么用。在他的名字后面，只有寥寥几个字：米尔大街。那是一条很长的街道，她只好继续等待。不时有人约她，但她都一一拒绝了。爱丽丝扬起眉毛，但没有发表任何评论。她正在忙一个为时六星期的生化项目，晚上大部分时间都待在图书馆里。每天都是伊丽莎白先回宿舍，她注意到，她的室友每星期都会收到一两封邮件，都是那种白色的长方形信封，可她没有在意。私家侦探大都很谨慎，从来不在信封上落款。

　　内线电话响了，爱丽丝正在看书："丽兹，你接吧。可能是找你的。"

　　伊丽莎白走到电话机旁："请问找谁？"

　　"有男士拜访，丽兹。"

　　我的天哪！

　　"是谁？"她问。她有些不高兴，脑子里浮现出一系列借口。偏头痛！对，就是它，这个借口这星期还没用过。

　　楼下值班的女生开心地说："他叫爱德华·杰克逊·海默。嗯，大三的。"她压低嗓门，"他的袜子穿错了。"

　　伊丽莎白的手不自觉地抓住了自己的衣领："哇，上帝。告诉他我马上下来。不，告诉他等我一分钟。不，等我几分钟。好吗？"

　　"没问题，"她有些疑惑，"别太激动啊！"

　　伊丽莎白从衣橱里拿出一条宽松裤，一条棉布短裙。一摸头，卷发杠还没有拿下来，她一边嘟囔，一边把它们一个个拽了下来。

爱丽丝很平静地看着这一切，一声不吭。可是，当伊丽莎白离开之后，她盯着房门，若有所思地看了很久。

他还是老样子，一点没变。他穿着他的绿色上衣，看上去至少大了两号。角质眼镜的一个镜片贴着透明胶带。他的牛仔裤看上去是新的，很挺。要想达到托尼很容易就能达到的那种"时尚"的效果——软塌、泛白——还得等很久。他脚上一只绿色的袜子，一只褐色的袜子。

她知道，她爱他。

"你为什么一直不给我打电话？"她说着，走上前去。

他双手插在上衣的口袋里，腼腆地笑着："我想多给你些时间约会，多认识些男孩子，然后做出你的选择。"

"我想我已经选好了。"

"太好了。你想去看电影吗？"

"干什么都行，"她说，"干什么都好。"

日子一天天过去，她发现，她认识的人，不论男女，谁都比不上海默，似乎只有他能够完全读懂她的情绪和需求，根本无须她开口。很巧，他俩爱好相似。托尼生前最喜欢《教父》之类的暴力影片，爱德似乎偏爱喜剧或剧情片。有一天晚上，她情绪不高，他带她去看马戏表演，他们可开心了。他俩一块儿上自习的时候，非常认真，而不是找借口去学生活动中心三楼调情。他带她去参加舞会，他尤其擅长传统的舞步，那刚好也是她喜欢的。他们在一次乡愁主题的舞会上夺得了五十美元的慢步舞大奖。更重要的是，每当她有情感需求，他都能及时跟进。他不强迫她，也不催促她。跟他在一起，她体验到了过去跟其他男友在一起时没有体验过的东西——对于性，体内似乎有一个时间表：第一次约会，热吻，然后各自回宿舍休息；第十次约会，在朋友租借的公寓里过夜。米尔街的那套公寓在三楼，没有电梯，属于爱德一个人。他们经常去那儿，伊丽莎白并不觉得，她正在步入一位二流唐璜设下的情感陷阱。他没有逼她。坦率地说，他想要的似乎刚好也是她想要的。就这样，事情继续向前发展。

期中假期结束之后，又开始上课了。很奇怪，爱丽丝似乎心事重重。那天下午，爱德来接她之前——他们出去吃饭——有好几次，伊丽莎白看见她的室友眉头紧锁，眼睛盯着桌上一个马尼拉纸的大信封。一次，伊丽莎白忍不住想问她怎么了，话到嘴边又咽了回去。也许是某个新项目吧。

爱德送她回宿舍的时候，天上下着鹅毛大雪。

"明天？"他问，"去我那儿？"

"好啊。我带些爆米花过去。"

"太好了！"他亲了她一下，"贝丝，我爱你。"

"我也爱你。"

"你想留下过夜吗？"爱德很平静地说，"明天晚上？"

"好的，爱德。"她看着他的眼睛，"不管怎样，你喜欢的我都喜欢。"

"很好，"他轻声说，"宝贝，早点睡吧。"

"你也是。"

她以为爱丽丝已经睡了，所以轻手轻脚地进了房间。可是，爱丽丝还坐在桌前。

"爱丽丝，你怎么了？"

"丽兹，我有话跟你说，是关于爱德的。"

"什么事？"

爱丽丝谨慎地说："我想，等我把话说完，我们可能就不再是朋友了。

对于我，这是很大的损失。所以，请你认真听我说。"

"如果是这样，那你干脆什么也别说了。"

"我必须试一试。"

伊丽莎白最初感到好奇，可现在更多的是愤怒："你一直在打探爱德的事情？"

爱丽丝看着她，没有搭腔。

"你嫉妒我们？"

"不是。假如我嫉妒你，嫉妒你的历任男友，我早在两年前就搬出去了。"

伊丽莎白困惑地看着她。她知道爱丽丝说的是实话，她忽然感到害怕。

"有两件事情，让我开始怀疑爱德·海默。"爱丽丝说，"第一件事情是，你写信告诉我说，托尼死了。你还说，很幸运，我在莱克伍德剧院碰见了爱德……他赶到布斯贝，陪你度过了最困难的时刻。但是，丽兹，我没有见过他。去年夏天，我根本没有去过莱克伍德剧院。"

"可是……"

"可是他怎么会知道托尼死了？我也找不到答案。我能够肯定的是，他不是从我这儿听说的。还有就是你说的神奇的记忆力。我的上帝，丽兹，他连自己穿了哪只袜子都不记得。"

"那是另一码事。"丽兹固执地说，"那……"

"去年夏天，爱德·海默在拉斯维加斯，"爱丽丝轻声说，"他七月中旬回来的，住在佩马奎德的一家汽车旅馆，就在布斯贝港镇公路的对面。他就好像是在等待你的召唤。"

"一派胡言！你怎么知道爱德去了拉斯维加斯？"

"开学前，我刚巧碰见雪莉·D. 安东尼奥。她在派恩斯餐馆打工，那家餐馆就在剧院对面。她说，她从来没有看见过长得像爱德的人在那儿干活。因此，我知道，他一直在对你撒谎。我找到我爸爸，把一切都跟他说了，他同意我的计划。"

"计划什么？"伊丽莎白问道，她此时真的有些蒙了。

"雇一名私家侦探。"

伊丽莎白一下子站了起来："别再说了，爱丽丝。就此打住吧！"她明天要赶公交车进城，跟爱德共度良宵。她之前一直在等待他的邀请呢。

"你至少应该知道实情，"爱丽丝说，"然后再做决定。"

"我不想知道什么实情，我只知道，他很善良，很优秀，而且……"

"爱情是盲目的，嗯？"说罢，爱丽丝嘴角现出一丝苦笑，"也许，我碰巧跟你很投缘，丽兹。你想过没有？"

伊丽莎白转过脸，盯着她，许久没有动。"假如你跟我投缘，那么，你的表现方式实在奇特。"她说，"好吧，你继续说。也许你是对的。也许是我欠你的。说吧！"

"你很久以前就认识他了吗？"爱丽丝轻声问道。

"我……什么？"

"康涅狄格州，布里奇波特，119公立学校。"

伊丽莎白瞠目结舌。她和父母在布里奇波特住了六年，大二结束的那一年，他们搬到了现在的住所。她在119公立学校上过学，但是……

"爱丽丝，你肯定？"

"你对他有印象吗？"

"没有，绝对没有！"可是，她记得，第一次见到爱德的时候，她就有种似曾相识的感觉。

"我猜，漂亮的天鹅是不会记得丑小鸭的。他很可能一直暗恋你。丽兹，你上一年级的时候，他也在一年级。也许，他跟你在同一个教室上课，他坐在后面……观察你。或者在操场上。一个不起眼的小男生，戴着眼镜，可能还穿着背带裤。你只是不记得他，可我敢打赌，他记得你。"

伊丽莎白问："还有什么？"

"私家侦探先查了他在学校留的指纹，然后，找了一些人打听情况。负责这个案子的侦探说，他收集的材料，有一些他弄不明白，我也不明白，挺吓人的。"

"这样最好。"伊丽莎白阴着脸说。

"老爱德华·海默是一个嗜赌成癖的赌徒。他以前供职于纽约一家一流的广告公司，后来搬到了布里奇波特，好像是为了躲避什么。侦探说，城里几乎每一场高赌注的扑克游戏和赛马都有他的赌注记录。"

伊丽莎白闭上眼睛："那些私家侦探看在钱的分上，还真替你挖到了不少内幕消息呢！"

"也许吧。不知怎的，爱德的父亲在布里奇波特又遇上麻烦了，还是跟赌博有关。这一次，对方很有势力，是个放高利贷的。他断了一条腿、一只胳膊。侦探说，在他看来，不是交通事故造成的。"

"还有什么？"伊丽莎白说，"虐待孩子？挪用公款？"

"一九六一年，他在洛杉矶一家很小的广告公司谋了一份差事，那个地方离拉斯维加斯实在是太近了。每逢周末，他都会去赌城豪赌……输个精光。后来，他开始带小爱德一块儿去，然后就时来运转了。"

"你在编故事吧，没错，肯定是的。"

爱丽丝用手拍拍桌上的报告，说："全都在这儿，丽兹。虽然有一些不能成为呈堂证供，但那个侦探说，他走访过的那些人没有理由对他撒谎。爱德的父亲把儿子视为'幸运星'。起初，尽管法律不允许小孩子进出赌场，可谁也没有阻拦。他父亲是条大鱼。可是，后来，他父亲开始痴迷轮盘赌，只喜欢玩单双和红黑。年底的时候，每家赌场都禁止那个孩子入场。所以，他的父亲又开始了一种新的赌博。"

"是什么？"

"股票。海默一家一九六一年年中搬到洛杉矶的时候，他们租住的是每月租金九十美元的鸽子笼，海默先生开的是一辆一九五二年款的雪佛兰。到一九六二年年底，仅仅过了十六个月，他辞去了工作，在圣何塞买了房子。海默先生开着一辆崭新的雷鸟，海默太太开的是德国大众。你看，小孩子出入内华达的赌场是违法的，但是，股票市场就不一样了。"

"你的意思是，爱德……他可以……爱丽丝，你疯了！"

"我什么也没说。除非，也许，他知道他父亲需要什么。"

我知道你需要什么。

这句话仿佛就在她耳边回响，她不禁打了个哆嗦。

"海默太太在接下来的六年里频繁进出各家精神病医院。据说是因为精神失调，可是，当那位侦探向一位护理员打听消息的时候，那人说，海默太太可以说已经疯了，她四处跟人说，她的儿子是魔鬼的随从。一九六四年，她用剪刀捅伤了他，她想杀死他。她……丽兹？丽兹，怎么了？"

"伤疤。"她喃喃自语，"大约一个月前，学校泳池开放的那天晚上，我们一起去的。他肩膀上有一道很深的伤疤……就是这个位置。"说着，她用手指着左边乳房上面的地方，"他说……"她突然感觉一阵恶心，停顿了一会儿，感觉好些了，接着说道，"他说他小的时候，曾经摔倒在尖桩篱栅上。"

"要我往下说吗？"

"说吧，为什么不说呢？现在还有什么不能说的？"

"一九六八年，他母亲从圣华金河谷一家非常豪华的精神病医院出院。他们一家三口一起外出度假。他们在101公路旁的一个野餐地点停留。男孩去捡木柴准备生火，就在那个时候，海默太太驾车冲下陡坡，汽车翻入大海，海默先生也在车上。据推测，她当时是想去撞爱德。那一年，他快十八岁了。他父亲给他留下了价值百万美元的股票。一年半后，爱德来到东部，进了这所大学。情况就是这样。"

"还有更多秘密吗？"

"丽兹，这些还不够吗？"

她站起身，说："难怪他从来不肯提他家里的事情。可是，你必须把尸体找出来，不是吗？"

"你昏了头了。"爱丽丝说，伊丽莎白穿上外套，"我猜你是准备去找他吧？"

"说对了。"

"因为你爱他？"

"说对了。"

爱丽丝走过来，一把抓住她的手臂："你能不能不要阴沉着脸，能不能静下心来想一想呢！爱德·海默能做的事情，我们只怕做梦都想不到。他让他父亲赢了轮盘赌，还让他在股票市场发了大财。他似乎想赢就赢。也许，他是一个等级比较低的巫师。也许，他能先知先觉。我说不清楚。这世上的确有这样的人。丽兹，你有没有想过，是他强迫你爱上他的？"

丽兹慢慢转过身，面对着她，说："我一生中从未听过如此可笑的话。"

"是吗？他把社会学考试题给了你，同样，他父亲参与轮盘赌的时候，在他的帮助下，每每心想事成！他从来没有选修过任何社会学课程！我查过。他之所以这样做，目的就是让你重视他！"

"别再说了！"丽兹大叫道。她用双手拍打着自己的耳朵。

"他知道那场考试的内容，他知道托尼什么时候遇害，他知道你要乘飞机回家！去年十月，他甚至知道在你最需要的时候走进你的生活！"

伊丽莎白挣脱她的手，打开房门。

"求你了，"爱丽丝说，"丽兹，你听我一句吧。我不知道那些事情他是怎么做到的，不知道他自己是否知晓。他或许并不想给你带来任何伤害，可是，他已经伤害了你。你想要的，你需要的，他都知道，就因为这个，你爱上了他，可那不是爱情。那是强奸。"

伊丽莎白砰的一声把门关上，跑下楼去。

她搭末班车进了城。雪下得更大了，公共汽车仿佛一只瘸了腿的甲壳虫，在满是积雪的道路上缓慢挪动。伊丽莎白坐在车厢的后部，车上只有六七个乘客，她脑子很乱。

薄荷香烟。股票交易。他还知道她母亲的小名叫迪迪。一个小男孩坐在一年级教室的后排，对着一个活泼的小女孩抛媚眼，可那个小女孩年纪尚小，不懂得……

我知道你需要什么。

不，不，不，我确实爱他！

是这样吗？还是因为她身边的这个人总是点她心仪的饭菜，带她去看她想看的电影，她不喜欢的地方，他不去，她不喜欢的事情，他不做，她因此感到开心？他就像一面魔镜，只把她想看的展示给她，对吗？他送她的礼物，每一件都合她的意。当天气突然转冷，她一直想要一个吹风机，谁会送她呢？当然是爱德·海默了。他说，他刚好在百货商店看见一款吹风机在搞促销。她，自然很高兴。

可那不是爱情。那是强奸。

她走下公车，来到土街和米尔街的交会处，北风迎面吹来，她不禁缩成一团。公交车的柴油发动机突突作响，从她身边开走了，尾灯一闪一闪，没多久就消失在雪夜中。

她长这么大头一回感觉自己如此孤单。

他不在家。

她站在门外，不停地敲门，足足敲了五分钟之久。她突然想到，她不知道爱德不跟她在一起的时候会做些什么，会见些什么人。她以前从未想过这些。

也许他正在玩牌，赢钱再买一个吹风机。

忽然，她做出了一个决定。她知道他把备用钥匙放在门框上面，她踮起脚尖，摸着门框。她的手指碰到了那把钥匙，咣当一声，它掉在了地上。

她把钥匙捡起来，插进锁眼。

爱德不在家，公寓看上去有些不一样——人为的痕迹，仿佛舞台的布置。她一直很好奇，一个对自己外表如此马虎的人，住的地方竟然布置得这么整齐，感觉像图册里的家居图片。甚至可以说，他装扮他的住所，不是为了他自己，而是专门为了她。可是，这样未免太不可思议了，不是吗？

她再一次想到——就像是第一次——他们看书或是看电视的时候她坐的那把椅子真的好舒服啊！刚刚好，就像那把熊宝宝的椅子对金发姑娘来说也刚刚好！不硬不软，就是刚刚好。爱德做的一切都恰到好处。

客厅有两扇门，一扇通往厨房，另一扇连着卧室。

外面，风声依旧，这栋老建筑发出嘎吱嘎吱的声响。

在卧室，她盯着那张铜管床。不硬不软，刚刚好。脑海里响起一阵狡诈的笑声：近乎十全十美，不是吗？

她走到书橱前，漫无目的地浏览着。一本书映入她的眼帘，她把它抽出来：《五十年代的疯狂摇摆》。书很自然地翻开，差不多在四分之三的地方，那个章节的标题"漫步"两个字被红色的油彩圈在当中，在下面的空白处写着"贝丝"两个大字，透着责备的意味。

她告诫自己：我应该离开。我可以避免……如果他这个时候回来，我无法面对他，会让爱丽丝看笑话的。她肯定会觉着她请私家侦探的钱用得值。

可是，她迈不开步子，她心里清楚，她陷得太深了。

她走向储藏间，转动门把手，门没有开，锁住了。

她再次踮起脚尖，用手在门框上摸索，想碰碰运气。果然，她摸到了钥匙。她抓过来，准备开门。就在这时，心里有个声音对她说：别打开！她想到蓝胡子的老婆，想到她开错门的后果。但是，为时已晚。假如她就此罢手，那她一辈子都放不下。她打开了那扇门。

很奇怪，她有种感觉，这里才是爱德·海默真正的住所。

壁橱里乱七八糟——胡乱堆放的衣服、书本，一个没有穿线的网球拍，一双穿破了的网球鞋，各种草稿、报告散落各处，还有一袋破了口的帆船牌烟丝。他那件绿色的上衣扔在一个角落里。

她随手拿起一本书，瞥了一眼书名，《金枝》，又拿起一本，《古老的仪式：现代秘史》。再拿起一本，《海地的巫毒教》。最后一本书，皮质封面很破旧，由于经常使用，书名几乎看不清了，散发着一股臭鱼烂虾的味道。这本书的名字是《死者之书》。她随手翻了几页，大吃一惊，赶紧把书扔了，可那里面的可怕内容仍然历历在目。

为了使自己镇定下来，她伸手去拿那件绿色的衣服。其实，她真正的目的是翻看他的口袋，只不过她不愿承认罢了。可是，把衣服拿起来之后，她看见了另一样东西。一个锡铸的小盒……

在好奇心的驱使下，她拿起小盒，上下打量，听见里面有响声。这种盒子是小男生喜欢的，用它装自己的宝贝。盒子底部有几个浮雕小字：**布里奇波特糖果店**。她打开盒子。

最上面是一个小娃娃，伊丽莎白娃娃。

她看着这个娃娃，身体不住地发抖。

娃娃身上的衣服其实是红围巾的一角，尼龙绸的，那条红围巾她在两三个月之前弄丢了，跟爱德一起看电影的时候丢了。娃娃的手臂是用烟斗清洁器做的，上面覆盖着一种蓝色的苔藓。可能是生长在墓园里的苔藓。娃娃的头上有头发，可那是白色的亚麻，被胶带粘在粉色橡皮做成的脑袋上。这与现实不符，因为她的头发是金褐色的，而且没有那么柔软。

这更像她小时候的头发。

当她还是个小女孩的时候……

她咽了一口唾沫，喉咙里发出一声咕噜声。他们上小学一年级的时候，不是每人都发过一把小剪刀吗？那种圆头的小剪刀，适合小孩子用的。很久以前，那个小男孩趁她午休的时候，偷偷地来到她身后，然后……

伊丽莎白把娃娃放在一边，继续翻看盒子里面的东西。有一个赌牌用的蓝色筹码，上面用红色墨水画了一个奇怪的六边形。旧报纸上的一则讣告——海默夫妇。讣告旁的照片上，两人毫无意义地微笑着。她发现，他俩脸上也画着那种六边形的图案，只不过是黑色的，像幕布的颜色。两个玩偶，一男一女。毫无疑问，这两个玩偶跟讣告照片里的那两人很像，太可怕了。

还有东西。

她摸索着，手指抖得厉害，差一点将那个东西掉在地上。她忍不住低低地叫了一声。

一个汽车模型，杂货店和模型店都能买到。小孩子买回去以后，用飞机胶水组装成形。这是一辆菲亚特，被涂成了红色。车头上贴着一条碎布，像是从托尼的衬衫上撕下来的。

她把汽车模型翻过来，有人把汽车的底盘砸碎了。

"你发现了，你这个不知好歹的东西！"

她大叫一声，汽车模型还有盒子统统滚落在地。他那些恶心的收藏品散落在地板上。

他站在门口，眼睛盯着她。她从来没有在任何人的脸上见过如此仇恨的神情。

她说："是你杀了托尼。"

他不高兴地咧了咧嘴，说："你以为你能证明这一切吗？"

"这无所谓。"她说，她没有想到自己会如此坚定，"我什么都知道了，我以后不想再见到你。永远不想！如果你做了……什么……对其他人，我会知道的。我会修理你的。等着吧！"

他的脸变得扭曲："这就是我得到的回报。你要的一切，我都给你了。其他任何男人都无法做到。你摸摸良心，因为我，你才会如此幸福。"

"你害死了托尼！"她冲着他大叫。

他向前迈了一步："没错，我是为了你才做的。贝丝，你以为你是谁？你不懂什么是爱情。我第一眼看见你，就爱上你了，已经十七年了。托尼能这样吗？你的生活一帆风顺。因为你漂亮，你无须考虑你缺什么，需要什么，你从来没有孤寂的感觉，你永远不需要想方设法获取你想要的东西。永远都会有一个托尼在你身边，满足你的需求。你只须露出一个微笑，你只须说声'拜托'。"他稍稍抬高了嗓门，"如果用同样的方式，我永远不可能得到我想要的。我尝试过，难道你不相信吗？我连我父亲都搞不定。他的胃口越来越大，在我帮助他成功之前，他从来没有在睡觉前吻过我，从来没有抱过我。还有我的母亲，他们都一样！我帮她挽回了婚姻，但那怎么能让她满足呢？她恨我！她不愿意靠近我！她说，我不正常！我给她美好的东西，可是……贝丝，别这样！别……千万别……"

她抬起脚，踩在那个伊丽莎白娃娃身上，然后转动脚后跟，使劲地碾。在她的内心深处，痛苦已经化为熊熊火焰，烧掉了某个东西。此时，她不再害怕他。他只不过是一个披着成年人外衣的瘦小男孩，他连袜子都会穿错。

"我想，爱德，你现在肯定无计可施了。"她告诉他，"现在不行了，我说错了吗？"

他转过身，背对着她。"走吧，"他有气无力地说，"出去。把那个盒子留下，你把那个盒子给我留下。"

"盒子我会给你留下的，可里面的东西我不会留给你。"她从他身边走过，他的肩膀猛地抽了一下，仿佛随时准备转过身抓住她。可是，他随即又泄了气。

当她到达二楼平台的时候，他在楼上冲她大叫："你走吧！从此以后，无论你跟哪个男人在一起，你都不会满足的！等你容颜老去的时候，没有男人再喜欢你，再呵护你，你会想起我的！你会想起你抛弃的一切。"

她头也没回，一路下楼，冲进风雪中。冰凉的雪花扑到脸上，感觉很好。回学校的路有两英里长，可她不在乎。她想独自走一走，她需要寒冷。她想在风雪中得到净化。

很奇怪，她感到对不住他——一个小男孩，弱小的躯体承载着一股那么大的力量。一个小男孩，想让其他人成为他手中的玩偶，如果不听话，如果拆穿他，他就发怒，他就把他们踩碎。

她是什么？上天没有给他的，她都有，这不是他的错，也不是她努力的结果，不是吗？她记得，面对爱丽丝的疑问，她不敢正视现实，出于妒忌，她不顾一切地抓住了那份得来容易但对自己没什么好处的东西。

等你容颜老去的时候，没有男人再喜欢你，再呵护你，你会想起我的……我知道你需要什么。

但是，她真的那么年轻，需要得那么少吗？

在连接学校和镇子的桥上，她停下脚步，把爱德的魔法宝贝一件一件扔下去。最后扔的是那个漆成红色的菲亚特模型，它随着风雪落下去，看不见了。然后，她继续向前走去。

Children of the Corn

玉米地的孩子

　　伯特把收音机的音量调至最高，很吵，但他却充耳不闻，因为，在他俩之间，新一轮的争吵一触即发。他不想再吵了，他真的不想再吵下去了。

　　维姬说了句什么。

　　"你说什么？"他扯着嗓门说。

　　"把声音调低一点！你想让我鼓膜穿孔吗？"

　　他拼命把即将冲出口的话咽回去，并且随即把音量调低了。

　　虽然这辆福特雷鸟的空调运转正常，维姬还是用围巾当扇子不停地扇着："对了，我们现在到哪儿了？"

　　"内布拉斯加。"

她冷漠地看了伯特一眼："我知道，伯特，我知道这里是内布拉斯加，但是，伯特，我想知道具体的位置。"

"你不是有道路图吗，查一查。你不会不识字吧？"

"真够风趣的！我们离开了收费公路，为的就是欣赏这绵延三百英里的玉米地！当然，还有伯特·罗伯逊的幽默和智慧。"

他双手紧握着方向盘，握得太紧了，指关节都变白了。他之所以决定紧握方向盘，原因是，如果他松开手，其中一只可能会飞出去，狠狠地打在他身边这个昔日校花的嘴上。他告诫自己，此行的目的是拯救我们的婚姻。没错，我们采用的正是美国大兵在越战中四处抢救村庄的方法。

"维姬，"他小心翼翼地说，"我们离开波士顿之后，我已经在收费公路上连续开了一千五百英里。一路上都是我一个人开，你不肯开。后来……"

"我不是不肯！"维姬愤怒地说，"我开长途会头痛……"

"后来，我问你是否愿意在支路上帮我导航，你回答说，可以，伯特。这是你的原话。可以，伯特。后来……"

"有的时候，我真弄不明白当初为什么嫁给了你。"

"就因为说了两个字。"

她盯着他看了一会儿，嘴唇煞白，然后拿起地图册，野蛮地翻着。

伯特闷闷不乐，离开收费公路是一个错误。真可惜，在那之前，他们相处得还不错，都能够把对方当正常人看待。表面上，这次海滨之行的目的是拜访维姬的哥哥和嫂嫂，但实际上是拯救他俩婚姻的最后一搏。离开收费公路之前，这个计划似乎就要奏效了。

然而，自从上了支路，他俩的关系再次恶化。恶化到什么程度？准确地说，已经非常糟糕了。

"我们是在汉堡下的高速公路，对吧？"

"没错。"

"到了加特林才能再回到收费公路上去，"她说，"还有二十英里。加特林是个小镇。你认为我们可以在哪儿停下吃饭？或者，按照你宏大的计划，我们要像昨天那样，一直开到下午两点再休息？"

他扭头看着她："维姬，我受够了。如果要我说，我们应该立刻掉转车头回家，找那个你想见的律师。事情没有按照……"

此刻，她正看着前方，脸上的表情十分冷峻。忽然，惊讶和恐惧占了上风："伯特，当心，你就要……"

他将注意力转回到路上，刚好看见什么东西消失在雷鸟的保险杠下。电光火石间，他正准备把脚从油门换到刹车上，就感到什么东西重重地撞上了车子的前轮，然后是后轮。刹车！汽车的速度从五十陡降到零，分道线上留下了急刹车的痕迹，他俩的身体也随之猛地向前一冲。

"一条狗。"他说，"维姬，告诉我，是一条狗。"

她脸色惨白，像乡村奶酪的颜色："是个男孩，一个小男孩。他刚从玉米地里跑出来，嗯……你吃人了，老虎。"

她抓住门把手，打开车门，探出身子，吐了。

伯特直挺挺地坐在雷鸟的驾驶座上，双手依旧没有离开方向盘。很长一段时间，他的大脑一片空白，只感觉有一股浓烈的化肥味道直往他鼻孔里钻。

后来，他发现维姬下了车。通过反光镜，他看见她跌跌撞撞地朝车后走去，地上有一个类似破布卷的东西。平日里，她是一位极其优雅的女士，可现在，那份优雅消失了，被夺走了。

这是误杀！他们用的就是这个词。我刚才没有看路。

他熄了火，然后下车。微风柔柔地吹过一人高的玉米林，发出一种类似呼吸的诡异声响。维姬正俯身看着那个破布卷，他听见她在低声抽泣。

他此时刚好位于汽车和维姬之间。忽然，左侧有什么东西引起了他的注意：绿油油的玉米地里，一片鲜艳夺目的红色，仿佛有人故意把粉刷谷仓用的油漆泼洒在那个地方。

他停下脚步，朝玉米地看过去。他情不自禁地想（无论那个破布卷里裹着什么），现在肯定是玉米生长的绝好时节。一株挨着一株，快要结果实了。如果你纵身一跃，你会迷失在那片整洁的绿荫里。即使花上整整一天，你也不见得能回到原地。然而，眼前，那种整洁被破坏了。好几株高大的玉米被拦腰折断了，耷拉着脑袋。玉米地的深处藏着什么呢？

"伯特！"维姬对着他大叫，"你不想过来看一下吗？你可以告诉你那些牌友，你在内布拉斯加猎杀了什么。你不想……"她说不下去了，继续抽泣着。阳光下，她的影子一动不动地趴在她脚边。快正午了。

他走进玉米地，四周很阴凉。他发现，那片油漆其实是鲜血。突然，传来一阵低低的、催人欲睡的嗡嗡声。一群苍蝇围拢过来，舔食着，然后低吟着飞走了……可能去通知同伴了。再往里走，他发现更多染血的叶片。自然，公路上那个伤者的鲜血不可能飞溅到这么远的地方！接着，他发现地上有个东西，刚才在公路上他就看见了。他弯下腰，将它捡了起来。

在这个地方，整齐的玉米地被破坏了。好几株玉米像喝醉了酒似的歪斜着身子，有两株干脆被拦腰折断了。地面凹陷，还有血迹。玉米在风中摇曳。他不禁打了个哆嗦，转身回到公路上。

维姬有些歇斯底里，不停地对着他乱喊乱叫，大哭大笑。谁也没有想到，他俩的婚姻竟然会有如此戏剧化的结局。他看看她，发现自己此时并没有遭遇所谓的身份危机，或是艰难的人生转变，或是其他什么类似的新潮事情。他恨她。他抬起手，狠狠地给了她一记耳光。

她不叫了，用手捂着自己的脸。她的脸通红，依稀可见他的手掌留下的印迹。"伯特，你会坐牢的！"她严肃地说。

"我可不这么想。"说着，他把在玉米地里发现的箱子放在她脚下。

"这是什么？"

"不知道。我猜想，这是他的东西。"他手指着脸朝下趴在地上的那个人。从外表看，那个孩子年龄不超过十三岁。

这是一个旧箱子，棕色的皮革已经严重磨损。箱子用两根晾衣绳绑着，并且打了两个大大的、滑稽的平结。维姬弯下腰，去解其中一根绳子，发现绳子上有血污，立刻把手缩了回来。

伯特跪在地上，轻轻地把那孩子的身体翻过来。

"我可不想看。"维姬嘴里这样说，但还是无奈地看了一眼。当她的目光落在孩子那双睁得大大的、毫无生气的眼睛上的时候，她忍不住尖叫起来。那个男孩的脸很脏，脸上一副惊恐的表情。他的喉咙被割断了。

维姬有些站不稳，伯特连忙站起身，扶住她。"坚持住，"他轻声说，"维姬，能听见我说话吗？别昏过去。"

他一遍遍地重复着，最后，维姬开始好转，并且紧紧地抱着他。正午时分，他们互相搂抱着，仿佛在跳舞，脚下是那个孩子的尸体。

"维姬？"

"什么？"她把头埋在他胸前。

"回到车上去，把车钥匙拔下来，揣在口袋里。然后，把后座上的毯子拿来，还有我的枪。快去！"

"枪？"

"有人割断了他的喉咙。也许那个人正躲在某个地方监视我们呢。"

她猛地抬起头，看着玉米地。一望无际，绵延数英里，像海水一样，高低起伏。

"我想他已经离开了。但是，不怕一万就怕万一。别耽搁了，快去！"

她蹑手蹑脚地朝汽车走去，她的影子紧随其后，仿佛一个黑暗的吉祥物，在正午时分，与她形影不离。当她探身到后排座位的时候，伯特蹲在地上，打量那个孩子：白人，男性，身上没有明显的特征。车从他身上轧过去了？没错，但雷鸟不可能割断他的喉咙。刀口欠整齐，看得出来，凶手不太熟练——没有经过军事化的训练，不通晓徒手杀人的要点——但是，结果却是致命的。这孩子有可能身负重伤，跑上了公路；或者，已经毙命，然后被人拖着穿过路边三十英尺宽的玉米地，扔在公路上。假如他遭遇车祸的时候还有气息，那么，他的生命已经在三十秒内戛然而止了。

维姬拍了拍他的肩膀，他跳了起来。

她左手抱着那床驼色的军用毯，右手拿着带枪套的霰弹枪，头扭向一边。他接过毯子，将它铺在地上，然后把孩子的尸体翻滚到上面。维姬发出一声绝望的呻吟。

"你没事吧？"他抬头看了看她，"维姬？"

"我没事。"她的声音有些梗塞。

他揪起毯子的两个边，把尸体裹紧，然后抱起来。死人的分量。孩子的头和脚向下垂，身体呈倒 U 字形，随时会从毯子里滑出来。他紧紧地抱着毯子，他们一起往汽车那边走去。

"打开后备厢。"他嘟囔道。

后备厢里装满了旅行用品、箱包，还有纪念品。维姬把大部分东西拿到后排座位上，然后，伯特把尸体放进去，随手砰的一声关上后盖。他轻松地舒了一口气。

维姬站在驾驶室旁，手里仍然拿着那把装在枪套里的霰弹枪。

"放在后排，你也快上车。"

他看看表，十五分钟过去了，感觉像过了好几个小时。

"那个箱子怎么办？"她问。

那个箱子此刻正立在公路的白色分道线上，仿佛印象派作品中的焦点。他快步走过去，握住破旧的把手，把箱子提起来，但并没有立刻离开。他有种强烈的感觉，有人在监视他。他在小说里读过类似的描述，都是些廉价小说，他以前不相信。现在，他的认识发生了变化，他感觉玉米地里有人，可能还不止一个。他们在冷静地判断，看那个女人是否会从枪套里拔出枪来，在他们动手抓住他，拖进玉米地，割断他的喉咙之前，向他们开枪射击……

他心跳加快，快步跑回车旁，把后备厢上的车钥匙拔出来，然后钻进车里。

维姬又开始哭泣了。伯特发动了汽车，不一会儿，事发地已经从后视镜里消失得无影无踪了。

"你刚才说下一站是哪儿？"他问道。

"嗯，"她再次查看道路图，"加特林，再过十分钟，我们应该就到了。"

"看看那个地方有多大，是否有警察局。"

"不知道，地图上只是一个小点。"

"希望有治安官。"

他们默默地向前开了一会儿，道路左侧有一个筒仓。除此之外，什么也没有，只能看见一望无际的玉米地。此外，对面也没有车辆过来，连农用车都没有。

"维姬，我们离开收费公路之后碰见过什么车吗？"

她想了想，说："一辆小车，一辆拖拉机，在那个十字路口。"

"不是，我的意思是，我们上了这条路之后，17号公路。"

"没有，我记得没看见过其他车。"要是早些时候，这可能又是嘲讽争执的序曲。现在，她透过打开一半的车窗，望着外边绵延的道路和无尽的分道线。

"维姬，你能把箱子打开吗？"

"你认为这样做有意义吗？"

"不知道，试试看吧。"

她伸手去解绳扣（她脸上的表情很奇特——没有表情，但嘴巴绷得很紧——伯特想起自己的母亲，她星期天杀鸡，掏鸡内脏的时候，就是这副模样）。伯特重新打开车载收音机。

他们一直收听的那个流行音乐台此刻只有沙沙的电流声。伯特慢慢转着旋钮，红色指针在频道调节器上由上到下慢慢移动，农产品报道，巴克·欧文斯，塔米·怀尼特。不管是哪个台，声音都显得很遥远，近乎一种杂音。后来，当红色指针接近调节器底端的时候，扬声器里突然爆发出一个词，很响亮，很清晰，仿佛说话者的嘴唇就贴着扬声器的格栅。

"赎罪！"咆哮的声音。

伯特十分震惊，忍不住嘟囔了一句。维姬跳了起来。

"只有上帝羔羊的血才可以拯救我们！"吼叫在继续。伯特赶忙把音量调低。应该说，这个电台距离此地非常近，非常之近，以至于……没错，就在前面。远处的地平线上，从玉米地里陡然升起一个又细又高的红色三脚架，与蓝天交相辉映。那就是电台的发射塔。

"赎罪是最恰当的词，兄弟姐妹们。"音量降低了，听上去更像是谈话，还有背景音，含混不清的"阿门"，"有人认为，生活在这个世界上，只要能够超凡脱俗就好，仿佛你可以正常工作，正常行走，而不被这个世俗的世界所污染。回答我，这是上帝的旨意吗？"

虽然不太清楚，但是够响亮："不是！"

"神圣的耶稣基督！"布道者高喊着。此时，收音机里连续不断地传出高亢、富有节奏的话语，几乎可以赶得上摇滚乐，极具吸引力："他们何时才能知道，那种生活方式就意味着死亡？他们何时才能知道，凡间的辛劳会从上帝那里得到补偿？嗯？上帝说，在他的庭院里有许多房子。但是，淫乱者，没有份！贪婪者，没有份！亵渎玉米者，没有份！同性恋者，没有份！……没有份！"

维姬猛地关上收音机，说："一堆废话，真让人恶心！"

"他说的是什么？"伯特问道，"他说玉米怎么了？"

"我根本没听。"她正忙着解第二根绳子。

"他说了跟玉米有关的话，我记得他说过。"

"我解开了！"维姬话音刚落，放在腿上的箱子打开了。他们刚好驶过一个路牌，上面写着：**加特林五英里。小心驾驶。当心孩童。**路牌是罗斯福政府竖的。上面有点二二口径的手枪留下的弹孔。

"短袜，"维姬说，"两条裤子，一件衬衫，一根皮带，一根细领带，上面还夹着一个……"她把领带拿起来给他看，领带上面的那个领带夹，镀金部分已经开始剥落，"那是谁？"

伯特扫了一眼："我猜，是霍帕隆·卡西迪 ①。"

"是吗。"说着，她把领带放回原处，又开始哭泣了。

过了一会儿，伯特说："刚才收音机里那段布道，你有没有发现什么特别之处？"

"没有。我小时候听得太多了，已经够我享用一生了。我跟你说过的。"

"你有没有发觉那个声音很年轻？那个牧师？"

她忧郁地笑了一声："一个少年，也许吧，那又怎么样呢？那次旅行就是因为这个才如此可怕。他们喜欢趁小孩子的大脑还有可塑性的时候，控制他们。他们知道如何往里面灌输制约和平衡情感的东西。你真应该去参加一次那些信徒组织的野营聚会，我是被我父母硬拉去的。在类似的活动中，有好几次……我的灵魂得到了'拯救'。

"想想看，那个叫巴比·霍顿斯的小女孩，歌坛神童，只有八岁。每次登台，总喜欢唱那首《依靠在永远的手臂上》。她在台上唱，她老爸在台下发名片，告诉每个到场的人：'大家为她加油，别让这个上帝的小羊羔失望啊！'还有那个诺曼·斯汤顿，他以前总喜欢上身穿那种小公爵外套，下身穿一条七分裤，四处宣讲地狱之火和点燃地狱之火所需

---

① 美国作家克拉伦斯·E. 马尔福德（1883—1956）笔下的西部牛仔形象。

314

的燃料。那个时候，他才七岁。"

她冲他点点头，而他脸上则是一副惊诧的神情。

"而且，绝不可能就他们两个。电台里没准有许多像他们这样的孩子。他们能吸引人们的注意。"最后这两个字，她是咬着牙一个一个吐出来的，"鲁比·斯坦普奈尔，十岁，一个实施信仰疗法的小女孩。还有格雷斯姐妹，她们每次出场，头上都戴着锡纸做的小光轮，而且——哇！"

"怎么了？"他猛地扭过头，看着她，看着她手里拿的东西。维姬正着迷地打量着那个东西。那是她在箱子底部发现的，她用手捧着，慢慢拿出来。伯特把车停在路边，他想好好看看那个东西。她把它递给他，一句话也没说。

那是一个十字架，是用玉米皮做的，刚做好的时候是绿色的，现在已经枯黄了。不知是谁还用编结在一起的玉米穗把一截玉米棒子绑在了那个十字架上。玉米棒子上的玉米粒大部分都不见了，可能是被人用小刀很仔细地一粒一粒抠掉了。剩下的玉米粒组成了一幅黄色的浮雕，基本可以看出，是耶稣的受难像。玉米粒做的眼睛被划出一道横向的切口，露出了瞳孔，向外伸展的双臂，靠拢在一起的双腿，最下面是赤裸的双脚。淡黄色的玉米轴上还有玉米粒组成的四个字母：INRI。

"这件手工制品真的很了不起。"他说。

"很可怕。"她的声音单调，不自然，"扔了吧！"

"维姬，警察可能会感兴趣。"

"为什么？"

"我也说不好，或许……"

"扔了吧！拜托了，行吗？我不想让这东西留在车里。"

"我把它放在后面。等见到警察，我们就把它交出去。我保证，拜托了！"

"哼，你愿意怎样就怎样吧！"她冲着他喊道，"反正什么都是你说了算！"

他感到很烦，把那个东西朝背后扔了过去，刚好落在后排座位上的一堆衣服里。那对玉米粒做的眼珠子直直地盯着雷鸟的顶灯。他将车子驶离路边，车轮扬起一片沙尘。

"我们要把尸体和箱子里的所有东西都交给警方。"他肯定地说，"然后，这一切就跟我们没有关系了。"

维姬一声不吭，眼睛盯着自己的手。

他们又往前行驶了一英里，一望无际的玉米地开始向后退去，道路两侧出现了农舍和谷仓。在一座院落里，他们看见一群脏兮兮的小鸡无精打采地在泥土里啄食。谷仓顶上有可乐和口嚼烟的广告，但已经褪色了。他们经过一个高大的广告牌，上面写着：**只有耶稣拯救世人的灵魂！**他们驶过一家咖啡馆，前面有一个康诺克石油公司的加油站。伯特决定继续前行，到城里再加油。他真心希望前面很快就有城镇出现，假如没有，也没关系，他们可以返回这里。车子刚开过去，他忽然想起来，那个停车场里空空如也，只有一辆布满灰尘的旧皮卡，好像只有两个轮胎，还都是瘪的。

突然，维姬开始咯咯地笑，声音很大，伯特感觉她有些歇斯底里。

"有什么好笑的？"

"那些路牌。"她笑得喘不过气来，一个劲地打嗝，"你没看见吗？他们把这个地方称作'圣经地带'，不是在开玩笑吧！哇，上帝，又来了。"她又发出一连串歇斯底里的笑声，同时不停地拍巴掌。

每一块路牌上只有一个词。路牌倚靠在粉刷成白色的木棍上，木棍竖在路肩的沙土里。从外观看，这些路牌已经有年头了，白色的涂料已经褪色。每隔八十英尺就有一块这样的牌子。伯特依次念着上面的字：

316

一朵……云彩……在……白天……一根……柱子……的……火焰……
在……夜晚。①

"他们忘了一件事。"维姬无法抑制住自己的笑声。

"忘了什么?"伯特皱着眉头问道。

"柏马剃须膏②。"她握紧拳头抵住嘴巴,拼命忍住不笑,可是,她
那近似疯狂的傻笑仿佛啤酒泡沫,从嘴边流了出来。

"维姬,你没事吧?"

"我没事。我只盼着赶紧离开这个地方,回到一千英里之外的加利福
尼亚,那个阳光和罪恶并存的地方,到了那里,落基山脉就把我们和内
布拉斯加分开了。"

前方又过来一组路牌,他俩默默地念着:

拿着……这个……并且……吃掉……说……主……上帝……

此时,伯特心中暗想,我为什么会立刻把那个代词和玉米联系在一起
呢?这难道就是分发圣餐的时候他们说的话?他很久没去教堂了,都记
不清楚了。如果在这些地区,他们以玉米饼做圣饼,那应该没什么值得
惊讶的。他准备将自己的理解告诉维姬,不过,转而一想,还是算了。

前方是个坡道,下了坡就看见加特林了,总共三个街区,感觉像大萧
条时期电影里的某个场景。

"那里应该有治安官。"伯特说。加特林是一个小镇,用不了一天就
可以走遍每个角落。可是,他很纳闷,为什么眼前这个在太阳下昏昏欲
睡的地方会让自己感觉喘不过气来呢?

他们经过一个限速牌,此地限速三十码。另一块锈迹斑斑的标牌上写

---

① 参见《旧约·出埃及记》13:21:"日间,耶和华在云柱中领他们的路;夜间,在火
柱中光照他们,使他们日夜都可以行走。"

② 美国一个剃须膏品牌,1926年到1963年间采取了一种独特的宣传方式,按一定距
离在公路两旁竖立广告牌,使司机能连续读完整句广告词。

着：欢迎来到内布拉斯加的加特林——或者说世界上最美丽的城镇。入口编号：5431。

道路两边是布满灰尘的榆树，大都已经病死。他们先经过加特林锯木厂，然后是一个 76 连锁加油站，油品的价格牌在午间的热浪中轻轻摇摆：普通汽油 35.9 美元，优质汽油 38.9 美元。还有一块牌子上面写着：加柴油的司机到后面来。

他们穿过榆树街，接着是白桦树街，然后去往中心广场。路边清一色的木头房子，带纱窗的门廊，尖顶，功能齐全。草坪上的草已经枯黄，没有生气。前方，一条土狗独自溜达，不紧不慢地拐进枫叶街。没走多远，它停下脚步，打量着他们，然后趴在路边，鼻子搁在爪子上。

"停下。"维姬说，"就在这儿停下。"

伯特没有异议，随即减速靠边。

"掉头。我们把尸体带到格兰德岛去。那儿离这儿不远，对吗？快走吧！"

"维姬，你怎么了？"

"你还问我怎么了？你傻了？"她抬高了嗓门，"这儿没人，伯特，除了我们俩，这儿没有别人。难道你没有察觉到吗？"

他已经感觉到了异样，他此刻依旧可以感觉到这种异样。只是……

"有这种可能。"他说，"但是，这是一个小地方，只有一个消防栓的小地方。也许大家都在广场上，今天是烧烤节，或者有什么宾戈游戏。"

"这儿一个人也没有。"她的语气十分肯定，听上去有些古怪，有些紧张，"难道你忘了刚才那个 76 连锁加油站了？"

"没忘，就在锯木厂那边，怎么了？"他有些心不在焉，耳畔响着蝉鸣声，那些小家伙正在附近的一棵榆树上打洞呢。他闻到了玉米的气味，还有玫瑰的芬芳，自然，少不了化肥的气味。第一次，在这一路上，还是第一次，这些气味离开了公路，进了城。小镇的这种状态，他从未见过（虽然他多次乘坐联合航空的 747 从它上空经过），而且，不知怎的，他感觉一切都不对劲，可又说不清楚究竟哪里不对劲。再往前走，应该有一家食品店，有冷饮柜台，一家名叫比茹的影院，还有一所以肯尼迪名字命名的学校。

"伯特，刚才的价格牌上写着，普通汽油35.9美元，优质汽油38.9美元，这个价格是多久以前的了？"

"至少四年前。"他赞同地说，"但是，维姬……"

"我们已经到了镇上，伯特，可是，我们连一辆车都没有碰见！一辆都没有！"

"格兰德岛距此地七十英里，假如我们把他带到那里去，你不觉得有些不现实吗？"

"我管不了那么多了。"

"你看这样行不行？我们先把车开到法院，然后……"

"不行！"

他妈的，去死吧！简单地说，我们的婚姻为何走向崩溃？不，我不知道，先生。如果你不让我按照自己的想法去做，那我就憋住气，不呼吸，憋死算了！

"维姬。"他说。

"伯特，我想离开这里！"

"维姬，你听我说。"

"掉头，快点。"

"维姬，你能停一分钟吗？"

"只要你掉头，我立刻就闭嘴。马上，我们快走。"

"我们后备厢里还有一具孩子的尸体呢！"他冲她大吼。看见她畏缩，看见她崩溃，他明显有些小得意。他稍稍降低了音量，接着说："他的喉咙被割断了，他被拖到公路上，我把他给轧了。现在，我要去法院，或者类似的什么地方，我要去报警。如果你想步行回收费公路，那你请便。我待会儿去接你。但是，想让我立刻掉头，开车去七十英里外的格兰德岛，假装后备厢里装的只是一袋垃圾，可能吗？做梦吧你！他也是有妈妈的孩子，我要赶快去报警，否则凶手就翻过山，跑远了。"

"你见鬼去吧！"她哭喊着说，"我干吗要跟你在一起？"

"我不知道。"他说，"我再也不想知道了。但是，维姬，这种局面还是可以弥补的。"

他把车驶离路边。听到轮胎发出的吱吱声，那条狗抬起头，但随即又趴下了。

这个街区走到头就是广场了。在美因路和普莱森特路的交叉口，美因路被一分为二。就在那个地方，有一个广场，草坪的中央有一个舞台。在美因路的另一端，有两栋看似政府机构的建筑。伯特看见其中一栋上写着：加特林市政中心。

"就是那里了。"他说。维姬一言不发。

沿广场绕行了一半，伯特再次把车靠边停下。路边有一家快餐店：加特林烤肉酒吧。

"你去哪里？"当伯特打开车门准备下车的时候，维姬问道。

"看看人都去哪儿了。橱窗上写着'营业'。"

"你不能把我一个人留在这儿。"

"那你跟我一起去，没人拦着你。"

当他走到车头的时候，她打开车门，下了车。他发现她面色苍白，有一瞬间，他有些可怜她。但是，怜悯又有什么用呢？

"你听见了吗？"他俩站在一起的时候，她问他。

"听见什么？"

"寂静。没有汽车，没有人，没有拖拉机，什么都没有！"

紧接着，从一个街区之外传来孩子们开心的笑声。

“我听见了孩子的声音，”他回答说，“你没听见吗？”

她看着他，愁容满面。

他推开快餐店的大门，里面很干燥，热烘烘的，仿佛刚消过毒。地面布满灰尘，家具的电镀层已经失去了光泽。天花板上，吊扇的木头叶片静止不动。桌子空着，吧台旁的凳子空着，但是，吧台后面的一面镜子破了。另外，还有一个奇怪的现象……很快，他就发现了：啤酒瓶的盖子无一例外都被打开了。那些没有瓶盖的瓶子在柜台上一字排开，真奇怪，像是给到场的人准备的时尚赠品。

维姬的声调一下子拔高了，差点破音：“好啊，你找人去问啊！劳驾，先生，您能告诉我……”

“够了，你给我闭嘴！”他的声音缺乏生气，缺乏力量。此刻，他俩就站在一家快餐店里，裹挟着灰尘的阳光透过店铺的大玻璃窗照进室内。又一次，他感觉有人在监视他。他想起后备厢里的那个孩子，想起方才听见的小孩子的笑声。不知怎的，他脑海里闪现出一个短语，一个具有法律色彩的短语，这个短语在他耳边疯狂地重复着：未经核实。未经核实。未经核实。

他的目光落在柜台后面用图钉钉着的几张已经泛黄的卡片上：鸡肉堡35美分，世界最佳咖啡10美分，草莓大黄饼25美分。今日特价：火腿红眼肉汁加玉米糊80美分。

他有多久没在快餐店里见过这样的价格标签了？

维姬给出了答案。“你瞧这个。”她的嗓门很尖。她正用手指着墙上的日历：“我猜想，供应这种豆类晚餐，应该是十二年前的事情了。”说罢，她发出一阵刺耳的笑声。

他走上前去，看着日历上的画。画里有一个小池塘，两个男孩正在游泳，一只调皮的小狗把他们的衣服叼跑了。在画的下面，有一行文字说明：加特林木材五金厂向您致意！你们破坏，我们维修。落款是一九六四年八月。

"我不太明白，"他迟疑地说，"但我肯定……"

"你肯定！"她歇斯底里地喊道，"肯定，你肯定！这就是造成你困境的原因之一，伯特，你一辈子都肯定！"

他转身朝门口走去，她跟在他身后。

"我们去哪儿？"

"去市政中心。"

"伯特，你为什么这么固执呢？你也知道这儿不对劲，你为什么不能面对现实呢？"

"我不是固执。我只是想找地方安顿后备厢里的东西。"

他们走到门前的人行道上。伯特又一次感觉到，镇上非常安静，而且，空气中不时飘来化肥的味道。你把黄油涂抹在玉米穗上，再加点盐腌渍一下，一口吃下去，不知是何原因，那种化肥的味道就不会再烦扰你了。太阳、雨水、各种人造磷肥加一块儿，没准就是一种牛粪般的健康食品。但是，这儿的气味和纽约北部的乡村不同，他是在那里长大的。那些有机肥料，不管你怎么描述它，一旦撒进土壤，那股气味，可以说，近似芳香。当然，不能和名贵香水相提并论，上帝，绝对不能，但是，在傍晚时分，一阵春风吹来，裹挟着它飞过刚犁过的土地，那种气味可以让你浮想联翩：冬天即将过去；学校的大门再过大约六个星期就要关闭，孩子们即将欢度暑假。在他心里，这种气味和其他各种香水般的清香密不可分，比如，猫尾草、三叶草、新土、蜀葵、山茱萸。

但是，他想，这里跟他的家乡不同。气味相似，但不一样。它透着一种淡淡的让人恶心的甜味，一种类似死亡的气味。他在越南战场上当过卫生员，对那种气味相当熟悉。

维姬安静地坐在车里，腿上放着那个玉米十字架。她双手捧着它，盯着它看，那种痴迷的神情，伯特不喜欢。

"把它放下。"他说。

"不！"她说话的时候连头都没有抬一下，"你干你的，我干我的。"

他挂上挡，车子驶向街角。头顶，一个废弃的交通信号灯在微风中摇来晃去。左侧是一座整洁的白色教堂。教堂前的草坪修剪得整整齐齐，通往大门的石板路两边摆放着一盆盆精心布置的鲜花。伯特靠边停下。

"你想干什么？"

"我想进去看看。"伯特说，"镇上就这个地方看上去不像废墟。看看那个布道栏。"

她看了一下。玻璃下面整齐地钉着一排白色的字母：

权利和仁慈——行走在玉米地里的他。日期是一九七六年七月二十四日，上个星期天。

"行走在玉米地里的他。"伯特说着，转动钥匙，熄了火，"上帝九千个名字中的一个，我猜，是内布拉斯加人专用的。一起进去看看？"

她脸上没有笑容："我不跟你进去。"

"好吧，随你。"

"离开家之后，我还没进过教堂，但我不想进这座教堂，我不想待在这个小镇里，伯特。我很害怕，我快疯了。难道我们不能离开这里吗？"

"我一会儿就出来。"

"我也有钥匙，伯特。假如你五分钟后不出来，我就开车离开，把你一个人扔在这儿。"

"别啊，就一会儿。"

"我心意已决，除非你像抢劫犯那样袭击我，抢走我的钥匙。我猜，你有可能那样做。"

"但你以为我不会。"

"对。"

她的小包就放在他们中间的座位上。他一把抓过来。她尖叫一声，伸手去抓肩带。他抢先拿开，她没有成功。他来不及细细地翻找，干脆让小包底朝天，把里面的东西统统倒了出来。在纸巾、化妆品、零钱，以及以往的购物小票中间，钥匙扣闪闪发亮。她扑过去，但他再次领先，把钥匙放进自己的口袋。

"你没必要这样吧。"她哭着说，"还给我。"

"不给，"他冷冷地、毫无意义地朝她撇了撇嘴，"没门！"

"求你了，伯特，我害怕！"此刻，她伸出手，哀求他。

"你肯定只会等我两分钟，然后就不耐烦了。"

"我不会……"

"然后你就开车跑了，一边笑一边对自己说：'教训伯特一下，下次我想干什么，他再也不敢反对我了。'我们结婚的这些年里，这一直都是你的座右铭，不是吗？教训伯特一下，他再也不敢反对我了，嗯？"

他下了车。

"求你了，伯特！"她喊叫着，扭过身子，冲着车门，"听着……我知道……我们先出城去，找个电话亭，行吗？我有零钱。我只是……我们可以……伯特，别把我一个人留在这儿！"

他不顾她的哀求，猛地关上车门，靠在雷鸟上，停了一会儿，拇指抵着自己紧闭的双眼。她使劲地捶打驾驶室的窗户，嘴里咒骂着。等他找到管事的人来接管孩子的尸体，她一定会给他们留下一个极好的印象。一定会。

他转过身，沿着石板路朝教堂大门走去。就几分钟，他就进去看看，马上就会出来。没准教堂还不开呢。

可是，轻轻一推，门就开了，门上的铰链上过油，一点声响也没有（之所以上油，他想，是出于对上帝的尊敬。这种解释未免有些可笑）。前厅非常阴凉，他甚至感觉有点凉飕飕的。好一会儿，他的眼睛才适应此处的阴暗。

324

第一件引起他注意的东西是远处角落里的一堆木头做的字母，随意地堆放在一起，布满了灰尘。他好奇地走到近前。前厅异常整洁，一尘不染，而这些物件与此处格格不入，像烤肉酒吧里的日历，陈旧，被人遗忘。这些字母每个有两英尺高，很明显是一套。他把它们在地毯上一一排开，总共十八个，然后像玩字谜游戏那样，把它们拼凑在一起：HURT BITE CRAG CHAP CS。不对。再拼。CRAP TARGET CHIBS HUC。也不对。唯一靠谱的是 CHIBS 中的 CH。他迅速拼好"教堂"（CHURCH）一词，然后打量着剩下的字母：RAP TAGET CIBS。毫无意义，胡言乱语。他蹲在地上，摆弄着这些字母，而此时，维姬坐在车里，快要崩溃了。他正准备起身，突然灵光一闪。他摆出"浸礼会教友"（BAPTIST）一词，剩下RAGEC——移动其中两个字母，他拼出了格雷斯（GRACE）。最后的结果是：格雷斯浸礼会教堂（GRACE BAPTIST CHURCH）。原来这是教堂的名字，被人从教堂外墙上卸了下来，胡乱地扔在角落里。然后，教堂被粉刷一新，结果，人们找不到这些字母原来的归属地了。

为什么会这样呢？

格雷斯浸礼会教堂已经消失，这就是原因。照这样看，现在的教堂是一个什么样的教堂呢？不知怎的，想到这里，他后背一阵发凉。他迅速站起身，拍打着手上的灰尘。他们拆除了教堂的招牌，结果呢？也许，他们已经把此处变成了菲利普·威尔逊①的"现在发生了什么教会"。

可是，究竟发生了什么事情呢？

他有些心烦意乱，不想继续深究下去了。他继续向前走，穿过一个个大门。现在，他发现自己来到了教堂深处。当他打量着中殿的时候，他感觉自己的心脏被恐惧包围和挤压。他倒吸一口凉气，在满屋子的寂静中，呼吸声显得异常响亮。

---

① 美国著名喜剧演员，成功扮演了"现在发生了什么教会"的牧师。

讲坛的后面，一幅巨型的耶稣画像占据了显要位置。伯特心中暗想：如果说，在这个地方有什么东西能让维姬神经错乱，那肯定非它莫属。

耶稣咧着嘴，狡诈地笑着。他的眼睛瞪得很大，让伯特联想起《歌剧魅影》里面的朗·钱尼，他有些不安。在耶稣的两个大大的黑眼珠子上，有人（可能是个罪人）淹没在一片火海里。但是，最令人感觉奇怪的是，这个耶稣的头发是绿色的……再细细打量，他发现耶稣头上那一堆乱蓬蓬的东西原来是夏初的玉米穗。那幅画画得很粗糙，但效果却很好，看上去像连环画，出自一位有天赋的小朋友之手——《旧约》里的耶稣，抑或是一位异教的神，他不是去引导迷路的羔羊，而是可能将他们一一诛杀作为祭品。

在左边一排长椅的尽头，有一架管风琴，伯特说不出这琴到底哪里不对劲。他沿着左边的通道走过去，眼前所见让他大惊失色：所有的琴键都被破坏了，就连音栓也被拔了出来……音管里面塞满了干掉的玉米穗。琴上面有一块小木板，上面有一行精美的小字——上帝说：只有人类的喉舌才能创造音乐。

维姬说得没错。这个地方真的不对劲。他打算不再逗留，直接去找维姬，上车，尽可能快地离开此地，不再想市政中心那码事了。但是，坦白说，这让他有些气恼。他心中暗想，你得考验她一下，然后再回到她身边，向她承认，一开始，她就是对的。

再拖延一两分钟，然后再出去。

他朝讲坛走去，心想：总有人会经过加特林的。附近城镇肯定有人在这里有亲属或朋友。内布拉斯加海岸警察肯定也经常到此巡逻。电力公司呢？交通信号灯没电了。假如镇上断电长达十二年，他们肯定会知道的。结论是，发生在加特林的事情似乎完全不可能。

尽管这样想，他依旧心里发慌。

他踏上通往讲坛的四级台阶，上面铺着地毯。他望着下面一排排空荡荡的长椅，在半明半暗的教堂里发着微光。他感受到恐惧带来的压力，仿佛有对邪恶的眼睛盯着他的后背。

讲坛上有一本巨大的《圣经》，翻到了《约伯记》第三十八章。伯特扫了一眼，读道："耶和华从旋风中回答约伯说：谁用无知的言语使我的旨意暗昧不明……我立大地根基的时候，你在哪里呢？你若有聪明，只管说吧！"上帝。行走在玉米地里的他。你若明白，只管说吧！请传递玉米。

他用手指翻阅着圣书，哗，哗，寂静的大厅里回响着干巴巴的、低沉的声音——倘若真有鬼魂存在，它们可以发出同样的声响。在这样的地方，你很有可能会相信。《圣经》中的一些章节被人撕掉了，他发现，大部分都是《新约》的内容。有人决定用剪刀修订钦定版《圣经》①。

《旧约》部分完整无缺。

他正打算离开讲坛，突然发现一个矮书架上有一本册子。他拿了过来，以为是教堂里举行婚礼、坚信礼和葬礼的记录。

封皮上印着一行烫金大字，制作手艺比较业余：**铲除一切不公。这样，大地会重新变得肥沃，上帝说。**伯特看了，做了个鬼脸。

此时，思绪犹如一列火车，伯特不在乎它在哪路轨道上疾驰。

他翻开第一页，是一种宽条纹的纸张。他一眼就看出，上面的字是小孩子写的。有些地方，依稀看得出被橡皮擦过的痕迹。虽说通篇没有错别字，可是，那一个个稚嫩的大字，与其说是写出来的，倒不如说是画出来的。第一栏上写着：

阿莫斯·迪根（理查德），生于 1945.9.4　　　　1964.9.4
艾萨克·伦弗鲁（威廉），生于 1945.9.19　　　　1964.9.19

---

① 《圣经》的英文版之一，由英王詹姆斯一世下令翻译，以通俗易懂、传播广泛著称。

索福尼亚·柯克（乔治），生于 1945.10.14   1964.10.14

玛丽·威尔士（罗伯塔），生于 1945.11.12   1964.11.12

也门·霍利斯（爱德华），生于 1946.1.5   1965.1.5

　　伯特皱着眉头，继续往下翻。差不多翻到四分之三的时候，记录的格式突然发生了变化：

雷切尔·斯蒂格曼（唐娜），生于 1957.6.21   1976.6.21

摩西·理查森（亨利），生于 1957.7.29

马拉基·伯德曼（克雷格），生于 1957.8.15

　　册子上的最后一条记录是露丝·克劳森（桑德拉），生于一九六一年四月三十日。伯特看看那个书架，又拿过来两本。第一本封皮上的标志跟刚才那本一样，里面的记录格式也一样：姓名和出生日期。在一九六四年九月初的记录里，他发现了以下内容：约伯·吉尔曼（克莱顿），生于九月六日。后面紧接着的是夏娃·托宾，生于一九六五年六月十六日。括号里缺少姓氏。

　　第三本册子是空白的。

　　伯特站在讲坛后面，陷入了沉思。

　　一九六四年发生了什么事情，跟宗教、玉米……以及孩子们有关系。

　　亲爱的上帝，我们祈求您赐福给庄稼。看在耶稣的分上，阿门。

　　刀高高举起，下面是待宰的羔羊——可是，那是一只羔羊吗？也许，宗教的狂热席卷了此地。数百平方英里的玉米，在风中神秘作响的玉米，将此处与外面的世界隔绝，让这里变成了孤独之地。孤独地待在七千万英亩的蓝天之下，待在上帝警觉的眼睛下面。这是一个奇怪的、绿色的上帝，一个玉米的上帝，他苍老、诡异、饥饿。行走在玉米地里的他。

328

伯特感觉脊背一阵发凉。

维姬，我来给你讲个故事。故事的主角是阿莫斯·迪根。他出生于
一九四五年九月四日，出生时的名字是理查德·迪根。他在一九六四年有
了阿莫斯这个名字，取自《旧约全书》，里面那个叫阿莫斯的人是一个
小预言家。嗯，维姬，后来……别笑，迪克·迪根和他的朋友们——比利·伦
弗鲁、乔治·柯克、罗伯塔·威尔士，以及埃迪·霍利斯等人①——开始
信教，并且杀了他们的父母。一个也没有留。这难道不可怕吗? 说不定，
他们开枪把他们打死在床上，用刀把他们砍死在浴缸里，在他们的饭里
下毒，绞死他们，或者将他们开膛破肚。

为什么呢? 玉米。也许，玉米快要死了。也许，他们不知从何处得到
消息，说玉米之所以枯萎，原因是世上的罪孽太多。祭祀不够。他们应
该在玉米地，在玉米中间祭祀上帝。

维姬，不知怎的，我敢断定：他们做出了决定，十九岁是他们每一个
人的极限年纪。理查德，我们这个短篇故事的主角，在一九六四年九月
四日——册子上记载的日期——迎来了他十九岁的生日。我猜想，他们
可能杀了他，并把他供奉在玉米地里。多么愚蠢的行为啊，不是吗?

我们再来看几个。雷切尔·斯蒂格曼，一九六四年之前叫唐娜·斯蒂
格曼。一个月前，也就是六月二十一日，她十九岁了。摩西·理查森出
生于七月二十九日——再过三天，他就十九岁了。你猜，到二十九日那天，
摩西会发生什么事呢?

我可以猜得出来。

伯特舔了舔自己干涩的嘴唇。

维姬，还有一件事情。看看这个。约伯·吉尔曼（克莱顿）出生于
一九六四年九月六日。在一九六五年六月十六日之前，没有任何其他出

---

① 迪克是理查德的昵称，比利是威廉的昵称，埃迪是爱德华的昵称。

生记录。二者间隔了十个月。你知道我是怎么想的吗？他们杀掉了所有做父母的，甚至包括怀孕的。这就是我的猜测。有一个人在一九六四年十月怀孕了，生下了夏娃。那是一个十六七岁的姑娘。夏娃，上帝创造的第一个女人。

他手指快速翻动，找到了夏娃·托宾的记录。在那下面，写着：亚当·格林洛，生于一九六五年七月十一日。

他们现在应该十一岁了，想到这里，他身上泛起一层鸡皮疙瘩。也许，他们就在外面，在外面的某个地方。

然而，此种情况怎么能够不被人察觉呢？怎么能够秘密进行了这么久呢？

除非这一切都得到了问句中那个上帝的首肯。

"噢，耶稣。"伯特冲着寂静的教堂发出了感慨。就在这时，雷鸟的喇叭响了，长时间不间断的噪声打破了午间的沉寂。

伯特跳下讲坛，沿着中间的过道跑到门口。他猛地一下推开大门，热辣辣的阳光随之蹿了进来。在耀眼的光芒中，只见维姬直挺挺地坐在驾驶座上，双手紧紧按着方向盘上的喇叭，脑袋疯狂地摇晃着。周围，孩子们在聚集。有的在开心地大笑。他们手里拿着刀、短斧、水管、石块和铁锤。有一个小女孩，看样子只有八岁，金色的长发，非常漂亮，手里握着一根千斤顶的操纵杆。都是些原始武器。没有发现枪。伯特有一种冲动，很想冲他们大喊：你们谁是亚当？谁是夏娃？谁是妈妈？谁是女儿？谁是父亲？谁是儿了？

你若有聪明，只管说吧！

教堂西面隔着一个街区是一所学校，孩子们走出环绕在操场四周的网眼栅栏上的小门，走过小巷，穿过绿色的树林，会聚在此地。伯特站在教堂门前的台阶上，手足无措。孩子们有的冷冷地看着他，有的相互推搡，指指点点，脸上荡漾着微笑……孩童甜美的笑容。

女孩身穿褐色的长款羊毛衫，头戴褪色的遮阳帽。男孩个个像贵格会的牧师，一身黑衣，头上戴着圆顶宽边的帽子。他们穿过广场，越过草坪，有几个孩子穿过一九六四年以前一直被称为格雷斯浸礼会教堂的建筑的前院，有一两个孩子距离他非常近，似乎一伸手就可以碰到他们。他们的目标只有一个：雷鸟轿车。

"快拿枪！"伯特大喊，"维姬，快拿枪！"

不幸的是，她已经被眼前的场景吓呆了，他在台阶上看得真真切切。他不知道，在封闭的汽车里，她是否听见了他的叫喊。

他们包围了雷鸟。他们手里的各色工具，锤子、斧头、水管等，开始工作了。我的上帝，眼前这一切是真的吗？他呆若木鸡。一个铬合金条从车身上掉落下来，引擎盖上的装饰也腾空飞起。轮胎遭到了匕首的袭击，汽车瘫痪了。喇叭声一再响起，前挡风玻璃和侧面的窗户在暴力下已经开裂……后来，安全玻璃彻底碎了，雪花般的碎片飞入车内，这一下，车内的情形再次清晰了。维姬蜷缩成一团，一只手坚持摁着喇叭，另一只手保护着自己的脸。孩子们伸手进去，找钥匙。她拼命抵挡，喇叭声断断续续，然后，哑巴了。

驾驶室的门被打开了，车门已经坑坑洼洼，惨不忍睹。他们想把她拽出来，可她的手死命地抓着方向盘。后来，有个孩子钻进车内，手握着尖刀，随即……

他从惊愕中猛地回过神来，三步并作两步冲下台阶，险些跌倒。他沿着教堂前的石板路飞奔过去。有一个男孩，大约十六岁，红色的长发披散在帽檐下，他刚巧转过身，面对着伯特。有什么东西在空中跳跃。伯特的左臂抽搐了一下。不可思议的是，虽然他俩中间隔着一段距离，但他好像被击中了。疼痛开始发作，迅速而剧烈，整个世界一片灰暗。

他看着自己的手臂，目瞪口呆：一把价值一点五美元的宾州大折刀插在他肉里，像一个奇怪的肿瘤。他身上那件杰西潘尼运动衫的衣袖已经被鲜血染红了。他盯着那把刀，不知所措，努力想弄明白，手臂上怎么会长出一把刀呢……可能吗？

当他抬起头时，那个红头发男孩已经到了他跟前。他咧着嘴，信心满满地微笑着。

"哎呀，你个小浑蛋。"伯特说。他十分震惊，嗓音嘶哑。

"把你的灵魂还给上帝，让你在他的宝座前站立。"红头发男孩说着，伸手抓向伯特的眼睛。

伯特退后一步，把折刀从肉里拔出来，反手插入红头发男孩的喉咙。瞬间，血流如注，飞溅到伯特身上。男孩喉咙里发出咯咯的声音，身体在原地打转。他一把抓住那把刀，想把它拔出来，可是没有成功。伯特在一旁看着，惊得合不上嘴。他真心希望，这一切都不是真的，只是一场梦。那个红头发男孩一边发出咯咯声一边走动。在那个炎热的下午，那是唯一可以听见的声音。其他孩子在一边呆呆地看着。

这一部分剧本里没有，伯特呆呆地想。维姬和我，剧本里有我们。也有那个逃到玉米地里的男孩。可是，没有他们中的任何一个。他恶狠狠地看着他们，他想咆哮：怎么样？喜欢吗？

红头发男孩最后咯咯了一声，扑通一下跪在地上。他抬头打量着伯特，没过一会儿，握着刀柄的手耷拉下来，他栽倒在地上。

雷鸟周围的孩子发出一阵微弱的叹息，他们转眼盯着伯特。伯特跟他们对峙着。他感觉越来越好玩了……可就在那时，他发现，维姬不见了。

"她在哪儿？"他问，"你们把她带到哪里去了？"

一个男孩举起手中血淋淋的猎刀，在脖子上比画了一下。他咧嘴笑了。这就是唯一的答案。

人群后面传来一个大男孩的声音，声音不高："抓住他！"

男孩们开始朝他围拢过来。伯特向后退去。他们加快了脚步，伯特也加快了后退的速度。枪，该死的，那把枪！太远了，拿不到。阳光下，他们的影子在绿色的草坪上移动……他退到了人行道上。他转过身，撒腿就跑。

"杀死他！"有人咆哮。他们在他身后穷追不合。

他使劲地跑，但没有慌不择路。他绕着市政中心——没有用，他们会把他当作耗子，围追堵截——跑上大街，过去两个路口，就是公路了。如果他采纳了维姬的建议，此刻，他俩已经上了公路，离开这里了。

啪……啪……他脚上的平底鞋落在人行道上。在前面，他看见几栋建筑物，其中有加特林冰激凌店和——当然了——比茹影院。影院门前的招牌上有一行字，布满了灰尘，有些字母已经模糊得看不出原来的模样了，好像是说伊丽莎白·泰勒主演的《埃及艳后》正在上映。再过一个十字路口，就是那家加油站，也就是说，马上就可以离开小镇了。离开这里，公路两边，一望无际的玉米地。浩瀚的绿色海洋。

他还在跑。他已经气喘吁吁，手臂上的刀伤开始痛。他经过的地方，地上留下点点血迹。他一边跑，一边从口袋里掏出手帕，塞进衣袖。

他还在跑。他脚上的平底鞋重重地踩在已经开裂的水泥人行道上。越来越多的热气从喉咙里向外喷发。他的手臂开始跳痛，脑海里响起自己尖酸刻薄的声音：你能一直跑到邻近的城镇吗？你能坚持在双向车道的柏油公路上跑二十英里吗？

他还在跑。身后传来他们的声音，他们比他年轻十五岁，他们的速度比他快，他们追上来了。他们的脚步声越来越近了。他们一边跑，一边相互招呼。伯特胡乱地想，在他们眼里，可能五级大火都不及今天的事情有趣。他们数年之后也不会忘记今天这一幕的。

伯特一直跑。

他跑过加油站，那是离开小镇的标志。他气喘吁吁，胸口憋闷。他跑啊跑，人行道在他脚下逐渐消失。要想摆脱他们，要想活命，只有一个办法，只有一个机会。建筑物被他甩在身后，小镇也被他甩在身后。玉米地仿佛波涛汹涌的大海，瞬间汇聚在公路的两边。风中，形状如刀剑的绿色枝叶发出喃喃低语。那儿，在玉米地的深处，在最深处，在最阴凉的地方，一人多高的玉米，一行行，一排排……

他跑过一块路牌，上面写着：**你此刻正离开内布拉斯加的加特林——或者说世界上最美丽的城镇！欢迎再来！**

我肯定会再来的，伯特迷迷糊糊地想。

他像一名即将冲过终点的短跑健将，全速冲过路牌，然后左转弯，穿过公路，脚上的平底鞋都跑掉了。他进入了玉米地，瞬间就被玉米包围了。成千上万株玉米围绕在他周围，他感觉自己仿佛置身于绿色的海洋之中。它们掩护了他，他终于体验到了一种意想不到的轻松与自在。与此同时，被重物压制的心肺似乎得到了解脱，他的呼吸顺畅多了。

他低着头，顺着田埂向玉米地深处奔跑，枝叶随着他肩膀的移动开始颤抖。跑了差不多二十码，他开始右转，此时，他和公路处于平行状态。他不停地跑，始终低着头，这样，他满头的黑发就不会暴露在黄色的玉米缨中间。他朝前方跑了一会儿，穿过数排玉米，然后再次转身，背对着公路，毫无规律地东跑西窜，朝玉米地的纵深处进发。

最后，他扑通一声跪在地上，额头贴着地面。他只听见自己的喘息声，心里不断地重复一句话：感谢上帝，我戒了烟，感谢上帝，我戒了烟，感谢上帝，我戒了烟……

后来，他听见了他们的动静。他们吵吵嚷嚷，有的时候相互推搡（"嘿，别挡着我的路！"）。他再次振作起来。他们此时在他左侧的某个地方，从嘈杂声可以判断出，他们缺乏良好的协作能力。

他把手帕从衬衣里掏出来，叠好，看了一下伤口，然后把手帕重新塞回老地方。尽管他持续奔跑了那么久，但出血似乎已经止住了。

他又休息了一会儿。突然，他意识到，他感觉很好，体力比以往都要好……只是手臂还有些抽痛。他感觉自己得到了充分的锻炼，他和啃噬他婚姻的无形妖魔斗了两年之后，突然发现，自己正在解决一个实实在在的（虽然有些不可思议）问题。

他对自己说，这样想不对。他的生命处在极度危险之中，他的妻子被掳走了。她现在可能已经遇害了。他努力回想维姬的模样，想借此赶走自己心中那份轻松的感觉，可是，她的脸始终没有出现。相反，他脑海里浮现的是那个喉咙上插着一把刀的红发男孩。

此时，他开始意识到，玉米的芬芳直往他鼻孔里钻。风从玉米梢上吹过，发出各种声音。他感到安慰。不管玉米地里曾经发生过什么，现在，这儿是他的避难所。

可是，他们越来越近了。

他弓着腰，开始奔跑，沿着进来的那条路，飞速向前奔跑，拐弯，迂回，穿越一排又一排的玉米。他尽量让自己处在他们的右侧，然而，暮色时分，想做到这一点越来越困难了。他们的声音已经听不太清楚了，时不时被玉米叶发出的唰唰声所干扰。他跑几步，停下来听一听，然后继续跑。地里的土很结实，他脚上只穿着袜子，走过的地方没有留下任何痕迹。

又跑了一阵子，他停下脚步，夕阳落在他右边的作物上。他低头看看表，七点十五分。玉米梢被残阳染成红色，而他所处的地方依旧黑暗，深不可测。他昂起头，聆听。太阳开始往下落，风也停了，一株株玉米静静地矗立着，把自己的清香释放到温暖的空气中。假如他们还在地里，他们有可能离得很远，也有可能躲在附近偷听。可是，伯特还是不相信。小孩子，即使是些疯狂的家伙，也绝不会安静很久的。他想，他们毕竟还是些孩子，他们不会考虑后果，他们没准已经放弃行动，回家去了。

他转过身，太阳已经落在地平线上那些形状不一的云彩上。他继续走。如果他走对角线，追着夕阳走，那么，他迟早能够到达 17 号公路。

他手臂的剧痛已经转成钝痛，甚至可以说有几分快乐的感觉，先前那种轻松的感觉还在心底转悠。只要不离开这里，他决定让这种感觉继续存在，他不会为此内疚，除非他必须面对加特林的警察，向他们讲述一切。但是，现在看来已经不可能了。

他猫着腰往前跑，他从未如此警觉过。十五分钟后，太阳就像地平线上突出的半个皮球，他再次停下脚步，此时，他意识到自己进入了某种他不喜欢的状态。一种说不清楚的恐惧。

他抬起头，玉米林开始沙沙作响。

伯特已经意识到了这一点，只不过他刚刚才把这个现象和另外的东西联系在一起。风平浪静。声音是从哪儿来的呢？

他警觉地看着四周，真有点希望能够看到那些孩子，身穿贵格会的牧师制服，手持匕首，面带微笑，从玉米林里悄悄出来。没有。只有那种沙沙的声音。从左侧传来。

他开始朝着那个方向移动，不再需要费力地穿梭于一株株玉米之间。很自然，田埂刚好通往他要去的方向。田埂在前面断了。到头了？不是，前方有一块空地，声音就是从那儿发出的。

他停下脚步，突然感觉很害怕。

玉米的气味非常浓烈，他感到有些反胃。茂盛的玉米吸收了太阳的热量，他意识到，他浑身沾满了汗水、谷壳，以及蛛丝般的玉米缨。他身上应该有虫子在爬……但没有。

他呆立在原地，眼前，玉米地秃了一片，露出一块圆形的空地。

这儿没有摇蚊或者蚊子，没有苍蝇，也没有羌螨。他和维姬谈恋爱的时候，喜欢把羌螨叫作"跟屁虫"。他没有想到的是，对往事的回忆让他突然怅然若失。此外，这里连乌鸦的影子也没有。玉米地里没有乌鸦，怎么可能？太奇怪了！

在白昼最后一抹光亮中，他扫了一眼左侧的玉米。他发现，每一片叶子、每一根茎秆都完好无损。这显然不可能。没有萎黄病的迹象。没有脱落的枝叶，没有蛾子的卵，地上没有坑洞，没有……

他瞪大眼睛。

上帝，连一根杂草也没有！

一根都没有！玉米间的距离是一点五英尺，没有毛线稷，没有曼陀罗，没有茅草……什么也没有。

伯特睁大眼睛，仰望天空。西方越来越暗，不规整的云朵挤在一起。在它们的下方，金色的光芒慢慢淡去，变成粉红，变成暗黄。用不了多久，黑暗将取代一切。

是时候了，去那片空地看看，看看那儿有什么。这难道不是冥冥之中决定好了的吗？他一直都想抄近路回到公路上，可最后还是来到了这里。怎么会这样呢？

他心怀恐惧，走到田埂尽头，来到空地的边上。幸运的是，他还可以看清眼前的一切。他发不出任何声音，他的肺部似乎没有足够的空气。他拖着仿佛灌了铅的双腿，满脸是汗，眼珠凸起。

"维姬。"他轻声喊道，"噢，维姬，我的上帝……"

她被固定在一根横杆上，仿佛一件可怕的战利品，手脚伸开，手腕和脚踝处均被铁丝捆绑着，那种带刺的铁丝在内布拉斯加任何一家五金商店都可以买到，七十美分一码。她的眼珠子被抠了出来，眼窝里填满了玉米缨。她嘴巴咧开，仿佛在喊叫，里面塞满了玉米壳。

在她的左侧，有一副尸骨，包裹在外面的白色长袍已经腐朽。尸骨的下颌骨呈打开状，黑洞似的眼窝开玩笑般盯着伯特，仿佛那个格雷斯教堂的临时牧师正在说话：不可怕，倒在玉米地里，死在这些异教小魔头们手里；按照摩西的律法，眼睛被挖出，也不可怕……

它的左侧还有一副尸骨，身上穿的不是白色长袍，而是蓝色制服，也已经高度腐烂。那人头上的帽子遮住了他的眼睛，帽子顶部有一个绿色的徽章，上面写着：警察局长。

就在这时，伯特听见了动静：不是孩子们的脚步声，而是某个更大的东西，穿过茂密的玉米，朝空地这边来了。不是那些孩子，绝对不是。孩子们晚上不会到玉米地里来，这是一个神圣的地方，这个地方属于"行走在玉米地里的他"。

伯特猛地转过身，准备逃跑。他之前进入空地的路径消失了，玉米围拢过来，一排排的玉米，仿佛铜墙铁壁。它越来越近，你能够听见玉米秆被它推动的声响。你甚至听见了它的喘息。他内心充满了宗教的狂热和极度的恐惧。空地对面的玉米突然变成了黑色，仿佛一个巨大的黑影将它们完全笼罩。

来了。

行走在玉米地里的他。

它来到玉米地深处的空地上。伯特看见一个巨大的身躯，高耸入云……绿色的身体，红色的眼睛有足球那么大。

它散发出的气味仿佛存放在某个阴暗谷仓里长达数年的干玉米壳。

他开始大叫。可是，他的叫声没有持续太久。

没过多久，一轮膨大的猩红色满月升上了天空。

晌午，玉米地的孩子在空地上集合，他们看着两具受难的骨架和两具尸体……尸体还没有变成骨架，但也快了。早晚的事。在这里，在内布拉斯加的腹地，在玉米地里，除了时间，一切都是虚无。

"看，昨晚我做了个梦，上帝在梦中对我做出了指示。"

包括马拉基在内，所有人都扭过头，既恐惧又困惑地看着艾萨克。艾萨克只有九岁，但是，自从一年前玉米夺走了戴维的性命之后，先知的角色一直由他扮演。戴维十九岁，在生日那天走进了玉米地，那个时候，暮色正一点点侵入玉米地。

此刻，大帽子下面的那张小脸非常严肃。艾萨克继续说：

"在梦里，上帝只是一个影子，在成行的玉米后面徘徊。他对我说的

338

那些话，数年前，也对我们的哥哥们说过。他对这种祭祀，非常不满意。"

孩子们有的叹气，有的抽泣，他们望着四周高墙般的青纱帐。

"上帝说：我不是给过你们场所吗？你们可以在那里屠杀、祭祀。我不是给过你们恩宠吗？可是，这个人亵渎了我的旨意，因此，我亲手完成了这次的祭祀。就像多年前逃脱的那个蓝衣人和假牧师一样。"

"蓝衣人……假牧师。"他们窃窃私语，不安地对视。

"因此，上帝对我们的恩宠从十九载的播种和收获降低到十八载。"艾萨克冷酷地往下说，"但是，这份恩宠会像玉米那样，开花结果，生生不息。我将赐福于你们，恩泽于你们。"艾萨克说完了。

所有人的目光转向马拉基和约瑟夫，此地只有他俩十八岁。其余几个同龄的孩子都在镇上，总共是二十人。

他们等待着，想知道马拉基的反应。马拉基曾带领大伙追杀雅弗，大伙把雅弗当作亚哈斯，为上帝所诅咒。马拉基割断了亚哈斯的喉咙，并把他的尸体扔出了玉米地，这样，他腐臭的肉体就不会污染玉米，不会造成庄稼的霉变。

"我服从上帝的旨意。"马拉基轻声说。

玉米地似乎发出了一声赞许的叹息。

在接下来的几个星期，为了防止进一步的罪恶，女孩子们将用更多的玉米棒制作更多的耶稣受难像。

那天晚上，所有已经超过受宠年纪的孩子，无言地走进玉米地，来到那片空地上，希望上帝能继续青睐他们。

"再见，马拉基。"露丝喊着。她郁郁寡欢，冲他挥着手。她的小腹凸起，那里面有马拉基的骨肉，眼泪顺着她的脸颊无声地流淌。马拉基没有回头。他的背挺得直直的，他淹没在玉米地里。

露丝转过身，仍然在哭泣。她心中孕育着一份对玉米的仇恨，有的时候，她甚至想，等干旱的九月来临，玉米的根茎已经枯死，极易燃烧，她一手拿一根火把，走进玉米地。尽管如此，她对它又有一份惧怕。夜里，在玉米地里，有生灵在走动，什么都逃不过它的眼睛……包括人们心底的秘密。

　　黄昏过后，夜幕降临。在加特林周围，玉米在风中摇曳，在风中低语。它很得意。

The Last Rung on the Ladder

梯子最后一根横档

　　我和父亲从洛杉矶回来还不到一个星期。昨天，我收到了卡特里娜的信。收信人的地址是特拉华州威尔明顿市，我以前的地址，可我已经搬过两次家了。现如今，人口流动率很高。有意思的是，信封上被打了叉的地址和重新贴上的新地址感觉像是无言的控诉。信封皱巴巴的，满是污渍，经过几位邮递员的折腾之后，一个角已经卷起来了。我读了她的信，立刻跑到客厅里，拿起电话，准备告诉父亲。可是，我又把听筒放下了，仿佛那是个烫手的物件。父亲年事已高，还犯过两次心脏病。我们刚回到洛杉矶，我应该打电话给他，把卡特里娜信上的内容告诉他吗？如果那样，还不如直接把他给杀了呢！

　　因此，这个电话，我最终还是没有打。我没有可以倾诉的对象……类似这封信的事，我不知道该跟谁说。此类隐私除了老婆和亲密的朋友，不能跟其他人说。在过去的几年间，我没有交到多少好朋友，而且，我老婆海伦一九七一年跟我离婚了。现在，我们每年只在圣诞节的时候交换一下贺卡。你好吗？工作顺利吗？新年快乐！

因为卡特里娜的信，我彻夜未眠。她干吗不写明信片呢？除了"亲爱的拉里"之外，整封信就一句话。但是，那句话又胜过千言万语。一句话就足够了。

我记得父亲在飞机上的样子，一万八千英尺的高空，我们从纽约一路向西，他的脸苍老、憔悴。根据飞行员的介绍，我们刚刚飞过奥马哈，父亲说："实际上比想象得要远，拉里。"他的声音中透着一丝悲凉，我感到很不安，因为我不知道原因。读了卡特里娜的信，我明白了。

我们从小生活在奥马哈以西八十英里处一个叫赫明福德霍姆的小镇上——父亲、母亲、卡特里娜和我。卡特里娜比我小两岁，大家都习惯叫她凯蒂。她是个漂亮的女孩，也是个漂亮的女人。在她八岁的时候，也就是谷仓发生事故的那一年，你已经能看出，她满头玉米缨般的秀发永远不会褪色，那双斯堪的纳维亚风格的蓝眼睛将始终深邃明亮。那样的眼睛，只要看一眼，你就醉了。

说到这里，你也许会说，我们只不过是些乡下人。我父亲有三百亩土地，平坦、肥沃，除了种植饲料玉米，他还养牛。大家给这片土地起了个名字：家园。在那些日子里，除了80号省道和内布拉斯加96号公路，其余的都是土路，因此，要想进一趟城，三天前就得做准备了。

现在，我是美国最优秀的独立公司法律顾问之一，大家都这么说——诚实地说，我必须承认，他们说得没错。一家大公司的主席曾经把我作为他聘用的专家介绍给董事会的各位成员。我穿昂贵的西装，皮鞋的材质也是一流的。我手下有三名全职助理，需要的话，另外还有十几个人可供差遣。可是，小的时候，卡特里娜和我，我们走的是泥巴路，上的学校只有一间教室，没有书包，课本和文具都是用绳子捆着背在肩上。有的时候，春季，我们没有鞋，只能光脚。那个时候，光着脚的人，怎么能进饭店呢？怎么能去商店买东西呢？

后来，我们的母亲死了——卡特里娜和我那时在哥伦比亚城里的一所中学读书——两年后，父亲的"家园"没了，他找了份工作，推销拖拉机。虽说那不是世界末日，但那个家确实散了。父亲工作干得不错，九年前开了专卖店，自己当了经理。我拿到了橄榄球奖学金，进入内布拉斯加大学，除了带球过人之外，我学到了很多东西。

卡特里娜呢？我想说的主要是她的事情。

谷仓里的那起事故发生在十一月初的一个星期六。说实话，具体是哪一年，我记不清楚了，但可以肯定的是，那一年，艾森豪威尔还在台上。母亲去参加哥伦比亚城举办的一个烧烤节，父亲去附近的邻居家（大约七英里外）帮他们修理除草机。家里应该还有一个帮工，但那天没有看见他。后来，没过一个月，父亲就把他解雇了。

父亲离开之前，给我安排了一连串的事情（当然，凯蒂也有份），并且告诉我们，要等所有事情做完之后，才能出去玩。没关系，用不了多长时间。那是十一月，每年到那个时候，因新年计划没有完成而产生的懊恼情绪已经过去。我们年初决定做的事情已成泡影，我们总是食言。

那一天，我记忆犹新。多云的天气，气温不是很低，但感觉有些冷。霜冻、冰雪和冻雨的季节即将来临，田野上光秃秃的，就连牲口也是一副无精打采的样子。屋子里有小股的风钻进来，以前从没这样过。

在那样的日子里，唯一好玩的地方就是谷仓。那里暖和，能闻到芬芳的草料和牲口皮毛、粪便混杂在一起的味道，听见三层阁楼上家燕那神秘莫测的叽叽喳喳。抬起头，你可以看见十一月的阳光从房顶的缝隙钻进来。

在多云的十一月份，这似乎是唯一让人开心的游戏了。

有一个梯子，用铁钉固定在三层阁楼的一根横木上，梯子的腿垂直抵着谷仓的地面。父母不允许我们爬梯子，因为，那个梯子年久失修，有些摇晃。不知道有多少次，爸爸答应妈妈，说要把那个梯子拆下来，换一个结实的，可是，每当他准备动手的时候，总有别的事情冒出来……比如，帮邻居修理除草机。那个雇来的人干不了这些事。

如果你爬上那个摇晃的梯子——凯蒂和我数过好多遍，梯子上总共有四十三根横档——顶头就是那根横梁，距离满是干草的地面大约七十英尺。沿着横梁走上十二英尺，你会膝盖发软，脚脖子处的关节嘎嘎作响，嘴巴发干，嘴里散发出一股陈腐的气味，可是你会发现，下面竟然是一个大草垛。你从横梁上纵身一跳，一个可怕的、自杀式的俯冲，下坠七十英尺，迎接你的是一个巨大的干草垫。干草，香气扑鼻的干草，虽然身体还悬在空中，你的灵魂却早已在芬芳的气息中找到了归属，你就像拉撒路[①]，在沉睡中等待复活的夏日。你跳了，虽然危险，可你成功了。

当然，这是一种绝对禁止的游戏。如果被发现，妈妈肯定会冲着我们咆哮，而爸爸则会用皮带抽打我们，尽管我们已不是小孩子了。因为那个梯子，因为万一你还没有走到草垛上方就失去了平衡，从房梁上摔落下来，你会掉在谷仓的木地板上，粉身碎骨。

尽管如此，那种游戏实在是太刺激了。当老猫外出的时候……哎呀，你肯定明白我的意思。

那天，如同往日一样，我们心中充满了担心和期待，站在梯子脚下，看着对方。凯蒂情绪很高，她深邃的眼睛放射出异常灿烂的光芒。

"你先上。"我说。

凯蒂立刻回了我一句："你先上。"

我坚持说："女孩优先。"

---

① 见《圣经·约翰福音》：拉撒路是耶稣的朋友，死后第三天被耶稣从坟墓里唤醒。

"危险的事情，男孩在先。"说着，她故作端庄地看着地面，仿佛别人不知道她其实是赫明福德的二号捣蛋鬼。不过，她一向如此，心里想干，可又不愿意打头。

"好吧，"我说，"我先上。"

那一年，我十岁，瘦得一阵风就能吹倒，体重大约九十磅。凯蒂八岁，比我轻二十磅。那个梯子，我们以前爬过好多次，很安全，因此，我们想，这一次也不会有事。正是这种认知让个人和民族陷入一个又一个的麻烦之中。

那一天，我越爬越高，在灰尘弥漫的谷仓里，我感觉有点眼晕。跟以往一样，爬到一半的时候，我开始想象，假如梯子突然断裂、垮塌，我该怎么办？可是，我没有退却，而是继续往上爬，直到我的双手抱住横梁，翻身上去，然后朝下看。

凯蒂仰脸看着我，她的脸白白的，圆圆的，远远望去，那么小。她穿着那件褪了色的格子衬衫，蓝色牛仔裤，像个洋娃娃。在我头顶上，在布满灰尘的屋檐上，燕子愉快地叫着。

接下来的对话，我们都背下来了：

"你好，下面的！"我喊道，声音随着谷糠和尘埃向下面飘去。

"你好，上面的！"

我站起来，身体有些不稳。跟以往一样，在下面的时候不觉得，一旦到了这么高的地方，总感觉有风。为了保持平衡，我伸出双臂，慢慢朝前挪动，心怦怦直跳。有一次，我刚走几步，一只燕子贴着我的脑袋俯冲下去。为了躲它，我差点失去平衡。我总是担心这样的事情再次发生。

那一天，没有发生类似的事情。后来，我走到了草垛上方。从那里往下看，不像想象的那么可怕。先憧憬一下。接着，我故意捏着鼻子，迈步走进深渊。每次都差不多，在地球引力的作用下，我骤然向下跌落。我差一点叫出来：哎呀，对不起，我错了，我后悔了！

我落在草垛上。我像火箭，钻进草垛，芬芳、干燥的草料如同大海的波浪，把我团团围住。我继续下降，仿佛进入重水，然后慢慢停在干草中。一如往常，我感觉鼻子发痒，想打喷嚏，还听见一两只受惊的田鼠仓皇逃往某个更隐秘的角落。不可思议的是，我感觉自己得到了新生。我记得凯蒂曾经告诉我说，一头栽进草垛，她仿佛一个婴儿，对一切都感觉新鲜。那时，听了她的话，我耸了耸肩，似懂非懂。可是，收到她的信之后，我也开始思考了。

我像在水里游泳一样，在草垛里挣扎，直到再次回到地面上。草屑钻进我裤子里，钻进我衣服里，就连鞋子也不放过，还有的干脆贴在我的胳膊肘上。头发里有草籽吗？肯定有。

等我出来的时候，她已经爬了一半了。她在充满灰尘的一束阳光中不断向上攀爬，金色的小辫子在肩胛骨上跳跃。在其他日子里，阳光和她的头发一样闪亮，可是，那一天，她的小辫子没有了对手——它们是高空中最最绚丽的色彩。

我记得当时自己在想，我不喜欢梯子摆动的样子，感觉那天它有些不够结实。

没过多久，她上了横梁，高高在上——这次，我变成了一个微型人，一张白白的小圆脸朝上仰着，她的声音飘飘荡荡地传下来。我蹦来跳去，地上的草屑四下乱飞。

"你好，下面的！"

"你好，上面的！"

她沿横梁慢慢向前走，当我确定她已经到达草垛上方的时候，悬着的心才落下来一半。我总是替她捏着一把汗，虽然她动作比我更优美……体格比我更强健，如果这样形容你的小妹妹听上去不是太奇怪的话。

她站在那里，脚上穿着一双旧的凯德牌矮帮软底鞋，手伸向前方。接着，她起跳了。令人难忘，言语无法形容。从某种意义上说……不管我如何拼命描述，你始终体会不到那种身临其境的感觉。你无法想象，那一刻，多么漂亮，多么完美，一生中，那种体验没有几次。眼前所见是真实的，百分百真实。哎呀，我不行。我的文笔，我的口才，差得太远。

有一瞬间，她仿佛高挂在空中，被某种只存在于阁楼顶上的神秘力量托住了，一只色彩艳丽的燕子，金色的羽毛，内布拉斯加的唯一。她是凯蒂，是我的妹妹，她的手臂背在身后，后背稍稍弯曲。那一刻，我爱死她了！

她下来了，钻进了草垛，消失了。干草一下子飞了起来，草垛深处传来她银铃般的笑声。刚才她站在梯子上的时候，梯子已经有些晃动，可这一切，我早就抛至脑后了。等她从草垛里钻出来的时候，我已经爬了一半了。

我羡慕她优美的姿态，可我始终无法摆脱内心的恐惧，结果，我仿佛一颗加农炮弹，重重地掉落下来。我不是凯蒂，我无法像她那样心怀憧憬：不管什么时候，草垛都会在下面迎接你。

我们玩了多久？记不清楚了。跳了十二三次之后，我抬头看外面，发现天色已经暗了下来。妈妈和爸爸快回来了，而我俩满身都是草屑……这不等于不打自招吗！我们决定每人再跳最后一次。

我先上了。我感到梯子在我脚下晃动。我听见——很微弱的声音——那根苍老的铁钉在木头里发出嘎吱嘎吱的声音。此时，我真的害怕了。我想，假如我刚刚爬上梯子，我肯定立刻转过身，跳到地上，一切就此结束。可是，房梁近在眼前，到了那儿，就安全了。还差三个踏板就到顶了，钉子松动的声音越来越响，我吓得浑身发凉，真后悔自己爬得那么高。

很快，我双手抓住了粗糙的房梁，让身体的重心脱离梯子，脑门上的冷汗弄湿了几根细细的干草。游戏带来的刺激已荡然无存。

我急忙来到草垛上方，然后跳了下去。这种蹦极似的游戏不再让我兴奋。落地的一刹那，我想，假如在下面等待我的不是厚厚的干草，而是谷仓结实的地面，我会怎样呢？

我来到谷仓中央，刚好看见凯蒂急急忙忙地顺着梯子往上爬。我冲她大喊："嘿，快下来！危险！"

"没问题。"她信心满满地回答，"我比你轻！"

"凯蒂……"

我永远不可能把那句话说完了，因为，就在那个时刻，梯子散架了。

朽木迸裂的声响！我禁不住叫出了声，凯蒂也尖叫起来。我意识到，刚才我爬到她那个位置的时候，我就开始后悔了，因为我相信，运气不可能永远青睐我们。

她脚下的横档彻底松脱了，紧接着，两侧的支撑也散开了。一时间，她脚下已经完全分裂的梯子仿佛一只笨重的昆虫——螳螂，或者木梯虫——下定决心要离开了。

梯子从空中掉了下来。随着一声巨响，它重重地落在谷仓的地上，扬起无数灰尘，奶牛吓得哞哞直叫，有一只甚至不断地踢牛圈的门。

凯蒂的叫声在谷仓里回荡。

"拉里！拉里！救救我！"

我知道该怎么办，我已经看见了。我非常非常害怕，可我的头脑依旧清醒。她在我上方七十英尺的地方，穿着蓝色牛仔裤的双腿在毫无阻挡的空气中乱蹬一气，燕子在她头顶上啾啾直叫。坦白说，我当时怕得要命。你知道，直至今日，我还是不敢去看马戏团的空中表演，就连电视转播的也不行。那类节目让我反胃。

我知道该怎么办。

"凯蒂！"我抬起头，大声喊道，"稳住！稳住！"

她即刻照办了，腿不再乱动，而是自然下垂，两只小手紧紧抓着仅剩的最后一根横档，仿佛停摆的秋千上的杂技演员。

我冲向干草垛，抱起一捧干草，返回原地，扔在地上。就这样，我来来回回，一趟一趟地跑着。

后来的事情，我有些记不清了，只知道干草越堆越多。干草跑进我的鼻孔，我开始打喷嚏，一个接着一个，怎么都停不下来。我来回奔跑，在原先放置梯子的地方堆了一个草垛，可还不够大。我打量着它，然后又看看半空中的妹妹，此时此刻，任何人都会想起一部卡通片，里面的那个人从三百英尺的高空跳进了一个玻璃杯。

跑过来，跑过去。

"拉里，我抓不住了！"她的声音很响，很绝望。

"凯蒂，你行的！你必须坚持住！"

跑过来，跑过去。干草钻进了我的衣服。跑过来，跑过去。草垛已经抵到我的下巴了，可是，我们玩蹦极的草垛深达二十五英尺呢。我想，如果她只是摔断了腿，那已经算运气了。我知道，假如她没有跳准，那她的小命就没了。跑过来，跑过去。

"拉里！梯子！断了！"

伴随着一声断裂的声响，在她重量的作用下，最后一根横档脱开了。她的两条腿开始拼命乱蹬，可是，如果她这样不停地扭动的话，她肯定落不到草垛上。

"不要！"我大喊，"不要，别乱动！凯蒂，松手，把手松开！"已经来不及了，我没有时间搬更多的干草，除了祈祷，我别无他法。

我的话音刚落，她松开横档，落了下来。她仿佛一把刀，垂直向下。在我的眼里，她下降的过程非常漫长，金色的小辫子竖在脑后，眼睛紧闭，脸色如同瓷器，白得没有一丝血色。她没有喊叫，她的双手放在嘴唇上，好像在祈祷。

她刚好落在草垛的中央。她不见了——干草四处飞起，仿佛被炸弹击中了——我听见了她身体撞击地面的声音。很响，我呆若木鸡。实在是太响了，太响了。尽管如此，我必须面对。

我大叫一声，跳上草垛，用手把干草扒开，一把接着一把，干草朝我身后飞去。先是一条穿着蓝色牛仔裤的腿，接着是一件格子衬衫……最后是凯蒂的脸。苍白，双目紧闭。一看见她的脸，我想，完了，她死了。整个世界黯淡了，如同十一月的天空。唯一有色彩的是她的小辫子，一捧灿烂的金色。

她睁开眼睛，深蓝色的大眼睛。

"凯蒂？"我的声音沙哑、干枯、难以置信，我的喉咙里有草屑，"凯蒂？"

"拉里？"她满脸疑惑地问道，"我还活着吗？"

我把她从草垛里抱起来，紧紧搂在胸前，她也搂住了我的脖子。

"你活着，"我说，"你活着，你活着！"

她摔断了左脚踝，除此之外，没有其他的伤。来自哥伦比亚城的佩德森医生在老爸和我的陪同下走进谷仓，他抬起头，长时间地盯着头顶的黑暗之处。梯子的最后一块踏板挂在一根钉子上，在空中晃荡着。

我上面说了，他看了许久。"奇迹。"他一边对我老爸说，一边轻蔑地用脚踢着我放在地上的干草。他走出谷仓，钻进他那辆脏兮兮的迪索托，开走了。

老爸拍拍我的肩膀。"拉里，我们到堆放木柴的小屋去一下，"他镇定地说，"我想你应该明白为什么去那儿。"

"是的，先生。"我小声说。

"拉里，我每次揍你，目的都是让你牢记上帝的恩宠，因为你妹妹还活着。"

"是的，先生。"

我们去了。他狠狠地揍了我一顿，打了我那么多下，在接下来的一个星期里，我都站着吃饭，之后的两个星期，我得在屁股底下垫个垫子才能坐下。他每次用他那长满老茧的大手打我，我就对上帝说谢谢。

我大声地说，声音非常响亮。打到最后几下的时候，我很肯定，上帝听见了。

睡觉前，他们允许我进去看她。她窗外有一只猫声鸟，我记得很清楚。她的一只脚缠满了绷带，搁在一块木板上。

她长久地望着我，那么可爱，我有些不好意思了。后来，她说："嘿，你把草铺好了。"

"当然了，"我脱口而出，"我还能干什么？梯子已经断裂，没有办法攀上横梁了。"

"我不知道你在干些什么。"她说。

"你肯定知道！我就在你下面，上帝啊！"

"我不敢往下面看。"她说，"我太害怕了。我一直闭着眼睛。"

我瞪眼看着她，非常惊讶。

"你不知道吗？不知道我在干什么？"

她摇摇头。

"我让你松手的时候，你……你松手了，不是吗？"

她点点头。

"凯蒂，你怎么能真的松开手呢？"

她看着我，还是那双深蓝色的眼睛。"我知道，你肯定在想办法补救，"她说，"你是我的大哥哥。我知道你会照顾我的。"

"啊，凯蒂，你不知道当时有多危险。"

我用手捂着脸，她坐起来，把我的手拿开，在我的脸上亲了一下。"不知道，"她说，"可我知道你就在下面。哎呀，我困了。拉里，明天见。我得打石膏，佩德森医生说的。"

石膏过了快一个月才拆下来。她所有的同学都在上面签了名——她甚至也让我签了名。石膏拆下来的时候，谷仓事件已近尾声。父亲把通往阁楼的梯子换成了新的，更结实。但我再也没有爬上房梁，跳进草垛。据我所知，凯蒂也没有。

故事到此结束，但在某种意义上还没有结束，直到九天前，凯蒂从洛杉矶一家保险公司大楼的顶层跳了下来。我钱包里放着《洛杉矶时报》相关报道的剪报。我想，我会一直随身带着。这不是一份甜美的回忆，不是你珍爱之人的照片，也不是精彩影剧的票根，或者世界联赛的入场券。那份剪报，我揣在怀里，沉甸甸的，带着它，是我的责任。剪报的大标题是："应召女郎高空燕跳，香消玉殒！"

我们长大了。我知道的就这些，其他传言都不重要。她曾打算去奥马哈的一所商学院上学，可是，高中毕业后的那个夏天，她参加选美比赛，获了奖，嫁给了一个评委。简直像个黄色笑话，不是吗？我的凯蒂啊！

我在法学院上学的时候，她离了婚，给我写了一封很长的信，有十页之多，告诉我她是怎么过的，她的婚姻有多么糟糕，假如她能有个孩子，会如何如何好。她还问我是否可以过去一趟。可是，在法学院，如果一星期不上课，就等于普通的文科专业一学期都逃课。那些老师都是些灰狗，如果哪个机械小兔子不见了，那就永远别回来了。

她搬家去了洛杉矶，又结了婚。她第二次婚姻解体的时候，我已经从法学院毕业了。她又给我写了封信，很短，很凄惨。她告诉我，她再也不上那个旋转木马了。那是件苦差事。要想抓住那个铜环，唯一的办法就是从马背上滚落下来，摔个头破血流。如果免费乘坐的代价就是如此，还有谁愿意尝试呢？她在最后又问，拉里，你能来一趟吗？很久没见了。

我回信说，我很想去，可是去不了。我刚刚在一家压力很大的公司谋了份工作，最底层的工作，只有干活的份，没有受赏的份。如果想晋升，那一年很关键。这就是我写的回信，讲的都是我的事业。

她所有的信，我都回。可是，你知道，我不太相信那些信是凯蒂写的，

352

同样，我也不相信，地上真的有干草……直到我落地时，它救了我一命。我无法相信，我妹妹和那个在信末把凯蒂的签名写成一个圆圈的苦命女人是同一个人。我妹妹是个扎着小辫子的小姑娘，胸部还没有发育呢。

她不再写信了。我会收到圣诞贺卡、生日贺卡，我老婆负责回复。后来，我们离了婚，我搬了家，就此失去了联系。接下来的圣诞和生日，贺卡都是通过转发地址寄到的。收到第一张贺卡时，我就在想：哈，我得给凯蒂写信，告诉她，我已经搬家了。可是，我一直没写。

但是，就像我前面说的，事实并不能说明什么问题。重要的是，我们长大了，她从保险公司的大楼上跳了下来。她始终相信，干草垛会在下面接着她。凯蒂曾经说："我知道，你肯定在想办法补救。"这些才是重要的。凯蒂的信才是重要的。

如今，人口的流动性更大了。可笑的是，那些被打了叉叉的地址和写着转发地址的贴纸怎么看都像是对我的控诉。她把回信的地址写在信封的左上角，她自杀前一直住在那里，范奈斯地区一栋漂亮的公寓楼。老爸和我一起去那里取她留下的东西。房东太太很和善。她很喜欢凯蒂。

邮戳上的日期表明，信是在她出事前两星期寄出的。如果不是因为地址有误，需要转投，那封信肯定早就到我手上了。她一定是等得不耐烦了。

亲爱的拉里：

　　我最近一直在考虑……我得出的结论是，假如在你设法把干草铺好之前，梯子的最后一根横档就断了，那该有多好啊！

爱你的凯蒂

没错，我猜她肯定是等得不耐烦了。我宁愿这样想，也不愿意相信，她之所以决定离开，是因为她觉着我已经把她忘记了。我不愿意她这样想，因为，很有可能只有信里那句话才能让我行动起来。

可是，这还不是造成我失眠的根本原因。每当我合上眼睛，渐渐进入梦乡的时候，我都会看见她从阁楼上跳下来，大大的眼睛，深蓝色的，身体呈弧形，双臂在身后挥舞。

她始终相信，地上铺着干草。

The Man Who Loved Flowers

爱花的男人

　　一九六三年五月的某个傍晚，一个年轻人一只手插在口袋里，沿着纽约第三大道快步走来。微风习习，春意暖暖，天空中，湛蓝慢慢退去。暮色中，一抹宁静、温馨的紫色悄然而至。有些人热爱这座城市，热爱这样的夜晚。站在熟食店、干洗店和餐馆门前的人们，脸上无一例外挂着微笑。一位老妪推着一辆装有两袋食品的旧婴儿车，冲着年轻人咧开嘴，笑着跟他打招呼："嘿，真美啊！"年轻人朝她挥挥手，微微一笑。

　　她继续赶路，心想：他在恋爱。

　　他浑身上下散发着这种气息。他身穿一套浅灰色西装，细细的领带松垮垮的，露出了敞开的领口。他的黑头发剪得短短的，面色红润，眼睛是浅蓝色的。论相貌，他算不上出类拔萃，但是，在这个春意盎然的夜晚，在这条大道上，在一九六三年的五月，他的确很美。一时间，那位老妇人不由自主地陷入了甜美的追忆：在春天，任何人都可以很美……如果他们赶着去和梦中情人共进晚餐，然后，有可能再去共舞。只有在春天，追忆才会变得如此甜美。她继续赶路，心满意足，因为，她已经跟他打过招呼了，作为回应，他冲她挥手致意。

年轻人穿过六十三号大街，脚下的步子依然轻快，嘴角的笑容依然矜持。中途，一位老翁坐在街边，身旁是一辆油漆剥落的绿色手推车，车上摆满了鲜花——主色调是黄色——灿烂的黄水仙和迟开的番红花。老人也有康乃馨和少量出自温室的香水月季，大都是黄色和白色。他一边吃着椒盐脆饼，一边听收音机。这是一台大块头的晶体管收音机，放在小车的一个角落里。

收音机里传来一系列谁都不愿意听的坏消息：一个榔头杀手仍在潜逃；肯尼迪已经宣布，在一个叫作越南（播新闻的家伙念成"维特南"）的亚洲小国，局势有待进一步观察；东河里打捞出一具无名女尸；在当前市政府打击海洛因的行动中，一个犯罪头目没有被大陪审团起诉；苏联人引爆了一种核装置。这一切都不像真的，都不重要。春风温和，甜美。两个长了啤酒肚的男人站在面包房门口，一边投掷硬币，一边相互取笑。春天已近尾声，夏天就要来临。在这个城市，夏天是梦幻的季节。

年轻人从花车旁走过，收音机的声音被甩在身后。过了一会儿，他停下脚步，回头张望，脑子里在想着什么。他把手伸进外套的口袋，手指又一次触摸到里面的东西。一时间，他似乎很茫然，很寂寞，甚至有些失魂落魄。很快，他把手拿出来，脸上又恢复了先前的表情：热切的期盼。

他转过身，微笑着走向花车。他可以给她带些花去，她肯定高兴。每逢他带给她一份小惊喜——都是些不值钱的玩意儿，因为他不富裕——她的眼睛总会燃起惊讶和喜悦的光芒，他就是喜欢看到她这样。一盒糖果。一只手镯。有一次，他只带了一包巴伦西亚的甜橙，因为他知道，那是诺玛的最爱。

年轻人折了回来，打量着车上的鲜花。"年轻的朋友。"老翁招呼道。老翁大概有六十八岁，身上穿着一件破旧的手工编织的灰色毛衫，晚间天气温和，但他头上仍戴着一顶软帽。他的脸上布满了皱纹，眼窝深陷，眼皮松垂，手指间夹着一根香烟。尽管已近古稀之年，但他始终记得春光里的青春岁月——恋爱中的年轻人，无论身处何方，永远是众人瞩目的焦点。老翁原本阴沉的脸上此时显出一丝笑容，跟刚才那个推小车的老妪一样，因为他们面对的这个年轻人太特别了。老人拍拍自己的前胸，脆饼的碎末从宽大的毛衣上掉落下来。他心里想：倘若这个孩子生病了，人们定会立刻给他最好的看护。

"花怎么卖？"年轻人问。

"一美元一把。那些香水月季是温室培育的，贵一些，七十美分一枝，如果想要，三美元五十美分六枝。"

"太贵了。"年轻人说。

"便宜没好货，小朋友。你妈妈没跟你说过吗？"

年轻人咧嘴一笑："她可能说过。"

"当然。她肯定说过。我给你拿六朵，两朵红的，两朵黄的，两朵白的。没有比这个更合算的了，不是吗？配点满天星——他们喜欢这样——再加点蕨根草。太漂亮了。要不，你就买一美元一把的。"

"他们是谁？"年轻人微笑着问道。

"亲爱的小朋友，"卖花翁把手里的烟蒂扔进路边的下水道，面带笑容，回答说，"在五月份，买鲜花都是送人的。这好像国家法律一样，你明白我的意思？"

年轻人想起了诺玛，想起了她惊喜的眼神和温柔的微笑。他俯下身，说："我想我明白。"

"你当然明白了。决定了吗？"

"嗯，你帮我参谋一下吧？"

"我来告诉你吧。嘿，我不收咨询费，不是吗？"

年轻人微笑着说："恐怕这是唯一不收费的东西了。"

"那是肯定的了。"老翁说，"好吧，年轻人，如果是送给母亲，那就买一束，几枝黄水仙，几枝番红花，再加上一两枝生长在山谷里的百合。她肯定喜欢死了。她肯定会说：哇！儿子，我太喜欢了。多少钱买的？太贵了。不是跟你说别浪费钱吗？"

年轻人抬起头，哈哈大笑。

老翁继续说："但是，如果是送给女朋友，那就另当别论了，孩子，你懂的。你给她买香水月季，她不会计较钱的。你明白我的意思了吗？嘿！相反，她会伸出双臂，搂住你的脖子……"

"我选香水月季。"年轻人说。这次轮到老翁哈哈大笑了。那边那两个投掷硬币的男人微笑着朝这边看过来。

"嘿，小家伙！"其中一个喊道，"你想要便宜的婚戒吗？我把我自己的卖给你……我不再需要了。"

年轻人咧嘴笑了，脸红到了发根。

卖花翁选出六枝月季，简单修剪了一下根茎，往花上喷了点水，然后装进一个大大的圆锥形纸包。

"今晚真是天遂人愿啊！"收音机里说，"温暖舒适，气温华氏六十几度，适合浪漫的人到屋顶看星星。享受吧，美好的纽约，尽情享受吧！"

卖花翁用胶带把纸包的接缝处贴好，建议年轻人让女朋友在花瓶里放一点糖，这样，花可以开得更久一些。

"我会告诉她的。"说罢，年轻人拿出一张五美元的纸币，"谢谢！"

"这是分内的事，朋友。"卖花翁说完，找给他一美元五十美分。他脸上的笑容变得有些悲戚："替我亲亲她。"

收音机里，四季组合开始演唱《雪利》。年轻人把零钱塞进口袋，继续朝街上走去，眼睛睁得大大的，透着警觉和急切的神情。第三大道上涌动的生活波澜，他只匆匆瞥过，真正关注的是心底的焦急和前方的道路，他有些迫不及待。可是，偏偏就有事分散了他的注意：一位母亲推着小车，车里坐着一个婴孩，冰激凌把孩子的小脸弄得脏兮兮的，十分滑稽。一个小女孩一边跳绳一边唱着自己的歌谣："贝蒂和亨利爬上了树，亲嘴！爱情来了，婚姻来了，亨利推着婴儿车来了！"自助洗衣店门前站着两个女人，抽着烟比较各自怀孕的大肚子。一群人围在一家五金商场的橱窗前，里面展示的是一台标价四位数的大彩电——棒球比赛正在进行，所有队员的脸都是绿色的，球场则是淡淡的草莓色，纽约大都会队在第九场上半局中以 6∶1 领先菲尔士队。

他手捧着鲜花，继续往前走。当他捧着香水月季走过洗衣店的时候，门前的那两个女人停止了交流，羡慕地看着他：她们接受鲜花的日子一去不复返了，但他却没有注意到这些。在第三和第九大道的交会路口，一位年轻的交警吹响了嘴里的哨子，示意车辆停下，让他过去。警察已经订婚，他认出了年轻人脸上梦幻般的神色。他最近时常在自己的修面镜里看见相似的神情。年轻人没有注意到。两个十几岁的少女从他身边走过，手拉着手，咯咯地笑，他也没有注意到。

到了 73 街，他停下脚步，右转。这条街有些昏暗，两边是褐色的石墙和意大利名字的地下餐馆。再过三个街区，有人在室外玩棍球。年轻人没走那么远，不到一个街区，他就拐弯了，进入一条小巷。

此时，星星已经升上天空，发出柔和的光芒。小巷里黑黢黢的，隐约可以看见路边摆放着一些垃圾桶。这里只有他一个人——不对，不准确。一声颤抖的惨叫在暮色中响起，年轻人不禁皱起了眉头。很有可能是公猫的情歌，这也许是最合理的解释了。

他放慢脚步，瞥了一眼手表。八点一刻，诺玛应该……

接着，他看见她了，从院子里出来，朝他走过来，身上穿着一条深色的宽松裤、一件水手衬衫。看见她，他有些心痛。每次第一眼看见她，总有一份惊讶，一份甜蜜的震撼——她看上去真年轻！

此时，笑容在他脸上绽放。他加快了步子。

"诺玛！"他说。

她抬起头，莞尔一笑……可是，当他们走近的时候，笑容退去了。

他脸上的笑容抖了一下，有一瞬间，他感到不安。水手衬衫上面的脸庞似乎突然变模糊了。天色暗下来……难道他认错人了？不可能。就是诺玛。

"我给你带花来了。"他开心地舒了一口气，把手里的花递给她。

她打量着鲜花，笑了，随即又交还给他。

"谢谢，可是你认错人了，"她说，"我叫……"

"诺玛。"他轻声说，然后从口袋里拔出那把短柄榔头，这东西一直在他口袋里放着，"是送给你的，诺玛……永远都是给你的……都是你的。"

她退后几步，圆圆的脸变得煞白，嘴巴微微张开，因为害怕而变成圆形。她不是诺玛。诺玛死了，死了十年了。这没关系，因为她即将发出尖叫，他挥舞着榔头，阻止她的叫声，敲断她的叫声。榔头在空中飞舞，鲜花从手中掉落，纸包散开了，红、白、黄，三种颜色的月季花掉在垃圾桶旁边，那个地方，野猫在黑暗中交配，发出求爱的尖叫，尖叫，尖叫。

他挥舞着榔头，她没有尖叫，可是，她可能会尖叫，因为她不是诺玛，谁也不是诺玛。他挥舞榔头，挥舞榔头，挥舞榔头。她不是诺玛，因此，他挥舞榔头，这已经是第六次了。

不知过了多久，他把榔头塞进外套里面的口袋，离开那具趴在鹅卵石路上的黑影，离开散落在垃圾桶旁边的月季花。他转过身，离开了小巷。此刻，天完全黑了，玩棍球的人们挪到了屋里。假如他身上有血迹，别人不会看见，黑暗中不会被发现，在春风拂面的夜晚，不会被发现。她的名字不是诺玛，但他知道他自己的名字是什么。他叫……叫……

爱。

他的名字是爱。他穿行于这些黑暗的街巷，因为诺玛在等他。他要找到她。总有一天，快了。

他开始微笑。他迈着轻快的步伐，沿着 73 街朝街尾走去。一对已婚的中年夫妻坐在自家屋子前的台阶上，看着他走过去，高昂着头，眼睛看着远方，嘴角挂着一丝微笑。当他经过他们面前的时候，女人说："你为什么再也不是这种模样了？"

"你说什么？"

"没什么。"她说。她注视着穿西装的男人消失在步步紧逼的夜色中，心想，倘若有什么东西比春天还要美好，那一定是恋爱中的年轻人。

One for the Road

喝一杯再走

晚上十点一刻，法尔茅斯城北的图基酒吧。赫伯·图克兰德正准备关门打烊，一个男人闯了进来。他身穿一件高档外套，面色苍白，眼睛直勾勾地看着他们。这一天是一月十号，每年的这个时候，大多数人已经意识到，自己前一年的新年计划根本就是泡影，不能当真，还是及时行乐吧！户外，该死的东北风一个劲地刮。大黑前，地上的积雪已达六英寸。此刻，大雪非但没有停止，反而有愈演愈烈的趋势。我们两次看见比利·拉里比驾驶着庞大的铲雪车从门前经过，第二次，图基给他送去一瓶啤酒——用我母亲的话说，纯属慈善行为。上帝可以做证，年轻的时候，母亲不知道往肚子里灌了多少图基家的啤酒。比利告诉他说，大路上的雪已经铲得差不多了，但是，小路目前还不通，得等到明天早上。波特兰电台发布的气象预报称，未来风速将达到每小时四十英里，积雪可能会再深一英尺。

酒吧里只有图基和我，我们耳朵听着屋檐四周怒号的北风，眼睛看着壁炉里跳跃的火焰。"布斯，喝一杯再走吧，"图基说，"我也准备关门了。"

他给我倒了一杯，也给自己倒了一杯。就在这时，大门猛地被推开了，那个陌生人摇摇晃晃地走了进来，从脚到肩，满身白雪，连头发缝里也有，仿佛他在糖粉堆里打了个滚。门开着，北风裹着细沙般的白雪冲了进来。

"关上门！"图基冲着他吼道，"真没教养！"

我从来没有见过这么害怕的男人，像一匹吃了一下午火荨麻的马。他把目光转向图基，对他说："我老婆……我女儿……"话还没说完，他一头栽倒在地，不省人事。

"我的天哪！"图基说，"布斯，把门关上，行吗？"

我走过去，把门关上。没想到，关门也不是一件容易的事，风太大了。图基单腿跪地，一手托着那人的脑袋，一手拍打着他的脸颊。我走上前，眼前所见让我大吃一惊。那人的脸看上去红扑扑的，可实际上布满灰色的斑块。如果你跟我一样，从伍德罗·威尔逊当总统起就生活在缅因州，经历了许多个冬季，那么，你马上就会明白，那些灰斑是冻伤。

"晕过去了。"图基说，"到后面去拿白兰地，快！"

我拿了白兰地过来。图基解开那人的衣服。他醒了，眼睛半闭半睁，嘴里嘟囔着什么。可是，他的声音太低了，我们听不清。

"倒一瓶盖酒给我。"图基说。

"就一瓶盖？"我问。

"那东西是炸药，"图基说，"灌多了不行。"

我倒出一瓶盖，然后看着图基。他点点头，说："给他灌下去。"

我把酒倒进那人的喉咙，那场景真是令人难忘。那人浑身哆嗦，开始咳嗽。他的脸更红了，原本耷拉着的眼皮像百叶窗，突然翻开了。我有点震惊，图基却很镇定。他像照顾一个大孩子一样，让他坐直，然后拍打他的后背。

那人开始呕吐，图基随即又在他背上拍了几下。

"坚持住。"他说，"白兰地可不便宜。"

那人又吐了几口，但呕吐的量明显减少了。我第一次仔细打量他。城里人，没错，可能来自波士顿南边的什么地方。他戴着一副儿童手套，看样子价格不菲，但不够厚实。很有可能，他手上也有那种灰白色的斑块，他的手指头还在，也算是万幸了。看得出来，他身上的衣服很上档次，凭我的经验，应该值三百美元。他脚上穿着一双短靴，靴筒短得连脚踝都包不住。我开始担心他的脚趾了。

"好点了。"他说。

"很好。"图基说，"你能到壁炉这儿来吗？"

"我老婆和我女儿，"他说，"她们在那儿……遇上暴风雪了。"

"看你进来的样子，我就知道，她们不可能在家里坐着看电视。"图基说，"你到火边来，别坐在那儿了，有话慢慢说。布斯，帮个忙！"

他站起身，嗓子里发出低低的呻吟，疼得嘴巴都变了形。我再一次担心起他的脚趾。我不知道，上帝为何要在纽约城创造一批傻瓜，让他们在东北风刮得最猛的当口，驱车在缅因南部转悠。我也不知道，他的夫人和女儿身上穿得是否比他更暖和。

我们搀扶着他走到壁炉前，让他坐在一把摇椅上，那张椅子过去一直是图基太太的最爱，她一九七四年去世了。过去，这里大都由她打理，相关的报道登载在《缅因报》和《星期日电讯报》上，有一次还上了《波士顿环球报》的周末版。这里不像是一家酒吧，更像是一家旅馆：大块的木地板不是用铁钉而是用销子固定的；槭木的吧台，谷仓风格的天花板，还有用石头砌成的大型壁炉。《缅因报》的文章登出来之后，图基太太开始想入非非。她想给这个地方换个名字：图基驿站，或是图基之家。

我以为，这几个名字或多或少带有某种殖民的味道，我还是喜欢原来那个朴素的名字：图基酒吧。夏天，城里满是游客，在酒吧喝酒，很有派头；冬天，你和邻居有生意要谈，酒吧是个极好的地方。每年都有许多类似今天这样的冬夜，图基和我坐在一起，我们喝兑了水的苏格兰威士忌，或者，简单地喝几杯啤酒。我亲爱的维多利亚一九七三年先我而去，图基是一个好去处。在这里，各种嘈杂的声响可以淹没生命时钟倒计时的嘀嗒声——哪怕只有图基和我，足够了。如果把招牌改成图基之家，我的感觉会发生改变。虽然这很难解释清楚，但却是真实的。

我们把他安顿在壁炉前，他抖得更厉害了。他抱着膝盖，牙齿相互磕碰，几滴清水鼻涕从鼻尖掉落。我想，他开始意识到，假如在外面多待一刻钟，他可能已经没命了。不是因为雪花，主要原因是刺骨的寒风，它把你身上的热气都吹散了。

"你们是在什么地方从公路上下来的？"图基问他。

"此……此处以……以南六……六英里。"他说。

图基和我面面相觑，突然，我打了个激灵，浑身上下一阵发冷。

"你确定？"图基说，"你在雪地里走了六英里？"

他点点头，说："我们经过城里的时候，我看过里程表。我跟着路牌走……去拜访老婆的姐姐……在坎伯兰……以前没有去过……我们从新泽西来……"

新泽西。如果世上还有比纽约人更笨的，那肯定就是新泽西人了。

"六英里？你敢肯定？"图基追问道。

"我肯定，没错。我找到了匝道，可是……可是积雪……"

图基一把抓住他。在炉火的映照下，他脸色苍白，疲惫，看上去不像六十六岁，倒像七十六岁："你右拐弯了？"

"右拐，没错。我老婆……"

"你看见了一块路牌？"

"一块路牌？"他抬起头，面无表情地看着图基，同时用手把流出来的鼻涕擦掉，"当然，我看见了。我的路线图上有。走乔伊特纳大道，穿过耶路撒冷镇，到295号入口匝道。"他先看看图基，然后看看我，随后又把目光转向图基。外面，寒风穿过屋檐，时而呼啸，时而怒吼，时而低吟："这有什么不对吗，先生？"

"耶路撒冷镇。"图基的声音低得几乎听不见，"我的天哪！"

"怎么了？"那人说，他抬高嗓门，"那有什么不对吗？我的意思是，那条路虽然有积雪，但是我想……如果那边有城镇，扫雪机会出动……然后我……"

他的声音越来越低。

"布斯，"图基压低嗓门对我说，"快去打电话，找县治安官。"

"对，"新泽西来的傻瓜说，"应该的。可是，你们怎么了？好像遇见鬼了。"

图基说："先生，耶路撒冷镇没有鬼。你让家里人待在车里了吗？"

"是的，我告诉她们待在车里。"他听上去有些委屈，"我没疯。"

你疯没疯，我可没法证实。

"你叫什么？"我问他，"我得向治安官报告。"

"拉姆雷，"他回答说，"杰拉德·拉姆雷。"

他和图基继续讨论，我去打电话。我拿起听筒，没声音，接连又试了两三次，还是没声音。

我回到他俩跟前。图基又给杰拉德倒了一点白兰地，这回，他很痛快地喝了下去。

"他不在家？"图基问道。

"电话坏了。"

"见鬼了。"图基说。我们互相看了看。外面，风越刮越猛，雪片噼里啪啦地敲打着窗户。

拉姆雷看看图基，看看我，又看看图基。

"我说，你们俩谁有车？"他问道。他又一次流露出担忧："她俩不能让车子熄火，否则空调就不能用了。我油箱里的油大概只剩四分之一，我用了一个半小时……嘿，你们回答我好吗？"他站起身，一把抓住图基的衬衣。

"先生，"图基说，"我猜想，你的手已经不受你大脑控制了吧？"

拉姆雷看看自己的手，看看图基，然后把手放下。"缅因，"他的声调有些尖厉，把这个词说得像骂人，"算了，"他说，"最近的加油站在哪儿？那里肯定有拖车。"

"最近的在法尔茅斯市中心，"我说，"顺着门前的路往南走，大概要走三英里。"

"谢谢。"他的语气中透着一丝嘲讽。他一边系扣子，一边往大门走去。

"但现在可能已经关门了。"我补充了一句。

他慢慢转过身，看着我们俩。

"老家伙，你说什么？"

"他想让你知道，市中心的那家加油站，老板叫比利·拉里比，他开着铲雪车扫雪去了，你个傻瓜！"图基耐心地说，"嘿，在你去救人之前，不能先过来坐一会儿吗？"

他折回来，看上去既惶惑又害怕："你想告诉我你们不能……那里没有……"

"我什么也没说，"图基说，"一直都是你在讲，如果你能停一停，我们可以合计合计。"

"那是个什么地方，耶路撒冷镇？"他问，"为什么路上都是积雪？周围连盏路灯都没有？"

我说："耶路撒冷镇两年前被烧毁了。"

"没有重建吗？"他看上去不太相信。

"好像没有。"说着，我瞥了一眼图基，问道，"我们怎么办？"

"不能把她们丢在那里。"他说。

我走到他身边。拉姆雷已经走到窗前，看着外面漫天的大雪和漆黑的夜空。

"万一她们已经遭遇不测了呢？"我问。

"有这种可能，"他说，"但现在还无法确定。我得去拿书架上的《圣经》，你还戴着那个圣牌吗？"

我把十字架从衬衫里面拽出来，拿给他看。我生长在一个公理会家庭，但居住在耶路撒冷镇附近的人都喜欢戴点什么——十字架、圣科里斯托弗奖章，还有念珠之类的物件。因为，在两年前的十月份，那个小镇中邪了。夜深人静之时，图基酒吧的客人大都是些常客，大家有时会围拢在一起，议论此事。那里发生的一切好像是真的。你看，镇上的居民开始失踪。起先，几个人不见了，随后，一批人不见了，最后，大批人……学校关门了。近一年时间里，小镇渐渐空了。有些人搬到那里——大都是外地来的，就像坐在我们面前的这个傻瓜——我猜想，大概是那里的房价和地价便宜的缘故。可是，他们待不下去。搬来之后，没过一两个月，大部分人又陆续搬走了。剩下的……失踪了。后来，小镇被大火夷为平地。那年的秋天特别长，特别干燥。人们猜测，大火是从马斯滕庄园开始烧起来的，那个庄园建在一座小山上，俯瞰着乔伊特纳大道。可是，谁也不知道火是怎么烧起来的。甚至到今天，也一直是个谜。大火一连烧了三天，结果，那里太平了一段时间。后来，又开始了。

我只有一次听人提到"吸血鬼"这个词。里奇·梅斯纳，一个疯疯癫癫的家伙，卡车司机，运纸浆的，来自弗里波特。有一天晚上，他到图基酒吧喝酒。几杯下肚，他有些醉了。"耶稣基督！"随着一声喊叫，那个疯子站起身来。他身高约九英尺，下身穿一条羊毛裤，上身穿一件粗呢衬衣，脚蹬一双皮靴："你们他妈的不敢说出来吗？吸血鬼！你们

368

脑子里想的不就是这个吗？他妈的！你们就像一群被电影吓破了胆的小孩！你们知道撒冷镇那边有什么吗？想让我告诉你们吗？想让我告诉你们吗？"

"告诉我们吧，里奇！"图基说。此时，酒吧里鸦雀无声。屋内，灯光下，火苗噼里啪啦地在壁炉里跳跃；屋外，黑暗中，冻雨淅淅沥沥地拍打着窗子。"别卖关子了！"

"你们说那边有一群野狗，"里奇·梅斯纳说，"这就是你们的发现！你们，还有那些长舌妇编的故事，精彩得很呢！哼，八十刀，我到那儿走一遭，就在那栋你们说闹鬼的房子里住一夜。你们看，怎么样？有人愿意押注吗？"

谁也没搭腔。里奇喜欢吹牛，是个卑鄙的小人，酒鬼，大家伙不会在他的葬礼上落泪，但也不愿意看着他天黑之后去撒冷镇送死。

"你们这群家伙，统统见鬼去吧！"里奇说，"我那辆雪佛兰的后备厢里有一把点四一零霰弹枪，它可以对付一切妖魔鬼怪，无论是法尔茅斯、坎伯兰，还是耶路撒冷镇，我都敢去，我这就准备动身。"

他砰的一声推开门，走出酒吧，一时间，谁也没有说话。后来，拉芒特·亨利十分平静地说："我的上帝，打那以后，再没有见过里奇·梅斯纳。"说到这儿，拉芒特在胸前不住地画着十字，因为他从小受母亲的影响，是卫理公会派教徒。

"等他酒醒了，会改变主意的。"图基这样说，但听得出来，他有些不安，"他会在特定的时间冒出来的，证明这一切不过是个玩笑而已。"

但是，拉芒特的话很有道理，因为在其后的日子里，谁也没看到过里奇。他老婆向州警察局报告说，他可能是去佛罗里达找一个收藏家算账去了。可是，你只要看看她的眼睛——病态、惶恐的神情——你就能明白，她在撒谎。没过多久，她搬家去了罗得岛。也许，她担心里奇会在某个夜晚来找她。没准他已经来过了，谁知道呢？

此时，图基正看着我，我一边把十字架塞回衬衣里，一边看着图基。一生中，我从未感觉自己那么苍老，那么无力，那么害怕。

图基重复道："布斯，她俩还在那边，我们不能不管。"

"是的，我知道。"

我们没有动，接着，他伸出手，抓住我的肩膀。"你是个好人，布斯。"不知怎的，听了他的话，我立马打起精神。人一旦过了七十，在别人眼里，你似乎根本就不存在，或者说，不曾存在过。

图基走到拉姆雷面前，对他说："我有一辆四驱的巡逻车，我这就去把它开出来。"

"上帝啊！你为什么不早说呢？"他一下子转过身，背对着窗户，愤怒地盯着图基，"十分钟了，你们为什么废话了那么久？"

图基轻声说："先生，闭上你的嘴。如果你还想说什么，请想一想，是谁在该死的暴风雪中把车开上那条满是积雪的道路的？"

他张开嘴，想说些什么，但随即又闭上了。他的脸颊泛起片片红色。图基去车库取车，我从柜台下面拿出他那个镀铬的小酒瓶，往里面灌满了白兰地。天亮前，这东西可能用得上。

缅因的暴风雪——这种天气出门？

大雪铺天盖地，细小的颗粒，仿佛细沙，噼里啪啦地敲打着小汽车、小货车的车身。不想用远光灯，雪地反光太强，可视距离也就十英尺左右。如果用近光，差不多能达到十五英尺。大雪，我不怕，但我受不了那风。一阵阵怒号，传递着世间所有的仇恨、痛苦和恐惧。狂风中，雪花飞舞，千姿百态。狂风中，可以感觉到死神的降临，白衣死神。也许，还有死亡之外的东西。你不想听狂风的怒吼，你只想待在温暖的床上，合上百叶窗，锁紧大门。如果开车上路，那可就倒霉了。而且，我们前进的方向是耶路撒冷镇。

"快点，行吗？"拉姆雷请求道。

我回答说："你进来的时候冻得半死，你还想我们最后也在雪地里走吗？"

他狠狠地瞪了我一眼，他不是很明白我的意思，但也没有再说什么。我们以每小时二十五英里的速度在公路上匀速前进。很难相信，比利·拉里比一小时前刚刚清扫过这个路段。此时，路面积雪已达两英寸厚，而且还在不断增加。最强劲的北风把巡逻车吹得有些摇晃。车灯下，前方白茫茫一片。一路上，我们一辆车也没看见。

过了大约十分钟，拉姆雷惊呼："嘿，那是什么？"

他手指着我这一侧。我一直盯着前方，此时，我转过头，但为时已晚。我似乎看见一个东西跌跌撞撞，被汽车甩到后面，消失在风雪中，但也许那只是我的想象而已。

"你看见什么了？小鹿？"我问。

"可能吧。"他的声音有些哆嗦，"但它的眼睛——通红的。"他看着我，"小鹿的眼睛在晚上看上去是红色的吗？"他仿佛在哀求什么。

"在晚上，任何可能性都有。"我说。我想，这有可能，可是，以前晚上出门的时候，经常看见鹿，但不管坐的是什么车，从来没有发现它们的眼睛会反射出红色的光。

图基一言不发。

又过了十五分钟，我们发现右侧路基上的积雪不像其他地方那么厚，大概是铲雪车在这个地方作业的时候，调高了铲刀。

"这儿好像就是我们拐弯的地方，"拉姆雷说，他不是十分肯定，"我怎么没看见路牌……"

"在那儿。"图基回答说，他的声音听上去有些异样，"你只能看到路牌的顶端。"

"啊，没错。"拉姆雷的心情好了许多，"图克兰德先生，真抱歉，我记得不准确。当时，我又冷又担心，一直骂自己无能。我非常感谢两位……"

"先别忙着感谢布斯和我，等把她们带上车再说。"图基说。他启用四轮驱动模式，越过雪堤，开上乔伊特纳大道。这条路穿过耶路撒冷镇，直通 295 号公路。汽车向前行驶，挡泥板掀起层层雪浪。车有甩尾的迹象，没关系，赫克托耳还是个傻小子的时候，图基就开始在雪地里开车了。他驾驭它，跟它聊天，就这样，我们继续前行。在车灯的照耀下，我们勉强可以追踪到另一辆车——拉姆雷的车——留下的轮胎印记，可是，那些痕迹往往很快就又消失了。拉姆雷伸长脖子，想找到自己的车。突然，图基说："拉姆雷先生。"

"怎么？"他转头看着图基。

"这边的人对于撒冷镇有种迷信的看法。"图基说。听起来，他很轻松，可是，我发现，他嘴边的肌肉绷得紧紧的，眼睛不时地四下张望："如果你的家人还在车上，那当然好了。我们带上她们，立即返回我的店里。明天，等雪停了，比利会帮你把车拖回去。但是，万一她们不在车里……"

"不在车里？"拉姆雷迫不及待地打断了他的话，"她们怎么可能不在车里？"

"万一她们不在车里，"图基没有理他，继续说，"我们就得掉转车头，回到法尔茅斯市中心，向治安官求助。无论怎样，夜里在此地逗留毫无意义，懂吗？"

"她们肯定在车里，不在车里，能去哪儿？"

我说："拉姆雷先生，还有一件事。万一我们碰见什么人，不要跟他们说话。即使他们跟我们打招呼，也不要理会。你明白吗？"

拉姆雷半天才说出话来："究竟是怎么一回事啊？"

没等我开口——天晓得我会说些什么——图基抢先说："我们到了。"

我们看见了那辆车的车尾。那是一辆宽敞的奔驰，引擎盖已经被积雪覆盖，车身左侧也已经看不见了。可是，尾灯还亮着，排气管还在不断向外喷着废气。

"看样子，车上还有油。"拉姆雷说。

图基把车停下，松开了手刹："拉姆雷，你记得布斯说的话吗？"

"记得，当然记得。"他满脑子想的都是他的妻女。在这种情况下，没有理由怪他。

"布斯，准备好了吗？"图基问我。他盯着我的眼睛，在仪表盘微弱的光线下，他灰色的眼睛充满忧郁。

"我想是的。"我说。

我们全部下了车。狂风卷着大雪直扑面门。拉姆雷身体前倾，走在前面，外套被风吹起，鼓鼓的，从后面看，像一条大尾巴。在图基的车灯和他自己的车灯的作用下，雪地上出现了两个他的影子。我和图基一前一后跟在后面。

当我接近奔驰后备厢的时候，图基从后面一把拉住了我。

"让他去。"他说。

"珍妮！弗朗西！"拉姆雷大叫，"你们还好吧？"他拉开驾驶室的门，把头伸了进去。

他呆住了。一阵狂风吹来，车门摆脱了他的右手，开到最大。

"我的天哪，布斯。"图基的声音被怒号的北风淹没了，"恐怕，噩梦再次上演了。"

拉姆雷转身对着我们。他很害怕，很困惑，眼睛瞪得大大的。突然，他穿过暴风雪，朝我们扑过来。他脚下一滑，差点栽倒在地。他无视我的存在，直接把我推向一边，随即一把抓住图基。

"你是怎么知道的？"他咆哮着，"她们在哪里？该死的，到底出什么事了？"

图基掰开他的手，朝前走去。我和他一起朝车里张望。车内像烤箱一样，很暖和，但这种情形维持不了多久，燃油表上的黄灯已经亮了。偌

373

大的车内空荡荡的，后排的脚垫上有一个芭比娃娃，一件小孩的滑雪衫随意地搭在座位的靠背上。

图基双手捂住脸……突然，他消失了。拉姆雷一把抓住他，把他推下路边的雪堆。他面色苍白，表情疯狂。他的嘴巴一个劲地动，仿佛刚刚咀嚼了什么苦涩的东西，但又吐不出来。他伸出手，拿起那件滑雪衫。

"弗朗西的衣服？"他像是在自言自语。突然，他抬高嗓门："弗朗西的衣服！"他转过身，手抓着衣服上毛皮镶边的帽子，紧紧贴在胸前。他看我，面无表情，不相信这一切都是真的："她怎么可能不穿外套就出去呢？布斯先生，为什么……为什么……她会冻死的。"

"拉姆雷先生……"

他手捧着衣服，蹒跚着从我身边走过，高声呼喊："弗朗西！珍妮！你们在哪儿？你们在哪儿啊？"

我把手伸向图基，拉他起来："你没……"

"别管我，"他说，"布斯，我们得把他拽回来。"

我们加快脚步，跟在拉姆雷后面，但我们跑不快，因为有的地方积雪已达膝盖。他忽然停下了，我们赶上了他。

"拉姆雷先生……"图基说着，把一只手搭在他的肩膀上。

"走这边，"拉姆雷说，"她们就是从这里走的。你们看！"

我们低下头，看着雪地上。此处地势较低，狂风从我们头顶吹过。雪地上有两行脚印，一行大，一行小，风雪正逐渐将它们遮盖。假如我们迟到五分钟，估计地上什么痕迹都看不见了。

他低着头往前走，图基一把拽住他："不能去，拉姆雷，不可以！"

拉姆雷猛地转过身，一脸疯狂，冲着图基举起一只拳头。他后退了一步……图基脸上的表情让他望而生畏。他的目光从图基转向我，然后又转向图基。

"她会冻死的。"他说，仿佛我俩是一对傻瓜，"你们还不明白吗？

她没有穿外套，她才七岁啊……"

"她们有可能在任何地方。"图基说，"你不能跟着那些脚印走，雪还在下，用不了多久那些脚印就看不见了。"

"你有什么好主意吗？"拉姆雷此时已经变得歇斯底里了，"如果我们回去找警察，她早就冻死了。弗朗西和我的妻子！"

"她们也许已经冻死了。"图基说，他并不回避拉姆雷的眼睛，"或者，比这还糟。"

"你什么意思？"拉姆雷低声说，"别卖关子了，告诉我吧！"

"拉姆雷先生，"图基说，"耶路撒冷镇有……"

最终，那个词还是由我说出来的，我说出了从来不想说的那个词："吸血鬼，拉姆雷先生。耶路撒冷镇到处都是吸血鬼。我知道，很难让你相信……"

他看着我，仿佛我是个傻瓜。"疯了，"他轻声说，"你们简直就是一对疯子。"说罢，他转过身去，将双手环在嘴边，高声喊道："弗朗西！珍妮！"他跌跌撞撞地向前跑去，地上的积雪已经到他外套的下摆了。

我看看图基，说："我们现在怎么办？"

"跟上他。"图基说。他头发上落满了雪，看上去真的有点疯了："我不忍心把他一个人丢在这里。布斯，你能吗？"

"不能。"我说，"恐怕不能。"

就这样，我们跟在拉姆雷后面，深一脚浅一脚地在雪地里跋涉。他距离我们越来越远，你知道，年轻就是不一样。他像一头公牛，径直往前冲。可怕的是，我的关节不给力。我低下头，打量着自己的双腿，心里默默地说：再走两步，就两步，别停下，天杀的，走啊……

我一头撞上了图基，他两腿叉开，站在风雪中。他的脑袋耷拉着，双手捂着胸口。

"图基，"我说，"你怎么了？"

"我没事。"说着，他把手拿开，"布斯，我们得跟上他。等他走不动了，他就知道厉害了。"

我们到了一个坡顶，拉姆雷刚好在下面，正发疯似的到处寻找脚印。可怜的家伙，根本不可能找到她们的。狂风呼啸，卷起一团团雪花，任何痕迹都会在数分钟内被抹得干干净净，更别提已经过去好几个小时了。

他仰望苍天，高高举起双手，撕心裂肺地呼喊："弗朗西！珍妮！老天！"他的声音中有绝望，有恐惧，真可怜！回答他的只有风声，听上去仿佛一列货运列车疾驰而过。狂风在笑话他，好像在说：我把她们带走了，驾豪车、穿驼毛外套的新泽西先生。我带走她们，我抹掉痕迹，等天一亮，我把她们还给你，像两颗保鲜的草莓，干净、冰冷……

"拉姆雷！"图基面对怒吼的北风，高声喊道，"你听着，你从来不在乎吸血鬼和鬼怪这类东西，但这次不一样，你得听我的！你这样做其实是害了她们！我们得先……"

突然，有回应了。黑暗中传来一个银铃般的声音。我的心陡然间变成了冰块。

"杰里……杰里，是你吗？"

听到声音，拉姆雷迅速转过身去。她来了，幽灵一般，从一片树林的阴影中走出来。她是个城里人，没错，那一刻，在我眼里，她似乎是世上最美丽的女人。我很想走上前去，走到她面前，告诉她，看见她平安归来我是多么高兴。她身上穿着一件类似套头衫的衣服，绿色的，很厚实的样子，就是那种人们称之为南美披风的衣服。风一吹，衣服在身体周围飘荡，黑色的长发在狂风中飞舞，仿佛十二月的溪水，流动不息。再过些时候，天寒地冻，河水就会结冰，就会凝固。

我可能已经向前跨了一步，因为图基一把抓住了我的肩膀，他的手粗壮、温暖。不知怎的——我无法说清楚——我心底有一种渴望，我想走近她：幽暗、美丽的身影，绿色的披风环绕着脖颈和肩膀，那种异国的情调，那种冷艳的风姿，让人不禁联想起沃尔特·德·拉·梅尔诗歌中的美妇人。

"珍妮！"拉姆雷高喊，"珍妮！"他伸出双臂，迈开双腿，拼命朝她奔去。

"不要！"图基大叫，"拉姆雷，不要过去！"

他甚至没有看我们一眼……可是她看了。她抬起头，看着我俩，咧嘴笑了。此时，我的渴望，我的冲动，顷刻间变为恐惧，坟墓一般冰冷，如裹尸布里的骨头，苍白，沉寂。即使站在坡上，我们也可以看见那对眼睛里发出的红色光芒。不是人类的眼睛，相比较来说，更像是野狼的眼睛。当她咧嘴笑的时候，你会发现，她的牙齿竟然那么长。她不再是人类，她是僵尸，在这个大雪纷飞的黑暗夜晚，不知是何缘故，这具僵尸还魂了。

图基冲着她一个劲地在胸前画着十字。她朝后退去……然后又露出了笑容。我们距离她太远，也许，我们太害怕了。

"停下。"我低声说，"我们能阻止吗？"

"来不及了，布斯！"图基很悲伤。

拉姆雷已经到了她跟前。他一身白雪，像个幽灵。他朝她伸出手去……他开始尖叫。我至今仍然会梦到这一幕，在梦里，那个男人像孩子一般尖叫。他想后退，想离开她，可是，她的手臂，细长，光滑，白玉一般，一把拽住他，拉了过去。我看见她仰起头，然后猛地向前扑去……

"布斯！"图基嗓子都哑了，"快离开这儿！"

我们撒腿就跑。也许有人会说，我们像老鼠，脚底抹油，溜之大吉。可惜，他们那晚不在场。其实，我们是连滚带爬，跌跌撞撞，一路往回逃窜。我一边跑，一边回头看，看那个女鬼是不是追来了，看她是不是在咧嘴笑，看她那对眼睛是不是还放着红光。

等我们回到汽车旁边，图基已经累得直不起腰了。他手捂着胸口。"图基！"我怕得要命，"怎么……"

"心脏，"他说，"有毛病，已经五年多了。布斯，扶我到副驾驶的座位上去，我们赶紧离开这个鬼地方。"

我伸手抓住他的胳膊，搀扶着他走到汽车的另一侧，使劲把他推上车。他靠在座椅背上，闭上了眼睛。他脸色蜡黄，一副病态。

我加快步子，绕过车头，该死的，差点跟那个小女孩撞个满怀。她就站在驾驶室那一侧的门边上，扎着小辫子，身上除了一条黄色的裙子，什么也没穿。

"先生，"她的声音响亮、清澈，仿佛朝雾，甜美绝伦，"能帮我找到我妈妈吗？她不见了，我很冷……"

"宝贝，"我说，"小宝贝，你最好先上车，你妈妈……"

我说不下去了。我从来没有过那种体验，我快昏过去了。你看，她就站在那里，站在雪堆上，可是，脚下没有脚印，任何一个方向都没有。

她抬起头，看着我，拉姆雷的女儿弗朗西。看样子，她不过七岁，在其后无尽的黑夜里，她始终都是一个七岁的小女孩。她的小脸如僵尸一般煞白，眼白是银色的，眼珠是红色的。在她的下巴底下，我看见两个小洞，像两个针眼，边缘血肉模糊。

她朝我伸出手臂，微微一笑。"先生，把我抱起来，"她柔声说，"我想给您一个吻。然后您可以带我去找我妈妈。"

我不想听她的，可我没有选择。我伸开双臂，弯下腰。我看见她张大了嘴巴，粉嘟嘟的小嘴，尖利的犬牙。有什么东西顺着她的下巴滚落下来，闪闪发光。我心底泛起一阵莫名的恐惧，我意识到，她在流口水。

她的一双小手紧紧搂着我的脖子，我心想：也许没那么糟，也许过一会儿一切都会好起来。就在那时，车里飞出一个黑色的东西，刚好砸中了她的胸口。一团散发着怪异味道的烟雾，一道闪电，瞬间，她嘴里发出咝咝的声音，朝后退去。她的脸变得扭曲，那是一张狐狸般的脸，愤怒，仇恨，痛苦。她转过身，接着……消失得无影无踪。刚才还在眼前，眨眼工夫，只剩一堆有点类似人形的白雪。一阵风吹来，扬起雪花无数。

"布斯!"图基轻声呼唤我,"上来,马上!"

我坐上车。虽然情况紧急,可我还是设法看清了图基扔向小女孩的那个东西:他母亲留下的那本杜埃版《圣经》。

这件事过去很久了。现在,我又老了很多,其实,那个时候,我也不年轻。赫伯·图克兰德两年前去世了,他晚上走的,走得很平静。酒吧还在,被一对来自沃特维尔的夫妇买下了。夫妻俩人不错,接手之后,酒吧基本保持原样。尽管如此,我很少去那里。图基不在,一切都不一样了。

撒冷镇还是老样子。第二天,治安官发现了拉姆雷的车,没有油,也没有电。图基和我什么也没说。说了又能怎样呢?每过一段时间,就会有失踪案发生:徒步旅行者,或者露营的人,消失在斯库尔亚德山上,或者哈莫尼山公墓附近。警方通常只能找到失踪者的背囊、书籍这些东西,都受到了雨水和雪水的浸泡。然而,他们从来没有发现过失踪者的尸体。

我无法忘记发生在那个风雪之夜的事,至今还噩梦连连。记忆最深刻的不是那个女人,而是那个小女孩。她脸上荡漾着笑容,把手伸给我,想让我把她抱起来,这样,她就可以给我一个吻。我年事已高,等噩梦结束的时候,我的归期也到了。

有一天,你可能会有机会去缅因南部旅游。很美的乡村。你甚至有可能会在图基酒吧喝上一杯。酒吧的名字没有更改。你可以喝酒,但你要记着我的忠告:喝完酒,继续北上。不管做什么,千万不要踏上通往耶路撒冷镇的那条路。

尤其是天黑之后。

那里有一个小女孩。她还在等待入睡前的那个吻。

The Woman in the Room
病房里的女人

问题是：他能做到吗？

他无法回答。他知道，她有的时候会把药片放在嘴里咀嚼，那种糟糕的酸橙味让她的五官纠结在一起，嘴巴里发出一种类似碎碎冰的响声。可是，这些药丸与以往的不同……是胶囊。药盒上写着：达尔丰络合物，是他在她的药箱里发现的。他把药拿在手上，陷入了沉思。这药是在她再次住进医院之前医生给的，是一种镇痛药，有助于睡眠。她的药箱里装满了药，摆放得整整齐齐，像是巫医的百宝箱。各种西药，还有一排排栓剂。他之前从未使用过栓剂，想到要把这东西放进直肠，然后靠身体的热量将其融化，他感到浑身难受。把这玩意儿从肛门塞进体内，尊严荡然无存。药箱里还有菲利普斯氧化镁牛奶、阿纳辛关节止痛片、碱式水杨酸铋咀嚼片，等等。看着这些药，他可以判断出她的病情。

可是，这些药丸不同。它们看上去像是普通的达尔丰，灰色的胶囊，但尺寸更大，用他已故父亲的话说，像炮弹。外包装盒上写着：阿司匹林350格令，达尔丰100格令。假如他把药给她，她能嚼动吗？她会嚼吗？家中一切照旧，冰箱的压缩机有规律地运行着，壁炉也按时点火熄火，座钟里的布谷鸟每逢半点和正点都会不耐烦地伸出脑袋叫几声。他猜想，她死以后，就轮到凯文和他分担家务了。她走了，走了。这个声音在整栋房子里飘荡。

她此刻在位于刘易斯顿的缅因中心医院，312病房。当她疼得不能去厨房煮咖啡的时候，她只得去医院了。每逢他来探视，她总会哭泣，连她自己也说不清为什么会哭。

电梯吱嘎吱嘎地往上升，他发现自己在研究那张蓝色的电梯合格证。有了这张纸，无论发出多么恼人的声响，电梯都是安全的。到目前为止，她在医院已经住了差不多三个星期了。今天，医生给她做了一种名为"脊髓前侧柱切断术"的手术。他不知道这几个字是不是这样写，但起码读音差不多。手术前，医生告诉她，这种手术是要把一根钢针经由她的脖子刺进她的大脑。医生说，这好比把一根针扎进橙子，刺穿里面的一个核。当钢针触及疼痛点的时候，针尖会释放出一种无线电信号，疼痛点就会被消灭，就像是拔掉电视机的插头一样。这样，她腹部的癌肿就不会继续折磨她了。

这个手术让他感觉十分不安，相比之下，想象栓剂正在他肛门里融化反而算不上什么了。他想起迈克尔·克莱顿写的一本书，书名是《终端人》，里面讲到如何把电线插到人的头颅里面。在作者眼中，那个场景着实可怕，最好相信他。

到了三楼，电梯门开了，他走了出去。这儿的病房已经有些年头了，里面的气味让人联想起集市上用来遮盖呕吐物的那种散发着清香的锯木屑。他把胶囊落在车上的手套箱里了。来之前，他什么都没有喝。

病房区的墙壁都是两种颜色的：下面是褐色，上面是白色。在他看来，世上的双色组合中最最让人压抑的，除了褐色和白色，当属粉色和黑色了。医院的走廊仿佛巨型的栓剂。想到这里，他微微一笑，但与此同时，又感觉有些恶心。

两条走廊在电梯门前呈丁字形会合，电梯外有一台自动饮水器，他总要在这儿停留片刻，拖延一下时间。走廊里时不时可以看见各种医疗设备，好像散落在运动场上的稀奇古怪的运动器材。有一个下面带胶皮轮子、四周镀铬的担架，准备接受"脊髓切断"手术的病人就是用这个东西推到手术室去的。有一个圆的东西，很大，用途是什么，他不知道。有时候在松鼠的笼子里，你会看见类似的东西。有一个可以转动的静脉滴注支架，上面挂着两只瓶子，像萨尔瓦多·达利式梦境中的乳房。一条走廊的尽头是护士站，受到咖啡鼓舞的笑声朝他的方向飘过来。

他喝了酒，然后沿着走廊慢慢朝她的病房走去。即将面对的场景让他感到害怕，他希望她在睡觉。假如是那样，他不准备叫醒她。

在每一扇病房的门上，都有一个正方形的小灯。如果病人按下呼叫按钮，那盏灯就会闪烁，发出红光。走廊里，有病人慢慢地来回走动，身上从里到外穿的都是廉价的病号服。外面是蓝白相间的细条纹长袍，圆领。医院提供的内衣被大家称作"圆领衫"，穿在女病人身上还凑合，可男病人穿上这种长及膝盖的衬裙式内衣就有些不伦不类了。男病人脚上大都穿着褐色的仿皮拖鞋，女病人则喜欢那种带有毛线小球的编织拖鞋。他妈妈的拖鞋就是这种款式，她称之为"凉拖"。

看见走廊里那些病人，他想起一部电影，叫《活死人之夜》。他们行动迟缓，如果他们的器官是装有蛋黄酱的瓦罐，那么，肯定有人把瓦罐的盖子打开了，罐内的液体在他们体内胡乱流动。他们挂着拐杖，在走廊里来来回回地挪着步子。给人的感觉有些可怕，但却不失尊严。他们没有目标，只是慢慢地走着，走着，就像身穿学士袍、头戴学士帽的大学生，鱼贯进入学校的大礼堂。

晶体管收音机里传出空灵的音乐，向各个角落飘散。他听见阿肯色黑橡木组合的歌曲《吉姆·丹迪》（"去吧，吉姆·丹迪，去吧，吉姆·丹迪！"一个假声冲着走廊里散步的病人歇斯底里地唱着）。他听见一个脱口秀主持人在跟嘉宾讨论尼克松，那腔调，仿佛冒烟的羽毛掉进了醋缸，一股酸味。他听见一首法语填词的波尔卡——刘易斯顿至今依然是一个说法语的小镇，人们喜欢吉格舞曲和里尔舞曲，同样也喜欢在下刘易斯顿街上的酒吧里挥刀斗殴。

他在母亲的病房外停下脚步。

有那么一瞬间，他感觉自己有些醉了。他恨自己这么醉醺醺地出现在母亲面前，即使她因为麻药和盐酸阿米替林的作用还没有醒来。盐酸阿米替林是一种镇静剂，可以让病人在最后的日子里好过一点。

通常，他下午会去索尼超市买两提六瓶装的凯凌啤酒，和孩子们一起看儿童频道下午的节目。看《芝麻街》的时候喝三罐，《罗杰先生》两罐，留一罐给《电力公司》。然后，晚饭的时候，从第二提再取一罐。

剩下的五罐，他放在车里。从雷蒙德到刘易斯顿，走 302 号和 202 号公路，二十二英里。等他到达医院的时候，他很有可能已经喝醉了，剩下的啤酒也就一两罐了。他通常把带给母亲的东西留在车内，这样，他就有理由离开病房，回到车上，把剩下的啤酒灌进肚子里，保持那份麻醉的感觉。

此外，他也可以借此机会出来方便一下。不知怎的，这是来医院探视病人的痛苦过程中唯一让他开心的事情。他习惯把车停在停车场的一侧，此时已经是十一月份了，由于霜冻的缘故，地面上有明显的车辙。夜晚，寒风袭来，膀胱立刻开始收缩。如果在医院的厕所小便，那么，你的医院之行会不自觉地得到升华：便池旁有紧急按钮，镀铬的扶手角度均设计为四十五度，洗手池上方还有一瓶粉色的消毒液。真是不好的体验。你最好相信。

　　没有回家喝酒的欲望，家中的冰箱里也没有存货。家里有六罐啤酒的时候，他是绝对不会来医院的，谁知道情况竟然会这么糟糕呢。他首先想到的是她绝不是橙子，接下来想到的是，她真的快要死了，仿佛她必须去追赶一辆想象中的火车。她在床上硬撑着，除了眼睛，身体一动不动，可是，在她身体内部，有东西在动。她的脖子被什么东西染成了橙红色，应该是红汞，而且，在她左耳下方贴着一块纱布，不知哪个精力旺盛的医生在那里埋下了高频电子针，在消灭疼痛中枢的同时，她身体的运动控制也失效了六成。她的目光跟随着他，仿佛数字油画中耶稣的眼睛。

　　"约翰尼，你今晚不该来。我看上去状态不好。我明天会好的。"

　　"怎么了？"

　　"很痒，全身都痒。我的两条腿在一起吗？"

　　她的腿究竟是否在一起，他不确定。床单下，她的腿抬着，呈 V 字形。病房内很热，今天，旁边的那张床空着。他心想：病友走的走，来的来，可是我妈妈永远住在这里。天哪！

　　"您的腿在一起，妈妈。"

　　"约翰尼，能帮我把腿放平吗？一会儿你就回去吧。我以前从来没有如此狼狈过。我动弹不了。我的鼻子很痒。你鼻子痒，可你却没法去挠，真可怜，不是吗？"

　　他替她挠挠鼻子，然后隔着床单抓住她的小腿，把她的腿放平。他的手并不十分大，可他只用一只手，就可以毫不费力地握住她的双脚。她发出一阵呻吟，眼泪顺着脸颊流向耳朵。

"妈妈？"

"你能把我的腿放下来吗？"

"已经放平了。"

"嗯。那就好。我哭了，是吧？我不想当着你的面哭，我希望自己能解脱，只要不这么受罪，让我干什么都行。"

"您想抽烟吗？"

"约翰尼，先给我喝口水行吗？我渴死了。"

"没问题。"

他拿出那个带有一根可调节吸管的杯子，绕过走廊的拐角，朝饮水机走去。一个肥胖的病人，一条腿上缠着弹力绷带，沿着走廊慢慢地走着。他没有穿那种细条纹的病号服，而是把它紧紧地藏在身后。

他给杯子装满水，然后回到 312 病房。她已经不哭了。她的嘴唇咬住吸管，那个样子让他想起旅游画册上的骆驼。她的脸瘦得皮包骨头。作为她的儿子，母亲给他留下的最深刻的印象是在他十二岁的时候。他和哥哥凯文跟着这个女人搬到缅因，因为她要照顾自己年迈的父母。她的母亲年事已高，并且长年卧床。因为高血压，他的外祖母身体非常羸弱。更糟糕的是，疾病让她双目失明。幸福的八十六岁生日。眼前的这个女人也在朝那个方向发展。外祖母一天到晚躺在床上，眼睛看不见，身体虚弱，屁股底下垫着大块的尿布，下身穿着胶皮裤子，记不住早饭吃的什么，却能背出艾克①之前所有美国总统的名字。就这样，三代人住在一栋房子里。就在那栋房子里，不久前，他发现了那些药丸（外祖父外祖母去世很久了）。他那时十二岁，喜欢吃早饭的时候说东说西，但不记得究竟说了些什么。他的母亲忙着洗刷外祖母弄脏的尿垫，放进那台老式的洗衣机里脱水。她转过身，操起一块尿片，对着他狠狠地打过来。啪的一声，

---

① 即艾森豪威尔。

那块厚厚的、湿乎乎的尿布碰翻了他面前盛着谷物燕麦的碗，那玩意儿在桌子上疯狂地旋转，仿佛一只大大的蓝色陀螺。母亲第二下打中了他的背，不疼，但让他吃了一惊，胡言乱语随即停止。此时躺在这个房间这张病床上的这个女人那时一下接一下地抽打着他，嘴里叫着：你给我闭嘴，这里就数你嘴巴大，你快点闭嘴，等到你身上其他地方也长大了，你再说话也不迟。她一边骂一边打。啪！啪！不管他肚子里有多少俏皮话，那会儿也已烟消云散了。在这个世界上，没有为俏皮话准备的机会。那一天，他发现，若想让一个十二岁的孩子清楚自己在家中的地位，最好的办法肯定是用祖母的尿布抽打他的背，没有比这更完美的了。那件事之后，他用了四年的时间才重新学会如何说俏皮话。

她有点喝呛了。虽然他一直在考虑药丸的事情，但看到她那个样子，他还是很害怕。他再次问她是否想抽烟，她说：

"如果不麻烦，抽一口吧！然后你就回家去。我明天也许会好些。"

床边的小桌上散落着几包烟，他从酷牌烟盒里抽出一根，点上火。他用右手的食指和中指夹着香烟，她抽了一口，噘起嘴巴，含住过滤嘴。她没有什么力气，烟雾在嘴唇间飘动。

"我得活到六十岁，我儿子到时候就可以替我点烟了。"

"我无所谓。"

她又吸了一口，过滤嘴在嘴巴里停留了许久。他将目光转向她的眼睛，发现她的眼睛紧闭着。

"妈妈？"

眼睛微微睁开。

"约翰尼？"

"嗯。"

"你来多久了？"

"没多久。我想我得走了。你早点休息。"

386

"嗯。"

他把香烟掐灭在烟灰缸里，悄悄离开病房，心想：我要跟那个医生谈谈。该死的，我得跟那个做手术的医生谈谈。

走进电梯，他想，在某一个领域里，一旦达到某种熟练程度，"医生"这个词就成了"男人"的同义词，仿佛这是意料之中的，是条文规定的：医生必须残酷，才能在某种程度上做到人道。

"我想她撑不了多久了。"这是那天很晚的时候他对他哥哥说的话。他哥哥住在安多弗，此地以西七十英里。他一个星期只去医院一两次。

"可是，她还是那么疼吗？"凯文问道。

"她说她身上痒。"药丸装在他毛衣的口袋里。他妻子睡得很香。他把药拿出来，这是从他母亲家里偷来的，他们曾经和外公外婆在那栋房子里居住过。跟哥哥打电话的时候，他一只手把药盒翻来翻去，仿佛它是一只兔后脚[1]。

"照这么说，她好转了。"在凯文眼里，无论何时，一切都越来越好，仿佛生活正朝着某个崇高的顶点进发。这个观点，弟弟可不敢苟同。

"她瘫痪了。"

"在这个关头，瘫不瘫痪还有什么关系吗？"

"当然有关系了！"他有些控制不住，因为他想起了白色罗纹床单下的那两条腿。

"约翰，她快死了。"

"可她还没死。"实际上，这才是他最害怕的。他们之间的谈话从这里开始将会围绕这个问题，虽然好处都让电话公司得了，但这是核心。还没有死。只是躺在病房里，手腕上绑着医院的标签，耳朵聆听着走廊

---

[1] 迷信认为兔子的后脚能够辟邪。

里收音机发出的幽灵般的声响。

而且，医生说，她在跟时间搏斗。医生块头很大，下巴上留着红褐色的胡子。他可能有六英尺四英寸高，肩膀很宽。当她开始昏昏欲睡的时候，医生趁此机会把他叫到走廊里。

医生对他说：

"你看，像"脊髓前侧柱切断"一类的手术，病人运动机能的损伤在所难免。你母亲左手的功能还在，右手有希望在两到四星期后恢复。"

"她还能走路吗？"

医生若有所思地看着点缀着钻孔的软木天花板。他的胡须一直垂到格子花呢上衣的领口。很可笑，约翰尼居然联想到了阿尔杰农·斯温伯恩。为什么会这样呢？他不知道。这个人在哪方面都和斯温伯恩没有任何相似之处。

"我想不行。她的基础被破坏了。"

"她余生都得卧床了吗？"

"我想，是的，应该是这样。"

在某种程度上，他开始敬佩这个人，他本来以为自己肯定会恨他。敬佩之余是厌恶，他必须尊重这个简单的事实吗？

"这种状态下，她还能活多久？"

"很难说。（医生好像就是这样说的。）现在，癌肿已经阻断了她一侧的肾脏。另一侧还算正常。当肿瘤侵害到它的时候，她就会昏迷。"

"尿毒症昏迷？

"没错。"医生此时比先前更加谨慎了。"尿毒症"是一个病理学术语，通常只有医生和验尸官才会使用。可是，约翰尼知道这个词，因为他外祖母就是得这个病去世的，但她体内没有长肿瘤。她的肾脏无法排尿，死的时候，体内的尿液漫进了胸腔。她死在家里的床上，晚饭时分。她像是睡着了，跟其他老年人一样张着嘴巴，但约翰尼第一个做出了判断：她已经死了。她眼睛里挤出两滴小小的泪珠，没有牙齿的嘴巴瘪瘪的，就像一只被挖空的番茄，本来打算用它装鸡蛋色拉，可不幸的是，被人遗忘了，在厨房的架子上放置了好几天。他手握着一面镜子，对准她的嘴巴。当他发现镜面上没有起雾，她那张空番茄般的嘴巴依旧清晰可见，他开始大声喊妈妈。那时的判断很正确，此时的判断却错了。

"她说她还能感觉到痛。而且，还感觉痒。"

医生严肃地拍着自己的脑袋，好像老动画片里那个精神科医生维克托·德格罗特。

"疼痛是她想象出来的。尽管如此，它是真实的，对她来说，是真实存在的。因此，从这个意义上说，时间不多了。你妈妈再也不能用秒、分钟和小时来计算时间了，她必须把这些单位换成天、星期和月。"

他明白这个身材魁梧的胡须男想说些什么，他的话让他有些犹豫。一阵微弱的铃声响起。他不能跟他继续谈下去了。他是一个技术人员，他很自然地提到时间，这个概念他把握得很好，仿佛那是他手里握着的一根钓鱼竿，掌控它很容易。也许，他就是这样。

"你还能为她做些什么吗？"

"没什么能做的了。"

但是，他的表情很平静，好像他在做一件很正确的事情。他，毕竟，没有"给空头支票"。

"有可能比昏迷更糟糕吗？"

"当然有可能。我们不可能做出准确的预测，就像她体内有一条鲨鱼，我们对它失去了控制，她会膨胀。"

"膨胀？"

"她的腹腔会胀大，然后消退，然后再胀大。但现在，我们为何要在这个问题上纠缠呢？"

我们可以肯定地说这事他们能做，但假如他们不肯呢？或者说，万一我被他们逮着呢？我可不想因为安乐死而上法庭受审。即使我能逃脱。我没有理由这样做。他想到了报纸上的标题：**杀母**！他做了个鬼脸。

他坐在停车场，两只手摆弄着那个药盒。达尔丰络合物。问题依旧是：他能做到吗？他应该做吗？她说过：我希望自己能解脱，只要不这么受罪，让我干什么都行。凯文建议在他家给她准备一个房间，这样一来，她就不会死在医院里。医院想让她出院。医生给她开了一些新药，她因幻觉而感觉不适。那是"脊髓前侧柱切断"手术后的第四天。他们想让她换个地方，因为他们谁也不知道还能对她再做些什么。在这个时刻，如果打开她的身体，切除她所有的癌肿，那么，除了双腿和头颅，她将一无所有。

他一直在想，时间对于她意味着什么，像一匹脱缰的野马，像打翻的针线筐篓，里面装的各色线团滚了一地，这下子，调皮的公猫可开心了，可以尽情地玩耍。在312病房的日日夜夜。在312病房的那个夜晚，他们用一根绳子把紧急求助按钮和她的食指连在一起，因为，当她需要便盆的时候，她再也无法伸手去按那个按钮了。

尽管如此，这已经不再重要，因为她感受不到膀胱的压力。她的腹部很可能就像是一堆锯末。她拉在床上，尿在床上，却只在闻到气味时才能知道自己拉了尿了。她的体重从一百五十磅急剧减至九十五磅，她的肌肉松垮垮的，就像是脑袋下面连着一个空空的麻袋，仿佛孩子们玩的布袋式木偶。去凯文家又能怎样呢？他能下得了手吗？他知道，这是谋杀。杀母，最严重的谋杀，就好像雷·布拉德伯里早期恐怖小说中一个有感知的胚胎，决定改变一切，干掉给他生命的那个动物。也许，无论怎样，他该受到谴责。他是她唯一亲生的儿子，是改变她生活的宝贝。他哥哥是领养的，因为另一个面带微笑的医生告诉她说，她永远不可能有自己的孩子。当然，她子宫内的原发病灶就像是她的第二个孩子，是他的魔鬼胞弟。他的生命和她的死亡发生在同一地点。他不应该效仿那个胞弟的所作所为，太慢了，太折磨人了，不是吗?

为了克服她想象中的疼痛，他一直偷偷给她服用阿司匹林。装药的那个秘密盒子就放在病房小柜子的抽屉里，那里还有一张慰问卡，一副读书用的眼镜，可是再也用不上了。医护人员把她的假牙取了下来，担心它会脱落，掉进喉咙，让她窒息。因此，她现在只能慢慢让药片在嘴里融化，舌头都有点发白了。

当然，他可以把药丸给她，三四颗就够了。1400格令阿司匹林，加上400格令达尔丰，一个体重在五个月内减轻了百分之三十三的女人，结果可想而知。

谁也不知道他有这个药，凯文不知道，他妻子也不知道。他想，也许312病房已经又有人住进来了，他也就不需要再纠缠这个问题了。他可以安全地退出。他不知道这是否真的是最好的选择。如果病房里还有其他病人，那么，他就没有选择余地了。因此，他认为这是老天的安排，是老天的允诺。

"您今晚看上去好了许多。"

"是吗?"

"当然。您感觉怎样?"

"嗯，不像你说的那么好。今晚不怎么好。"

"来，动动看，看看您的右手有没有好转。"

她的右手离开床罩，向上抬，手指分开，在眼前晃动了一下，随即又落下了。砰! 他微微一笑，她也咧了咧嘴。他问她:

"今天医生来过吗?"

"是的，他到病房来过。他是个好人，每天都来。约翰，给我点水喝，好吗?"

他把吸管放进她嘴里。

"约翰，你一有空就来看我，真乖，真是个好孩子。"

她又哭了。另一张床空着，怎么会这样啊！房门半开着，时不时有身穿蓝白条纹病号服的病人走过。他把水杯从她嘴边轻轻拿开，脑海里闪过一个十分愚蠢的问题：这个杯子一半是空的，还是一半是满的？

"您的左手怎样了？"

"嗯，很好。"

"我们来看看。"

她抬起左手。她的左手一直是她的骄傲，那个"脊髓前侧柱切断"手术的后遗症非常严重，但她的这只手已经恢复了。她攥起拳头。松开。无力地打着响指。然后，砰的一下掉落在床单上。她抱怨说：

"可还是没有感觉。"

"我去找样东西。"

他走到衣橱前，打开门，把手伸向她来医院时穿的那件外套，她的手袋就在衣服的后面，她有妄想症，总担心有贼。她听说，医院里的护理员有的是小偷，碰到什么就偷什么。曾经跟她同一个房间的病友告诉她说，新病区的一个女病人把五百美元藏在鞋里，可还是丢了。最近，他母亲担忧很多事情，她曾经跟他说，有的时候，有一个人在夜深人静之时藏在她的床底下。可能跟医生用的药有关。他上大学时偶尔服用过安非他明，现在做得像埃克塞德林止痛片。走过护士站，在走廊的尽头，有一个上了锁的药柜，那里面就有。盛衰沉浮，希望失望。死亡，也许，安乐死就像一块美丽的黑色毛毯。现代科学的奇迹。

他把手袋拿到床边，打开。

"您能从里面拿点什么吗？"

"约翰尼，我不知道……"

他继续劝她。

"试一下，为我。"

左手从床罩上抬起。那只手，仿佛一架出了故障的直升机，缓慢升空，俯冲，从手袋里拿出一张皱巴巴的面巾纸。他鼓掌喝彩。

"太棒了！太棒了！"

但她把脸转向一边。

"去年，我这双手可以拉得动两辆装满了盘子的小餐车呢。"

如果说时机的话，那就是现在。房间里很热，但他额头上冒出的却是冷汗。他心想：如果她不主动要阿司匹林，那就算了。今天晚上就算了。他知道，如果今晚不下手，那就永远下不了手了。好吧！

她偷偷瞟了一眼半开着的房门。

"约翰尼，你可以悄悄地给我拿几颗药丸吗？"

她一贯这样说。除了医嘱上的常规药品，她不应该服用其他药品，因为她的体重降得厉害，借用他上大学时那些瘾君子同学的话，她的身体已经"不堪重负"了。她的免疫系统只能对付指甲盖大小的量。多服一粒药，她就完了。他们说，玛丽莲·梦露就是这样死的。

"我从家里带了些药来。"

"是吗？"

"止痛效果很不错的。"

他把药盒捧到她面前，离远了，她看不清楚。她看着药名，皱起了眉头。然后，她说：

"我以前也服用过达尔丰。没什么用。"

"这种药效更强。"

她的目光从药盒移向他的眼睛。她面无表情地说：

"是吗？"

他不知所措，只有傻笑。他想起第一次跟女人干那事，就在朋友车子的后排座位上。他回到家，母亲问他是否很开心，他没说话，只是笑，傻笑。

"我能嚼着吃吗？"

"我不知道。您吃一片试试看。"

"行。别让别人看见。"

他打开药盒，拧开塑料瓶盖。接着，他把瓶口处的棉花取了出来。她用那只几乎残疾的左手可以完成这些动作吗？别人会信吗？他不知道。也许，其他人也不知道。也许，他们根本就不感兴趣。

他往手心里倒了六颗药。他看着她，她看着他。太多了，就连她也知道。假如她对此有任何异议，他一定会把药放回到药瓶里，只给她一颗抵抗关节疼痛的药。

门外，一名护士走过，他的手抖了，灰色的胶囊碰撞在一起，可是，那个护士没有往屋里看，没有发现这个"脊髓前侧柱切断术病人家属"的企图。

他的母亲一言不发，只是打量着药丸，仿佛它们完全就是些非常普通的胶囊（如果真有这样的东西就好了）。但是，从另一个角度说，她从来都不喜欢仪式。她不会在自己的船上打破香槟酒的。

"您吃吧！"

他用非常自然的口吻说，随即把第一个胶囊放进她嘴里。

她若有所思地嚼着，直到胶囊融化，她皱起了眉头。

"很苦吗？我不想……"

"不苦，没关系。"

他又给她一颗。然后是第三颗。她慢慢地嚼着，脸上依旧是沉思的表情。他把第四颗给她。她冲他微笑，他惊恐万分，因为他发现她的舌头是黄色的。也许，如果他在她腹部捶上几拳，她会把吃进去的东西吐出来。但是，不行，他不能这么做。他永远不可能打自己的母亲。

"你看看我的腿是不是在一起呢？"

"您先把药吃完。"

他把第五颗给她。最后是第六颗。然后，他看她的腿是否在一起。在一起。她说：

"现在，我想睡一会儿。"

"好的。我得出去喝点。"

"约翰尼，你一直都是妈妈的好儿子。"

他把瓶子放进药盒，把药盒塞进她的手袋，塑料瓶盖还在床上，在她身边。他把敞开的手袋也放在她身边，心想：她想要自己的手袋。我拿给她，打开，然后离开了。她说，剩下的事情她自己可以做到。用完之后，她可以请护士把手袋放回原处。

他离开病房，去喝了水。饮水机上方有一面镜子，他对着它伸出舌头，打量着。

当他回到病房的时候，她双手握在一起，睡着了。她手上的静脉血管肿胀、弯曲。他俯下身，亲了她一下。她的眼睛在眼皮后面跳动了一下，但没有睁开。

是的。

他没有异样的感觉，不好，也不坏。

他走出病房，想起了一件事。他回到她身边，从药盒里拿出药瓶，在自己的衬衣上擦了擦。接着，他握住沉睡中母亲的左手，把她柔软的指尖摁在瓶子上。然后，他把瓶子放回去，头也没回，快步离开了病房。

他回到家，等着电话铃声响起，后悔没有多给她一个吻。他一边等，一边看着电视。他喝了好多水。